TESS GERRITSEN

Docteur en médecine, Tess Gerritsen a longtemps exercé dans ce domaine avant de commencer à écrire lors d'un congé maternité. À partir de 1987, elle publie des livres romantiques à suspense avant de mettre à profit son expérience et de se lancer dans les thrillers médicaux qui vont marquer ses débuts sur la liste des best-sellers du *New York Times*, notamment *Chimère* (2000) – en cours d'adaptation pour le grand écran –, *Le chirurgien* (2004), *L'apprenti* (2005), *Mauvais sang* (2006), *La Reine des Morts* (2007), *Lien fatal* (2008) ou encore *Au bout de la nuit* (2009) et *En compagnie du diable* (2010). Tous ont paru aux Presses de la Cité.
Tess Gerritsen vit actuellement dans le Maine avec sa famille.

Retrouvez l'actualité de Tess Gerritsen sur www.tessgerritsen.com

AU BOUT DE LA NUIT

DU MÊME AUTEUR

CHEZ POCKET

LE CHIRURGIEN
L'APPRENTI
MAUVAIS SANG
LA REINE DES MORTS
LIEN FATAL
AU BOUT DE LA NUIT

TESS GERRITSEN

AU BOUT DE LA NUIT

Traduit de l'anglais (États-Unis)
par Hubert Tézenas

PRESSES DE LA CITÉ

Titre original :
VANISH

ISBN 978-2-266-20181-0

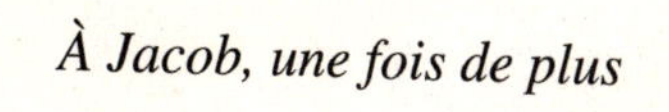

À Jacob, une fois de plus

1

Je m'appelle Mila, et voici mon voyage.

Il y a tellement de débuts possibles à ce récit… Je pourrais commencer par la ville où j'ai grandi, Kryvicy, au bord de la Servac, dans le district de Miadziel. Je pourrais commencer par la mort de ma mère, quand j'avais huit ans, ou encore par celle de mon père, tombé sous les roues du camion d'un voisin, quand j'en avais douze. Mais je crois que je vais entamer mon histoire ici, dans le désert mexicain, à des années-lumière de ma Biélorussie natale. C'est ici que j'ai perdu mon innocence. C'est ici que mes rêves sont morts.

En ce jour de novembre sans nuages, de grands oiseaux noirs planent dans le ciel le plus bleu que j'aie jamais vu. Je suis assise à l'arrière d'une camionnette blanche conduite par deux hommes qui ne connaissent pas mon vrai nom et n'ont pas l'air de s'en soucier. Depuis qu'ils m'ont vue descendre de l'avion, à Mexico, ils m'appellent en rigolant Sonya la Rouge[1].

1. Personnage incarné par Brigitte Nielsen dans *Kalidor* (1985), un film de Richard Fleischer avec Arnold Schwarzenegger. (*Toutes les notes sont du traducteur.*)

D'après Anja, c'est à cause de mes cheveux. Cette Sonya est l'héroïne d'un film qu'elle a vu, mais dont je n'ai jamais entendu parler. Il raconte l'histoire d'une belle guerrière qui pourfend ses ennemis à coups d'épée, me glisse-t-elle. J'aurais plutôt tendance à croire que ces hommes se moquent de moi parce que je ne suis pas belle ; je ne suis pas une guerrière, non plus. J'ai à peine dix-sept ans et je suis morte de peur car je ne sais pas du tout ce qui nous attend.

On se tient par la main, Anja et moi, pendant que cette camionnette nous transporte, avec cinq autres filles, à travers un territoire désertique et parsemé de broussailles. Le « circuit mexicain », c'est cela que nous a promis la dame de Minsk, même si nous avons toujours su ce que ce terme recouvrait vraiment : une fuite. Une chance.

« Vous n'avez qu'à monter dans un avion pour Mexico, nous a-t-elle dit, et quelqu'un vous attendra à l'aéroport pour vous aider à passer la frontière et démarrer votre nouvelle vie… À quoi bon rester ? Il n'y a rien à espérer ici pour une fille, ni métier, ni appartement, ni mari décent. Vous n'avez plus de famille pour vous soutenir. Et toi, Mila, tu parles tellement bien l'anglais qu'en Amérique tu te caseras… comme ça ! a-t-elle ajouté avec un claquement de doigts. Soyez courageuses ! Prenez le risque. Vos employeurs vous paient le billet, alors qu'est-ce que vous attendez ? »

Pas ça, me dis-je en regardant le désert infini défiler derrière la vitre.

Anja pose la tête sur mon épaule, les autres filles se taisent. Elles commencent toutes à se poser la même question : Qu'est-ce que j'ai fait ?

Depuis le début de la matinée, nous roulons. Les deux hommes assis à l'avant ne disent rien, mais celui du siège passager se retourne souvent pour nous observer. Ses yeux s'arrêtent chaque fois sur Anja, et je n'aime pas la façon dont il la dévisage. Elle ne s'en rend pas compte car elle somnole tout contre moi. On l'appelait toujours la souris, à l'école, tellement elle était timide. Le moindre coup d'œil d'un garçon la faisait rougir. Nous avons le même âge et pourtant, quand je regarde son visage endormi, je vois une enfant. Et je me dis : Je n'aurais pas dû la laisser me suivre. J'aurais dû lui dire de rester à Kryvicy.

Enfin, notre camionnette quitte la grand-route pour s'enfoncer en cahotant sur une piste de terre. Les filles sortent de leur torpeur et contemplent par les fenêtres les collines brunes, criblées de rochers qui me rappellent de vieux ossements. Chez moi, les premières neiges sont déjà tombées, mais ici, dans ce pays sans hiver, il n'y a que la poussière, le bleu du ciel et les buissons calcinés. La camionnette ralentit puis s'arrête complètement ; les deux hommes se retournent.

— Et maintenant, nous dit le chauffeur en russe, on descend et on marche. C'est le seul moyen de passer la frontière.

Ils font coulisser la portière et nous sautons à terre une par une, toutes les sept, en clignant des yeux et en nous étirant. Malgré le soleil flamboyant, il fait froid, bien plus froid que je ne l'aurais cru. Anja glisse sa main dans la mienne, et je la sens trembler.

— Par ici, ordonne le chauffeur.

Et il nous entraîne loin de la piste, sur un sentier qui part à l'assaut des collines. Nous montons en frôlant à chaque instant des rochers, des ronces qui nous écorchent les mollets. Anja porte des sandales et doit souvent s'arrêter pour en chasser des graviers acérés. Nous avons toutes soif, mais les hommes ne nous permettront qu'une seule fois de faire halte pour boire un peu d'eau. Puis, comme des chèvres pataudes, nous reprenons l'ascension de ce raidillon pierreux. Sitôt la crête atteinte, nous redescendons avec force glissades vers un groupe d'arbres. Ce n'est qu'une fois arrivées au fond de la vallée que nous découvrons un lit de rivière à sec. La berge est jonchée de détritus laissés par ceux et celles qui ont fait la traversée avant nous : des bouteilles d'eau en plastique, une couche sale, une vieille chaussure dont le soleil a fini par craqueler le vinyle. Un lambeau de plastique bleu s'agite sous une branche. Dans les traces de tous les rêveurs qui sont déjà passés par ici, nous sommes sept de plus à marcher vers l'Amérique. Du coup, mes craintes s'évaporent car je vois dans ces déchets la preuve que nous touchons au but.

Les hommes nous font signe d'avancer ; il faut entamer l'escalade de la berge opposée.

Anja me tire par la main.

— Mila, murmure-t-elle, je n'arrive plus à marcher.

— Il le faut.

— Mais j'ai un pied qui saigne.

Je baisse les yeux sur ses orteils meurtris, le sang qui suinte de la chair tendre.

— Mon amie s'est blessée au pied !

— Je m'en fous, me répond le chauffeur. On continue.

— Elle ne peut pas. Il lui faut un pansement.

— Soit elle marche, soit on vous laisse en rade toutes les deux.

— Laissez-lui au moins le temps de changer de chaussures !

L'homme se retourne. À cet instant, il s'est transformé. Anja se recroqueville. Les autres filles n'osent plus bouger ; les yeux agrandis, elles se blottissent les unes contre les autres comme des brebis apeurées pendant qu'il revient vers nous à grands pas.

Le coup part tellement vite que je ne vois rien venir. Je me retrouve à genoux et, pendant quelques secondes, tout devient sombre. Les cris d'Anja semblent lointains. Puis je prends conscience de la douleur, d'un élancement dans ma mâchoire. Je sens un goût de sang. Je vois des gouttes rouge vif sur les galets.

— Debout. Allez, magne-toi ! On a perdu assez de temps.

Je me relève en chancelant. Anja fixe sur moi un regard effaré.

— Mila, sois gentille ! me souffle-t-elle. Il faut faire ce qu'ils disent ! Je n'ai plus mal au pied, je t'assure. Je peux marcher.

— C'est bon, t'as pigé ? me lance l'homme.

Il se retourne ensuite pour promener un regard noir sur les autres filles.

— Vous voyez ce qui arrive quand on m'emmerde ? Quand on me répond ? Allez, en avant !

Les filles repartent à l'assaut de la berge. Anja me prend par la main et m'entraîne. Trop hébétée pour résister, je la suis en titubant, du sang plein la bouche, presque incapable de voir le sentier.

Ce n'est plus très loin. Après avoir gravi le talus, nous traversons un bosquet et émergeons soudain sur une piste en terre.

Il y a là deux camionnettes à l'arrêt, qui nous attendent.

— Mettez-vous en ligne, dit notre chauffeur. Allez, plus vite que ça. Ils veulent vous voir.

Bien que décontenancées par cet ordre, nous nous plaçons en ligne, sept filles fourbues, aux pieds douloureux et aux vêtements jaunis de poussière.

Quatre messieurs descendent des camionnettes et saluent notre chauffeur en anglais. Ce sont des Américains. Un homme trapu passe lentement devant nous, en nous lorgnant. Avec sa casquette de base-ball et sa peau burinée, on dirait un fermier qui examine ses vaches. Il s'arrête devant moi et me dévisage en fronçant les sourcils.

— Qu'est-ce qui lui est arrivé, à celle-là ?

— Oh, dit notre chauffeur, elle m'a répondu. C'est juste un bleu.

— Elle est trop rachitique, de toute façon. Qui en voudrait ?

Sait-il que je comprends l'anglais ? Y attache-t-il seulement de l'importance ? *Je suis peut-être rachitique, mais toi, tu as une face de porc.*

Son regard glisse déjà sur les autres filles.

— Bon, lâche-t-il avec un grand sourire. Voyons voir ça.

Notre chauffeur se retourne vers nous.

— Déshabillez-vous, commande-t-il en russe.

Nous cherchons toutes son regard, abasourdies. Jusqu'à cet instant, je me suis raccrochée au vague espoir que la dame de Minsk nous avait dit la vérité, qu'elle nous avait vraiment trouvé du travail en Amérique. Qu'Anja garderait trois petites filles et que je vendrais des robes dans une boutique de mariage. Même quand le chauffeur nous a pris nos passeports, même pendant que nous trébuchions sur ce sentier, je me suis dit que ça pouvait encore bien tourner. Que ça pouvait encore être vrai.

Aucune fille ne bouge. Nous n'en croyons pas nos oreilles.

— Vous avez entendu ? Vous voulez vous retrouver dans le même état qu'elle ? aboie notre chauffeur en pointant du doigt mon visage tuméfié. Obéissez !

Une fille fait non de la tête et éclate en sanglots. Ça le met en rage. Sa gifle lui fait tourner la tête, elle bascule sur le côté. Il la rattrape par le bras, empoigne son corsage et le déchire. Avec un hurlement, elle tente de le repousser. Le deuxième coup l'envoie au tapis pour le compte. Pour faire bonne mesure, il s'avance et lui expédie un violent coup de pied dans les côtes.

— Bon, dit-il en se tournant vers nous. À qui le tour ?

Une autre fille s'empresse de dégrafer les boutons de son chemisier. Dociles, nous ôtons nos tee-shirts, déboutonnons nos jupes et pantalons. Même Anja, la timide petite Anja, retire son haut.

— Tout, dit le chauffeur. Enlevez tout. Qu'est-ce que vous avez à lambiner comme ça, mes salopes ? Vous allez apprendre à aller plus vite, croyez-moi !

Il s'approche d'une fille qui se tient immobile, les bras repliés devant la poitrine. Elle a gardé sa culotte. Elle tressaille au moment où il tire sur l'élastique et la lui arrache.

Les quatre Américains se mettent à nous tourner autour comme des loups, en nous dévorant des yeux. Anja tremble si fort que j'entends ses dents claquer.

— Celle-là, je vais lui offrir un petit galop d'essai…

La fille choisie lâche un cri lorsque l'homme la sort brutalement de la ligne. Il ne se donne même pas la peine de dissimuler son agression. Il lui plaque le visage contre le capot d'une des camionnettes, ouvre sa braguette et s'enfonce en elle. Elle hurle.

Les autres hommes s'approchent et font leur choix. Soudain, Anja m'est arrachée. J'essaie de me raccrocher à elle, mais notre chauffeur me tord le poignet pour m'obliger à lâcher prise.

— Personne ne voudra de toi, me dit-il.

Il me pousse dans la camionnette, m'enferme à l'intérieur.

Je vois tout par la fenêtre, j'entends tout. Les rires des hommes, les filles qui se débattent, leurs cris. Je ne peux pas supporter ce spectacle ; je ne peux pas non plus m'en détourner.

— Mila ! hurle Anja. Mila, au secours !

Au désespoir, je tambourine contre la portière verrouillée. Un homme l'a jetée au sol et lui écarte les cuisses de force. Anja est sur le dos, les poignets dans la poussière, les yeux clos comme pour refouler la douleur. Je crie à mon tour, martelant en vain la vitre de mes poings.

Quand l'homme se relève, il est souillé du sang d'Anja. Il remonte la braguette de son pantalon et déclare bruyamment :

— Pas mal. Pas mal du tout.

J'observe Anja. Je crois d'abord qu'elle est morte, car elle ne bouge plus. Sans un regard en arrière, l'homme plonge la main dans un petit sac à dos pour y prendre une bouteille d'eau. Il boit une longue goulée. Il ne voit pas Anja revenir à la vie.

Soudain elle se relève. Elle se met à courir.

En la voyant s'enfuir vers le désert, je plaque mes paumes contre la vitre.

Plus vite, Anja ! Fonce. Fonce !

— Hé ! s'écrie un des hommes. Y en a une qui se barre !

Anja court toujours. Pieds nus, toute nue, malgré les cailloux qui certainement l'écorchent. Le désert lui tend les bras, et elle ne faiblit pas.

Ne te retourne pas. Continue à courir ! Conti…

La détonation me glace le sang.

Anja pique du nez, s'étale par terre. Mais elle ne s'avoue pas encore vaincue. Elle s'efforce de se relever, fait quelques pas en zigzaguant comme une femme ivre, retombe à genoux. Elle rampe, maintenant, et chaque centimètre devient un combat, un triomphe. Elle tend le bras comme pour se saisir d'une main secourable qu'aucun de nous ne verrait.

Une seconde détonation claque.

Cette fois, après s'être écroulée, Anja ne se relèvera pas.

Le chauffeur de notre camionnette range son pistolet dans sa ceinture et regarde les filles. Toutes pleurent, serrées les unes contre les autres, en observant le corps d'Anja tombé dans le désert.

— Quel gâchis, grommelle l'Américain qui l'a violée.

— On ne va quand même pas s'emmerder à leur courir après, répond le chauffeur. Ça vous en laisse six à choisir.

Ils ont goûté la marchandise ; le moment est venu pour les hommes de négocier. Une fois leur affaire faite, ils nous trient comme du bétail. Trois filles par camionnette. J'ignore combien ils ont payé pour nous ; je sais seulement que j'ai servi de bonus, qu'on m'a offerte en prime pour boucler l'accord d'ensemble.

Tandis que nous nous éloignons, je me retourne vers le corps d'Anja. Ils ne se sont pas donné la peine de l'enterrer ; elle restera exposée au soleil et au vent, et des oiseaux affamés resserrent déjà leurs cercles dans le ciel. Dans quelques semaines, il ne restera plus rien d'elle. Elle aura disparu, comme je vais disparaître dans un pays où personne ne connaît mon nom. L'Amérique.

Nous rejoignons une autre grand-route. J'aperçois un panneau : *US 94*.

2

Le docteur Maura Isles n'avait pas pris l'air de la journée. Depuis sept heures du matin, elle respirait l'arôme de la mort, tellement familier qu'elle ne broncha pas lorsque sa lame incisa la peau froide et qu'une odeur nauséabonde s'échappa des organes mis à nu. Les officiers de police qui venaient de temps en temps assister aux autopsies dans cette salle n'étaient pas aussi stoïques. Il arrivait que Maura capte une bouffée de l'onguent Vicks dont ils se badigeonnaient les narines pour masquer la puanteur. Il arrivait aussi que le Vicks ne suffise pas et qu'elle les voie trembler, puis s'éloigner, puis se pencher au-dessus du lavabo avec un haut-le-cœur. Les flics n'étaient pas habitués, comme elle, à la morsure astringente du formol, au parfum sulfureux des tissus en décomposition.

Aujourd'hui, ce bouquet s'accompagnait d'une note de douceur incongrue : l'odeur d'huile de coco qui imprégnait la peau de Mme Gloria Leder, présentement étendue sur sa table d'autopsie. Agée de cinquante ans, cette divorcée aux hanches vastes et aux seins lourds avait les ongles des pieds peints en rose bonbon. Les marques d'un bronzage intensif suivaient les contours du maillot de bain qu'elle portait lorsqu'elle avait été retrouvée morte au bord de sa piscine privée. Un bikini – probablement pas le choix le plus flatteur sur un corps aussi déformé par les ans.

Depuis quand n'ai-je pas enfilé un maillot de bain ? se demanda Maura, qui se surprit absurdement, le temps d'un éclair, à envier Mme Gloria Leder, qui avait passé les ultimes instants de sa vie à profiter de cette journée d'été. Août approchait, et Maura n'avait pas encore mis les pieds à la plage ; elle ne s'était pas assise au bord d'une piscine et n'avait même pas pris le moindre bain de soleil sur sa terrasse.

— Un rhum-Coca, dit le jeune flic immobile au pied de la table d'autopsie. C'est ce qu'il y avait dans son verre, à mon avis. Il était posé à côté de sa chaise longue.

C'était la première fois que Maura recevait l'officier Buchanan dans sa morgue, et cette manie qu'il avait de se dandiner en tripotant son masque de papier commençait à la rendre nerveuse. Ce garçon lui paraissait beaucoup trop jeune pour être dans la police. Ils commençaient tous à lui paraître trop jeunes.

— Vous avez gardé son contenu ? demanda-t-elle à l'officier Buchanan.

— Euh… non, m'dame. Mais j'ai reniflé un bon coup. Elle buvait un rhum-Coca, sûr et certain.

— À neuf heures du matin ?

Maura chercha le regard de son assistant, Yoshima, posté de l'autre côté de la table. Comme d'habitude, il garda le silence, mais elle vit un de ses sourcils noirs se hausser en accent circonflexe, ce qui chez Yoshima constituait le plus éloquent des commentaires.

— Elle n'en a pas sifflé beaucoup, répondit l'officier Buchanan. Le verre était presque plein.

— Bon. On va jeter un coup d'œil côté pile.

Yoshima et elle firent basculer le cadavre sur le flanc.

— On a un tatouage ici, sur la hanche, observa Maura. Un petit papillon bleu.

— Mince, fit Buchanan. À son âge ?

Maura lui décocha un coup d'œil.

— Et je suppose qu'à cinquante ans, dans votre esprit, on fait partie des ancêtres ?

— Je veux dire… enfin, c'est l'âge de ma mère.

Gare à toi, petit. Je n'ai que dix ans de moins.

Elle attrapa son scalpel et se mit à ouvrir. C'était sa cinquième autopsie de la journée, et elle ne perdit pas de temps. Entre l'absence pour congés du docteur Costas et le carambolage de la nuit précédente, ce matin-là, la chambre froide s'était retrouvée brusquement envahie de housses mortuaires. Et pendant que Maura se démenait pour rattraper son retard, deux autres corps avaient été livrés au frigo. Ceux-là devraient attendre le lendemain. Le personnel administratif de la morgue était déjà parti, et Yoshima jetait des coups d'œil de plus en plus fréquents à l'horloge, visiblement impatient de regagner ses foyers.

Elle écarta la peau, vida le thorax puis l'abdomen. Sortit les organes dégoulinants et les posa sur la plaque, où ils seraient disséqués. Petit à petit, Gloria Leder livra ses secrets : un gros foie, signe tangible d'un abus de rhum-Coca. Un utérus noueux de fibromes.

Et pour finir, lorsqu'ils lui eurent ouvert le crâne, la cause de son décès. Maura la vit en soulevant le cerveau entre ses mains gantées.

— Hémorragie subarachnoïdienne, annonça-t-elle en jetant un coup d'œil à Buchanan, nettement plus pâle qu'au moment où il avait fait son entrée dans la salle d'autopsie. Cette femme devait souffrir d'un anévrisme sacculaire – autrement dit d'une tumeur sur le trajet d'une artère, à la base du cerveau. La rupture a pu être déclenchée par une hypertension.

Buchanan ravala sa salive, les yeux fixés sur le rabat de cuir chevelu décollé qui recouvrait le visage de Gloria Leder. C'était cette partie-là qui les épouvantait en général, qui les faisait si souvent grimacer ou se détourner : quand la figure s'affaissait comme un vieux masque en latex.

— Alors… pour vous, c'est une mort naturelle ? fit-il à mi-voix.

— Exact. Vous n'avez pas besoin d'assister à la suite.

Le jeune homme entreprit aussitôt d'ôter sa blouse.

— Je crois que j'ai besoin d'air frais, marmonna-t-il en s'éloignant de la table.

Moi aussi, pensa Maura. C'est l'été, mon jardin est en manque d'arrosage, et je n'ai pas mis le nez dehors de la journée.

Mais, une heure plus tard, elle était encore assise à son bureau de l'institut médico-légal, passant en revue les résultats du labo et autres procès-verbaux. Elle avait beau s'être débarrassée de sa tenue chirurgicale, l'odeur de l'autopsie semblait lui coller à la peau – une odeur qu'aucune quantité de savon et d'eau n'aurait pu effacer, de toute façon, puisque c'était son souvenir même qui se perpétuait. Elle alluma son dictaphone et commença son rapport sur Gloria Leder :

— Le sujet est une femme blanche de cinquante et un ans, retrouvée sans vie dans une chaise longue au bord de sa piscine privée. Elle est normalement développée, bien nourrie, et ne présente aucun trauma apparent. L'examen externe a mis en évidence une ancienne cicatrice chirurgicale à l'abdomen, sans doute consécutive à une appendicectomie. Et aussi un petit papillon tatoué sur la hanche, euh…

Maura s'interrompit, chercha à visualiser le tatouage. Hanche gauche ou hanche droite ?

Je suis crevée, pensa-t-elle, je ne m'en souviens plus.

C'était un détail insignifiant, et qui ne changerait rien à ses conclusions, mais elle détestait se tromper.

Elle quitta sa chaise et longea le corridor désert pour emprunter l'escalier en béton, où le bruit de ses pas résonna sur les marches. Ayant poussé la porte du labo, elle appuya sur l'interrupteur et vit que Yoshima avait laissé les lieux dans un état aussi impeccable qu'à l'accoutumée : les tables reluisaient à force d'être astiquées, le sol avait été frotté à la serpillière. Elle se dirigea vers la chambre froide, en fit pivoter la lourde porte. Des écharpes de brume s'en échappèrent aussitôt. Elle s'emplit d'instinct les poumons, comme pour une plongée en eau trouble, avant de pénétrer dans la zone réfrigérée.

Il y avait là huit brancards, la plupart prêts à être récupérés par les pompes funèbres. Elle longea l'alignement en vérifiant les étiquettes jusqu'à trouver celui de Gloria Leder. Elle ouvrit la housse mortuaire, glissa une main sous les fesses du cadavre et l'inclina sur le côté, juste ce qu'il fallait pour apercevoir le tatouage.

C'était la hanche gauche.

Elle referma la glissière et était sur le point de quitter les lieux quand quelque chose l'arrêta net. Elle fit volte-face et balaya la pièce du regard.

J'ai entendu quelque chose, non ?

La soufflerie se déclencha, expulsant un air glacial par toutes ses bouches.

D'accord, pensa-t-elle, ce n'était que ça. La soufflerie. Ou le compresseur du frigo. Ou de l'eau qui circule dans les tuyaux. Il est grand temps de rentrer à la maison.

Elle était tellement vannée qu'elle commençait à s'imaginer des choses.

Elle fit à nouveau demi-tour.

Et à nouveau se figea. Revenant sur ses pas, Maura se mit à passer en revue la rangée de linceuls. Son cœur battait si fort, tout à coup, qu'elle n'entendait plus rien d'autre.

Quelque chose vient de bouger ici. J'en suis sûre.

La première housse contenait un homme au thorax recousu. Déjà autopsié, se dit-elle. On ne peut plus mort.

Lequel ? Lequel a fait du bruit ?

Elle ouvrit nerveusement la housse suivante et se retrouva face à un visage tuméfié, au crâne fracassé.

Mort.

De ses mains tremblantes, elle entreprit de libérer le troisième corps. Le plastique s'entrouvrit sur le visage blême d'une jeune femme aux cheveux noirs et aux lèvres cyanosées. En écartant les pans, Maura vit un corsage mouillé, plaqué sur la chair pâle, et un cou scintillant de gouttelettes gelées. Elle souleva le corsage et aperçut deux seins ronds, une taille svelte. Le torse, intact, n'avait pas encore reçu l'outrage d'un bistouri. Les doigts et les orteils étaient violacés, les bras marbrés de bleu.

Elle toucha du bout des doigts le cou de la jeune femme, sentit sa peau glacée. Elle approcha au maximum le visage de ses lèvres, à l'affût d'un murmure, du moindre souffle d'air contre sa joue.

Le cadavre ouvrit les yeux.

Maura partit en arrière avec un cri. Elle percuta le brancard voisin, faillit tomber à la renverse quand celui-ci se mit à rouler. Elle se redressa précipitamment et vit que les yeux de la femme, toujours ouverts, regardaient dans le vague. Ses lèvres bleuies bredouillaient des sons inaudibles.

Sors-la d'ici ! Réchauffe-la !

Mais quand Maura voulut pousser le brancard vers la porte, celui-ci refusa de bouger ; dans son affolement, elle avait oublié de débloquer les roues. Elle écrasa la pédale de verrouillage et se remit à pousser. Cette fois, le brancard voulut bien se mettre en branle ; il quitta en grinçant la chambre froide pour retrouver la tiédeur de la zone de livraison.

Les paupières de la femme s'étaient refermées. Maura se pencha sur elle mais ne sentit aucun déplacement d'air.

Oh, merde… Je ne vais pas te perdre maintenant !

Elle ne savait rien de cette inconnue – ni son nom, ni ses antécédents médicaux. Cette femme était peut-être infectée par un virus, mais elle plaqua sa bouche contre la sienne, et le goût des lèvres froides faillit lui soulever le cœur. Après trois profondes insufflations, elle lui palpa la gorge, cherchant la carotide.

Est-ce que je me fais des idées ? Est-ce mon propre pouls que je sens battre au bout de mes doigts ?

Elle décrocha le téléphone mural et composa le 911.

— À votre service, j'écoute.

— Ici le docteur Isles, de l'institut médico-légal. Il me faut une ambulance. Pour un arrêt respiratoire, une femme qui…

— Excusez-moi, vous avez bien dit l'institut médico-légal ?

— Oui ! Je me trouve à l'arrière du bâtiment, au niveau de la rampe d'accès. C'est sur Albany Street, en face de l'hôpital !

— Je vous envoie une ambulance à l'instant.

Maura raccrocha. Une fois encore, elle surmonta son dégoût et pressa ses lèvres contre celles de la femme. Après une seconde série d'insufflations, ses doigts cherchèrent à nouveau la carotide.

Un pouls. C'était un pouls, aucun doute !

Elle entendit soudain un chuintement – une toux. La femme venait de se remettre à respirer, mais sa gorge était encombrée de mucus.

Reste avec moi. Respire, ma belle. *Respire !*

Un mugissement lancinant annonça l'arrivée des secours. Maura s'empressa d'ouvrir la porte extérieure de la zone de livraison et attendit, les yeux plissés face au gyrophare, que l'ambulance se soit garée en marche arrière contre le quai. Deux infirmiers urgentistes en descendirent, les bras chargés de matériel.

— Elle est à l'intérieur ! cria Maura.

— Toujours en arrêt respiratoire ?

— Non, elle respire. Et j'ai senti un pouls.

Les deux hommes se précipitèrent dans le bâtiment et stoppèrent net en voyant la femme allongée sur le brancard.

— Hé ! lâcha l'un d'eux. Ce n'est pas une housse mortuaire, ça ?

— Je l'ai trouvée dans la chambre froide, expliqua Maura. Elle doit être en hypothermie.

— Putain, comme dans mon pire cauchemar !

Apparurent alors un masque à oxygène et un goutte-à-goutte, puis les câbles d'un électrocardiographe furent branchés en hâte. Sur la bobine de papier, un tracé sinusoïdal se matérialisa lentement, rappelant le coup de crayon d'un dessinateur paresseux. Cette femme respirait, son cœur battait, et pourtant elle avait toujours l'air aussi morte.

Tout en posant un garrot sur son bras inerte, un des infirmiers demanda :

— C'est quoi, l'histoire ? Comment est-ce qu'elle a échoué ici ?

— Je ne sais strictement rien d'elle, répondit Maura. Je suis redescendue examiner un autre corps dans la chambre froide et c'est à ce moment-là que je l'ai entendue bouger.

— Est-ce que, euh, ça arrive souvent, ici ?

— En ce qui me concerne, c'est une première.

Maura priait pour que ce soit aussi la dernière.

— Et elle y était depuis combien de temps, dans votre frigo ?

Maura jeta un coup d'œil au tableau mural où étaient inscrites les entrées du jour et constata qu'une Jane Doe[1] avait été amenée à la morgue vers midi.

Ça fait donc huit heures… Huit heures zippée dans un linceul. Et si elle s'était retrouvée sur mon billard ? Et si je lui avais ouvert le ventre ?

Elle étudia le bac des dossiers entrants et finit par localiser l'enveloppe contenant le bulletin de livraison de l'inconnue.

— Elle nous a été amenée par les pompiers de Weymouth, dit-elle. Une noyade, apparemment…

— Hé là, hé là !

1. *John Doe, Jane Doe* désignent par convention, dans le langage judiciaire des États-Unis, les hommes et les femmes inconnus ou non identifiés.

L'ambulancier venait de planter son aiguille dans une veine de la patiente quand celle-ci revint brusquement à la vie avec un sursaut qui lui arqua le dos. Le site d'injection se mit aussitôt à bleuir comme par magie, signe qu'une hémorragie fleurissait sous la peau.

— Merde, la veine a pété ! Aide-moi à la maintenir !

— La vache, cette nana va se lever et foutre le camp !

— Elle se débat carrément… Pas moyen de lancer la perf !

— On n'a qu'à l'attacher sur son brancard et l'embarquer.

— Vous l'emmenez où ? s'enquit Maura.

— Juste en face. Aux urgences. Ils voudront sûrement avoir un double du dossier.

Elle acquiesça.

— Je vous retrouve là-bas.

Une longue file de patients attendait devant le guichet des urgences, et l'infirmière préposée à l'accueil, de l'autre côté de la vitre, esquiva tous les efforts de Maura pour capter son regard. Par un soir d'aussi intense activité, il aurait au moins fallu se présenter avec un membre sectionné et pisser le sang comme un tuyau d'arrosage pour imaginer griller la politesse à tout le monde, mais Maura ignora les regards noirs et se faufila jusqu'au guichet. Elle toqua au carreau.

— Il va falloir attendre votre tour, lâcha l'infirmière.

— Je suis le docteur Isles. J'ai ici le dossier de transfert d'une patiente. Le médecin en aura besoin.

— Quelle patiente ?

— La femme qu'on vient de vous amener d'en face.

— De la morgue, vous voulez dire ?

Maura hésita, s'étant soudain rendu compte que les autres patients de la queue n'en perdaient pas une miette.

— Oui, se contenta-t-elle de répondre.

— Entrez, alors. Ils veulent vous voir. Elle leur donne du fil à retordre.

La porte s'ouvrit avec un clic électrique, et Maura passa dans la zone de soins. Elle comprit sur-le-champ ce que l'infirmière avait voulu dire. L'inconnue n'avait pas encore été installée dans une chambre ; son brancard était toujours parqué dans le corridor, et on l'avait emmitouflée d'une couverture chauffante. Les deux ambulanciers et une infirmière se démenaient pour la maîtriser.

— Bouclez-moi cette sangle !

— Merde… elle a ressorti sa main…

— Oublie le masque à oxygène. Elle n'en a pas besoin.

— Attention à la perf ! Elle va l'arracher !

Maura se précipita vers le brancard et saisit le poignet de la patiente avant que celle-ci ait pu arracher son cathéter. En voulant se dégager, la femme lui fouetta le visage de ses longs cheveux noirs. Celle qui n'était vingt minutes plus tôt qu'un cadavre aux lèvres bleuies dans son linceul en plastique reprenait vie à vitesse grand V, et l'équipe médicale avait toutes les peines du monde à la maîtriser.

— Tenez bon ! Tenez-lui le bras !

Un son jaillit des profondeurs de la gorge de l'inconnue. On aurait dit le râle d'un animal blessé. Puis sa tête bascula en arrière et sa voix grimpa dans les aigus jusqu'à produire un hurlement surnaturel.

Inhumain, pensa Maura en sentant se dresser les cheveux sur sa nuque. Seigneur, qu'ai-je ramené d'entre les morts ?

— Écoutez. Écoutez-moi ! commanda-t-elle, prenant la tête de la patiente entre ses mains et plongeant les yeux dans un visage déformé par la panique. Il ne vous arrivera rien ! C'est promis. Laissez-nous vous aider.

La femme cessa de se débattre. Ses yeux bleus aux pupilles dilatées, telles d'énormes flaques noires, soutinrent le regard de Maura.

Une des infirmières entreprit discrètement de lui boucler une sangle autour du poignet.

Non, se dit Maura. Ne faites pas ça.

À la seconde où la sangle toucha la peau de la patiente, celle-ci se cabra comme si elle venait d'être ébouillantée. Son bras se tendit et Maura recula en titubant, la joue saisie d'une douleur cuisante.

— À l'aide ! hurla l'infirmière. Prévenez le docteur Cutler, vite !

Maura s'écarta, le visage en feu, lorsqu'un médecin et une autre infirmière émergèrent d'une salle de soins. Le tumulte avait aussi attiré l'attention des patients de la salle d'attente. Maura vit qu'ils observaient tous avidement ce qui se passait de l'autre côté de la cloison vitrée ; la scène valait largement n'importe quel épisode d'*Urgences*.

— On lui connaît des allergies ? interrogea le médecin.

— Pas de dossier médical, répondit l'infirmière.

— Qu'est-ce qui se passe ? Pourquoi se débat-elle ?

— On n'en a aucune idée.

— Bon. D'accord, essayons cinq milligrammes d'Haldol en IV[1]…

— Le cathéter est ressorti !

1. Intraveineuse.

— Alors passez-lui ça en IM[1]. Allez-y ! Et on va lui mettre un peu de Valium, aussi, avant qu'elle se fasse mal.

La femme poussa un nouveau cri quand l'aiguille lui troua la peau.

— On sait quelque chose de cette femme ? Qui est-ce ?

C'est alors que le médecin remarqua Maura, immobile à quelques pas.

— Vous êtes de la famille ?

— C'est moi qui ai appelé l'ambulance. Je suis le docteur Isles.

— Son docteur ?

— Elle est médecin légiste, dit un des ambulanciers avant que Maura ait pu répondre. C'est la patiente qui s'est réveillée à la morgue.

— Vous rigolez, dit l'urgentiste en fixant Maura.

— Je l'ai vue bouger dans la chambre froide.

Son confrère partit d'un rire incrédule.

— Et qui a constaté son décès ?

— Elle nous a été amenée par les pompiers de Weymouth.

L'urgentiste jeta un regard à la patiente.

— En tout cas, elle me paraît bien vivante.

— Docteur Cutler ? appela une infirmière. La deux est libre. On pourrait la mettre là.

Maura suivit l'équipe et le brancard le long du corridor, puis dans une salle de soins. Les contorsions de la patiente s'étaient déjà atténuées sous l'effet de l'Haldol et du Valium. Les infirmières lui firent une prise de sang, rebranchèrent les fils de l'ECG. Les pics

1. Intramusculaire.

graphiques de son rythme cardiaque apparurent sur la feuille quadrillée.

— Bon, dit l'urgentiste en éclairant les yeux de l'inconnue à l'aide d'une lampe-stylo. Si vous m'en disiez un peu plus, docteur Isles ?

Maura ouvrit l'enveloppe où elle avait glissé la photocopie du procès-verbal reçu en même temps que le corps.

— Je ne peux rien vous dire de plus que ce qu'il y a dans le P-V. À huit heures du matin, les pompiers de Weymouth ont répondu à un appel du Sunrise Yacht Club, où cette femme venait d'être repêchée par des plaisanciers alors qu'elle flottait dans la baie de Hingham. À sa sortie de l'eau, elle ne présentait plus la moindre activité respiratoire, pas de pouls détectable. Elle n'avait pas non plus de pièce d'identité. L'inspecteur de la police d'État appelé sur place a conclu à un probable accident. Elle a été transférée chez nous vers midi.

— Et à la morgue, personne ne s'est aperçu qu'elle était vivante ?

— À ce moment-là, nous étions totalement débordés. À cause de cet accident sur l'I-95. Et nous avions du retard sur notre planning de la veille.

— Il est presque vingt et une heures. Cette femme n'a été examinée par personne ?

— La notion d'urgence ne s'applique pas aux morts.

— Vous vous contentez de les stocker au frigo ?

— Jusqu'à ce qu'on puisse s'en occuper.

— Et si vous ne l'aviez pas entendue bouger tout à l'heure ? demanda l'urgentiste en se retournant vers Maura. Elle serait restée bouclée dans cette chambre froide jusqu'à demain matin ?

— Oui, admit-elle, le feu aux joues.

Il hocha la tête.

— D'accord. Vu qu'on n'a aucune idée des substances qu'elle pourrait avoir absorbées, je veux qu'on maintienne le monitoring.

Il baissa à nouveau les yeux sur la patiente. Ses paupières étaient closes, mais ses lèvres continuaient d'ânonner une espèce de prière silencieuse.

— Cette pauvre fille a déjà cassé sa pipe une fois, ajouta-t-il. On va lui éviter de remettre ça.

Maura entendit sonner son téléphone alors qu'elle se démenait avec ses clés pour ouvrir la porte d'entrée. Le temps pour elle d'atteindre son salon, la sonnerie s'était tue. La personne n'avait pas laissé de message. Elle consulta la liste des appels entrants, mais le nom associé au plus récent ne lui disait rien : *Zoe Fossey*. Un faux numéro ?

Je refuse de m'inquiéter pour ça, se dit-elle en partant vers la cuisine.

Ce fut au tour de son portable de sonner. Elle l'extirpa de son sac à main et vit sur l'écran numérique que l'appel provenait du docteur Abe Bristol, son confrère à l'institut médico-légal.

— Allô, Abe ?

— Maura… tu veux bien éclairer ma lanterne sur ce qui s'est passé ce soir aux urgences ?

— Tu es au courant ?

— J'ai déjà reçu trois coups de fil. Le *Globe*, le *Herald*, et une chaîne de télé locale.

— Et que disent-ils ?

— Ils m'ont tous questionné sur une ressuscitée qui vient d'être admise à l'hôpital… Je ne sais absolument pas de quoi ils parlent.

— Merde… Comment ont-ils fait pour être aussi vite au courant ?

— C'est donc vrai ?

— J'allais t'appeler…

Maura s'interrompit. Le téléphone fixe sonnait à nouveau dans le séjour.

— Quelqu'un cherche à me joindre. Je peux te rappeler, Abe ?

— Si tu promets de tout me dire.

Elle regagna en courant le séjour et s'empara du combiné.

— Docteur Isles.

— Ici Zoe Fossey, de Channel Six News. Avez-vous un commentaire à faire sur…

— Il est presque dix heures du soir et vous m'appelez sur ma ligne personnelle. Si vous avez des choses à me dire, il faudra me contacter à mon bureau, pendant les heures ouvrables.

— Il semblerait qu'une morte se soit réveillée à la morgue tout à l'heure…

— Je ne ferai aucun commentaire.

— D'après nos sources, son décès avait été constaté par les pompiers de Weymouth et par un inspecteur de la police d'État. Ce constat a-t-il été corroboré par un membre de vos services ?

— L'institut médico-légal n'a rien corroboré du tout.

— Cette femme se trouvait pourtant sous votre juridiction, non ?

— Aucun membre de nos services n'a délivré de constat de décès.

— Vous rejetez la responsabilité sur les pompiers de Weymouth et la police d'État ? Comment peut-on commettre une erreur pareille ? N'est-il pas évident de voir que quelqu'un est encore en vie ?

Maura raccrocha.

Presque aussitôt, le téléphone se remit à sonner. Un autre numéro s'afficha sur l'écran.

Elle souleva le récepteur.

— Docteur Isles.

— Ici Dave Rosen, d'Associated Press. Excusez-moi de vous déranger, mais nous avons appris qu'une jeune femme se serait réveillée dans sa housse mortuaire à l'institut médico-légal. C'est la vérité ?

— D'où tenez-vous ça ? Vous êtes le deuxième journaliste à m'appeler.

— À mon avis, je ne serai pas le dernier.

— Et que vous a-t-on dit, au juste ?

— Qu'elle a été déposée à la morgue en début d'après-midi, par une équipe de pompiers de Weymouth. Que c'est vous qui avez demandé une ambulance après avoir constaté qu'elle était vivante. Je viens d'appeler l'hôpital, et on me parle d'un état grave mais stable. Vous confirmez ?

— Oui, mais…

— Elle était vraiment *dans* son linceul ? Emballée dans un sac en plastique ?

— Vous en rajoutez dans le sensationnalisme, là.

— Quelqu'un de vos services est-il habituellement chargé d'examiner les corps au moment de la livraison ? Pour vérifier qu'ils sont bien morts ?

— Je ferai une déclaration dans la matinée. Bonsoir.

Maura raccrocha. Et débrancha son téléphone avant qu'il ait pu recommencer à sonner. Il n'y avait pas d'autre solution, si elle voulait dormir cette nuit.

Comment la nouvelle a-t-elle pu se propager aussi vite ? se demanda-t-elle en fixant le combiné muet.

Elle repensa alors à tous les témoins de l'incident des urgences. Les employés, les infirmières, les ambulanciers. Les patients de la salle d'attente entassés derrière la cloison vitrée. N'importe lequel d'entre eux pouvait avoir décroché son téléphone pour alerter les médias. Un simple coup de fil suffisait dans ces cas-là : rien ne court aussi vite qu'une rumeur macabre.

La journée de demain promet d'être un calvaire, pensa-t-elle. Autant m'y préparer.

Elle récupéra son mobile et composa le numéro d'Abe.

— On a un problème, dit-elle.

— J'avais compris.

— Ne dis rien à la presse. Je vais rédiger une déclaration. J'ai coupé mon fixe pour la nuit. Si tu as besoin de me joindre, appelle-moi sur mon portable.

— Tu te sens prête à faire face ?

— Est-ce que j'ai le choix ? C'est moi qui l'ai trouvée.

— Les médias vont sauter sur cette histoire, Maura.

— Associated Press vient de m'appeler.

— Merde… Tu as eu l'Office de sécurité publique ? Ils seront sûrement chargés de l'enquête.

— Je suppose que mon prochain coup de fil sera pour eux.

— Tu as besoin d'aide pour ta déclaration ?

— Je vais surtout avoir besoin de temps pour bosser dessus. Je risque d'être en retard demain matin au bureau. Tâche de tenir la meute en respect jusqu'à mon arrivée.

— Il y aura probablement une action en justice.

— On est inattaquables, Abe. On n'a rien fait de mal.

— Peu importe. Tiens-toi prête.

3

— Jurez-vous solennellement de dire la vérité, toute la vérité, et rien que la vérité tout au long du témoignage que vous vous apprêtez à livrer à la cour sur l'affaire qui est l'objet de cette audience ?

— Je le jure, répondit Jane.

— Merci. Vous pouvez vous asseoir.

Jane sentit tous les regards du prétoire posés sur elle au moment où elle se rassit lourdement sur sa chaise du banc des témoins. Ils ne l'avaient pas quittée depuis qu'elle était péniblement entrée dans cette salle – les chevilles enflées, le ventre énorme sous sa robe de grossesse. Elle se tortilla sur son séant, cherchant à la fois à se mettre à l'aise et à projeter un semblant d'autorité, mais il faisait trop chaud et un voile de sueur, déjà, perlait sur son front. Une fliquette en nage, stressée et enceinte jusqu'aux yeux. Belle figure d'autorité…

Le procureur-adjoint du comté de Suffolk, Gary Spurlock, se leva pour attaquer l'interrogatoire. Sachant qu'elle allait affronter un magistrat aussi calme que méthodique, Jane ne nourrissait aucune appréhension quant à cette première salve de questions. Elle maintint les yeux fixés sur Spurlock en évitant soigneusement ceux de l'accusé, Billy Wayne Rollo, lequel était avachi sur une chaise à côté de son avocate et la toisait avec insistance. Jane savait que Rollo cherchait à l'intimider par ses regards noirs. Foutre les boules à la fliquette, la déstabiliser. Elle avait déjà eu affaire à toutes sortes d'abrutis dans son genre et ce regard fixe n'avait rien d'une nouveauté. C'était le dernier recours des tocards.

— Pourriez-vous donner vos nom, prénom et qualité à la cour en épelant votre patronyme, s'il vous plaît ? fit Spurlock.

— Rizzoli, Jane. R-I-Z-Z-O-L-I.

— Et votre profession ?

— Je suis inspecteur à la brigade criminelle du BPD, le département de police de Boston.

— Pourriez-vous nous décrire votre formation et votre parcours professionnel ?

Jane se tortilla de plus belle ; cette chaise trop dure commençait déjà à lui faire mal au dos.

— J'ai passé mon diplôme de droit pénal au Massachusetts Bay Community College. Après une formation à l'école de police du BPD, j'ai fait de l'îlotage à Back Bay et à Dorchester…

Un puissant coup de pied de son bébé la fit tressaillir.

Doucement, là-dedans. Maman est à la barre.

Spurlock attendait la suite.

— J'ai travaillé deux ans comme inspecteur aux Mœurs, puis aux Stups, poursuivit-elle. Ensuite, il y a deux ans et demi, j'ai été transférée à la brigade criminelle, où je suis toujours.

— Merci, inspecteur. Et maintenant, je souhaiterais revenir sur les événements du 3 février de cette année. Dans le cadre de votre service, vous vous êtes rendue à une adresse résidentielle du quartier de Roxbury… C'est exact ?

— Oui, monsieur le procureur.

— Il s'agit bien du 4280, Malcolm X Boulevard ?

— Oui. C'est un immeuble.

— Parlez-nous de cette visite.

— Vers quatorze heures trente, nous nous sommes présentés, mon coéquipier, l'inspecteur Barry Frost, et moi, à cette adresse afin d'interroger l'occupante de l'appartement 2B.

— À quel propos ?

— Une affaire d'homicide. La personne que nous venions voir était une connaissance de la victime.

— Donc, elle n'était pas suspecte dans l'affaire en question ?

— Non, monsieur le procureur. Nous ne la considérions pas comme suspecte.

— Que s'est-il passé ensuite ?

— Nous avions à peine frappé à la porte du 2B que nous avons entendu des cris de femme. Ils provenaient de l'appartement d'en face. Le 2E.

— Pourriez-vous décrire ces cris ?

— Je les qualifierais de hurlements de détresse. De terreur. Et nous avons aussi entendu plusieurs chocs sourds, comme des meubles renversés. Ou une tête cognée par terre…

— Objection ! s'exclama l'avocate, une grande blonde, en se dressant d'un bond. C'est de la pure spéculation. Elle n'a rien vu, elle n'était pas dans l'appartement !

— Objection accordée, trancha le juge. Inspecteur Rizzoli, veuillez vous abstenir de jouer aux devinettes lorsque vous relatez des événements auxquels vous n'avez pas pu assister.

Devinettes, mon cul ! C'est exactement ce qui se passait. Billy Wayne Rollo était en train de cogner le crâne de sa copine contre le plancher.

Ravalant son courroux, Jane corrigea sa réponse.

— Nous avons entendu des bruits de choc en provenance de cet appartement.

— Et qu'avez-vous fait ?

— L'inspecteur Frost et moi-même avons immédiatement frappé à la porte du 2E.

— En annonçant votre qualité d'officiers de police ?

— Oui, monsieur le procureur.

— Et que s'est-il…

— Un putain de bobard ! lança l'accusé. Ils ont jamais dit qu'ils étaient flics !

Tout le monde se tourna vers Billy Wayne Rollo ; lui n'avait d'yeux que pour Jane.

— Veuillez garder le silence, monsieur Rollo, intima le juge.

— Mais cette meuf raconte n'importe quoi !

— Maître Quinlan, si vous ne calmez pas votre client, il sera expulsé de ce prétoire.

— Chut, Billy… souffla l'avocate. Vous ne nous aidez pas.

— Bien, dit le juge. Monsieur Spurlock, vous pouvez reprendre.

Le procureur-adjoint opina et, s'adressant à nouveau à Jane :

— Que s'est-il passé ensuite ? Après que vous avez frappé à la porte du 2E ?

— Il n'y a pas eu de réponse. Mais nous entendions toujours des hurlements. Des bruits. Nous avons pris conjointement la décision qu'une vie était peut-être menacée et que nous devions entrer dans cet appartement, avec ou sans consentement.

— Et vous êtes entrés ?

— Oui, monsieur le procureur.

— Ils ont défoncé ma putain de porte ! brailla Rollo.

— Silence, monsieur Rollo ! tonna le juge.

L'accusé se ramassa sur sa chaise en fusillant Jane du regard.

Fixe-moi autant que tu voudras, pauvre nase. Tu crois que tu me fais peur ?

— Inspecteur Rizzoli, reprit Spurlock, qu'avez-vous vu à l'intérieur de cet appartement ?

Jane se tourna vers le procureur-adjoint.

— Nous avons vu un homme et une femme. La femme était étendue sur le dos. Son visage était sévèrement tuméfié, et elle saignait de la bouche. L'homme était à califourchon sur elle. Il lui tenait le cou à deux mains.

— Cet homme est-il présent dans la salle ?

— Oui, monsieur le procureur.

— Veuillez le désigner.

Elle vrilla l'index sur Billy Wayne Rollo.

— Que s'est-il passé ensuite ?

— L'inspecteur Frost et moi-même avons éloigné M. Rollo de cette femme. Elle était consciente. M. Rollo a résisté et, dans la mêlée, l'inspecteur Frost a reçu un coup violent à l'abdomen. M. Rollo s'est enfui de l'appartement. Je me suis lancée à ses trousses et je l'ai rattrapé dans la cage d'escalier. C'est là que j'ai pu l'appréhender.

— Toute seule ?

— Oui, monsieur le procureur.

Jane marqua un temps d'arrêt. Puis elle ajouta, sans trace d'humour :

— Après sa chute dans l'escalier. Il semblait passablement éméché.

— Elle m'a poussé, bordel de merde !

Le juge donna un coup de marteau.

— Je vous avais prévenu, monsieur Rollo ! Garde, s'il vous plaît, emmenez l'accusé.

— Monsieur le président ! intervint l'avocate en se levant. Je me charge de le garder sous contrôle.

— Vous n'avez pas été très efficace sur ce plan-là jusqu'à maintenant, maître Quinlan.

— Il ne dira plus rien. N'est-ce pas ? ajouta-t-elle en regardant son client.

Rollo lâcha un borborygme du bout des lèvres.

— Je n'ai plus de questions, monsieur le président, dit Spurlock en se rasseyant.

Le juge considéra l'avocate.

— Maître Quinlan ?

Victoria Quinlan se leva pour le contre-interrogatoire. Jane n'avait jamais eu affaire à cette avocate et ne savait pas trop à quoi s'attendre.

Tu es jeune, tu es blonde, tu es belle, pensa-t-elle en voyant Quinlan s'approcher du banc des témoins. Qu'est-ce que tu fous là, à défendre ce fumier ?

Elle s'avança comme un mannequin sur un podium. Elle avait des jambes interminables, mises en valeur par une jupe courte et des talons aiguilles. Jane eut mal aux pieds rien qu'à regarder ses escarpins. Quinlan avait vraisemblablement toujours été au centre de l'attention ; elle sut en tirer un profit maximal en se dirigeant vers le banc des témoins, visiblement consciente de ce que tous les mâles entassés dans le box des jurés devaient être en train de mater son petit cul bien ferme.

— Bonjour, inspecteur, dit l'avocate.

Suave. Trop suave. D'une seconde à l'autre, cette blonde sortirait ses griffes.

— Bonjour, maître, rétorqua Jane d'un ton parfaitement neutre.

— Vous avez déclaré que vous travaillez actuellement à la brigade criminelle.

— Oui, maître.

— Et combien d'enquêtes dirigez-vous en ce moment de façon active ?

— Je ne dirige pas d'enquêtes en ce moment. Mais je continue à assurer le suivi des…

— Vous êtes pourtant inspecteur au BPD. N'y aurait-il donc, au jour d'aujourd'hui, plus aucune affaire de meurtre méritant de faire l'objet d'une enquête rigoureuse ?

— Je suis en congé maternité.

— Oh. Vous êtes en congé… Donc, vous ne faites plus effectivement partie de la brigade.

— Je remplis des tâches administratives.

— Soyons clairs, dit Quinlan en souriant. Vous n'êtes pas en service actif. Pour le moment.

Jane s'empourpra.

— Je viens de le dire, je suis en congé maternité. Les flics aussi font des bébés, ajouta-t-elle, avec une pointe de sarcasme qu'elle regretta aussitôt.

Ne rentre pas dans son jeu. Garde ton sang-froid.

Plus facile à dire qu'à faire, dans une étuve pareille. Qu'est-ce qui était arrivé à la climatisation ? Comment se faisait-il que personne d'autre ne semble gêné par la chaleur ?

— Votre bébé doit arriver quand, inspecteur Rizzoli ?

Jane hésita un instant, se demandant où l'avocate voulait en venir.

— Mon bébé aurait dû arriver la semaine dernière, finit-elle par répondre. Il se fait attendre.

— Donc, pour en revenir au 3 février, date de votre rencontre initiale avec mon client, M. Rollo, vous étiez… quoi ? Enceinte d'à peu près trois mois ?

— Objection, dit Spurlock. Ça n'a aucun rapport.

— Maître Quinlan, demanda le juge, quel est le but de votre question ?

— Elle porte sur une récente déclaration du témoin, monsieur le président. Comme quoi l'inspecteur Rizzoli aurait réussi à maîtriser et à appréhender seule mon client, qui me semble pourtant disposer de tous ses moyens physiques. Dans la cage d'escalier.

— Et en quoi la chronologie de sa grossesse a-t-elle quelque chose à voir, exactement, avec cet épisode ?

— Une femme enceinte de trois mois devrait théoriquement avoir un peu de mal à…

— Nous parlons ici d'un officier de police, maître Quinlan. Arrêter les gens est son métier.

Bien joué, juge ! Vas-y, mets-lui la tête dedans et appuie !

Victoria Quinlan rougit d'être ainsi rembarrée.

— Entendu, monsieur le président. Je retire la question.

Elle se tourna vers Jane et la dévisagea longuement, tout en préparant son coup suivant.

— Vous avez déclaré avoir pris conjointement avec votre coéquipier, l'inspecteur Frost, la décision d'entrer dans l'appartement 2B ?

— Pas l'appartement 2B, maître. Le 2E.

— Oh oui, bien sûr. Au temps pour moi.

Ouais, c'est ça. Comme si tu n'avais pas cherché à me piéger…

— Vous dites que vous avez frappé à la porte en vous identifiant comme des officiers de police… reprit Quinlan.

— Oui, maître.

— Et que cette intervention n'avait rien à voir avec la raison première de votre visite dans l'immeuble.

— Non, maître. Nous nous sommes retrouvés là par le seul fait du hasard. Mais à partir du moment où nous déterminons qu'un citoyen court peut-être un danger, il est de notre devoir d'intervenir.

— Et c'est pourquoi vous avez frappé à la porte du 2B.

— 2E.

— Et comme personne ne répondait, vous l'avez enfoncée.

— Nous avons eu l'impression, eu égard aux cris que nous entendions, que la vie de cette femme était menacée.

— Comment avez-vous fait pour savoir qu'il s'agissait de cris de détresse ? Est-ce qu'ils n'auraient pas pu être le résultat, par exemple, d'une étreinte passionnée ?

Jane eut envie de rire, mais se retint.

— Ce n'est pas ce que nous avons entendu.

— Et vous en avez eu la certitude ? Vous êtes capable de faire la différence ?

— Cette femme avait la bouche en sang. Ça me paraît être une preuve…

— Sauf que vous ne le saviez pas à ce moment-là. Vous n'avez pas laissé l'occasion à mon client de vous ouvrir. Vous avez formulé un jugement hâtif et vous avez forcé sa porte.

— Nous avons interrompu un tabassage en règle.

— Vous rendez-vous compte que la soi-disant victime a refusé de porter plainte contre M. Rollo ? Qu'ils sont encore en couple à ce jour et qu'ils s'aiment ?

— C'est son choix, répondit Jane en crispant les mâchoires. Ce que j'ai vu ce jour-là au 2E relevait indiscutablement de l'agression. Il y avait du sang…

— Et mon sang à moi, il compte pour du beurre ? aboya Rollo. Tu m'as balancé dans l'escalier, merde ! J'ai toujours la cicatrice, là, sous le menton !

— Silence, monsieur Rollo ! ordonna le juge.

— Regardez ! Je me suis mangé la dernière marche, vous voyez pas ? On m'a fait des points de suture !

— Monsieur Rollo !

— Avez-vous poussé mon client dans l'escalier, inspecteur Rizzoli ? demanda Quinlan.

— Objection ! s'écria Spurlock.

— Non, répondit Jane, je ne l'ai pas poussé. Il était tellement saoul qu'il est tombé tout seul.

— C'est du pipeau ! beugla l'accusé.

Le marteau s'abattit.

— Taisez-vous, monsieur Rollo !

Mais Billy Wayne Rollo était parti en vrille.

— Elle et son pote, ils m'ont traîné dans la cage d'escalier pour que personne puisse voir ce qu'ils faisaient ! Vous croyez peut-être qu'elle aurait pu m'arrêter toute seule ? Cette petite gonzesse en cloque ? Elle vous raconte un putain de bobard, je vous l'dis !

— Sergent Givens, faites sortir l'accusé.

— C'est de la violence policière ! glapit Rollo pendant que le garde le soulevait de sa chaise. Hé, le jury, vous êtes débiles, ou quoi ? Vous voyez pas que c'est de la couille en barres ? Ces deux flics m'ont balancé à coups de pied dans ce putain d'escalier !

Le marteau retentit.

— La séance est suspendue, décréta le juge. Veuillez escorter les jurés hors de la salle.

— Ben voyons ! La séance est suspendue ! s'esclaffa Rollo en dégageant son bras. Pile poil au moment où la vérité va éclater !

— Emmenez-le, sergent Givens !

Ledit Givens reprit le bras de Rollo. Fou de rage, celui-ci pivota sur lui-même et expédia un coup de tête dans le ventre du sergent. Les deux hommes tombèrent au sol et se mirent à lutter au corps à corps. Bouche bée, Victoria Quinlan baissa les yeux sur son client et le sergent, enchevêtrés à quelques centimètres de ses Manolo Blahnik à hauts talons.

Et merde... Il faut que quelqu'un arrête ça !

Jane se hissa hors de sa chaise. Écartant du bras l'avocate toujours aussi stupéfaite, elle ramassa les menottes de Givens, tombées par terre dans la confusion.

— Des renforts ! hurla le juge avec un nouveau coup de marteau. Appelez d'autres gardes !

Le sergent se trouvait maintenant sur le dos, cloué au sol par Rollo ; celui-ci était en train de lever le poing pour le frapper. Jane attrapa son poignet au vol et lui passa une des menottes.

— Putain, qu'est-ce que... ? fit Rollo.

Jane lui enfonça un pied dans la colonne vertébrale, lui replia le bras en arrière et le plaqua à plat ventre sur le sergent. La seconde menotte se referma en cliquetant sur le poignet gauche de l'accusé.

— Enlève ton pied, connasse ! hurla Rollo. Tu vas me niquer le dos !

Le sergent Givens, écrasé sous cet amas humain, semblait au bord de l'asphyxie.

Jane retira son pied. Et sentit soudain un liquide chaud ruisseler entre ses jambes, aspergeant Rollo et Givens. Elle recula et baissa les yeux, interloquée, sur sa robe de grossesse trempée. Sur le liquide qui s'écoulait de ses cuisses et était en train d'inonder le parquet du prétoire.

Rollo roula sur le flanc, leva les yeux sur elle. Et éclata de rire. Il bascula sur le dos, incapable de se maîtriser.

— Hé ! Regardez-moi ça ! La salope, elle vient de se pisser dessus !

4

Maura était à l'arrêt sous un feu rouge de Brookline Village quand Abe Bristol l'appela sur son portable.

— Tu as regardé les infos, ce matin ?

— Ne me dis pas qu'ils ont déjà sorti le truc…

— Si, sur Channel Six. La journaliste s'appelle Zoe Fossey. Tu lui as parlé ?

— Juste quelques mots, hier soir. Elle a dit quoi ?

— Pour faire court ? « Une femme retrouvée vivante dans son linceul à la morgue. Le médecin légiste accuse les pompiers de Weymouth et la police d'État de l'avoir déclarée morte. »

— La garce ! Je n'ai jamais dit ça !

— Je le sais bien. Mais le chef des pompiers de Weymouth est furax – et du côté de la police d'État, ce n'est pas la joie non plus. Louise est inondée d'appels.

Le feu passa au vert. En s'engageant sur le carrefour, Maura eut envie de faire demi-tour pour rentrer chez elle et avoir une chance d'échapper au supplice qui l'attendait.

— Tu es au bureau ? demanda-t-elle.

— Depuis sept heures. Je t'attendais plus tôt que ça.

— Je suis en voiture. Il m'a fallu plus de temps que prévu pour boucler ma déclaration.

— Bon. Je préfère te dire qu'à ton arrivée tu auras droit à une embuscade en règle sur le parking…

— C'est là qu'ils ont pris position ?

— Il y a aussi des camions-régie, garés sur Albany Street. Les journalistes font le yoyo entre la morgue et l'hôpital.

— Comme c'est pratique… Ils ont tout à portée de main.

— Tu as du neuf sur la patiente ?

— J'ai appelé le docteur Cutler ce matin. Il paraît que son bilan toxicologique est revenu positif aux barbituriques et à l'alcool. Elle devait être raide défoncée.

— Ce qui explique sans doute qu'elle ait bu la tasse. Et avec les barbitos, pas étonnant qu'ils aient eu du mal à détecter ses signes vitaux.

— Mais comment se fait-il que cette histoire provoque une telle frénésie ?

— Parce que ce genre de truc, c'est du caviar pour des torchons comme le *National Enquirer*. La morte relevée de sa tombe. Sans compter que la fille est jeune, non ?

— Vingt ans et quelques, je dirais.

— Jolie ?

— Qu'est-ce que ça change ?

— Allez ! s'esclaffa Abe. Tu sais bien que ça change tout.

— Oui, admit Maura avec un soupir. Elle est très jolie.

— Eh bien, nous y voilà. Jeune, sexy et presque éventrée vivante…

— Ce n'est *pas* arrivé.

— J'essaie juste de t'avertir. C'est comme ça que le public verra les choses.

— Et si je me faisais porter pâle ? Il me reste peut-être une petite chance d'attraper le prochain vol pour les Bermudes…

— En me laissant ce merdier sur les bras ? N'y pense même pas.

En remontant Albany Street, vingt minutes plus tard, Maura vit deux camions de la télévision stationnés près de l'entrée principale de l'institut médico-légal. Conformément aux prévisions d'Abe, les envoyés de la presse l'attendaient de pied ferme. À peine eut-elle quitté la fraîcheur climatisée de sa Lexus pour retrouver la chaleur poisseuse de cette matinée estivale que six ou sept journalistes se ruèrent sur elle.

— Docteur Isles ! interpella un homme. Je suis du *Boston Tribune*. Pourriez-vous me dire quelques mots sur cette Jane Doe ?

En guise de réponse, Maura ouvrit sa serviette et en sortit une liasse d'exemplaires du texte qu'elle avait rédigé et imprimé dans la matinée – une présentation très factuelle des événements de la veille et de la façon dont elle y avait réagi. Elle distribua sèchement les feuillets.

— Ma déclaration, dit-elle. Je n'ai rien à ajouter.

Cela ne suffit pas à endiguer le flot de questions :

— Comment est-il possible de commettre une bourde aussi énorme ?

— Est-ce qu'on connaît le nom de cette femme ?

— D'après ce qu'on sait, ce sont les pompiers de Weymouth qui ont constaté le décès. Vous pourriez nous donner des noms ?

— Adressez-vous plutôt à leur porte-parole, rétorqua Maura. Je ne peux pas répondre à leur place.

— Docteur Isles, lança une femme, vous devez bien admettre qu'à l'évidence quelqu'un a fait preuve d'incompétence, dans cette affaire !

Maura reconnut la voix. Elle tourna la tête et vit qu'une blonde s'était frayé un chemin au premier rang de la horde.

— Vous êtes la journaliste de Channel Six ?

— Oui. Zoe Fossey.

Un sourire naquit sur les lèvres de la femme, qui semblait ravie d'être reconnue, mais le regard de Maura le réduisit à néant.

— Vous avez déformé mes propos, dit-elle. Je n'ai jamais accusé ni les pompiers, ni la police d'État.

— Quelqu'un est forcément en tort. Si ce n'est pas eux, c'est qui ? Êtes-vous responsable, docteur Isles ?

— Absolument pas.

— Cette personne a été enfermée dans une housse mortuaire – vivante. Elle est restée huit heures dans la chambre froide de la morgue. Et ce n'est la faute de personne ?… Vous ne trouvez pas, ajouta la journaliste après une légère pause, que le responsable mériterait d'être renvoyé pour faute ? Cet inspecteur de la police d'État, par exemple ?

— Vous accusez un peu vite.

— Cette erreur a failli tuer une femme.

— Sauf qu'elle n'est pas morte.

— N'est-ce pas une méprise particulièrement grossière ? s'exclama Fossey. Je veux dire, il n'est quand même pas si dur de se rendre compte que quelqu'un n'est pas mort, si ?

— Ça peut s'avérer plus délicat que vous ne le croyez.

— Bref, vous défendez les fautifs.

— Je viens de vous remettre ma déclaration. Je n'ai pas à commenter les actions de qui que ce soit.

— Docteur Isles ? intervint à nouveau le journaliste du *Tribune*. Vous venez de dire qu'il n'est pas forcément simple de déterminer si quelqu'un est mort ou vivant. Je sais que des erreurs similaires ont déjà été commises dans d'autres morgues de ce pays. Pourriez-vous nous expliquer en quoi certains cas posent problème ?

L'homme s'était exprimé sur un ton calme, respectueux. Sa question, sensée et exempte de provocation, méritait une réponse.

Maura l'observa brièvement. Remarqua ses yeux intelligents, ses cheveux décoiffés par le vent et son collier de barbe, qui lui fit penser à un jeune professeur d'université. Ce beau visage ténébreux avait sûrement fait chavirer plus d'un cœur.

— Comment vous appelez-vous ? interrogea-t-elle.

— Peter Lukas. J'ai une chronique hebdomadaire dans le *Tribune*.

— Je vais vous répondre, monsieur Lukas. Mais seulement à vous. Veuillez me suivre.

— Minute ! protesta Fossey. Il y en a ici qui attendent depuis plus longtemps que lui…

Maura la foudroya du regard.

— En l'occurrence, mademoiselle Fossey, le premier servi n'est pas le premier arrivé… mais le plus courtois.

Elle se détourna et partit vers le bâtiment, suivie par le journaliste du *Tribune*.

Sa secrétaire, Louise, parlait au téléphone. Plaquant une main sur le récepteur, elle glissa à Maura, vaguement désespérée :

— Ça n'arrête pas de sonner… Qu'est-ce que je leur dis ?

Maura posa un exemplaire de sa déclaration sur le bureau.

— Faxez-leur ça.

— C'est tout ?

— Refusez toutes les demandes d'interview. J'ai accepté de recevoir M. Lukas, ici présent, mais c'est tout. Il n'y en aura pas d'autre.

Louise considéra le journaliste, et son visage s'empreignit d'une expression on ne peut plus lisible : « Et à ce que je vois, vous n'avez pas choisi le plus moche… »

— Je ne serai pas longue, ajouta Maura.

Elle introduisit Lukas dans son bureau, ferma la porte et lui indiqua une chaise.

— Merci de me recevoir, dit-il.

— Vous êtes le seul qui ait réussi à ne pas m'exaspérer.

— Ce qui ne m'empêche pas de pouvoir être exaspérant.

— Il s'agit d'une pure stratégie d'autodéfense, déclara-t-elle avec un petit sourire en coin. Si je vous parle, peut-être que vous deviendrez une cible pour tous les autres. Et qu'ils me laisseront tranquille.

— J'ai bien peur que les choses ne fonctionnent pas comme ça. Ils continueront à vous harceler.

— Il y a un tas d'autres sujets que vous pourriez traiter, monsieur Lukas. Des sujets plus importants. Pourquoi celui-là ?

— Parce que celui-là nous touche tous de façon viscérale. Il réveille nos pires angoisses. Combien d'entre nous sont hantés par la terreur d'être déclarés morts alors qu'ils ne le sont pas ? D'être enterrés vivants par erreur ? Ce qui, vous le reconnaîtrez, est arrivé plus d'une fois.

Maura opina.

— Plusieurs cas se sont effectivement produits au cours de l'histoire humaine. Mais c'était avant la thanatopraxie.

— Et tous ces gens qui se réveillent à la morgue ? Ce n'est pas de l'histoire ancienne, ça. J'ai découvert qu'il y avait eu plusieurs cas, ces dernières années.

Elle grimaça.

— Quelques-uns, oui.

— Et plus souvent que le public ne l'imagine… reprit le journaliste en ouvrant son calepin. En 1984, à New York. Un homme est allongé sur le billard d'une salle d'autopsie. Le médecin légiste prend son scalpel et, au moment où il s'apprête à l'inciser, le cadavre se réveille et l'empoigne à la gorge. Le médecin tombe raide mort – crise cardiaque. Vous en avez entendu parler ?

— Vous citez là l'exemple le plus spectaculaire.

— Mais authentique. N'est-ce pas ?

Elle soupira.

— Oui. Je connais cette histoire.

Il tourna une page.

— Springfield, Ohio, 1989. Une pensionnaire de maison de retraite est déclarée morte et transférée dans une officine de pompes funèbres. Alors qu'on l'a installée sur la table du thanatopracteur qui s'apprête à l'embaumer, elle se met à parler.

— On dirait que le sujet n'a aucun secret pour vous…

— Parce qu'il est fascinant, répondit Lukas en feuilletant son carnet. Hier soir, j'ai relevé un certain nombre de cas. Cette petite fille du Dakota du Sud qui s'est réveillée dans son cercueil juste avant qu'on ne le ferme. Ce type de Des Moines dont le thorax a carrément été ouvert. Ce n'est qu'à cet instant-là que le légiste s'est rendu compte que son cœur battait encore, ajouta Lukas en levant les yeux sur elle. Il ne s'agit pas de simples légendes, docteur Isles. Tous ces cas sont attestés, et il y en a un paquet.

— Écoutez, je ne suis pas en train de vous dire que ce genre d'incident n'arrive jamais. Oui, des cadavres se sont réveillés à la morgue. On a aussi retrouvé, en rouvrant de vieilles tombes, des traces de griffures à l'intérieur de certains cercueils. Les gens ont tellement peur de cette éventualité que les fabricants leur vendent aujourd'hui des modèles munis d'un système d'alarme. Au cas où ils seraient enterrés vivants.

— Très rassurant.

— Alors, oui, ça peut arriver. Je suis sûre que vous avez entendu parler de cette théorie qui circule concernant la résurrection de Jésus. Disant qu'il n'était pas vraiment mort. Qu'on l'aurait juste enterré trop vite.

— En quoi est-ce si difficile de déterminer que quelqu'un est mort ? Ça devrait être évident, non ?

— Non, ça ne l'est pas toujours. Certaines personnes ayant subi une exposition prolongée au froid, ou une noyade en eau glacée, peuvent avoir l'air plus que mortes. Cette inconnue a été repêchée dans de l'eau froide. J'ajoute que certaines drogues contribuent à masquer les signes vitaux d'un sujet ; il devient alors quasiment impossible de sentir son souffle ou de trouver son pouls.

— Roméo et Juliette. La potion bue par Juliette pour qu'on la croie morte…

— Oui. J'ignore de quoi se composait cette potion, mais le scénario n'a rien d'invraisemblable.

— Quelles drogues sont susceptibles de provoquer ce genre de phénomène ?

— Les barbituriques, par exemple. Ils peuvent ralentir la respiration jusqu'à la rendre très difficilement détectable.

— C'est ce qui est apparu sur le bilan toxicologique de votre Jane Doe, non ? Du phénobarbital ?

Elle fronça les sourcils.

— Qui vous l'a dit ?

— Une de mes sources. C'est exact ?

— Pas de commentaires.

— Cette personne avait des problèmes psychiatriques ? Pourquoi aurait-elle avalé une surdose de barbituriques ?

— Nous ne connaissons même pas son nom. Alors, son histoire psychiatrique…

Il fixa longuement sur elle un regard trop pénétrant pour ne pas la troubler.

Cette interview est une erreur, pensa-t-elle.

Quelques minutes plus tôt, Peter Lukas lui en avait imposé par sa politesse et son sérieux – ce journaliste-là aborderait l'affaire avec un minimum de respect. Mais l'orientation de ses questions commençait à la gêner. Pleinement préparé à cet entretien, il disposait d'informations précises sur certains aspects de l'affaire – les plus aptes à focaliser l'attention de son lectorat – qu'elle ne souhaitait surtout pas aborder.

— J'ai cru comprendre que cette femme avait été repêchée hier matin dans la baie de Hingham, reprit-il. Les pompiers de Weymouth ont été les premiers à arriver sur place.

— C'est exact.

— Pourquoi les services de l'institut médico-légal ne se sont-ils pas déplacés ?

— Nous ne disposons pas d'effectifs suffisants pour intervenir sur toutes les scènes de crime. En outre, la victime se trouvait à Weymouth, et elle ne portait aucune trace évidente d'agression criminelle.

— C'est ce qui a été déterminé par la police d'État ?

— L'inspecteur a en effet estimé qu'il s'agissait très probablement d'un accident.

— Ou peut-être d'une tentative de suicide ? Au vu des résultats de son bilan toxicologique ?

Maura ne vit aucun intérêt à nier ce que le journaliste savait déjà.

— Il se peut qu'il y ait eu overdose, oui.

— Une overdose de barbituriques. Un corps refroidi par son séjour dans l'eau glacée. Deux paramètres susceptibles de perturber la constatation du décès. Ces éléments n'auraient-ils pas dû être pris en compte ?

— C'est... oui, ce sont des éléments qui méritent d'être pris en compte.

— Pourtant, ni l'inspecteur de la police d'État, ni les pompiers de Weymouth ne l'ont fait. Cela ressemble à une erreur.

— Ça peut arriver. C'est tout ce que je peux dire.

— Avez-vous déjà commis ce type d'erreur, docteur Isles ? De déclarer mort quelqu'un qui était encore en vie ?

Elle hésita, soudain ramenée à l'époque de son internat, bien des années plus tôt. À cette nuit de garde où, pendant qu'elle était allongée dans la chambre de repos, la sonnerie du téléphone l'avait arrachée à un profond sommeil. La patiente du lit 336 avait rendu le dernier souffle, selon l'infirmière. Pouvait-elle venir constater le décès ? En se dirigeant vers la chambre de la patiente, Maura n'avait éprouvé ni angoisse ni doute. À l'école de médecine, on n'enseignait pas vraiment la façon de constater un décès ; il était entendu qu'on savait reconnaître la mort quand on la voyait. Cette nuit-là, elle avait donc remonté le couloir de l'hôpital en se disant qu'elle s'acquitterait rapidement de sa tâche, puis retournerait dormir. La mort en question n'avait rien d'inattendu. La patiente souffrait d'un cancer en phase terminale, et son dossier était étiqueté CODE ZÉRO : réanimation inutile.

En pénétrant dans la chambre 336, elle avait été surprise de trouver le lit cerné de proches en larmes qui s'étaient rassemblés là pour un dernier adieu. Maura aurait donc un public. Ce ne serait pas la calme communion avec la défunte qu'elle avait anticipée. Douloureusement consciente de tous les regards rivés sur elle, elle s'était approchée du lit en s'excusant de son intrusion.

La patiente gisait sur le dos, le visage en paix. Maura avait sorti un stéthoscope, glissé la plaque réceptrice sous la chemise de nuit d'hôpital, l'avait appliquée contre son torse décharné. En se penchant sur le corps, elle avait senti tous les proches se presser autour d'elle. Asphyxiée par le poids de leur présence, elle n'avait pas ausculté la patiente aussi longtemps qu'elle l'aurait dû. L'infirmière avait déjà déterminé que cette dame était morte ; appeler un interne pour constater le décès relevait du simple protocole. Un mot dans le dossier, une signature de médecin, et tout serait prêt pour le transfert à la morgue. Maura, penchée sur cette poitrine silencieuse, n'aspirait qu'à fuir cette chambre.

Elle s'était redressée en affichant une mine de compassion appropriée, avait porté son regard sur un homme qu'elle supposait être le mari de la morte. Prête à lui glisser un « Je regrette, mais elle nous a quittés ».

Un murmure, un souffle, l'en avait empêchée.

Surprise, elle avait baissé les yeux… et vu se soulever la poitrine de la morte. Vu la femme prendre une brève inspiration, puis retomber dans l'inertie. Un spasme d'agonie – rien à voir avec un miracle, juste la toute dernière impulsion électrique d'un cerveau, l'ultime tressaillement d'un diaphragme. Toutes les personnes présentes dans la chambre avaient poussé un cri.

« Mon Dieu ! avait fait le mari. Elle n'est pas encore partie !

— C'est… c'est imminent. »

Voilà tout ce que Maura avait trouvé à répondre. Puis elle s'était éclipsée de la chambre, bouleversée par l'erreur qu'elle avait failli commettre. Plus jamais elle ne se montrerait aussi cavalière face à un constat de décès.

Elle croisa le regard du journaliste.

— Tout le monde peut se tromper, dit-elle. Même un geste aussi basique que la détermination d'un décès n'est pas forcément aussi simple que vous le pensez.

— Donc vous défendez les pompiers ? Et la police d'État ?

— Je dis qu'une erreur est toujours possible. C'est tout.

Et Dieu sait si j'en ai commis quelques-unes moi-même…

— Je vois comment la chose a pu se produire, poursuivit-elle. Cette femme a été repêchée dans une eau à très basse température. Avec des barbituriques dans le sang. Les deux facteurs réunis peuvent donner l'apparence d'un décès. Dans de telles circonstances, une erreur n'est pas inenvisageable. Ces gens dont vous me parlez ont tout bonnement essayé de faire leur travail, et j'espère que vous saurez être juste avec eux au moment d'écrire votre article.

Maura se leva, signe que l'interview était terminée.

— Je m'efforce toujours d'être juste.

— Tous les journalistes ne peuvent pas en dire autant.

Il se leva à son tour et la dévisagea un moment sans bouger.

— Faites-moi signe si vous trouvez que je n'y suis pas parvenu, dit-il. Quand vous aurez lu mon article.

Elle le raccompagna à la porte. Le suivit des yeux jusqu'à ce qu'il ait quitté les lieux après être repassé devant le bureau de Louise.

Celle-ci leva la tête de son clavier.

— Comment ça s'est passé ?

— Je me demande. Je n'aurais peut-être pas dû lui parler.

— Vous le saurez vite, répondit Louise en se concentrant à nouveau sur son ordinateur. Dès vendredi, quand sa chronique sortira dans le *Tribune*.

5

Jane aurait été bien en peine de dire si les nouvelles étaient bonnes ou mauvaises.

Depuis que le docteur Stephanie Tam s'était penchée en avant avec un stéthoscope doppler, ses cheveux noirs et lisses étaient tombés comme un rideau devant son visage, empêchant quiconque de décrypter son expression. Couchée sur le dos, Jane regarda la tête du doppler glisser sur son ventre bombé. Le docteur Tam avait des mains élégantes, des mains de chirurgien, et jouait de son instrument avec la délicatesse d'une harpiste. Cette main s'immobilisa soudain, et le docteur Tam se pencha encore un peu plus près, très concentrée. Jane décocha un coup d'œil à son mari, Gabriel, qui était assis à côté d'elle, et lut dans ses prunelles le reflet de sa propre angoisse.

Notre bébé aurait-il un problème ?

Enfin, le docteur Tam se redressa. Elle regarda Jane avec un sourire placide.

— Écoutez donc, dit-elle en tournant le bouton du volume.

Un vrombissement s'échappa du haut-parleur, rythmé, vigoureux.

— Un excellent tonus cardiaque, commenta l'obstétricienne.

— Ça veut dire que mon bébé va bien ?

— Bébé s'en tire très bien pour le moment.

— « Pour le moment » ? Qu'est-ce que ça veut dire ?

— Juste qu'il n'a plus grand-chose à faire dans votre ventre, répondit Tam en repliant son stéthoscope, puis en le rangeant dans son étui. En général, après la perte des eaux, le travail se déclenche spontanément.

— Mais il ne se passe rien. Je ne sens aucune contraction…

— Précisément. Votre bébé ne se montre pas très coopératif, Jane. On dirait que c'est une forte tête.

— Comme sa maman, soupira Gabriel. Qui continue de se bagarrer avec des accusés jusqu'à la dernière minute. Docteur, pourriez-vous expliquer à ma femme qu'elle est officiellement en congé maternité ?

— Il n'est plus question de travailler pour le moment, confirma Tam. Bon, je vais vous faire descendre à l'imagerie pour qu'on jette un coup d'œil à ce qui se passe là-dedans. Et ensuite, je pense qu'il sera temps de déclencher l'accouchement.

— Ça ne va pas se faire tout seul ? demanda Jane.

— Vous avez perdu les eaux. C'est la porte ouverte à toutes les infections. Ça remonte déjà à deux heures, et toujours pas de contractions. Le moment est venu de bousculer un peu Junior, ajouta l'obstétricienne en s'éloignant à grands pas vers la porte. On va vous mettre sous perfusion. Je vais appeler l'imagerie, pour voir s'ils peuvent vous trouver un petit créneau tout de suite. Il va falloir qu'on fasse sortir ce bébé, pour que vous puissiez enfin devenir maman.

— Ça va tellement vite…

Tam éclata de rire.

— Vous avez eu neuf mois pour y penser, non ? L'arrivée de ce bébé ne devrait quand même pas être une surprise totale…

Elle quitta la chambre. Jane leva les yeux au plafond.

— Je ne suis pas sûre d'être prête.

Gabriel lui prit la main.

— Moi si, et depuis longtemps. Presque une éternité.

Il souleva la chemise d'hôpital de sa femme, plaqua une oreille contre son ventre nu.

— Coucou, là-dedans ! Papa commence à s'impatienter, alors arrête un peu de faire l'andouille !

— Ouille. Tu as loupé ton rasage, ce matin.

— Je veux bien le refaire, rien que pour toi.

Il redressa la tête, et leurs regards se croisèrent.

— J'en rêve depuis toujours, ajouta-t-il. Ma petite famille à moi.

— Et si la réalité n'était pas à la hauteur de tes espérances ?

— Et qu'est-ce que j'espère, selon toi ?

— Tu sais bien. L'enfant parfait, la femme idéale…

— Qu'est-ce que je ferais de la femme idéale alors que je t'ai, toi ?

Il esquiva en riant le coup de poing qu'elle avait fait mine de lui expédier.

En tout cas je l'ai bien trouvé, moi, le mari idéal, se dit Jane en observant ses yeux rieurs. Je me demande encore comment j'ai pu avoir une veine pareille. Comment une fille qu'on a si longtemps surnommée « la grenouille » a-t-elle réussi à épouser un type capable de faire tourner toutes les têtes rien qu'en entrant dans une pièce ?

Il se pencha vers elle et, d'une voix douce :

— Tu ne me crois pas, hein ? Même si je te le répétais mille fois, tu ne me croirais jamais. Tu es exactement ce que je veux, Jane. Toi et notre bébé, ajouta-t-il en lui déposant un baiser sur le nez. Bon… Qu'est-ce que tu veux que je te rapporte, maman ?

— Oh là là… Ne m'appelle pas comme ça. Il n'y a rien de moins sexy.

— Je trouve ça très sexy, moi. Et d'ailleurs…

Elle lui administra en riant une tape sur la main.

— Allez, file. Va manger quelque chose. Et rapporte-moi un hamburger avec des frites, tiens.

— C'est contraire aux ordres du docteur. Tu n'as droit à aucun aliment.

— Elle n'a pas besoin de le savoir.

— Jane…

— D'accord, d'accord. Rentre à la maison et rapporte ma valise.

Il la gratifia d'un salut militaire.

— À vos ordres. C'est exactement pour ça que j'ai pris un mois de congé.

— Tu pourrais peut-être aussi réessayer d'appeler mes parents ? Ça ne répond toujours pas. Oh, et prends aussi mon ordinateur portable.

Il secoua la tête en soupirant.

— Quoi ? fit Jane.

— Tu es sur le point d'accoucher, et tu me demandes de te ramener ton ordinateur ?

— J'ai un tas de dossiers à mettre à jour.

— Tu es indécrottable, Jane.

Elle lui souffla un baiser.

— Tu le savais quand tu m'as épousée.

— Vous savez, dit Jane en posant les yeux sur le fauteuil roulant, je pourrais très bien y aller toute seule, à l'imagerie. Il suffirait que vous me disiez où ça se trouve.

L'accompagnante bénévole bloqua les freins du fauteuil en secouant la tête.

— C'est le règlement de l'hôpital, madame, et on ne fait pas d'exception. Les patients doivent être transportés en fauteuil. Vous n'avez sûrement pas envie de glisser, de tomber ou quoi que ce soit de ce genre-là.

Le regard de Jane alla du fauteuil roulant à la bénévole aux cheveux argentés qui se proposait de la pousser.

Pauvre petite vieille, pensa-t-elle, c'est moi qui devrais la pousser.

Elle descendit à contrecœur de son lit et s'installa dans le siège pendant que la bénévole décrochait sa bouteille de perfusion. Tout à l'heure, Jane s'était battue avec Billy Wayne Rollo ; et voilà qu'on la transportait comme une reine de Saba. C'en était presque embarrassant. La bénévole l'emmena dans les couloirs en fredonnant, avec une haleine à mi-chemin entre la cigarette et la vieille chaussure. Et si cette vieille dame était prise d'un malaise ? Et s'il fallait lui faire un bouche-à-bouche ?

Serais-je autorisée à me lever dans ce genre de cas, ou est-ce que le règlement passe avant tout ?

Jane se recroquevilla dans son fauteuil, fuyant les regards de tous ceux qu'elle croisait.

Ne me regardez surtout pas, pensait-elle. Je me sens déjà bien assez coupable de faire trimer cette pauvre mamie.

La bénévole la fit entrer à reculons dans l'ascenseur et la gara à côté d'un autre patient. Un vieillard aux cheveux gris, qui marmottait dans sa barbe. Jane remarqua la camisole de force qui l'empêchait d'écarter le torse de son siège.

Mince, se dit-elle, ils ne rigolent pas avec cette histoire de fauteuil roulant. Quand quelqu'un essaie de se lever, ils le ligotent carrément dessus !

Le vieillard la fusilla des yeux.

— Quoi, qu'est-ce que vous regardez comme ça, sacré nom ?

— Rien, fit Jane.

— Alors, arrêtez !

— D'accord.

Le brancardier noir planté derrière le vieil homme pouffa.

— M. Bodine est comme ça avec tout le monde, madame. Ne le prenez pas pour vous.

Jane haussa les épaules.

— Dans mon métier, j'ai droit à bien pire.

Il arrive même qu'on me tire dessus, figurez-vous.

La tête bien droite, Jane suivit le défilé des numéros d'étage en évitant soigneusement tout contact visuel avec M. Bodine.

— Y a trop de gens en ce bas monde qui se mêlent des affaires des autres, grommela le vieillard. Des concierges, voilà ce que c'est. Ils passent leur temps à regarder.

— Voyons, monsieur Bodine, dit le brancardier. Personne ne vous regarde, là.

— Elle vient de le faire, celle-là.

Pas étonnant qu'ils t'aient ligoté, vieux grincheux, pensa Jane.

La porte de l'ascenseur s'ouvrit au rez-de-chaussée, et la bénévole se remit à pousser Jane. Dans le couloir menant au service d'imagerie, celle-ci subit à nouveau le poids des regards. Tous ces gens en pleine possession de leurs moyens, fermement campés sur leurs deux jambes, épiaient à la dérobée l'invalide au ventre énorme qu'elle était devenue, avec son petit bracelet d'hôpital en plastique.

Est-ce comme ça pour tous ceux qui sont cloués dans un fauteuil ? s'interrogea-t-elle. Sont-ils en permanence la cible de regards compatissants ?

Dans son dos, une voix bougonne déjà familière s'éleva :

— Hé, qu'est-ce que vous regardez comme ça, dites donc, m'sieur ?

Pitié, pensa Jane. Faites que ce M. Bodine ne soit pas lui aussi en route vers l'imagerie…

Hélas, elle continua à l'entendre pester jusqu'au fond du couloir, où sa bénévole lui fit négocier un virage à droite et franchir l'entrée du service.

Elle fit entrer Jane dans la salle d'attente et la planta là, à côté du vieillard.

Surtout ne le regarde pas, pensa-t-elle. Ne jette même pas un coup d'œil dans sa direction.

— Ben quoi ? lui lança-t-il. Z'êtes trop coincée pour me parler, ou quoi ?

Fais celle qui n'a pas entendu.

— Hé ! Alors comme ça, j'existe plus, maintenant ?

Jane leva la tête lorsqu'une porte s'ouvrit. Une manipulatrice radio en tenue bleue entra dans la salle d'attente.

— Jane Rizzoli ?

— C'est moi.

— Le docteur Tam descend dans cinq minutes. Je vais vous installer.

— Ben et moi, alors ? pleurnicha le vieil homme.

— Ce sera bientôt votre tour, monsieur Bodine, répondit la technicienne en faisant pivoter le fauteuil de Jane vers la porte. Tâchez d'être patient.

— Mais c'est que j'ai envie de pisser, moi, sacré nom !

— Oui, je sais, je sais.

— Vous savez rien du tout, ouais !

— J'en sais assez long pour éviter de gaspiller ma salive, murmura la manipulatrice en poussant Jane dans un couloir.

— Je vais pisser sur votre moquette ! hurla l'ancien.

— Un de vos patients préférés ? demanda Jane.

— Sûrement, soupira la technicienne. Tout le monde l'adore.

— Il a vraiment besoin de faire pipi, selon vous ?

— Tout le temps. Sa prostate est grosse comme mon poing, mais il refuse de laisser un chirurgien y toucher.

Elle fit entrer Jane dans une salle d'examen et bloqua les roues du fauteuil.

— Je vais vous aider à monter sur la table.

— Je peux me débrouiller.

— Vu la taille de votre ventre, ma belle, un coup de main ne sera pas de trop.

La manipulatrice lui prit le bras et la souleva du fauteuil. Elle resta debout à côté de Jane pendant que celle-ci montait sur le marchepied, puis s'étendait sur la table d'examen.

— Et maintenant, détendez-vous, d'accord ? dit-elle en accrochant la perfusion de Jane sur un pied à roulettes. On va lancer le sonogramme dès que le docteur Tam sera là.

La manipulatrice ressortit, laissant Jane seule dans cette pièce où il n'y avait strictement rien d'autre à regarder que les appareils d'imagerie médicale. Aucune fenêtre, aucune affiche sur les murs, pas l'ombre d'un magazine à se mettre sous la dent. Même pas un de ces numéros soporifiques du *Golf Digest*.

Jane reposa sa tête contre la table et scruta le plafond nu. Les deux mains sur l'abdomen, elle guetta la sensation familière d'un infime coup de pied, ou de coude, mais rien ne vint.

Allez, bébé, pensa-t-elle. Exprime-toi. Dis-moi que tout va bien se passer.

Les bouches d'aération crachèrent un souffle froid qui la fit frissonner sous sa chemise diaphane. Elle voulut jeter un coup d'œil à sa montre et se surprit à contempler, à la place, le bracelet de plastique fixé à son poignet. Nom de la patiente : *Rizzoli Jane*.

Ma foi, pensa-t-elle, cette patiente n'est pas la plus patiente qui soit. Allez, tout le monde, qu'on en finisse !

Un picotement lui parcourut soudain la peau du ventre, et elle sentit son utérus se resserrer. Ses muscles se raidirent progressivement, restèrent un certain temps comme tétanisés, puis se relâchèrent. Une contraction, enfin !

Elle regarda l'horloge. Midi moins dix.

6

À midi, la température avait atteint les trente degrés, transformant les trottoirs en plaques chauffantes, et une nappe de brume sulfureuse planait sur la ville. Plus un journaliste ne rôdait sur le parking de l'institut médico-légal ; Maura parvint donc à traverser Albany Street, puis à pénétrer dans l'hôpital, sans se faire accoster. Lorsqu'elle prit l'ascenseur, avec une demi-douzaine d'internes tout frais émoulus de l'école et commençant à peine leur premier mois d'affectation, un principe appris pendant ses études lui revint en mémoire : Ne jamais tomber malade en juillet.

Ils sont tous tellement jeunes, pensa-t-elle en considérant leurs visages lisses, leurs cheveux exempts de gris.

Elle se faisait souvent cette réflexion, depuis quelque temps, face aux policiers ou aux médecins. Tous avaient l'air de plus en plus jeunes.

Et ces internes, comment me voient-ils ? s'interrogea-t-elle. Comme une dame d'âge mûr, probablement, sans blouse, sans badge à son nom frappé d'un titre de docteur.

Peut-être la prenaient-ils pour une proche de patient, à peine digne d'un coup d'œil. Elle avait autrefois été comme eux, jeune et insolente dans sa blouse blanche. Avant d'assimiler les enseignements de la défaite.

Les portes de l'ascenseur se rouvrirent, Maura suivit les internes dans le service. Ils passèrent en courant d'air devant le comptoir des infirmières, intouchables grâce à leur blouse. Mais Maura, vêtue en simple citoyenne, fut immédiatement interceptée par une surveillante aux sourcils froncés.

— Excusez-moi, lança-t-elle d'un ton cassant, vous cherchez quelqu'un ?

— Je viens voir une patiente, dit Maura. Elle a été admise hier soir, aux urgences. J'ai cru comprendre qu'elle avait quitté les soins intensifs dans la matinée.

— Son nom ?

Maura hésita. Puis :

— Elle doit encore être inscrite au fichier comme Jane Doe. Le docteur Cutler m'a dit qu'elle était au 431.

Les yeux de la surveillante se réduisirent à deux fentes.

— Je regrette. On a eu des appels de journalistes toute la matinée. On ne répond plus à aucune question sur cette patiente.

— Je ne suis pas journaliste. Je suis le docteur Isles, de l'institut médico-légal. J'ai prévenu le docteur Cutler que je passerais la voir.

— Puis-je avoir une preuve de votre identité ?

Maura fouilla dans son sac à main et plaça une pièce d'identité sur le comptoir.

Ça m'apprendra à arriver en civil, pensa-t-elle.

Elle jeta un coup d'œil aux internes qui paradaient toujours dans le couloir, affranchis de toute entrave, un troupeau d'oies blanches bombant le torse.

— Vous n'avez qu'à appeler le docteur Cutler, suggéra-t-elle. Il sait qui je suis.

— Bon, je suppose que ça va aller, fit la surveillante en lui rendant sa carte. Il y a tellement de ramdam autour de cette patiente qu'ils ont dû mettre un vigile à sa porte…

Elle ajouta, pendant que Maura s'éloignait dans le couloir :

— Il vous demandera sûrement vos papiers, lui aussi !

Prête à essuyer une nouvelle salve de questions, Maura se dirigea vers la chambre 431 en gardant sa pièce d'identité à la main, mais ne trouva aucun vigile en poste devant la porte close. À l'instant où elle allait frapper, un choc sourd se fit entendre à l'intérieur de la chambre, suivi d'un fracas métallique.

Elle entra, découvrit un spectacle chaotique. Un médecin se tenait debout à côté du lit, un bras levé vers le compte-gouttes de la perfusion. En face, un vigile penché sur la patiente s'efforçait de lui immobiliser les poignets. La table de chevet venait d'être renversée, le sol luisait d'eau répandue.

— Vous avez besoin d'aide ? demanda Maura.

Au coup d'œil que lui adressa le docteur par-dessus son épaule, elle devina un regard bleu, des cheveux blonds coupés en brosse.

— Non, ça va aller. On la tient.

— Laissez-moi boucler cette sangle, proposa-t-elle en s'approchant du lit, côté vigile.

À l'instant précis où elle allait se saisir de la sangle en question, elle vit la main de la femme se libérer d'un geste sec. Un grognement affolé jaillit de la gorge du vigile.

La détonation fit reculer Maura. Un liquide chaud lui éclaboussa le visage au moment où le vigile, parti à la renverse, s'écroulait sur elle. Elle perdit l'équilibre, atterrit sur le dos. L'eau froide du sol lui imprégna le dos, en même temps que la chaleur poisseuse d'un flot de sang traversait le devant de son chemisier. Elle tenta de se dégager du corps de l'homme vautré sur elle, mais il était lourd, si lourd qu'il lui comprimait les poumons.

Le vigile se mit à trembler, saisi d'une série de spasmes d'agonie. Une nouvelle coulée de chaleur ruissela sur les joues de Maura, et jusque dans sa bouche, avec un goût ferreux qui lui souleva le cœur. *Je me noie dedans.* Elle poussa de toutes ses forces, en hurlant, et le corps ensanglanté du vigile roula enfin sur le côté.

Elle se releva précipitamment et se concentra sur la patiente, désormais libre de ses mouvements. Elle vit alors ce qu'elle tenait à deux mains.

Un pistolet. Elle a pris l'arme du vigile.

Le docteur s'était volatilisé. Maura était désormais seule face à Jane Doe et, pendant qu'elles se regardaient en chiens de faïence, les moindres détails du visage de celle-ci lui apparurent avec une effroyable netteté. Ses cheveux noirs hirsutes, ses yeux hallucinés. L'inexorable saillie des tendons de ses bras lorsqu'elle resserra sa prise sur la crosse.

Seigneur Dieu, elle va appuyer sur la détente.

— S'il vous plaît... souffla Maura. Je veux juste vous aider.

Un bruit de cavalcade détourna l'attention de l'inconnue. La porte s'ouvrit à toute volée et une infirmière stoppa net pour contempler fixement, la bouche grande ouverte, le carnage qui venait d'avoir lieu dans la chambre.

Jane Doe quitta son lit d'un bond, tellement vite que Maura n'eut pas le temps de réagir. Elle sursauta lorsque l'inconnue lui saisit le bras et que le canon du pistolet lui mordit le cou. Le cœur battant, sentant l'acier froid s'enfoncer dans sa chair, Maura se laissa pousser vers la porte. L'infirmière battit en retraite, trop épouvantée pour pouvoir dire un mot. Toujours sous la menace, Maura quitta la chambre, émergea dans le couloir. Y avait-il un service de sécurité dans cet hôpital ? Quelqu'un avait-il appelé des renforts ? Sentant le corps en nage de l'inconnue collé au sien, son souffle de bête affolée s'engouffrer dans ses tympans, Maura se laissa mener vers le poste des infirmières.

— Attention ! Écartez-vous, elle est armée ! cria quelqu'un.

Maura tourna la tête et aperçut le groupe d'internes croisé quelques minutes plus tôt.

Nettement moins arrogants dans leurs blouses blanches, ils reculèrent, les yeux écarquillés. Une foule de témoins – une foule inutile.

Aidez-moi, bon Dieu !

Quand Jane Doe et son otage arrivèrent en vue du poste des infirmières, les femmes stupéfaites qui s'étaient levées derrière le comptoir suivirent des yeux leur progression, aussi muettes qu'un groupe de figurines en cire. Le téléphone sonna sans que personne réponde.

Les ascenseurs étaient droit devant.

L'inconnue enfonça le bouton d'appel. La porte s'ouvrit, elle précipita Maura dans la cabine, l'y suivit, appuya sur le bouton du rez-de-chaussée.

Quatre étages à descendre.

Serai-je encore en vie quand cette porte se rouvrira ?

L'inconnue s'adossa à la cloison, face à elle. Maura soutint son regard sans ciller.

Oblige-la à voir qui tu es. Fais en sorte qu'elle te regarde dans le blanc des yeux au moment d'actionner la détente.

Malgré la température polaire qui régnait dans l'ascenseur, et bien que Jane Doe soit nue sous sa chemise d'hôpital, son visage dégoulinait de sueur et ses mains tremblaient sur la crosse.

— Pourquoi faites-vous ça ? demanda Maura. Je ne vous ai rien fait de mal ! Je me suis même démenée pour vous venir en aide, hier soir. C'est moi qui vous ai sauvée.

L'inconnue ne répondit pas. Ne proféra pas un mot, pas un son. Maura n'entendait que son souffle saccadé, accéléré par la peur.

La sonnette de l'ascenseur tinta, le regard de l'inconnue fila aussitôt vers la porte. Maura s'efforça frénétiquement de visualiser le hall de l'hôpital. Elle se souvenait d'un comptoir d'accueil à proximité de l'entrée, tenu par une bénévole grisonnante. D'une boutique de cadeaux. Et d'une batterie de téléphones publics.

La porte coulissa. L'inconnue prit Maura par le bras et la poussa hors de l'ascenseur, devant elle. Une fois encore, le canon du pistolet lui mordit la jugulaire. La bouche sèche comme de la cendre, Maura émergea dans le hall. Elle regarda à gauche, puis à droite, ne vit personne. Puis elle finit par repérer l'unique vigile du hall, accroupi derrière le comptoir de l'accueil. Un seul coup d'œil aux cheveux blancs visibles sous la casquette d'uniforme, et Maura sentit son cœur chavirer.

Ce ne serait pas lui son sauveur. C'était au mieux un vieux bonhomme paniqué, le genre de gars tout juste bon à descendre un otage par erreur.

Dehors, une sirène se mit à mugir comme une dame blanche.

La tête de Maura partit en arrière quand l'inconnue la tira par les cheveux ; elle sentit un souffle chaud sur sa nuque, l'odeur acide de la peur. Elles marchèrent ensemble vers la sortie, et Maura revit le vigile effrayé, prostré derrière le comptoir. Des ballons argentés flottaient dans la vitrine de la boutique de cadeaux, un combiné téléphonique oscillait au bout de son fil. Elles franchirent le seuil de l'hôpital et basculèrent dans la fournaise de midi.

Une voiture de patrouille du BPD s'immobilisa avec un crissement de pneus le long du trottoir et deux flics en sortirent, l'arme au poing. Ils s'immobilisèrent presque aussitôt, les yeux fixés sur Maura, qui bloquait leur ligne de tir.

Une autre sirène hurla, toute proche.

Hoquetant presque, l'inconnue sembla passer en revue ses options, en l'occurrence fort réduites. Ayant constaté qu'aucune sortie n'était envisageable de ce côté-ci, elle tira Maura en arrière et se replia dans le hall.

— Je vous en prie, chuchota Maura en se laissant remorquer vers l'entrée d'un couloir. Vous n'avez aucune chance ! Il suffirait de poser votre arme. Posez-la, et on ira leur parler ensemble, d'accord ? On s'approchera lentement, personne ne vous fera de mal…

Les deux policiers suivaient pas à pas, au même rythme que leur cible. Maura se trouvant toujours dans leur ligne de tir, ils se contentaient d'observer, impuissants, l'inconnue qui s'enfonçait dans les profondeurs du couloir en traînant son otage derrière elle. Un cri fusa ; du coin de l'œil, Maura aperçut des visiteurs stupéfaits, cloués sur place.

— Écartez-vous ! hurla un des flics. Dégagez !

C'est la fin, pensa Maura. Je suis aux mains d'une forcenée qui refuse de se rendre.

L'inconnue, haletante, émettait des gémissements frénétiques, et la peur irradia les bras de Maura comme une décharge électrique de ligne à haute tension. Elle se sentait inexorablement entraînée vers un dénouement sanglant et crut voir la confirmation de cette certitude dans le regard des deux policiers qui, lentement, commençaient à grignoter leur retard. La déflagration de l'arme, son cerveau réduit en purée rouge. L'inévitable grêle de balles qui viendrait clore l'incident. Jusqu'ici, les policiers étaient tenus en échec. Et Jane Doe, prise dans un étau de panique, était aussi impuissante qu'eux, totalement inapte à modifier le cours des choses.

Je suis la seule à pouvoir agir. Et c'est maintenant ou jamais.

Maura inspira, expira. En même temps que ses poumons se vidaient, elle relâcha tous ses muscles. Ses jambes fléchirent, elle s'affaissa vers le sol.

Avec un grognement de surprise, l'inconnue tenta de la soutenir. Mais un corps inerte pèse lourd, et déjà son otage était au sol, son bouclier humain se dérobait. Maura, soudain libre, roula sur le côté. Elle se mit en boule, les bras sur la tête, attendit le tonnerre. Il n'y eut que des piétinements, des vociférations :

— Merde ! J'arrive pas à l'aligner !

— Dégagez la piste, tout le monde !

Une main l'attrapa, la secoua.

— Madame ? Ça va ? Est-ce que ça va ?

Tremblante, elle leva enfin les yeux sur le visage du policier. Un talkie-walkie crépita, les sirènes hurlaient comme des pleureuses.

— Venez, dit l'agent en la soulevant par le bras. Il ne faut pas rester ici.

Maura tremblait si fort qu'elle avait du mal à tenir debout ; l'agent l'enlaça par la taille et la guida vers la sortie.

— Vous tous ! hurla-t-il aux passants. Quittez le bâtiment, vite !

Elle réussit à jeter un coup d'œil en arrière. Jane Doe n'était plus visible nulle part.

— Vous pouvez marcher ? s'enquit le policier.

Incapable d'articuler un mot, elle hocha la tête.

— Alors allez-y ! Il faut qu'on évacue tout le monde. Vous n'avez pas intérêt à rester dans le coin.

Parce que ça va saigner.

Elle s'éloigna de quelques pas. Se retourna une dernière fois, vit le policier disparaître dans le couloir. Un panneau marquait l'entrée du service où Jane Doe se préparait à livrer son baroud d'honneur : *IMAGERIE MÉDICALE.*

Jane Rizzoli se réveilla en sursaut et, momentanément désorientée, étudia le plafond en clignant des yeux. Elle n'aurait pas cru pouvoir piquer du nez aussi facilement, mais cette table d'examen s'était révélée étonnamment confortable, et elle manquait de sommeil : elle dormait mal depuis plusieurs nuits. Elle regarda l'horloge murale et s'aperçut qu'elle était seule dans cette salle depuis plus d'une demi-heure. Combien de temps avaient-ils encore l'intention de la faire mariner ? Elle laissa filer cinq minutes supplémentaires, de plus en plus énervée.

C'est bon, j'ai ma dose. On va voir pourquoi ça traîne autant. Et au diable le fauteuil roulant.

Elle sauta à bas de la table, ses pieds nus claquèrent en touchant le linoléum froid. Après avoir fait deux pas, elle s'aperçut que son bras était toujours relié à une poche en plastique de solution saline. Elle transféra la poche sur un pied à roulettes qu'elle poussa jusqu'au seuil. Elle passa la tête dans le couloir et ne vit personne. Ni infirmière, ni brancardier, ni technicien en imagerie.

Voilà qui était rassurant. On l'avait carrément oubliée.

Elle descendit le couloir aveugle avec sa potence à perfusion, dont les roulettes tressautaient sur le sol. Elle dépassa une porte ouverte, puis une autre : des tables d'examen vacantes, des pièces vides. Où étaient-ils donc passés ? Pendant son petit somme, tout le monde avait disparu.

Peut-être ai-je dormi beaucoup plus d'une demi-heure ?

Elle fit halte au milieu du couloir désert en se demandant s'il était possible, comme dans *La Quatrième Dimension*, que tous les autres êtres humains se soient volatilisés. Elle scruta les deux extrémités du couloir, cherchant à retrouver le chemin de l'accueil. Elle s'était laissé conduire jusqu'à la salle d'examen par la manipulatrice sans prêter attention au trajet. Elle poussa une nouvelle porte, découvrit un bureau. Elle en poussa une autre ; celle-là donnait sur un cabinet d'archives.

Personne.

Elle allongea le pas dans ce couloir labyrinthique, accompagnée par les grincements de son pied à perfusion. Qu'est-ce que c'était que cet hôpital où on laissait une pauvre femme enceinte livrée à elle-même ? Elle allait se plaindre, ça oui, et ils allaient l'entendre. Elle aurait pu accoucher sur cette table ! Elle aurait pu crever ! Elle sentit la moutarde lui monter au nez – et une femme sur le point de mettre son bébé au monde n'était sûrement pas censée se retrouver dans cet état-là.

Elle finit par repérer un panneau de sortie et, tandis qu'un flot de mots choisis se bousculait au seuil de ses lèvres, elle poussa la porte d'un geste rageur. Son premier regard sur la salle d'attente ne lui permit pas de comprendre instantanément la situation. M. Bodine était toujours ligoté sur son fauteuil roulant et rangé dans le même coin. La manipulatrice et la réceptionniste étaient assises, au coude à coude, sur une des deux banquettes. Le docteur Tam avait pris place sur l'autre, près du brancardier noir. Qu'est-ce qu'ils foutaient tous là – ils prenaient le thé, ou quoi ? Comment se faisait-il que sa gynéco soit restée à se tourner les pouces sur cette putain de banquette pendant qu'elle-même se morfondait dans les profondeurs du service ?

Puis elle vit le dossier médical tombé par terre, le mug renversé, le café répandu sur la moquette. Elle se rendit compte que le docteur Tam ne se tournait pas les pouces ; qu'elle avait le dos raide et les muscles du visage contractés par la terreur. Que ses yeux fixes n'étaient pas braqués sur Jane, mais sur autre chose.

C'est alors que Jane comprit.

Il y a quelqu'un derrière moi.

7

Maura attendait dans la caravane du PC mobile, entourée de téléphones, de moniteurs vidéo et d'ordinateurs portables. La climatisation ne fonctionnait pas et le mercure, là-dedans, dépassait largement les trente degrés. L'officier Emerton, chargé de surveiller les messages radio, s'éventait entre deux gorgées d'eau bues au goulot. À la différence du capitaine Hayder, commandant des opérations spéciales du BPD, pour l'heure occupé à étudier le plan de coupe de l'hôpital affiché sur l'écran d'un des ordinateurs et qui avait l'air frais comme un gardon. Assis à côté de lui, le directeur des services techniques de l'hôpital lui indiquait les points clés du plan.

— Elle est allée s'enfermer dans le service d'imagerie, qui a remplacé le service de radiologie suite au transfert de celui-ci dans la nouvelle aile, expliquait le directeur. J'ai bien peur que ça ne représente un gros inconvénient pour vos troupes, capitaine.

— Quel inconvénient ? interrogea Hayder.

— Tous les murs extérieurs sont renforcés par un blindage de plomb, et ce service ne comporte ni fenêtre ni porte extérieure. Vous ne pourrez donc pas donner l'assaut du dehors. Ni balancer des grenades lacrymogènes.

— Et on ne peut accéder au service que par cette porte intérieure, là, dans le couloir ?

— Exact. Je suppose qu'elle l'a verrouillée ?

Hayder acquiesça.

— Donc, elle est piégée là-dedans… J'ai fait reculer mes hommes d'un cran dans le couloir, histoire de leur éviter de se retrouver droit dans sa ligne de tir si elle décidait de tenter une sortie.

— Elle se trouve effectivement dans un cul-de-sac, confirma le directeur. Il lui faudrait affronter vos hommes pour s'enfuir. Pour le moment, elle est coincée. Mais à l'inverse, vous risquez d'avoir du mal à la débusquer.

— Bref, nous sommes dans une impasse.

Le directeur cliqua sur sa souris pour agrandir une partie du plan.

— Il y a quand même une possibilité, ça dépend de l'endroit du service où elle a choisi de se retrancher. Le blindage de plomb est présent dans tous les secteurs de diagnostic. Mais ici, au niveau de la salle d'attente, la structure n'est pas protégée.

— Et c'est construit en quoi, à cet endroit ?

— En placo. Vous pourriez facilement percer ce plafond à partir de l'étage supérieur, répondit le directeur en se tournant vers Hayder. Mais il lui suffira de se replier dans la zone protégée pour redevenir inaccessible…

— Excusez-moi, interrompit Maura.

— Oui ? fit sèchement Hayder en dardant sur elle une paire d'yeux bleus aiguisés par l'irritation.

— Je peux m'en aller, capitaine ? Je n'ai plus rien à vous apprendre.

— Pas encore.

— Dans combien de temps ?

— Il faut d'abord que notre négociateur puisse vous entendre. Il tient à ce que tous les témoins soient retenus.

— Je ne demande pas mieux que de lui parler, mais je ne vois pas l'intérêt de rester assise ici sans rien faire. Mon bureau est juste en face. Vous savez où me trouver.

— C'est déjà trop loin, docteur Isles. Nous sommes malheureusement obligés de vous séquestrer, rétorqua Hayder en se tournant à nouveau vers le plan de l'hôpital. La situation peut évoluer très vite, et on ne peut pas se permettre de perdre une minute à rechercher des témoins partis batifoler dans tous les coins.

— Je n'ai aucunement l'intention de batifoler. Et je ne suis pas votre seul témoin. N'oubliez pas les infirmières qui s'occupaient d'elle.

— Elles aussi sont séquestrées. Tout le monde sera entendu.

— Et ce docteur, celui qui était dans sa chambre. Il a tout vu…

— Capitaine Hayder ? intervint Emerton en se détournant de sa console. Ça y est, les quatre premiers niveaux de l'hôpital sont évacués. Ils ne pourront pas déplacer les patients en état critique des étages supérieurs, mais tous les autres ont quitté le bâtiment.

— Et nos cordons ?

— Le premier rideau est en place. Une barricade a été dressée dans le couloir. On attend encore les renforts pour consolider le périmètre extérieur.

Un téléviseur fixé au-dessus de la tête de Hayder diffusait les images d'une chaîne locale, sans le son. Une émission d'informations en direct, aux images étrangement familières.

Albany Street, se dit Maura. Et là, le PC mobile où je suis actuellement retenue contre mon gré.

Pendant que la bonne ville de Boston suivait sur ses écrans le déroulement du drame, elle se retrouvait coincée dans l'œil du cyclone.

Une brusque oscillation de la caravane l'incita à tourner la tête vers la porte, par laquelle un homme venait d'entrer.

Encore un flic, pensa-t-elle en voyant l'arme fixée à sa ceinture, mais celui-là était plus petit et beaucoup moins imposant que Hayder. La sueur collait les quelques mèches brunes qui garnissaient encore son crâne rougeaud.

— Bon Dieu, grogna-t-il, il fait encore plus chaud ici que dehors. Votre clim n'est pas branchée ?

— Si, répondit Emerton. Mais elle est nase. On n'a pas eu le temps de la faire réparer. Le matériel est pas à la noce, ces temps-ci.

— Les gens non plus, observa le nouveau venu en posant les yeux sur Maura. Vous êtes le docteur Isles, je suppose ? ajouta-t-il en lui tendant la main. Je suis le lieutenant Leroy Stillman. On m'a fait venir pour essayer de calmer le jeu. Voir s'il y a moyen de régler ça sans violence.

— Vous êtes le négociateur.

Stillman haussa modestement les épaules.

— C'est le titre qu'on me donne.

Ils échangèrent une poignée de main. Peut-être à cause de son apparence anodine – sa mine de chien battu, sa calvitie –, il la mit aussitôt à l'aise. Contrairement à Hayder, qui semblait carburer à la testostérone pure, cet homme-là parlait avec un petit sourire patient. Comme s'il avait la vie devant lui pour bavarder. Il se tourna vers Hayder.

— Cette chaleur est insoutenable, dit-il. Il n'y a aucune raison de lui infliger ça.

— C'est vous qui nous avez demandé de retenir les témoins.

— Oui, mais pas de les rôtir vivants, répondit Stillman en rouvrant la porte. On sera mieux n'importe où ailleurs.

Ils descendirent de la caravane, et Maura prit une série de profondes respirations, ravie d'échapper enfin à la fournaise. Ici, au moins, l'air circulait. Durant sa brève séquestration, Albany Street s'était métamorphosée en une mer de véhicules policiers. L'accès au parking de l'institut médico-légal avait été barré, et elle ne voyait pas trop comment elle ferait, tout à l'heure, pour repartir en voiture. Au loin, derrière le barrage de police, on apercevait une floraison d'antennes paraboliques, perchées sur les toits des camions-régie. Maura se demanda si les équipes de télé, confinées à l'intérieur de leurs véhicules, souffraient autant de la chaleur qu'elle lorsqu'elle se trouvait dans le PC mobile. Elle l'espérait.

— Merci de m'avoir attendu, dit Stillman.

— Je n'ai pas vraiment eu le choix.

— Je sais que c'est assommant, mais nous sommes obligés de retenir les témoins jusqu'à ce qu'ils aient été débriefés. La situation semble stabilisée, et j'ai besoin d'un maximum de renseignements. Nous ignorons tout de ses motivations. Nous ignorons aussi combien de personnes elle retient là-dedans. J'ai besoin de savoir à qui nous avons affaire, ça me permettra de choisir la meilleure approche quand elle se décidera à nous parler.

— Ça ne s'est pas encore produit ?

— Non. Nous avons isolé les trois lignes de téléphone du service où elle s'est retranchée, ce qui nous permet de contrôler tous les appels sortants. Nous avons tenté de la joindre une bonne demi-douzaine de fois, mais elle raccroche à tous les coups. Cela dit, elle finira par avoir envie de communiquer. Ça se passe presque toujours comme ça.

— Vous semblez partir du principe qu'elle est comme tous les autres preneurs d'otages.

— Les gens qui commettent ce type de geste ont tendance à adopter des comportements similaires.

— Et combien de preneurs d'otages sont des femmes ?

— C'est assez rare, je dois l'admettre.

— Vous avez déjà eu affaire à une preneuse d'otages ?

Il hésita.

— À dire vrai, c'est une première pour moi. Une première pour nous tous. Nous sommes confrontés à une exception. Les femmes ne prennent pas d'otages.

— Sauf celle-là.

Il acquiesça.

— Et tant que je n'en saurai pas davantage, je devrai m'en tenir à la même approche que dans n'importe quelle autre prise d'otages. Avant de négocier avec elle, j'ai besoin d'en savoir le plus possible à son sujet. Qui elle est, et pourquoi elle a fait ça.

Maura secoua la tête.

— Je ne vois pas en quoi je pourrais vous aider là-dessus.

— Vous êtes la dernière personne à avoir eu un contact direct avec elle. Dites-moi tout ce dont vous vous souvenez. Tous les mots qu'elle a prononcés, ses moindres gestes…

— Nous sommes restées très peu de temps ensemble. Quelques minutes à peine.

— Vous lui avez parlé ?

— J'ai essayé.

— Que lui avez-vous dit ?

Maura sentit la moiteur renaître au creux de ses paumes au seul souvenir de cette terrible descente en ascenseur. Des mains tremblantes de l'inconnue, crispées sur son arme.

— J'ai essayé de la calmer, de la raisonner. Je lui ai dit que je voulais juste l'aider.

— Comment a-t-elle réagi ?

— Elle n'a rien dit. Elle est restée muette. C'était ça, le plus effrayant, ajouta-t-elle en regardant Stillman. Son silence absolu.

Il fronça les sourcils.

— Elle a réagi à vos paroles ? Vous êtes sûre qu'elle vous a entendue ?

— Elle n'est pas sourde. Elle réagissait très bien aux sons. Je sais qu'elle a entendu les sirènes.

— Et pourtant, elle n'a pas prononcé un mot ? Bizarre. Y aurait-il une histoire de barrière linguistique ? Ça compliquerait les négociations…

— Son envie de négocier ne m'a pas sauté aux yeux, à vrai dire.

— Reprenons au commencement, docteur Isles. Racontez-moi tout ce qu'elle a fait – tout ce que *vous* avez fait.

— Je l'ai déjà dit au capitaine Hayder. Ce n'est pas en me reposant sans cesse les mêmes questions que vous obtiendrez plus de réponses.

— Je sais que vous vous répétez. Mais un détail clé finira peut-être par vous revenir en mémoire. Un détail dont je pourrais me servir.

— Elle me pointait son pistolet sur la tête. J'avais du mal à penser à autre chose qu'à ma propre survie.

— Vous avez passé un certain temps avec elle. Vous seule savez dans quel état d'esprit elle était, encore tout récemment. Avez-vous une idée de la raison pour laquelle elle est passée à l'acte ? La croyez-vous capable de s'en prendre aux otages qu'elle retient ?

— Elle a déjà tué un homme. Ça ne répond pas à votre question ?

— Mais nous n'avons plus entendu aucun coup de feu par la suite, et le cap des trente premières minutes est passé : c'est la période critique. Celle où le preneur d'otages a le plus peur et où le risque qu'il abatte un otage est maximal. Ça fait presque une heure, et elle n'a plus bougé. Elle n'a blessé personne d'autre, à notre connaissance.

— Alors, qu'est-ce qu'elle fait là-dedans ?

— Aucune idée. On se démène toujours pour grappiller quelques infos à son sujet. La Criminelle cherche à savoir comment elle a atterri à la morgue, et on a relevé ce qu'on croit être ses empreintes digitales dans sa chambre d'hôpital. Tant qu'il n'y a pas de nouvelles victimes, le temps reste notre allié. Plus ça traînera, plus on en saura sur elle. Et plus on aura de chances de régler le problème sans effusion de sang.

Il jeta un coup d'œil vers l'hôpital.

— Vous voyez tous ces flics en uniforme, là-bas ? Ils ont sûrement très envie de prendre le bâtiment d'assaut. Si on en arrive là, j'aurai échoué. Ma règle numéro un pour les prises d'otages est simple : ralentir le rythme du jeu. Elle est enfermée dans une aile aveugle, sans aucune issue extérieure, sans la moindre possibilité de pouvoir s'enfuir. Donc on la laisse attendre et réfléchir à sa situation. Et elle finira par comprendre qu'elle n'a pas d'autre choix que de se rendre.

— Si elle est suffisamment rationnelle pour comprendre ça.

Il la dévisagea brièvement – un regard visant à décrypter en douceur le sens de sa réponse.

— Pensez-vous qu'elle le soit ?

— Je pense qu'elle est terrorisée, dit Maura. Quand nous étions seules dans cet ascenseur, je l'ai vu dans son regard. La panique.

— C'est pour ça qu'elle a tiré ?

— Elle a dû se sentir menacée. Nous étions trois autour de son lit, à essayer de la calmer.

— Trois ? L'infirmière à qui j'ai eu affaire m'a déclaré qu'à son entrée dans la chambre elle n'avait vu que ce vigile et vous.

— Il y avait aussi un médecin. Un homme jeune, blond.

— L'infirmière ne l'a pas vu.

— Oh, il ne s'est pas attardé. Dès le coup de feu, il a détalé comme un lapin. Et je me suis retrouvée piégée dans cette chambre, ajouta-t-elle avec une pointe d'amertume.

— Pourquoi, selon vous, la patiente n'a-t-elle abattu que le vigile ? Alors que vous étiez trois autour de son lit ?

— Il était penché sur elle. C'était le plus proche.

— À moins que ce ne soit son uniforme ?

Elle fronça les sourcils.

— Que voulez-vous dire ?

— Réfléchissez. L'uniforme est un symbole d'autorité. Elle aurait pu le prendre pour un policier. Ce qui m'incite à penser qu'elle a peut-être un casier.

— Beaucoup de gens ont peur de la police. Sans avoir commis de crime pour autant.

— Pourquoi n'a-t-elle pas tiré sur le médecin ?

— Je vous l'ai dit, il s'est enfui. Il n'était plus là.

— Vous non plus, elle ne vous a pas tiré dessus.

— Parce qu'il lui fallait un otage. J'étais la seule viande chaude accessible.

— Vous croyez qu'elle vous aurait tuée ? Si elle avait eu le choix ?

Maura soutint son regard.

— Je crois que cette femme ferait n'importe quoi pour rester en vie.

La porte de la caravane s'ouvrit. Le capitaine Hayder passa la tête à l'extérieur et dit à Stillman :

— Vous devriez venir écouter ça, Leroy.

— Qu'est-ce que c'est ?

— Ça vient de passer à la radio.

Maura remonta avec Stillman dans le PC mobile, qui lui parut être devenu encore plus étouffant durant les quelques minutes qu'ils venaient de passer dehors.

— Repassez l'enregistrement, dit Hayder à Emerton.

Du haut-parleur s'échappa une voix masculine survoltée :

« … êtes sur KBUR et vous écoutez Rob Roy, pour vous servir pendant cet après-midi pas tout à fait comme les autres. Car sachez-le, chers auditeurs, nous sommes dans une situation carrément bi-zar-re. Nous avons actuellement une dame en ligne, et figurez-vous que cette dame prétend être la personne qui mobilise en ce moment même tout un détachement du SWAT[1] à l'hôpital ! Bon, je n'ai pas voulu y croire, au début, mais notre réalisateur l'a eue au bout du fil. Et à notre avis, c'est du lourd ! »

— Qu'est-ce que c'est que ces conneries, bon Dieu ? lâcha Stillman. C'est forcément du pipeau. On a isolé ses lignes, on…

— Écoutez, fit Hayder.

1. Pour *Special Weapons and Tactics*. Équivalent aux États-Unis du GIGN et du RAID français.

« Allô ? Mademoiselle ? disait l'animateur. Vous êtes à l'antenne, vous pouvez parler. Si vous nous donniez votre nom ?

— Mon nom n'a pas d'importance, répondit une voix gutturale.

— D'accord. Bon, qu'est-ce qui vous a pris de faire un truc aussi dingue ?

— Les dés sont jetés. C'est tout ce que j'avais à dire.

— Vous pouvez développer ?

— Dites-le. Dites-le-leur. Les dés sont jetés.

— D'accord, d'accord. Je n'ai aucune idée de ce que ça peut vouloir dire, mais tout Boston vient de l'entendre. Chers auditeurs, si vous nous écoutez, sachez donc que les dés sont jetés ! Vous êtes sur KBUR, vous écoutez Rob Roy, et nous avons au téléphone la dame qui est à l'origine de toute cette pagaille à l'hôp…

— Dites aussi à la police de ne pas bouger, coupa la femme. Il y a six personnes avec moi dans cette pièce. Et j'ai assez de balles pour tout le monde.

— Holà, mam'zelle ! Essayez de vous calmer, hein ! Il n'y a aucune raison de leur faire du mal… »

Stillman, le visage rouge de colère, se tourna vers Hayder.

— Comment est-ce que ça a pu arriver ? Je croyais qu'on avait isolé les lignes de téléphone…

— On l'a fait. Elle s'est servie d'un portable.

— Lequel ?

— Le numéro est enregistré au nom d'une certaine Stephanie Tam.

— On sait qui c'est ?

« Oups ! poursuivait Rob Roy. Chers auditeurs, me voilà dans un sacré pétrin. Mon réalisateur vient de m'apprendre que la fine fleur des autorités de Boston exige que je cesse de parler à cette personne. La police va tout bonnement couper la ligne, mes amis, et cette passionnante conversation sera donc bientôt interrompue. Vous êtes encore là, mademoiselle ? Allô ? »

Un silence. Puis :

« On dirait que nous avons perdu notre auditrice… En tout cas, j'espère qu'elle va se calmer. Jeune dame, si vous m'entendez encore, je vous en prie, surtout ne faites de mal à personne. On peut sûrement vous aider, d'accord ? Et n'oubliez pas, chers auditeurs, que c'est sur KBUR que vous venez de l'entendre : *les dés sont jetés...* »

Emerton interrompit la diffusion.

— C'est tout. Voilà ce qu'on a enregistré. On a coupé la ligne à ce moment-là, dès qu'on a su à qui parlait l'animateur. Mais cette partie de la conversation est passée sur les ondes.

Stillman semblait médusé. Il fixa le haut-parleur redevenu muet.

— Qu'est-ce qu'elle cherche à faire, Leroy ? lui demanda Hayder. C'est juste pour attirer l'attention ? Elle essaie de gagner la sympathie du public ?

— Je n'en sais rien. C'est très étrange.

— Pourquoi est-ce qu'elle ne nous parle pas, à nous ? Pourquoi avoir appelé une chaîne de radio ? Chaque fois qu'on essaie de la joindre, elle nous raccroche au nez !

— Elle a un accent, dit Stillman en regardant Hayder. Elle n'est certainement pas née en Amérique.

— Et ce truc qu'elle a dit ? « Les dés sont jetés »… C'est censé vouloir dire quoi ? Que le match est lancé ?

— C'est une citation de César, intervint Maura.

Tous les regards convergèrent sur elle.

— Quoi ?

— C'est ce qu'a dit Jules César sur la berge du Rubicon. Traverser le fleuve revenait à déclencher la guerre civile à Rome. Il savait qu'une fois ce pas franchi il n'y aurait plus de retour en arrière possible.

— Qu'est-ce que Jules César a à voir là-dedans ? grommela Hayder.

— Je vous dis juste d'où vient la phrase. En ordonnant à ses troupes de passer le fleuve, il était conscient de franchir le point de non-retour. Le pari était risqué, mais César était joueur – il aimait jouer aux dés. Après avoir fait son choix, il a dit : « Les dés sont jetés. » Et il est entré dans l'Histoire.

— D'où l'expression « franchir le Rubicon », dit Stillman.

Maura hocha la tête.

— Notre preneuse d'otages a fait son choix, dit-elle. Elle vient de nous annoncer qu'il n'y a plus de retour en arrière possible.

— Ça y est ! s'écria Emerton. On a des infos sur ce portable. Stephanie Tam fait partie des médecins de l'hôpital. Service de gynécologie-obstétrique. Elle ne répond pas sur son bip, et elle a été vue pour la dernière fois alors qu'elle descendait voir une patiente à l'imagerie. Le service du personnel est en train de recenser tous les employés qui n'ont pas encore été localisés.

— Il semblerait qu'on connaisse l'identité d'au moins un des otages, observa Stillman.

— Et pour ce portable, qu'est-ce qu'on fait ? On a essayé de l'appeler, mais elle raccroche. On le laisse en service ?

— Si on le coupe, ça pourrait l'énerver. Pour le moment, laissons-lui ce lien avec l'extérieur. On va se contenter de contrôler ses appels.

Stillman sortit un mouchoir et s'épongea le front.

— Au moins, ajouta-t-il, elle a décidé de communiquer. Même si ce n'est pas avec nous.

On crève déjà, pensa Maura en voyant les joues congestionnées du négociateur, et la température est loin d'avoir fini de grimper…

Elle se sentait au bord de la défaillance et comprit qu'elle ne devait pas rester plus longtemps dans cette caravane.

— J'ai besoin d'air, dit-elle. Je peux m'en aller ?

Stillman lui adressa un coup d'œil distrait.

— Oui. Oui, allez-y. Attendez… on a vos coordonnées ?

— Le capitaine Hayder a mon numéro personnel et celui de mon portable. Vous pouvez me joindre vingt-quatre heures sur vingt-quatre.

Une fois dehors, elle marqua un temps d'arrêt en plissant les yeux sous le soleil de midi. Scruta, à demi éblouie, le chaos d'Albany Street. C'était la rue qu'elle empruntait chaque matin pour venir au travail, le décor qu'elle traversait quotidiennement au moment de rejoindre le parking de l'institut médico-légal. Il s'était transformé en un capharnaüm de véhicules et d'agents en uniforme noir de la Division des opérations spéciales. Tout le monde guettait le prochain geste de la femme qui avait provoqué cette crise. Une femme dont l'identité demeurait un mystère pour eux tous.

Maura se mit en marche vers l'entrée de la morgue, contourna des voitures de patrouille, se plia en deux pour passer sous un ruban de police jaune. En se redressant, elle vit venir à elle une silhouette familière. Depuis deux ans qu'elle connaissait Gabriel Dean, jamais elle ne l'avait vu agité, ni exprimant la moindre émotion un peu forte. Et pourtant, l'homme qui marchait vers elle en cet instant affichait un masque de panique absolue.

— Ils ont les noms ? demanda-t-il.

— Les noms ? répéta Maura en secouant la tête, déconcertée.

— Des otages. Ils connaissent leur identité ?

— Je n'ai entendu citer qu'un seul nom jusqu'ici. Un médecin.

— Quel médecin ?

Surprise par sa brusquerie, elle hésita un instant.

— Le docteur… Tam, je crois. La fille s'est servie de son portable pour appeler une chaîne de radio…

Dean fit volte-face, fixa l'hôpital.

— Sacré nom de Dieu…

— Qu'est-ce qu'il y a ?

— Je n'arrive pas à retrouver Jane. Elle n'a pas été évacuée avec les autres patientes de son service.

— Jane ? Elle a été hospitalisée quand ?

— Ce matin, après avoir perdu les eaux, répondit-il en se retournant vers Maura. Elle est suivie par le docteur Tam.

Elle soutint son regard, se rappelant brutalement ce qu'elle venait d'entendre dans le PC mobile. Que le docteur Tam avait été aperçue pour la dernière fois alors qu'elle se dirigeait vers le service d'imagerie pour voir une de ses patientes.

Jane. Le docteur Tam allait voir Jane.

— Je crois que tu ferais bien de me suivre, lâcha-t-elle.

8

J'étais venue à l'hôpital pour avoir un bébé. Et à la place, je vais me faire descendre.

Jane était assise sur une banquette, coincée entre le docteur Tam à sa droite et le brancardier noir à sa gauche. Elle sentait les tremblements de ce dernier, sa peau moite malgré l'air conditionné. Le docteur Tam se tenait parfaitement immobile, son visage pareil à un masque de pierre. Sur la banquette opposée, à côté de la réceptionniste recroquevillée sur elle-même, la manipulatrice pleurait sans bruit. Personne n'osait parler ; les seuls sons provenaient du téléviseur de la salle d'attente, en même temps qu'un flot d'images continu. Jane passa en revue les badges épinglés sur les blouses. *Mac. Domenica. Glenna. Docteur Tam.* Elle baissa les yeux sur son bracelet. *Rizzoli Jane.*

Tout le monde est déjà dûment étiqueté pour la morgue. Vous n'aurez pas de problème d'identification sur ce coup-ci, les gars.

Elle pensa à tous les Bostoniens qui, en ouvrant leur *Tribune* le lendemain matin, liraient ces mêmes noms imprimés noir sur blanc à la une du journal : *TUÉS PENDANT LE SIÈGE DE L'HÔPITAL.* Aux milliers d'yeux qui glisseraient sans s'arrêter sur le nom

« Rizzoli Jane » avant de filer directement aux pages des sports.

C'est comme ça que ça va finir ? Simplement parce que j'ai eu le malheur de me trouver au mauvais endroit, au mauvais moment ? Hé, minute ! Je suis enceinte, moi ! Dans les films, l'otage enceinte ne se fait *jamais* descendre !

Sauf qu'elle n'était pas dans un film et qu'elle n'avait aucun moyen de prédire ce qu'allait faire la folle furieuse qui tenait le flingue. C'est comme ça que Jane l'avait surnommée. La folle furieuse. Quel autre nom donner à une femme qui passait son temps à faire les cent pas en agitant son calibre ? Elle s'arrêtait juste de-ci de-là pour jeter un œil au téléviseur, branché sur Channel Six. Couverture en direct live de la prise d'otages à l'hôpital.

Regarde, m'man, je passe à la télé, pensa Jane. Je fais partie des heureux otages coincés dans cet hosto. C'est un peu comme dans *Koh-Lanta*, mais avec des balles.

Et du sang.

Elle remarqua que la folle furieuse portait un bracelet de patiente semblable au sien. Une évadée du service de psychiatrie ? Ils pouvaient toujours essayer de la faire gentiment asseoir dans un fauteuil roulant, celle-là ! Elle était nu-pieds, et on devinait un cul sculptural sous sa chemise informe. Ses jambes étaient longues, ses cuisses musculeuses, sa luxuriante crinière d'un noir de jais. Il ne lui manquait plus qu'une combinaison sexy en cuir pour ressembler à Xena, la princesse guerrière.

— Faut que je pisse, lâcha M. Bodine.

La folle furieuse ne lui accorda pas un regard.

— Hé ! Y a personne qui m'écoute, ou quoi ? J'ai dit faut qu'je pisse !

Pisse donc, vieux schnock, pensa Jane. Pisse-toi dessus. On n'emmerde pas celui qui tient le flingue.

À la télévision, une journaliste blonde apparut. Zoe Fossey, en direct d'Albany Street.

« Nous n'avons encore aucune information précise sur le nombre d'otages retenus dans ce service de l'hôpital. La police a cerné le bâtiment. Jusqu'ici, une seule victime est à déplorer, un vigile mortellement blessé par balle alors qu'il tentait de maîtriser la patiente… »

La folle furieuse s'immobilisa, les yeux fixés sur l'écran, un pied sur la grande enveloppe brune qui gisait toujours au sol. C'est alors que Jane remarqua le nom inscrit dessus, au marqueur noir.

Rizzoli Jane.

À la fin du flash d'infos, la folle furieuse se remit en mouvement, et l'enveloppe se détacha de son pied avec un léger bruit. Elle contenait le dossier médical de Jane, que le docteur Tam avait sans doute à la main lorsqu'elle avait fait son entrée dans le service. Lequel dossier se trouvait maintenant aux pieds de la folle furieuse. Elle n'avait qu'à se pencher, soulever le rabat et parcourir la première page, qui fournissait toutes sortes d'informations sur le patient. Nom, date de naissance, état civil, numéro de sécurité sociale…

La profession, aussi. Inspecteur à la brigade criminelle. Département de police de Boston.

Cette nana est actuellement cernée par un détachement du SWAT, pensa-t-elle. Quand elle s'apercevra que je suis de la même maison…

Jane préféra ne pas aller au bout de sa pensée ; elle ne savait que trop où elle la mènerait. Elle jeta un nouveau coup d'œil à son bras, à ce bracelet d'hôpital sur lequel était inscrit son nom : *Rizzoli Jane*. Si elle arrivait à arracher ce bidule, elle n'aurait plus qu'à le planquer entre les coussins, et la folle furieuse ne pourrait plus faire le lien entre le dossier et elle. Oui, c'était le truc à faire, se débarrasser de ce fichu bracelet. Ensuite, elle ne serait plus qu'une future maman sur le point d'accoucher parmi tant d'autres. Adieu la fliquette, adieu la menace.

Elle glissa un doigt sous son bracelet et tira, mais le plastique ne céda pas. Elle tira plus fort, toujours en vain. Ils les faisaient en titane, ou quoi ? Mais bien sûr, ils avaient intérêt à ce que ces conneries de bracelets soient solides. Personne ne tenait à ce que des vieux tarés comme M. Bodine les arrachent et se mettent ensuite à traîner anonymement dans les couloirs. Elle tira encore plus fort, mâchoires serrées, muscles bandés.

Si je pouvais mordre dedans… se dit-elle. Dès que la folle furieuse regardera ailleurs, je vais…

Nulle part, dans l'immédiat. Jane venait de s'apercevoir que la femme était plantée devant elle, de nouveau avec un pied sur son dossier médical. Lentement, elle leva les yeux vers son visage. Elle avait évité jusque-là de la regarder en face, craignant d'attirer son attention. À sa grande horreur, elle constata que l'inconnue la fixait – elle et personne d'autre – et elle se sentit tout à coup dans la peau de la gazelle du troupeau que le prédateur a choisie entre toutes. Cette femme avait d'ailleurs quelque chose de félin, avec ses membres longilignes, son allure gracieuse, ses cheveux noirs qui luisaient comme une fourrure de panthère. Ses yeux bleus avaient l'intensité d'une paire de projecteurs – et Jane était prise dans leur faisceau.

— Voilà ce qu'ils font, lâcha la femme en regardant le bracelet de Jane. Ils vous collent des étiquettes. Comme dans les camps de concentration.

Et elle montra à Jane son propre bracelet, marqué *Doe Jane*.

Tu parles d'un nom, pensa Jane, qui faillit rire. Me voilà prise en otage par une Jane Doe. Jane contre Jane. La vraie contre la fausse. Cette femme a donc été admise à l'hôpital sans qu'on connaisse son identité ?

À en juger par les quelques mots qu'elle venait de prononcer, c'était visiblement une étrangère. D'Europe de l'Est. Peut-être russe.

L'inconnue arracha son bracelet et le jeta. Puis elle saisit le poignet de Jane et tira sur le sien d'un coup sec. Il céda.

— Voilà. Plus d'étiquette, dit-elle en examinant le bracelet cassé de Jane. Rizzoli… C'est italien, non ?

— Oui.

Jane soutint son regard, craignant, si elle baissait les yeux, d'attirer son attention sur l'enveloppe plaquée sous son pied nu. La femme interpréta son attitude comme une tentative de rapprochement. Jusque-là, la folle furieuse n'avait quasiment pas dit un mot. Et là, elle lui parlait.

C'est tout bon, pensa Jane. Un début de conversation. Essaie d'entrer en relation avec elle, de créer du lien. Deviens son amie. On ne tue pas une amie, si ?

La folle furieuse regardait son ventre.

— Je vais avoir mon premier bébé, glissa Jane.

L'autre chercha des yeux la pendule murale. Elle attendait quelque chose. Comptait les minutes.

Jane décida de s'engager un peu plus sur le terrain de la conversation :

— Comment… comment est-ce que vous vous appelez ? risqua-t-elle.

— Pourquoi ?

— Juste pour savoir.

Pour que je cesse de t'appeler la folle furieuse.

— C'est sans importance. Je suis déjà morte, dit la femme en cherchant son regard. Et vous aussi.

Jane sonda les profondeurs de ses yeux de braise et pensa, l'espace d'un horrible instant : Et si c'était vrai ? Et si nous étions déjà morts ? Et si ceci n'était qu'un avant-goût de l'enfer ?

— Je vous en prie, souffla la réceptionniste. Je vous en supplie, laissez-nous partir. Vous n'avez pas besoin de nous. Laissez-nous juste ouvrir la porte et rentrer chez nous.

L'inconnue se remit à faire les cent pas, en piétinant périodiquement le dossier de Jane.

— Vous croyez qu'ils vont vous laisser vivre ? Alors que vous avez été avec moi ? Tous ceux qui sont avec moi finissent par mourir.

— Qu'est-ce qu'elle raconte ? murmura le docteur Tam.

Elle est complètement parano, se dit Jane. Un cas de délire de persécution.

La femme s'arrêta net et baissa les yeux sur le dossier brun posé à ses pieds.

Ne l'ouvre pas. S'il te plaît, ne l'ouvre pas.

La femme ramassa l'enveloppe, cherchant du regard le nom inscrit dessus.

Distrais-la, vite !

— Excusez-moi, lança Jane en montrant du doigt la porte des W-C attenants à la salle d'attente. J'ai… il faut vraiment que j'aille aux toilettes. Vu mon état… Je peux ?

La femme laissa retomber le dossier sur la table basse. Presque à portée de Jane.

— Vous ne vous enfermez pas.

— Non. C'est promis.

— Allez-y.

Le docteur Tam posa une main sur le coude de Jane.

— Vous avez besoin d'aide ? Vous voulez que je vous accompagne ?

— Non. Ça va aller, répondit Jane en se levant lentement.

Elle brûlait d'envie de rafler au vol le dossier médical en passant à côté de la table basse, mais la folle furieuse ne la quitta pas des yeux un instant. Elle atteignit les toilettes, déclencha l'interrupteur, referma la porte. Se sentit soudain profondément soulagée, d'être enfin seule et de ne plus être face au canon d'une arme.

Je pourrais mettre le loquet quand même. Je pourrais attendre ici que ça se tasse.

Mais elle pensa au docteur Tam, au brancardier – à Glenna et Domenica, blotties l'une contre l'autre sur la banquette d'en face. Si je pousse à bout la folle furieuse, ce sont eux qui en pâtiront. Je serais vraiment la dernière des lâches si je restais planquée derrière cette porte.

Elle fit ses besoins et se lava les mains. Se versa un peu d'eau dans la bouche parce qu'elle ignorait quand elle pourrait reboire. Elle s'essuya le menton en balayant du regard la pièce minuscule, à la recherche d'un objet susceptible d'être utilisé comme arme, mais il n'y avait là que des serviettes en papier, un distributeur de savon et une poubelle en inox.

La porte s'ouvrit brusquement. Elle fit volte-face et se retrouva nez à nez avec sa geôlière, qui la fixait.

Elle n'a pas confiance en moi. Bien sûr que non.

— J'ai fini, dit Jane. Je sors.

Elle quitta les toilettes et retraversa l'aire d'accueil en direction de sa banquette. Vit que son dossier médical était toujours sur la table basse.

— Et maintenant, on s'assied et on attend, dit l'inconnue en s'installant sur une chaise, son pistolet sur les genoux.

— On attend quoi ? risqua Jane.

L'autre la fixa.

— La fin.

Un frisson parcourut l'échine de Jane. Dans le même temps, elle ressentit autre chose : une espèce de crispation de tout son abdomen, un peu comme un poing qui lentement se ferme. Elle retint son souffle quand la contraction devint douloureuse, un voile de sueur sur son front. Cinq secondes. Dix. Cela reflua progressivement. Jane s'adossa à la banquette en respirant fort.

Le docteur Tam l'observa en fronçant les sourcils.

— Qu'est-ce qui ne va pas ?

— Je crois que je suis en travail.

— Quoi ? On a une collègue à l'intérieur ? fit le capitaine Hayder.

— Il ne faut surtout pas que ça s'ébruite, répondit Gabriel. Personne ne doit savoir ce que fait ma femme. Si jamais la preneuse d'otages découvrait qu'elle tient une policière…

Il inspira profondément avant d'ajouter d'une voix sourde :

— Il ne faut pas que les médias l'apprennent. Point barre.

Leroy Stillman hocha la tête.

— Ils n'en sauront rien. Vu ce qui est arrivé à ce vigile… Il faut qu'on garde ça pour nous.

— La présence d'un flic dans la place pourrait être un atout, observa Hayder.

— Je vous demande pardon ? lâcha Maura, sidérée que le capitaine ose se laisser aller à une telle remarque en présence de Gabriel.

— L'inspecteur Rizzoli a la tête sur les épaules. Et elle sait manier une arme. Ça pourrait faire une différence dans la façon dont cette histoire se terminera.

— Elle est aussi enceinte de neuf mois, et censée accoucher d'une minute à l'autre. Qu'attendez-vous d'elle, exactement ?

— Je dis juste qu'elle a un instinct de flic et que c'est bon pour nous.

— Pour le moment, intervint Gabriel, le seul instinct que j'aimerais que ma femme suive, c'est son instinct de survie. Je tiens à la récupérer saine et sauve. Ne comptez pas sur elle pour jouer les héroïnes. Démerdez-vous pour la sortir de là, c'est tout ce qui compte.

— Nous ne ferons rien qui puisse la mettre en danger, agent Dean, dit Stillman. Je vous le promets.

— Qui est cette preneuse d'otages ?

— On essaie de l'identifier.

— Qu'est-ce qu'elle veut ?

— L'agent Dean et le docteur Isles pourraient peut-être quitter cette caravane et nous laisser travailler, suggéra Hayder.

— Non, fit Stillman. Il a le droit de savoir. Bien sûr qu'il en a le droit. On va y aller mollo, ajouta-t-il en se tournant vers Gabriel. Pour lui laisser une chance de se calmer et d'ouvrir le dialogue. Tant qu'il n'y a pas de victimes, on a du temps.

— C'est la bonne approche, dit Gabriel. Pas de coups de feu, pas d'assaut. Et tout le monde reste en vie.

— Capitaine ! lança Emerton. On a la liste. De tous les employés et patients qui restent introuvables.

Stillman rafla la page au moment même où elle sortait de l'imprimante et parcourut les noms.

— Elle y est ? interrogea Gabriel.

Après une hésitation, Stillman hocha la tête.

— Malheureusement, fit-il en tendant la liste à Hayder. Six otages. C'est bien ce qu'elle a annoncé à la radio. Qu'elle retenait six personnes.

Il s'abstint de répéter ce que l'inconnue avait ajouté : « Et j'ai assez de balles pour tout le monde. »

— Qui a vu cette liste ? demanda Gabriel.

— Le directeur de l'hôpital, répondit Hayder. Plus ceux qui l'ont aidé à la dresser.

— Je veux que ma femme en soit rayée tout de suite.

— Ce ne sont que des noms. Personne ne sait…

— N'importe quel journaliste découvrira en moins de dix secondes que Jane est flic.

— Il a raison, intervint Maura. Tous les spécialistes des faits divers de Boston la connaissent.

— Rayez-la de la liste, Mark, dit Stillman. Personne ne doit savoir.

— Même notre équipe d'assaut ? S'ils y vont, il faudra bien qu'ils sachent qui se trouve à l'intérieur. Combien d'otages ils ont à récupérer…

— Si tout le monde fait correctement son boulot, riposta Gabriel, on n'aura pas besoin d'assaut. Débrouillez-vous pour persuader cette fille de se rendre.

— Jusqu'ici, on n'a pas grand-chose à se mettre sous la dent côté conversation, observa Hayder en regardant Stillman. Votre cliente ne daigne même pas dire allô.

— Ça ne fait que trois heures, se défendit Stillman. Il faut lui laisser du temps.

— Et dans trois heures ? Dans neuf heures ? insista Hayder, s'adressant cette fois à Gabriel. Votre femme risque d'accoucher d'une minute à l'autre.

— Vous croyez que je n'y pense pas ? Il n'y a pas que ma femme, il y a aussi mon enfant qui est prisonnier là-dedans. Le docteur Tam est peut-être avec eux, mais s'il y a un problème au moment crucial, elle n'aura ni matériel d'obstétrique, ni bloc opératoire à sa disposition. Alors, effectivement, je veux que ça se termine aussi vite que possible. Mais pas au point de vous laisser provoquer un bain de sang.

— C'est *elle* qui a tout déclenché. C'est elle qui décidera de la suite des opérations.

— Ne lui forcez pas la main. Vous avez un négociateur, capitaine Hayder. Servez-vous-en. Et maintenez votre foutu SWAT aussi loin que possible de ma femme.

Gabriel fit demi-tour et descendit de la caravane.

Sortie juste derrière lui, Maura le rattrapa sur le trottoir. Elle dut le héler à deux reprises avant qu'il daigne s'arrêter.

— S'ils font les cons, gronda-t-il, s'ils déboulent là-dedans trop tôt…

— Tu as entendu Stillman. Il tient à y aller en douceur, tout comme toi.

Gabriel fixa un trio d'agents en uniforme du SWAT, accroupis près de l'entrée de l'hôpital.

— Regarde-les. Ils sont remontés à bloc, ils ont envie d'action. Je sais ce que c'est, je suis passé par là. Je l'ai vécu, moi aussi. On finit par se lasser d'attendre, de palabrer sans fin. Ces gars-là, ils veulent s'y coller parce que c'est ce qu'ils ont été entraînés à faire. Ils crèvent d'envie d'appuyer sur la détente.

— Stillman espère pouvoir la convaincre de se rendre.

Il la regarda.

— Tu as côtoyé cette fille. Tu crois qu'elle l'écoutera ?

— Je n'en sais rien. À vrai dire, nous ne savons quasiment rien d'elle.

— J'ai entendu dire qu'elle avait été repêchée en mer. Ramenée à la morgue par une escouade de pompiers.

Maura acquiesça.

— Noyade apparente. Elle a été retrouvée dans la baie de Hingham.

— Par qui ?

— Le personnel d'un yacht-club de Weymouth. Le BPD a mis une équipe de la Criminelle sur l'affaire.

— Sauf qu'ils ne savent pas que Jane est impliquée.

— Pas encore.

Mais ça changera la donne à leurs yeux, songea Maura. Que l'une des leurs soit retenue en otage. Chaque fois que la vie d'un autre flic était en jeu, ça changeait la donne.

— Tu as le nom de ce yacht-club ? demanda Gabriel.

9

Mila

Il y a des barreaux aux fenêtres. Ce matin, le givre a tissé une toile d'araignée en cristal sur la vitre. Dehors, on voit des arbres, tellement d'arbres que j'ignore ce qu'il y a au-delà. Je ne connais que cette chambre, et cette maison, qui est notre seul univers depuis le soir où la camionnette nous a déposées ici. Le soleil fait scintiller la glace derrière notre fenêtre. Tout est beau dans cette forêt, et je m'imagine marchant entre les troncs. Les feuilles qui craquent, le gel qui illumine les branches. Un paradis de fraîcheur, de pureté.

Ici, dans cette maison, c'est l'enfer.

Je le vois reflété sur les visages des autres filles, en train de dormir sur leurs lits de camp crasseux. La souffrance s'entend dans leurs soupirs agités, leurs gémissements. Nous sommes six à partager cette chambre. Olena est la plus ancienne, et sur sa joue fleurit un vilain bleu, souvenir d'un client qui aime jouer les caïds. Et pourtant, il arrive encore qu'Olena se défende. Elle est la seule d'entre nous à le faire, la seule qu'ils n'arrivent pas entièrement à contrôler malgré les drogues, les injections de calmants. Malgré les coups.

J'entends un véhicule remonter l'allée, et j'attends avec effroi le bourdonnement de la sonnette. Elle me fait chaque fois l'effet d'une décharge électrique. Les filles se réveillent toutes en sursaut quand elle retentit et s'asseyent, leur couverture plaquée sur la poitrine. Nous savons ce qui va arriver. Nous entendons un bruit de clé dans la serrure, notre porte s'ouvre.

La Mère s'immobilise sur le seuil et nous regarde à la façon d'un gros cuisinier venu sélectionner l'agneau qu'il va abattre. Comme toujours, elle est pleine de sang-froid, et son visage vérolé ne trahit aucune émotion lorsqu'elle passe en revue son troupeau. Son regard glisse sur les filles recroquevillées sur leur lit avant de dériver vers la fenêtre, où je me tiens debout.

— Toi, me dit-elle en russe. Ils ont envie de nouveauté.

Je jette un coup d'œil aux autres. Je ne vois dans leurs yeux que le soulagement de n'avoir pas été choisies cette fois-ci pour le sacrifice.

— Qu'est-ce que tu attends ? insiste la Mère.

J'ai les mains glacées ; je sens déjà une nausée me tordre l'estomac.

— Je… je ne me sens pas bien. Et puis j'ai encore mal, en bas…

— C'est ta première semaine, et tu as déjà mal ? ricane la Mère. Il va falloir t'y faire.

Les autres fixent toutes le sol, ou leurs mains, fuyant mon regard. Seule Olena me dévisage, et dans ses yeux je lis de la pitié.

Docile, je suis la Mère hors de la chambre. Je sais déjà que résister me vaudrait d'être punie, et je porte encore les traces de la dernière fois où j'ai protesté. La Mère m'indique la porte au fond du couloir.

— Il y a une robe sur le lit. Mets-la.

J'entre dans la chambre et la porte se referme derrière moi. La fenêtre donne sur l'allée, où est stationnée une voiture bleue. Ici aussi, des barreaux défendent l'accès. Je regarde le grand lit de cuivre et je le vois non pas comme un meuble, mais comme l'instrument de ma torture. Je soulève la robe. Elle est blanche, on dirait une tenue de poupée avec ses manchettes en dentelle. Je comprends aussitôt ce que cela implique, et ma nausée se resserre, devient un nœud de terreur. Quand ils te demandent de jouer l'enfant, m'a avertie Olena, c'est parce qu'ils veulent que tu aies peur. Ils veulent que tu hurles. Ça leur plaît si tu saignes.

Je ne veux pas enfiler cette robe, mais j'ai trop peur pour refuser. Lorsque des pas s'approchent dans le couloir, je suis habillée, et j'essaie de me blinder contre ce qui m'attend. La poignée tourne, deux hommes entrent. Ils me détaillent un long moment, et j'espère qu'ils seront déçus, qu'ils me trouveront trop maigre, ou trop quelconque, qu'ils vont tourner les talons et s'en aller. Mais ils ferment la porte et viennent vers moi, comme des loups en chasse.

« Tu dois apprendre à flotter. » C'est ce que m'a appris Olena, à flotter au-dessus de la douleur. Et c'est ce que j'essaie de faire pendant que les deux hommes déchirent ma robe de poupée, que leurs mains rugueuses m'enserrent les poignets, qu'ils me forcent à céder. Ma douleur est ce pour quoi ils ont payé, et ils ne seront pas satisfaits tant que je n'aurai pas hurlé, tant que mon visage ne sera pas inondé de sueur et de larmes.

Oh, Anja, quelle chance tu as d'être morte !

Après, quand je reviens en traînant les pieds vers la chambre où nous sommes cloîtrées, Olena vient s'asseoir à côté de moi sur mon lit de camp.

— Il faut que tu manges, dit-elle en me caressant les cheveux.

Je secoue la tête.

— Je veux mourir.

— Si tu meurs, ils auront gagné. On ne doit pas les laisser gagner.

— Ils ont déjà gagné, dis-je en me couchant sur le côté, les genoux contre la poitrine, réduite à une boule compacte, impénétrable. Ils ont déjà gagné…

— Mila, regarde-moi. Tu crois que j'ai abandonné ? Que je suis déjà morte ?

J'essuie les larmes de mon visage.

— Je suis moins forte que toi.

— Ce n'est pas de la force, Mila. C'est de la haine. Voilà ce qui nous garde en vie.

Elle se penche encore plus en avant, et ses longs cheveux noirs ruissellent comme une cascade de soie. Ce que je vois dans ses prunelles m'effraie. Un feu y couve ; elle n'est pas tout à fait saine d'esprit. C'est ainsi qu'Olena survit, grâce à la drogue et à la folie.

La porte s'ouvre à nouveau, et nous nous faisons toutes petites pendant que la Mère balaie des yeux la chambrée. Elle finit par montrer une fille du doigt.

— Toi, Katya. Ce coup-là, c'est pour toi.

Katya soutient son regard sans bouger.

En deux enjambées, la Mère la rejoint. Et lui flanque une claque sur l'oreille.

— Allez, ordonne-t-elle.

Katya sort en titubant de la chambre. La Mère referme à clé.

— Souviens-toi, Mila, chuchote Olena. Souviens-toi de ce qui te fait vivre.

Je croise à nouveau son regard et je la vois.

La haine.

10

— Il ne faut surtout pas ébruiter cette information, déclara Gabriel. Ça pourrait la tuer.

L'inspecteur de la Criminelle Barry Frost lui adressa un regard stupéfait. Les deux hommes se tenaient, immobiles, sur le parking du Sunrise Yacht Club. Il n'y avait pas un souffle de brise et sur les flots de la baie de Hingham les voiliers faisaient du surplace. Sous l'éclatant soleil de l'après-midi, de fines mèches semblaient collées sur le front pâle et luisant de sueur de Frost. Dans une pièce pleine de monde, Barry Frost était le gars qu'on ne voyait pas, le gusse qui reste discrètement à sourire dans son coin sans que quiconque le remarque. Son naturel discret l'avait aidé à tempérer un partenariat souvent houleux avec Jane – partenariat qui, en deux ans et demi, avait permis aux racines d'une solide confiance de se développer. Les deux hommes pour qui elle comptait le plus, son mari et son coéquipier, se regardaient en cet instant avec une inquiétude partagée.

— Personne ne nous a dit qu'elle était là-dedans, murmura Frost. Jamais on ne s'en serait douté.

— Les médias ne doivent surtout pas l'apprendre.

— Ce serait un désastre.

— Dites-moi qui est cette Jane Doe. Dites-moi tout ce que vous savez.

— Croyez-moi, Gabriel, on va mettre le paquet. Faites-nous confiance.

— Il n'est pas question que je reste assis sur le banc de touche. J'ai besoin de tout savoir.

— Vous ne seriez pas objectif. C'est votre femme.

— Justement. C'est ma femme.

Une note d'affolement s'était insinuée dans la voix de Gabriel. Il marqua une courte pause avant d'ajouter tout bas :

— Qu'est-ce que vous feriez, Barry ? Si Alice se retrouvait prise en otage ?

Frost l'observa un instant avant de hocher la tête.

— Venez. On est en train d'interroger le président du club. C'est lui qui l'a sortie de l'eau.

Ils quittèrent la clarté aveuglante du parking pour rejoindre la fraîcheur du yacht-club. Il planait à l'intérieur la même odeur que dans tous les autres bars côtiers où Gabriel avait eu l'occasion d'entrer – mélange d'air marin, de citron et d'alcool. C'était un bâtiment branlant, construit sur une jetée en bois qui surplombait les eaux de la baie. Le bourdonnement des deux climatiseurs portatifs installés sous les fenêtres amortissait le tintement des verres et la rumeur des conversations. Le plancher grinça lorsqu'ils entrèrent dans la salle.

Gabriel reconnut les deux inspecteurs du BPD qui, au comptoir, discutaient avec un homme chauve. Darren Crowe et Thomas Moore étaient eux aussi des collègues de Jane à la brigade criminelle ; tous deux saluèrent son arrivée d'un regard surpris.

— Salut, lui dit Crowe. Je ne savais pas que le FBI était sur le coup…

— Le FBI ! Dites donc, mais c'est que ça commence à devenir sacrément sérieux ! s'exclama le chauve en tendant la main à Gabriel. Je me présente : Skip Boynton. Je suis le président du Sunrise Yacht Club.

— Agent Gabriel Dean, fit Gabriel en acceptant sa main.

Mieux valait, dans la mesure du possible, la jouer officielle. Et ce malgré les regards perplexes que Thomas Moore continuait de lui adresser, sentant bien que quelque chose clochait.

— Bon, j'étais justement en train de raconter à ces messieurs comment on l'a retrouvée. Un sacré choc, vous pouvez me croire, de voir un corps flotter comme ça, quasiment au réveil… Dites, vous prendrez bien un petit verre, agent Dean ? C'est ma tournée.

— Non, merci.

— Je vois. Jamais pendant le service, c'est ça ? fit Skip avec un petit rire compatissant. Vous ne badinez pas avec le règlement, vous autres, hein ? Personne ne veut boire un coup. Tant pis, bon sang. Moi, j'ai soif !

Il passa derrière le bar et versa quelques glaçons dans un verre, puis les recouvrit de vodka. Gabriel entendit d'autres glaçons tinter dans d'autres verres et promena un regard circulaire sur la salle baignée de pénombre où étaient assis une douzaine de membres du club, tous des hommes. Ces gens-là aimaient-ils vraiment la navigation ? se demanda-t-il. Ou étaient-ils juste là pour picoler ?

Skip revint vers eux, sa vodka à la main.

— On ne voit pas ça tous les jours, se justifia-t-il. Je suis encore un peu secoué.

— Vous étiez en train de nous parler du moment où vous avez repéré le corps, dit Moore.

— Oh. Ouais… Je suis arrivé tôt, vers huit heures du matin, pour changer mon spinnaker. On a une régate dans deux semaines, et je m'en suis payé un neuf. Avec un logo dessus. Un dragon vert, tout ce qu'il y a d'épatant. Bref, je m'avance sur le ponton, avec mon spi neuf, et c'est là que je vois ce truc qui ressemble à un mannequin en train de flotter, plus ou moins accroché à un de ces rochers. Je saute dans mon annexe pour aller voir ça d'un peu plus près et… bon sang, si c'est pas une gonzesse ! Et plutôt mignonne à regarder, avec ça ! C'est là que je me suis mis à gueuler pour appeler les autres, et on l'a sortie à trois. Ensuite, on a appelé le 911.

Il but une lampée de vodka et inspira un grand coup avant d'ajouter :

— Ça ne nous a pas effleurés une seconde qu'elle puisse être encore vivante. Je veux dire, merde ! Cette fille avait vraiment l'air morte, ça c'est sûr.

— Elle a apparemment fait la même impression aux pompiers, remarqua Crowe.

Skip gloussa.

— Et ces gars-là sont censés être des pros ! Qui aurait pu voir ça mieux qu'eux ?

— Montrez-nous, dit Gabriel. L'endroit où vous l'avez repérée.

Le petit groupe franchit une porte vitrée donnant sur le quai. L'eau réfléchissait le rayonnement solaire, et Gabriel dut plisser les paupières pour distinguer les rochers que leur montrait le président du club.

— Vous voyez ce banc de sable, là-bas ? On a mis des bouées pour le baliser, c'est une vraie vacherie pour la navigation. À marée haute, il est recouvert de quelques centimètres de flotte, mais on ne voit rien. On a tôt fait de se retrouver échoué.

— Et hier matin, la marée était haute à quelle heure ? demanda Gabriel.

— J'en sais trop rien. Dix heures, peut-être.

— Ce banc de sable était visible ?

— Ouais. Si je ne l'avais pas repérée à ce moment-là, elle repartait au large quelques heures plus tard, avec le courant.

Les quatre policiers restèrent silencieux une poignée de secondes, scrutant la baie de Hingham, les yeux mi-clos. Un yacht bourdonnant fendit les flots, soulevant un sillage d'écume qui fit danser les bateaux à quai et tinter les drisses contre les mâts.

— Vous aviez déjà vu cette femme ? demanda Moore.

— Ah ça, non.

— Vous êtes sûr ?

— Une beauté pareille ? Tu parles que je m'en rappellerais, sacré nom !

— Et au club, personne ne la connaissait ?

— En tout cas, personne ne s'en est vanté, pouffa Skip.

— Pourquoi ça ? interrogea Gabriel en le fixant.

— Ben, vous savez bien…

— Tâchez d'être plus clair, s'il vous plaît.

— Ces types du club… répondit Skip avec un petit rire nerveux. Je veux dire, vous voyez tous ces rafiots ? Qui c'est qui fait joujou avec, à votre avis ? Pas les épouses, oh ça non. C'est toujours le mec qui craque pour un bateau, pas la bonne femme. Et c'est encore l'homme qui vient traîner ici. Un bateau, c'est une espèce de chez-soi loin de chez soi…

Il marqua une pause.

— À tous les niveaux.

— Selon vous, insista Crowe, cette fille pourrait avoir été la petite amie de quelqu'un ?

— Hé, j'en ai aucune idée, moi ! Disons seulement que la possibilité m'a effleuré. Vous voyez le genre : un type ramène une poulette ici, en fin de soirée. Pour s'éclater sur son bateau, boire quelques verres, fumer des joints. À ce train-là, quelqu'un a vite fait de passer par-dessus bord.

— Ou de se faire pousser.

— Hé, minute ! protesta Skip, l'air inquiet. N'allez pas vous jeter sur ce genre de conclusion, hein ! C'est des types bien, les membres de ce club. Des types bien !

Qui ramenaient peut-être des poulettes pour les sauter à bord de leur yacht, pensa Gabriel.

— J'aurais peut-être pas dû faire allusion à cette éventualité, reprit Skip. Mais il faut dire que les gens bourrés qui tombent de leur bateau, ça arrive tout le temps. Ça aurait pu se passer sur n'importe lequel, pas forcément sur un des nôtres... Vous voyez tout ce trafic, là-bas ? dit-il en tendant le doigt vers la baie, où une vedette glissait sur l'onde miroitante. Elle aurait pu tomber au large pendant la nuit. Avant d'être ramenée ici par la marée.

— Quoi qu'il en soit, déclara Moore, on va avoir besoin de la liste de vos membres.

— C'est vraiment indispensable ?

— Oui, monsieur Boynton, rétorqua Moore, discrètement autoritaire. Vraiment.

Skip siffla le reste de sa vodka. Puis essuya la sueur de son front, devenu écarlate sous l'effet de la chaleur.

— Voilà qui va vraiment ravir nos membres. On fait notre boulot de citoyens en sortant une nana de l'eau, et au final on se retrouve tous suspects ?

Gabriel laissa son regard filer le long du rivage jusqu'à la rampe de mise à l'eau du club, sur laquelle un camion était en train de s'engager en marche arrière pour larguer une vedette. Trois autres véhicules qui remorquaient eux aussi des embarcations faisaient la queue sur le parking, attendant leur tour.

— Comment ça se passe, la nuit, sur le plan de la sécurité, monsieur Boynton ? interrogea-t-il.

— De la sécurité ? fit Skip avec un haussement d'épaules. Ben, on ferme les portes du club à minuit.

— Et le quai reste accessible ? Les bateaux ? Il n'y a aucune surveillance ?

— On a jamais eu d'effraction. Les cabines sont toujours fermées à clé. En plus, le coin est très tranquille. Plus on se rapproche de la ville, plus on voit des gens traîner toute la nuit sur le front de mer. Mais ici, c'est un vrai petit havre de paix. Notre club échappe encore à tout ça.

Un club dont la rampe de lancement demeurait accessible à n'importe quelle heure de la nuit, songea Gabriel. Où quelqu'un pouvait aisément descendre sa voiture jusqu'à l'eau en marche arrière, ouvrir son coffre, en extraire un cadavre et le balancer dans la baie, ni vu ni connu. Cadavre qui, pour peu que la marée soit favorable, serait rapidement emporté au large jusqu'à la baie du Massachusetts, après avoir contourné les îlots les plus proches de la côte.

Mais pas en cas de marée montante.

Son portable sonna. Gabriel s'éloigna de quelques pas sur le ponton avant de prendre l'appel.

Maura.

— Je crois que tu ferais bien de revenir, lui dit-elle. On va s'attaquer à l'autopsie.

— L'autopsie de qui ?

— Du vigile de l'hôpital.
— La cause du décès paraît claire, non ?
— C'est pas tellement ça, le problème.
— Ah bon, et c'est quoi ?
— Nous ignorons qui est cet homme.
— Comment ça ? Le service du personnel de l'hôpital ne vous a pas donné son identité ? C'était pourtant un de leurs employés…
— Justement, non.

Ils n'avaient pas encore déshabillé le cadavre.

Les horreurs des salles d'autopsie n'avaient rien d'inhabituel pour Gabriel, et cette nouvelle victime ne le choqua pas particulièrement. Une seule blessure d'entrée, à la joue gauche : pour le reste, le visage était intact. L'homme avait la trentaine, des cheveux noirs bien coupés et une mâchoire musculeuse. Ses yeux bruns, exposés au contact prolongé de l'air par ses paupières entrouvertes, étaient déjà nuageux. Un badge au nom de *PERRIN* était agrafé sur la poche pectorale de son uniforme. Mais ce ne furent ni ces yeux aveugles, ni le sang coagulé qui perturbèrent Gabriel lorsqu'il baissa le regard sur la table de dissection ; plutôt l'idée que l'arme qui avait interrompu la vie de cet homme menaçait maintenant celle de Jane.

— On n'attendait plus que vous ! lui lança le docteur Abe Bristol. Maura a pensé que vous ne voudriez pas en perdre une miette.

Gabriel se tourna vers l'intéressée, qui portait comme toujours un masque et sa tenue chirurgicale mais se tenait en bout de table, loin de sa place habituelle sur le côté droit du cadavre. À chacune de ses précédentes visites dans ce labo, il l'avait vue diriger les opérations, son scalpel à la main. Il n'était pas accoutumé à la voir lâcher les rênes dans cette salle où elle régnait d'ordinaire sans partage.

— Ce n'est pas toi qui t'y colles ? demanda-t-il.

— Je ne peux pas. Je suis témoin, je l'ai vu mourir. Celui-là est pour Abe.

— Et on n'a toujours aucune idée de son identité ?

Elle secoua la tête.

— Il n'y a pas le moindre Perrin sur les registres de l'hôpital. Et le responsable de la sécurité est venu voir le corps. Il ne connaît pas cet homme.

— Des empreintes ?

— On les a transmises à l'AFIS[1], sans résultat jusqu'ici. D'ailleurs, on n'a rien non plus concernant les empreintes de la fille.

— Un John Doe assassiné par une Jane Doe ? fit Gabriel en observant le cadavre. Qui sont ces gens, bon Dieu ?

— Déshabillons-le, dit Abe à Yoshima.

Les deux hommes soulagèrent le corps de ses chaussures et de ses chaussettes, défirent sa ceinture et lui ôtèrent son pantalon, en étalant chaque vêtement au fur et à mesure sur un drap blanc. De ses mains gantées, Abe fouilla les poches du pantalon, sans rien trouver. Ni peigne, ni portefeuille, ni clés.

— Même pas un peu de ferraille, remarqua-t-il.

— On aurait pu s'attendre à récupérer au moins quelques pièces de monnaie, dit Yoshima.

— Ses poches sont vides, conclut Abe en levant les yeux. Un uniforme tout neuf ?

1. Pour *Automated Fingerprint Identification System*, système automatisé d'identification des empreintes digitales.

Ils passèrent à la chemise. L'étoffe était durcie par le sang séché, et ils durent la décoller du torse, révélant au passage des pectoraux saillants, tapissés de poils sombres. Et des balafres. L'une d'elles, aussi épaisse qu'une corde tressée, s'incurvait sous le mamelon droit ; une autre dessinait un sillon oblique allant de l'abdomen à la hanche gauche.

— Ce ne sont pas des cicatrices chirurgicales, fit Maura, toujours au pied de la table.

— Je dirais que ce type a été mêlé à une bagarre plutôt saignante, observa Abe. On dirait des coups de couteau.

— Vous voulez qu'on découpe les manches ? proposa Yoshima.

— Non, on devrait pouvoir les lui enlever. Il suffit de le basculer…

Ils placèrent le cadavre sur son flanc gauche pour ôter la manche droite.

— Wouah ! s'écria soudain Yoshima, désormais face à son dos. Vous devriez venir voir ça.

Un tatouage recouvrait la totalité de l'omoplate gauche. Maura se pencha en avant pour jeter un coup d'œil et esquissa un infime mouvement de recul en découvrant le dessin – comme si elle avait eu affaire à une créature vivante, au dard venimeux et prête à frapper. La carapace était d'un bleu éclatant. Les deux pinces semblaient se tendre vers la nuque de l'homme. À l'intérieur de la queue repliée s'inscrivait le nombre 13.

— Un scorpion, souffla Maura.

— Sacré marquage, dit Yoshima.

— Quoi ? fit Maura en le regardant.

— C'est comme ça qu'on disait dans l'armée. J'ai vu de vraies œuvres d'art quand je travaillais à la morgue militaire. Des cobras, des tarentules. Un gars s'était même fait tatouer le nom de sa petite amie sur la… Jamais je n'aurais laissé une aiguille s'approcher de la mienne !

Ils firent glisser la manche opposée, puis le cadavre nu fut remis sur le dos. C'était encore un jeune homme, mais son corps arborait une jolie collection de traumas. Les cicatrices, le tatouage. Sans compter l'ultime affront : une blessure par balle dans la joue gauche.

Abe approcha sa loupe articulée de la plaie.

— Je vois des traces de brûlure, dit-il en cherchant le regard de Maura. Elle a fait feu à bout portant ?

— Il était penché sur son lit. Il tentait de l'immobiliser quand elle a tiré.

— On peut voir les radios du crâne ?

Yoshima sortit des clichés d'une grande enveloppe et les fixa sur l'écran lumineux. Il y en avait deux, un antéropostérieur et un latéral. Abe déplaça sa vaste circonférence de l'autre côté de la table pour étudier de plus près les contours spectraux du crâne et de la face. Il resta un moment sans rien dire. Puis il se tourna vers Maura.

— Tu dis qu'elle a tiré combien de fois ?

— Une.

— Tu veux bien venir voir ?

Maura s'approcha de l'écran.

— Je ne comprends pas, murmura-t-elle. J'étais là quand elle l'a tué.

— Une chose est sûre, il y a deux balles.

— Je *sais* qu'il n'y a eu qu'une seule détonation.

Abe revint à la table et se pencha sur la tête du mort. Sur la plaie, auréolée d'une zone noircie de forme ovoïde.

— Il n'y a qu'un seul orifice d'entrée. L'arme s'est peut-être déclenchée deux fois de suite, coup sur coup, ce qui pourrait expliquer la blessure unique…

— Ce n'est pas ce que j'ai entendu, Abe.

— Dans la confusion ambiante, le deuxième coup de feu aurait pu t'échapper.

Maura examinait toujours les clichés radiographiques. Gabriel ne l'avait jamais vue aussi hésitante. Elle se démenait visiblement pour réconcilier ses souvenirs avec l'évidence incontestable qui s'affichait sur la plaque lumineuse.

— Essaie de nous décrire ce qui s'est passé dans cette chambre, Maura, suggéra-t-il.

— Nous étions trois, à essayer de la maîtriser. Je ne l'ai pas vue attraper l'arme du vigile. Je regardais son poignet, pour l'entraver. Le coup est parti alors que je venais de mettre la main sur la sangle.

— Et l'autre témoin ?

— Un médecin.

— Qu'est-ce qu'il a entendu ? Une détonation ou deux ?

Elle se retourna pour croiser le regard de Gabriel.

— La police ne l'a pas interrogé.

— Pourquoi ?

— Parce que personne ne sait qui c'est.

Pour la première fois, Gabriel perçut une pointe d'appréhension dans sa voix quand elle ajouta :

— À croire que je suis la seule à me souvenir de lui.

Yoshima se dirigea vers le téléphone.

— J'appelle la balistique, dit-il. Ils sauront sûrement nous dire combien de douilles ont été ramassées sur place.

— Allons-y, dit Abe, en choisissant un scalpel sur son plateau à instruments.

Ils ignoraient quasiment tout de l'homme étendu entre eux. Ils ne savaient ni son nom, ni son histoire, ni pour quelle raison il s'était retrouvé à l'endroit où il avait rencontré son destin. Et cependant, après l'autopsie, ils le connaîtraient plus intimement que personne ne l'avait jamais connu.

D'un premier coup de scalpel, Abe lança les présentations.

Sa lame trancha dans la peau et dans le muscle, raclant les côtes pendant qu'il pratiquait une grande incision en Y : deux fentes obliques partant des épaules et se rejoignant à l'appendice xiphoïde, puis une entaille unique et rectiligne jusqu'en bas de l'abdomen, avec un infime détour à hauteur du nombril. Loin des élégantes dissections de Maura, Abe opérait avec une efficacité brutale, usant comme un boucher de ses énormes mains aux doigts épais. Il décolla les tissus mous du squelette et tendit la main vers une paire de puissants ciseaux. En quelques coups, il sectionna les côtes. Un homme pouvait passer des années à développer sa musculature, comme cette victime l'avait certainement fait, en soulevant des barres et en tirant sur des poulies. Mais aucun corps, si musclé fût-il, n'était capable de résister à un scalpel et à une paire de ciseaux.

Après avoir cassé une dernière côte, Abe souleva le triangle contenant le sternum. Privés de leur bouclier corporel, le cœur et les poumons s'offraient maintenant à sa lame ; il se pencha en avant pour les disséquer, plongea les bras dans la cage thoracique.

— Docteur Bristol ? dit Yoshima en raccrochant le combiné. Je viens d'avoir la balistique. On me dit que l'unité de scène de crime n'a ramassé qu'une douille.

Abe se redressa. Ses gants dégoulinaient de sang.

— Ils n'ont pas retrouvé la deuxième ?

— C'est tout ce qu'ils ont reçu, au labo. Une seule douille.

— Ça correspond à ce que j'ai entendu, Abe, dit Maura. Un seul coup de feu.

Gabriel s'approcha de l'écran lumineux. Il examina les clichés avec une appréhension croissante. Deux balles pour un seul coup de feu, pensa-t-il. Voilà qui changeait peut-être tout. Il se retourna vers Abe.

— J'ai besoin de voir ces balles.

— Vous avez une idée ?

— Je crois savoir pourquoi il y en a deux.

Abe acquiesça.

— Laissez-moi d'abord finir ça…

Rapidement, son scalpel se remit à trancher vaisseaux et ligaments. Il extirpa le cœur et les poumons, qui seraient ultérieurement pesés et examinés, puis s'attaqua à l'abdomen. Tout semblait normal. Il renfermait les organes sains d'un homme que son corps aurait pu servir fidèlement plusieurs décennies de plus.

Il passa, enfin, à la tête.

Gabriel regarda, sans broncher, Abe découper le cuir chevelu puis le rabattre vers l'avant, par-dessus le visage, pour exposer la boîte crânienne.

Yoshima mit la scie en marche.

Malgré les gémissements de la lame, Gabriel resta concentré, se penchant même encore plus en avant pour avoir un premier aperçu de la cavité. Yoshima souleva le sommet du crâne, et un filet de sang s'en échappa. Abe plongea son scalpel à l'intérieur pour détacher le cerveau. Quand il le sortit de la boîte crânienne, Gabriel, à côté de lui, tenait la cuvette destinée à recueillir les balles. La première tomba dedans.

Il l'examina brièvement à travers la loupe articulée, puis :

— Il faut que je voie l'autre.

— À quoi pensez-vous, agent Dean ?

— Trouvez-moi la deuxième balle.

Sa brusquerie surprit tout le monde. Il vit Abe et Maura échanger un regard perplexe. Gabriel était à bout de patience ; il avait besoin de savoir.

Abe posa le cerveau sur la plaque à découper. Il étudia les radios, repéra l'emplacement du second projectile, le localisa au premier coup de scalpel, enfoui dans une poche de tissu hémorragique.

— Qu'est-ce que vous cherchez ? demanda-t-il pendant que Gabriel faisait tourner les deux balles sous la loupe.

— Même calibre. Environ quatre-vingts grammes chacune…

— Ce sont forcément les mêmes. Elles ont été tirées par la même arme.

— Sauf qu'elles ne sont pas identiques.

— Quoi ?

— Regardez la deuxième, quand je la pose en équilibre sur sa base. C'est subtil, mais ça se voit.

Abe se pencha en avant, regarda à travers la loupe en fronçant les sourcils.

— Elle n'est pas tout à fait d'aplomb.

— Exact. Il y a un léger biseau.

— Elle pourrait avoir été déformée par l'impact.

— Non, elle a été fabriquée comme ça. Avec une inclinaison de neuf degrés, pour qu'elle suive une trajectoire très légèrement différente de la première. Ce qu'on appelle la dispersion contrôlée.

— Il n'y avait qu'une seule douille.

— Et une seule blessure d'entrée.

Maura, perplexe, revint examiner les radios plaquées sur l'écran, où apparaissaient les deux ogives de métal, nettement plus claires que le halo du crâne.

— Une balle double, lâcha-t-elle.

— C'est ce qui explique que tu n'aies entendu qu'un seul coup de feu, dit Gabriel. Il n'y en a eu qu'un.

Elle resta un moment silencieuse, le regard toujours vrillé sur les clichés. Aussi spectaculaires qu'elles soient, ces radios ne montraient rien du chemin de dévastation que ces deux balles avaient tracé. Toute une vie de souvenirs pulvérisée.

— Les balles doubles sont conçues pour produire des dégâts maximaux, dit-elle.

— C'est l'argument de vente.

— Pourquoi un vigile s'armerait-il de balles de ce type ?

— Il semble déjà établi que cet homme ne faisait pas partie du personnel de l'hôpital. Il est entré avec un faux uniforme, un faux badge d'identification et un pistolet chargé de balles dont la vocation n'est pas seulement de mettre hors d'état de nuire mais de tuer à coup sûr. Il n'y a qu'une seule explication qui me vienne à l'esprit.

— Cette femme devait mourir, fit Maura à mi-voix.

Pendant plusieurs secondes, personne ne parla. La voix de la secrétaire de Maura brisa le silence en s'échappant soudain de l'interphone :

— Docteur Isles ?

— Oui, Louise ?

— Excusez-moi de vous déranger, mais j'ai pensé que l'agent Dean et vous deviez être prévenus…

— Qu'y a-t-il ?

— Ça bouge, en face.

11

Ils se précipitèrent dehors, où la chaleur était tellement intense que Gabriel eut l'impression de plonger dans un bain brûlant. Albany Street était en plein chaos.

— Reculez ! Reculez ! criait l'officier responsable du barrage de police à l'essaim de journalistes qui se pressait devant lui, apparemment déterminé à piétiner tout ce qui se dresserait en travers de sa route.

Les agents du SWAT, en nage, s'efforçaient de resserrer les rangs, et l'un d'eux jeta un coup d'œil à la foule par-dessus son épaule. Gabriel lut le désarroi inscrit sur ses traits.

Lui non plus ne comprend rien à ce qui arrive, se dit-il.

Il apostropha une femme plantée à quelques pas de là :

— Qu'est-ce qui s'est passé ?

Elle secoua la tête.

— Aucune idée. J'ai juste vu les flics perdre les pédales et courir vers l'hôpital.

— Il y a eu des coups de feu ? Vous avez entendu tirer ?

— J'ai rien entendu du tout. Je marchais tranquillement vers la clinique et, d'un seul coup, ça s'est mis à brailler de partout.

— C'est la folie, ici, dit Abe. Personne ne sait rien.

Gabriel s'élança vers la caravane du PC mobile, mais un groupe de journalistes lui bloquait le passage. Ivre de frustration, il attrapa un cadreur par le bras et l'obligea à lui faire face.

— Qu'est-ce qui s'est passé ?

— Hé ! Bas les pattes !

— Dites-moi ce qui s'est passé !

— Quelqu'un a réussi à franchir leur foutu barrage.

— La preneuse d'otages ? Elle s'est échappée ?

— Non. Un mec est entré.

Gabriel le dévisagea.

— Qui est-ce ?

— Ça, personne n'en sait rien.

La moitié du personnel de l'institut médico-légal était rassemblé dans la salle de conférence, face au téléviseur. Le poste était branché sur une chaîne d'informations locales ; une journaliste blonde, Zoe Fossey, parlait debout devant le barrage de police. À l'arrière-plan, des flics slalomaient entre les véhicules en stationnement, des voix hurlaient. La confusion était totale. Gabriel se détourna brièvement vers la fenêtre donnant sur Albany Street et vit pratiquement la même chose qu'à la télévision.

« ... incroyable rebondissement, auquel personne ne s'attendait ! L'homme est passé ici, juste derrière moi. Il a simplement traversé le cordon de police à pied, parfaitement décontracté, comme si c'était sa place. C'est peut-être ce qui a surpris les agents. De plus, il était lourdement armé et portait un uniforme noir assez semblable à tous ceux que vous voyez derrière moi. Il devait être facile de le prendre pour un des hommes de la force tactique… »

Abe Bristol partit d'un ricanement incrédule.

— Ce type débarque tranquillement de la rue, et ils le laissent passer !

« … on nous explique qu'il y a un deuxième barrage de police à l'intérieur de l'hôpital. Plus précisément dans le hall, que nous ne voyons pas d'ici. Nous ne savons pas encore si cet homme a réussi à le franchir. Mais quand on voit avec quelle facilité il est venu à bout du cordon extérieur, on est en droit d'imaginer qu'il a pu surprendre aussi les policiers postés dans le bâtiment. Leur attention était sûrement concentrée sur la preneuse d'otages. Ils n'ont sans doute pas prévu qu'un homme armé essaierait d'entrer… »

— Ils auraient dû ! lâcha Gabriel, sans quitter le téléviseur des yeux. Ils auraient dû le prévoir.

« … fait déjà vingt minutes, et l'homme n'a toujours pas refait surface. L'hypothèse a circulé dans un premier temps qu'il pouvait s'agir d'un justicier, un émule de Rambo, un homme décidé à lancer son opération de sauvetage personnelle. Inutile de vous dire combien les conséquences d'une telle initiative pourraient s'avérer désastreuses. Mais nous n'avons entendu aucun coup de feu jusqu'ici, et rien n'indique que son entrée dans l'immeuble ait provoqué des violences…

— Zoe, intervint la voix du présentateur du journal, nous allons maintenant rediffuser les images de l'incident, afin que les téléspectateurs qui viennent de nous rejoindre puissent se faire une idée de ce développement spectaculaire. Cela se passait il y a une vingtaine de minutes. Nos caméras ont tout filmé en direct… »

Zoe Fossey disparut de l'écran, remplacée par une séquence vidéo. Cela commença par une vue lointaine d'Albany Street, filmée au téléobjectif, et presque identique à celle dont ils bénéficiaient depuis les fenêtres de la salle de conférence. Dans un premier temps, Gabriel ne vit pas sur quoi il était censé se concentrer. Puis une flèche apparut à l'écran, un trucage que la chaîne avait jugé utile de rajouter, pointée sur une silhouette vêtue de sombre en train de marcher dans le bas du cadre. L'homme se faufilait d'un pas décidé entre plusieurs véhicules de police, passait devant le PC mobile. Aucun des policiers qui montaient la garde ne tenta de l'intercepter, même si l'un d'eux jeta un coup d'œil hésitant dans sa direction.

« Et maintenant, commenta le présentateur, nous allons grossir l'image pour obtenir une meilleure vue de cet individu… »

S'ensuivit un long zoom avant, qui s'arrêta lorsque le dos de l'inconnu eut empli l'écran.

« Il semble équipé d'un fusil d'assaut, et aussi d'une espèce de sac à dos. Sa tenue noire ressemble à celle de tous les autres policiers postés aux alentours, ce qui explique que notre cadreur, sur le coup, ne se soit pas rendu compte de l'importance de ce qu'il était en train de filmer. À première vue, on dirait un uniforme du SWAT. Mais un examen plus attentif permet de remarquer l'absence de tout insigne dans son dos. »

Quelques secondes plus tard, il y eut un nouvel arrêt sur image, cette fois sur le profil de l'homme, à l'instant où celui-ci venait de tourner la tête pour jeter un coup d'œil par-dessus son épaule. Ses cheveux noirs étaient clairsemés, et son visage étroit presque squelettique. Pas grand-chose à voir avec Rambo… Cette image prise au téléobjectif était la seule que la caméra ait pu capturer de ses traits. Dans la seconde suivante, il tournait à nouveau le dos à l'objectif. Le plan se poursuivit néanmoins, accompagnant sa progression vers l'entrée de l'hôpital, jusqu'à ce qu'il ait disparu dans le hall.

Zoe Fossey resurgit, son micro à la main :

« Nous nous efforçons d'obtenir une déclaration officielle sur ce qui vient de se passer, mais personne ne veut rien dire pour le moment, Dave.

— Les policiers seraient-ils gênés aux entournures ?

— C'est un euphémisme. Et j'ai entendu dire, ce qui ne va rien arranger à leur embarras, que le FBI venait de prendre les choses en main.

— Une manière pas trop subtile de suggérer que la situation aurait pu être un peu mieux gérée ?

— En tout cas, elle reste assez chaotique, à l'heure où je vous parle.

— Avez-vous eu confirmation du nombre des otages ?

— La preneuse d'otages a déclaré, pendant son passage à la radio, qu'elle retenait six personnes. Certaines sources m'ont ensuite fait comprendre que ce nombre était probablement exact. Trois employés de l'hôpital, un médecin, et deux patients. Nous allons bien sûr tâcher d'obtenir leurs noms… »

Gabriel se raidit sur sa chaise et jeta un regard noir à l'écran. À cette blonde si empressée de révéler l'identité de Jane. Et qui, involontairement, risquait de signer son arrêt de mort.

« … vous pouvez le constater, ça crie encore beaucoup, ici. Les esprits ont rapidement tendance à s'échauffer dans une fournaise pareille. Un cadreur de notre chaîne vient d'être plaqué au sol alors qu'il tentait de s'approcher du barrage. Une personne non autorisée a déjà réussi à le franchir, et les forces de l'ordre ne tiennent pas à ce que ce type d'incident se reproduise. Mais autant fermer la porte de l'écurie après que le cheval s'est enfui. Ou plutôt, en l'occurrence, après que le loup est entré dans la bergerie.

— Et ce Rambo, a-t-on maintenant une idée de son identité ?

— Comme je l'ai dit, personne n'accepte de nous parler. Mais selon nos informations, la police s'intéresserait de près à une voiture retrouvée en stationnement interdit à quelques blocs d'ici.

— Et qui pourrait être le véhicule de Rambo ?

— Apparemment. Un témoin aurait vu cet homme en sortir. Tout le monde a besoin d'un moyen de locomotion, même Rambo.

— Mais quelles seraient ses motivations ?

— Il y a deux possibilités à envisager. Un, cet homme rêve de devenir un héros. Peut-être qu'il connaît un des otages et qu'il a décidé de voler lui-même à son secours…

— Et la deuxième possibilité ?

— La deuxième possibilité a de quoi faire froid dans le dos. Il se pourrait que cet homme soit venu en renfort. Qu'il ait décidé de venir soutenir la preneuse d'otages. »

Gabriel se laissa aller en arrière sur sa chaise, assommé par ce qui lui apparaissait tout à coup comme une évidence.

— C'est donc ça que ça voulait dire, murmura-t-il. *Les dés sont jetés…*

Abe se contorsionna sur son siège pour le regarder.

— Parce que ça voulait dire quelque chose ?

Gabriel se leva comme un ressort.

— Il faut que je voie le capitaine Hayder !

— Il s'agit d'un code d'activation, expliqua Gabriel. La fille a appelé cette chaîne de radio pour que cette phrase soit diffusée. Il fallait qu'elle touche un vaste public.

— Pour activer quoi ? interrogea Hayder.

— Un appel aux armes. Une demande de renfort.

Le capitaine ne put s'empêcher de ricaner.

— Elle aurait pu se contenter de dire un truc du genre « Viens me donner un coup de main »... Pourquoi avoir utilisé un code ?

— Vous ne vous attendiez pas à voir débouler ce type, si ? Personne n'a rien vu venir.

Gabriel se tourna vers Stillman, dont le visage luisait de sueur dans la caravane surchauffée.

— Cet homme a franchi vos deux barrages... avec Dieu seul sait quelles armes dans son sac à dos. Vous n'y étiez pas préparés parce que vous n'avez pas pensé une seconde qu'un homme armé chercherait à pénétrer dans le bâtiment.

— Nous savons que cette possibilité n'est jamais à écarter, répondit Stillman. C'est la raison pour laquelle nous mettons des barrages en place.

— Comment se fait-il qu'il soit passé quand même ?

— Il savait exactement comment s'y prendre. Sa tenue, son équipement... Tout ça était pensé, agent Dean. Ce type était prêt.

— Et la police de Boston ne l'était pas. Voilà pourquoi ils ont utilisé un code. Pour vous prendre par surprise.

Hayder lança un regard plein de frustration vers la portière béante du PC mobile. Malgré l'adjonction de deux ventilateurs portatifs et l'ombre qui venait de s'installer sur la rue en cette fin d'après-midi, il régnait encore une chaleur insoutenable à l'intérieur. Dehors, sur Albany Street, des flics au visage rouge suaient à grosses gouttes, et les journalistes s'étaient repliés dans leurs véhicules climatisés. Tout le monde s'attendait à ce qu'il se passe quelque chose. Le calme régnait avant la prochaine tempête.

— Ça commence à se tenir, dit Stillman, dont le froncement de sourcils n'avait cessé de s'accentuer à mesure que Gabriel égrenait ses arguments. Revenons sur la succession des événements. Jane Doe refuse de négocier avec moi. Elle ne veut même pas me parler. Ça, c'est parce qu'elle n'est pas prête – elle a besoin, dans un premier temps, d'assurer ses arrières. De renforcer sa position. Donc, elle appelle la chaîne de radio, qui diffuse son code d'activation. Et cinq heures après, le mec au sac à dos se pointe. Parce qu'il a été convoqué.

— Et il s'embarque béatement dans une mission-suicide ? fit Hayder. La loyauté a des limites, non ?

— Un Marine donnerait sa vie pour son unité, dit Gabriel.

— Comme dans *Frères d'armes* ? Ben voyons…

— J'en déduis que vous n'avez jamais mis les pieds dans l'armée.

Hayder s'empourpra encore un peu plus.

— Vous êtes en train de m'expliquer qu'il s'agit d'un genre d'opération militaire ? Dans ce cas, quelle est l'étape suivante ? Puisque tout ça vous paraît tellement logique, expliquez-nous donc la suite de leur programme !

— Ils vont négocier, répondit Gabriel. Ça y est, les preneurs d'otages ont consolidé leur position. Je crois que vous aurez bientôt de leurs nouvelles.

— Prédiction raisonnable, agent Dean ! lança une voix nouvelle. Vous avez sans doute raison.

Tout le monde se retourna pour considérer l'homme râblé qui venait d'apparaître sur le seuil de la caravane. Comme d'habitude, l'agent John Barsanti portait une chemise boutonnée au col et une cravate en soie ; et comme d'habitude cette tenue lui allait mal. Il répondit d'un bref signe de tête au regard surpris de Gabriel.

— Je suis désolé pour Jane, ajouta-t-il. On m'a dit que vous étiez personnellement touché par ce merdier.

— Et moi, personne ne m'a dit que vous deviez venir, John.

— On est juste là pour observer. Prêts à donner un coup de main en cas de besoin.

— Pourquoi vous avoir fait venir de Washington ? L'antenne de Boston aurait pu s'en occuper.

— Parce que cette histoire devrait déboucher sur des négociations. Il était plus logique d'envoyer quelqu'un d'expérimenté.

Les deux hommes se toisèrent un moment en silence. L'expérience, pensa Gabriel, n'était sûrement pas le seul motif de l'intervention de John Barsanti. En temps normal, le FBI n'aurait jamais envoyé un agent directement rattaché au bureau de son vice-directeur pour superviser les négociations d'une prise d'otages à l'échelle locale.

— Qui va se charger de la négo, dans ce cas ? interrogea Gabriel. Le FBI ou la police de Boston ?

— Capitaine ! annonça Emerton. On a un appel de l'hôpital ! Sur une de leurs lignes !

— Ils sont prêts à négocier, fit Gabriel.

Exactement comme il l'avait prédit. Stillman et Barsanti échangèrent un regard.

— Allez-y, lieutenant, dit Barsanti.

Le négociateur du BPD opina de la tête, tendit la main vers le téléphone.

— Je vous mets sur haut-parleur, dit Emerton.

Après avoir pris une longue inspiration, Stillman appuya sur la touche de connexion.

— Allô, dit-il d'un ton calme. Ici Leroy Stillman.

Une voix d'homme lui répondit, tout aussi calme. Une voix nasillarde, avec une pointe d'accent du Sud.

— Vous êtes de la police ?

— Oui. Je suis le lieutenant Stillman, du département de police de Boston. Qui est à l'appareil ?

— Vous savez déjà qui je suis.

— Hélas, non.

— Si vous demandiez plutôt au type du FBI ? Vous en avez un sous la main, pas vrai ? Dans votre caravane ?

Stillman jeta à Barsanti un regard qui signifiait : « Comment peut-il savoir ça ? »

— Désolé, monsieur, répondit-il. Je vous assure que je ne connais pas votre nom – et j'aimerais bien savoir à qui je parle.

— Joe.

— D'accord. Joe.

Stillman respira. Jusqu'ici, tout allait bien. Et ils avaient un prénom.

— Vous êtes combien dans la caravane, Leroy ?

— Parlons plutôt de vous, Joe…

— Le FBI est représenté. Je me trompe ?

Stillman ne répondit pas. Joe éclata de rire.

— J'étais sûr qu'ils rappliqueraient ! Le FBI, la CIA, le renseignement militaire, le Pentagone… Ouais, ces messieurs-là savent tous qui je suis !

Gabriel n'eut aucune peine à lire l'expression qui s'afficha alors sur les traits de Stillman. *On a affaire à un cinglé. Ce type est en plein délire de persécution.*

— Joe, reprit le négociateur, il n'y a aucune raison de faire traîner les choses plus longtemps. Si on essayait de régler le problème en douceur ?

— Je veux qu'une caméra de la télévision vienne ici. Pour un passage en direct à l'antenne. Nous avons une déclaration à faire et une bande vidéo à diffuser.

— Doucement. Faisons d'abord connaissance.

— Je n'ai pas envie de vous connaître. Envoyez-nous une équipe télé.

— Ça risque de poser problème. Il faut que j'en réfère à mes supérieurs.

— Ils sont juste à côté de vous, pas vrai ? Vous n'avez qu'à vous retourner et leur poser la question. Allez-y, Leroy, demandez à vos supérieurs de donner le feu vert.

Stillman hésita. Ce Joe semblait avoir pris la mesure exacte de la situation.

— Nous ne pouvons pas autoriser un passage en direct à l'antenne, finit-il par répondre.

— Vous ne voulez même pas savoir ce que je vous offre en échange ?

— Dites toujours.

— Deux otages. On les libérera en signe de bonne volonté. Ensuite, vous nous envoyez un cameraman et un journaliste, et on s'exprime en direct à la télé. Juste après la diffusion de notre message, on relâchera deux autres otages. Ça fait quatre, Leroy. Quatre vies pour dix minutes d'antenne. Et je vous promets un spectacle qui va tous vous scotcher.

— Quel est l'intérêt, Joe ?

— L'intérêt, c'est que personne ne veut nous écouter. Personne ne nous croit. On en a marre de fuir, on voudrait retrouver une vie normale. C'est notre dernier recours. Et aussi le seul moyen de faire comprendre aux gens de ce pays que nous disons la vérité.

Hayder fit glisser un doigt en travers de sa gorge, signe qu'il était temps de mettre un terme à la conversation.

— Ne quittez pas, Joe, dit Stillman en plaquant une main sur le récepteur, puis en regardant le capitaine.

— On pourrait peut-être organiser un faux direct, murmura Hayder. Si on arrive à leur faire avaler qu'ils sont passés à l'an…

— Cet homme n'est pas un imbécile, coupa Gabriel. N'y pensez même pas. Vous ne feriez qu'attiser sa furie.

— Si vous nous laissiez travailler, agent Dean ?

— Ces gens réclament l'attention des médias, c'est tout ! Laissez-les dire ce qu'ils ont à dire. Laissez-les divaguer devant le monde entier, si c'est le prix à payer pour sortir de l'impasse !

La voix de Joe jaillit du haut-parleur :

— Alors, Leroy, c'est oui ou c'est non ? Parce qu'on peut aussi choisir la manière forte : au lieu d'otages vivants, on vous livre des otages morts. Vous avez dix secondes pour décider.

— Je vous écoute, Joe, répondit Stillman. Le problème, c'est que je ne peux pas vous organiser comme ça un passage en direct. J'ai besoin de la coopération d'une chaîne de télévision. Vous pourriez peut-être faire une déclaration enregistrée ? On vous envoie un caméscope. Vous dites ce que vous avez envie de dire, vous prenez tout le temps que vous voudrez pour…

— Et vous vous empresseriez de jeter tout ça à la poubelle. Notre déclaration ne verrait jamais la lumière du jour.

— C'est tout ce que j'ai à vous proposer, Joe.

— Nous savons l'un comme l'autre que vous pouvez faire mieux. Et tous ceux qui sont avec vous dans cette caravane aussi.

— Une prise d'antenne en direct est exclue.

— Alors, nous n'avons plus rien à vous dire. Au revoir.

— Attendez !

— Oui ?

— Vous êtes sérieux ? Vous relâcheriez des otages ?

— Si vous respectez les termes de l'accord. Nous voulons un cadreur et un journaliste, pour témoigner de ce qui se passe ici. Un vrai journaliste, hein, pas un flic muni d'une fausse carte de presse.

— Faites-le, pressa Gabriel. C'est peut-être la solution.

Stillman couvrit à nouveau le combiné.

— Un passage en direct n'est pas négociable, agent Dean. Ça n'a jamais été fait.

— Bon sang, si c'est ce qu'ils réclament, donnez-le-leur !

— Leroy ? dit la voix de Joe. Vous êtes toujours là ?

Stillman inspira.

— Joe, il faut que vous me compreniez. Ça va prendre du temps. Nous allons devoir trouver un journaliste qui soit d'accord pour y aller. Quelqu'un qui soit prêt à risquer sa vie pour…

— Il n'y a qu'un seul journaliste à qui nous accepterons de parler.

— Attendez un peu. Vous ne m'avez pas donné de nom, vous…

— Il connaît le contexte. Il a potassé son sujet.
— Je ne peux pas vous garantir que ce journaliste…
— Peter Lukas, du *Boston Tribune*. Prévenez-le.
— Joe…
Un clic, puis la tonalité. Stillman se tourna vers Hayder.
— Il ne faut pas leur envoyer de civils, dit-il. Ça ne ferait qu'augmenter le nombre d'otages.
— Il a promis d'en relâcher deux d'emblée, rappela Gabriel.
— Vous y croyez, vous ?
— L'un d'eux pourrait être ma femme.
— Nous ne savons même pas si ce journaliste sera d'accord.
— Pour couvrir ce qui risque d'être le scoop de sa vie ? Je vois mal un journaliste refuser ça.
— Il me semble, remarqua Barsanti, que se pose ici une autre question à laquelle personne n'a répondu. Qui est ce Peter Lukas ? Il travaille au *Boston Tribune* ? Pourquoi lui et personne d'autre ?
— Appelons-le, suggéra Stillman. Peut-être qu'il pourra nous expliquer ça.

12

Tu es vivante. Forcément. Je l'aurais su, je l'aurais senti, si tu étais morte.

N'est-ce pas ?

Gabriel, assis la tête entre les mains sur le canapé du bureau de Maura, s'efforçait de réfléchir à ce qu'il pouvait faire de plus, mais la peur brouillait son sens logique. Jamais, chez les marines, il n'avait perdu son sang-froid sous le feu ennemi. Et voilà qu'il n'arrivait plus ni à se concentrer ni à refouler l'image terrifiante, qui le poursuivait depuis l'autopsie du vigile, d'un autre corps allongé sur cette même table.

T'ai-je seulement dit combien je t'aime ?

Il n'entendit pas la porte s'ouvrir. Ce ne fut que lorsque Maura eut pris place en face de lui dans le fauteuil et déposé deux mugs de café fumant sur la table basse qu'il redressa la tête.

Elle est toujours calme, toujours aussi maîtresse d'elle-même, se dit-il en l'observant.

À l'opposé de sa fougueuse et irascible épouse. Deux personnalités radicalement différentes, et pourtant unies par une amitié qu'il ne comprenait pas tout à fait.

Maura lui montra un des mugs.

— Tu le prends noir, c'est ça ?

— Oui, merci.

Gabriel but une gorgée et reposa son mug ; il n'avait pas le goût à boire du café.

— Tu as déjeuné ?

Il se massa le visage.

— Je n'ai pas faim.

— Tu as l'air vidé. Je peux te trouver une couverture, si tu souhaites te reposer ici un moment.

— Je n'ai aucune chance de fermer l'œil. Tant qu'elle ne sera pas sortie de là…

— Tu as prévenu ses parents ?

— Oh, Seigneur, fit-il en secouant la tête. Un vrai calvaire. Le plus dur a été de les convaincre de garder le secret. Il ne faut surtout pas qu'ils rappliquent, ni même qu'ils en parlent à leurs amis. Je me demande presque si je n'aurais pas mieux fait de les laisser à l'écart.

— Les Rizzoli ? Ils ne te le pardonneraient jamais.

— Le problème, c'est qu'ils ne savent pas tenir leur langue. Et s'ils lâchent le morceau, leur fille pourrait le payer de sa vie.

Le silence retomba, à peine rompu par les ronflements du climatiseur. Derrière la table, une série de gravures florales élégamment encadrées ornaient le mur. Ce bureau était à l'image de son occupante : ordonné, précis, cérébral.

— Jane est une coriace, fit Maura à mi-voix. Nous le savons l'un et l'autre. Elle fera ce qu'il faut pour rester en vie.

— J'espère seulement qu'elle restera en dehors de la ligne de tir.

— Elle n'est pas idiote.

— Le problème, c'est qu'elle est flic.

— Ce n'est pas une bonne chose ?

— Combien de flics se font tuer en voulant jouer les héros ?

— Elle est enceinte. Elle ne prendra aucun risque.

— Non ? Tu veux savoir comment elle a atterri à l'hosto, ce matin ? Elle était en train de témoigner au tribunal, figure-toi, et l'accusé a pété les plombs. Et ma femme – toujours aussi intelligente – s'est jetée dans la bagarre pour lui mettre les menottes. C'est là qu'elle a perdu les eaux !

Maura afficha la mine choquée qui semblait s'imposer.

— Elle a fait ça ?

— Ça ne m'étonne pas du tout de sa part, en fait.

— Tu as raison. C'est la Jane qu'on connaît et qu'on aime tous les deux.

— Pour une fois, juste cette fois, je voudrais qu'elle fasse preuve de lâcheté. Qu'elle oublie son insigne. Si seulement elle pouvait m'écouter…

Maura ne put réprimer un sourire.

— Ça ne lui arrive jamais ?

Il leva les yeux vers elle.

— Tu sais comment on s'est rencontrés, n'est-ce pas ?

— À la réserve de Stony Brook, c'est ça ?

— Oui, sur une scène de crime. Il nous a fallu à peu près trente secondes pour entamer notre première dispute. Et moins de cinq minutes pour qu'elle m'ordonne de débarrasser le plancher.

— Pas franchement prometteur, comme début.

— Quelques jours plus tard, elle a pointé son flingue sur moi.

Et Gabriel ajouta, voyant la mine ébahie de Maura :

— Oh, mais c'était justifié.

— Je suis surprise que ça ne t'ait pas définitivement effrayé.

— Elle est parfois effrayante.

— Tu es peut-être le seul homme qu'elle ne terrifie pas.

— C'est ce qui m'a plu en elle. Quand on regarde Jane, on voit quelqu'un d'honnête, de brave. J'ai grandi dans une famille où personne ne disait jamais ce qu'il pensait. Maman détestait papa, qui le lui rendait bien. Mais tout allait toujours pour le mieux dans le meilleur des mondes, jusqu'à leur mort. Je croyais que c'était de cette façon que la plupart des gens traversaient la vie, en se racontant des mensonges. Mais Jane, non. Elle n'a jamais peur de dire exactement ce qu'elle pense, et tant pis si ça la met dans le pétrin. Et c'est ce qui m'inquiète, conclut-il d'une voix sourde.

— Tu crains qu'elle ne dise des choses qu'il vaudrait mieux ne pas dire ?

— Quand on bouscule Jane, elle riposte du tac au tac. J'espère que pour une fois elle saura tenir sa langue. Qu'elle se contentera de jouer la brave petite femme enceinte prostrée dans son coin. Ça pourrait la sauver.

Le portable de Gabriel sonna. Il le sortit aussitôt, et son cœur fit un bond quand il découvrit le numéro affiché sur l'écran.

— Dean, j'écoute.

— Où êtes-vous ? lui demanda l'inspecteur Thomas Moore.

— Dans le bureau du docteur Isles.

— Je vous y rejoins.

— Attendez un peu, Moore. Que se passe-t-il ?

— On a le nom complet de Joe. Joseph Roke, trenteneuf ans. Dernier domicile connu, Purcellville, Virginie.

— Comment avez-vous fait pour l'identifier ?

— Il a abandonné sa bagnole à deux blocs de l'hôpital. On a un témoin, une femme, qui a vu un individu armé en descendre, et elle confirme qu'il s'agit bien de celui qui est passé à la télé. Ses empreintes étaient partout sur le volant.

— Attendez un peu. Les empreintes de Joseph Roke sont fichées ?

— Il a fait l'armée. Bon, j'arrive tout de suite.

La tension était palpable dans la voix de l'inspecteur ; Gabriel sentit que celui-ci ne lui disait pas tout.

— Qu'est-ce que vous savez d'autre ? insista-t-il. Dites-le-moi, Moore.

— Il est recherché.

— Pour quel motif ?

— Il a… tué quelqu'un. Par balles.

— Qui ?

— Je serai là dans vingt minutes. On reparlera de tout ça.

— Qui était la victime ?

Moore soupira.

— Un flic. Il y a deux mois, Joseph Roke a buté un flic.

— Tout a commencé par un banal contrôle d'identité, expliqua Moore. La scène a été filmée par la caméra vidéo embarquée dans la voiture de patrouille de l'agent qui l'a intercepté. Le fichier était trop lourd pour que le département de police de New Haven puisse m'envoyer la vidéo complète par e-mail, mais ils en ont tiré une série de photogrammes. Voici le premier…

D'un clic de souris, Moore fit surgir une image fixe sur l'écran du portable qu'il avait posé sur la table basse. L'agent de la police de New Haven, de dos, se dirigeait vers une auto immobilisée juste devant son véhicule de patrouille. La plaque arrière de cette auto était visible.

— Une plaque de Virginie, dit Moore. On la voit mieux en agrandissant l'image. C'est cette même voiture qui a été retrouvée cet après-midi en stationnement interdit sur Harrison Street, à quelques blocs de l'hôpital.

Il regarda Gabriel.

— Joseph Roke en est le propriétaire officiel.

— Vous dites qu'elle est immatriculée en Virginie…

— Oui.

— Qu'est-ce qu'il faisait il y a deux mois dans le Connecticut ?

— On n'en sait rien. Pas plus qu'on ne sait ce qu'il fait aujourd'hui à Boston. Je n'ai sur lui que des éléments biographiques assez fragmentaires, recueillis par le département de police de New Haven. Plus ceci, ajouta-t-il en indiquant l'écran. Un meurtre de flic filmé en vidéo. Mais ces photos montrent aussi autre chose…

Gabriel concentra son attention sur la voiture de Roke. Et plus particulièrement sur une silhouette visible par la lunette arrière.

— Il y a un passager, murmura-t-il. Il y avait quelqu'un à côté de Roke.

— En agrandissant l'image, on voit clairement qu'il s'agit d'une passagère. Et qu'elle a de longs cheveux noirs.

— C'est elle, dit Maura en étudiant l'écran. C'est Jane Doe.

— Ça veut dire qu'ils étaient ensemble à New Haven il y a deux mois.

— Montrez-nous le reste, dit Gabriel.

— On va passer directement à la dernière, qui…

— Je veux *toutes* les voir.

La main en suspens au-dessus de la souris, Moore tourna la tête vers Gabriel.

— Ça ne vous apportera pas grand-chose, dit-il d'une voix sourde.

— Peut-être que si. Montrez-moi toute la série.

Après un nouveau temps d'hésitation, Moore fit apparaître à l'écran le photogramme suivant. L'agent de police, immobile à hauteur de la portière de Roke, baissait les yeux sur l'homme qui, quelques secondes plus tard, allait prendre sa vie. La main droite sur la crosse de son arme de service. Simple réflexe de prudence ? Ou avait-il déjà été effleuré par le pressentiment qu'il faisait face à son meurtrier ?

Une fois de plus, Moore hésita avant de passer à l'image suivante. Lui les avait déjà toutes vues, il connaissait l'horreur à venir. Il cliqua.

Le photogramme avait fixé l'instant de la mort dans ses plus terribles détails. L'agent de police était encore debout, mais son pistolet avait quitté son étui. Sa tête venait de partir en arrière sous l'impact du projectile, son visage était en pleine désintégration, ses méninges se dissolvaient en un brouillard sanglant.

Un quatrième et dernier cliché concluait la série. Le corps de l'agent gisait sur la chaussée à côté du véhicule du meurtrier. Un simple post-scriptum, mais ce fut pourtant cette image-là qui poussa Gabriel à se pencher brusquement en avant, le regard attiré par la lunette arrière. Par une forme absente des trois premières images.

Maura aussi l'avait remarquée.

— Il y a quelqu'un d'autre, souffla-t-elle. Sur la banquette arrière.

— C'est ce que je voulais vous montrer, dit Moore. Une troisième personne était présente dans la voiture de Roke. Cachée, ou peut-être endormie sur la banquette jusqu'à la détonation. Impossible de dire s'il s'agit d'un homme ou d'une femme. On voit juste une tête, aux cheveux courts, se redresser après le coup de feu.

Il se tourna vers Gabriel.

— Bref, il y a un troisième élément, qui ne s'est pas encore manifesté aujourd'hui, mais qui était avec eux à New Haven. Peut-être que le code d'activation n'était pas seulement destiné à Joe.

Gabriel fixait toujours la mystérieuse silhouette visible sur l'écran.

— Vous dites qu'il a fait l'armée…

— De 1990 à 1992. C'est ce qui nous a permis d'identifier ses empreintes.

— Quel type d'unité ?

Moore ne répondit pas sur-le-champ. Gabriel se tourna vers lui.

— Il avait bien une spécialité, non ?

— Il désamorçait des bombes. À l'EOD[1].

— Des bombes ? répéta Maura, en regardant Moore d'un air perplexe. S'il a appris à désamorcer ces engins-là, il doit aussi savoir en fabriquer.

— Et vous dites qu'il n'a servi que deux ans…

1. Pour *Explosive Ordnance Disposal*, brigade chargée de la destruction des engins explosifs.

Gabriel s'étonna lui-même du calme irréel avec lequel il venait de poser sa question. On aurait dit la voix d'un étranger.

— Il a eu… des ennuis, alors qu'il était stationné au Koweït, répondit Moore. Il a fini par se faire exclure.

— Pourquoi ?

— Pour avoir refusé d'obéir aux ordres. Il a frappé un officier. Provoqué des conflits répétés avec d'autres hommes de son unité. Sa hiérarchie a fini par se dire qu'il souffrait d'un sérieux problème d'instabilité mentale. Voire de paranoïa.

Les mots de Moore frappèrent Gabriel comme une grêle de coups, privant ses poumons d'air.

— Bon Dieu… Ça change tout.

— Qu'est-ce que tu veux dire ? fit Maura.

Il la regarda.

— On n'a plus une minute à perdre. Il faut la sortir de là.

— Et la négociation ? L'idée de gagner du temps ?

— Ça ne fonctionnera pas. Non seulement ce type est un instable, mais il a déjà tué un flic.

— Joe ne sait pas que Jane est flic, objecta Moore. Et croyez-moi, on ne va pas lui laisser la moindre chance de l'apprendre. Il n'y a aucune raison de remettre en question les principes de base. Plus une prise d'otages dure, plus elle a de chances de bien finir. La négociation, ça marche.

Gabriel pointa l'ordinateur du doigt.

— Comment voulez-vous négocier avec quelqu'un qui a fait *ça*, bon sang ?

— On peut le faire. On *doit* le faire.

— Ce n'est pas votre femme qui est là-dedans !

Gabriel croisa le regard stupéfait de Maura et se détourna, luttant pour se ressaisir.

Moore lui répondit d'une voix calme. Presque douce.

— Ce que vous ressentez en ce moment… ce que vous endurez… je connais ça, vous savez. Je comprends très bien ce qui vous arrive. Il y a deux ans, ma femme, Catherine, a été enlevée, par un homme dont vous vous souvenez peut-être. Warren Hoyt.

Le « Chirurgien ». Comment Gabriel aurait-il pu ne pas s'en souvenir ? L'homme s'introduisait en pleine nuit chez ses victimes, des femmes qui se réveillaient en sursaut et découvraient avec horreur le monstre tapi dans leur chambre. C'était même à la suite des crimes de Hoyt que Gabriel avait débarqué à Boston, l'année précédente. Le Chirurgien, réalisa-t-il soudain, était le fil rouge qui les reliait les uns aux autres. Moore et Gabriel, Maura et Jane. Ils avaient tous été, d'une façon ou d'une autre, atteints par le même mal.

— Je savais qu'elle était entre les mains de ce fumier, poursuivit Moore. Et je n'y pouvais rien. Je n'avais aucun moyen de la sauver. Si j'avais pu échanger ma vie contre la sienne, je l'aurais fait sans hésiter une seconde. Mais j'en étais réduit à compter les heures. Le pire, c'est que je savais ce qu'il leur faisait. J'avais assisté aux autopsies de ses précédentes victimes. J'avais vu les dégâts causés par son scalpel. Alors oui, je sais ce que vous éprouvez. Et vous pouvez me faire confiance, je vais me démener pour sortir Jane de là vivante. Pas seulement parce que c'est mon équipière, ni parce que vous êtes son mari. Parce que je lui dois mon bonheur. C'est elle qui a retrouvé Catherine. C'est Jane qui lui a sauvé la vie.

Gabriel se décida enfin à le regarder en face.

— Quelle est la meilleure façon de négocier avec ces gens ?

— Il faut qu'on arrive à savoir exactement ce qu'ils veulent. Ils se savent pris au piège. Ils n'ont pas d'autre choix que le dialogue, alors on continue à parler. Vous êtes déjà intervenu sur des prises d'otages, vous savez ce qu'il y a dans le manuel. Ce n'est pas parce que vous vous retrouvez cette fois du mauvais côté que les règles ont changé. Vous allez devoir rayer votre femme, et vos sentiments personnels, de l'équation.

— Vous en seriez capable, vous ?

Le silence de Moore répondit à sa question.

Bien sûr que non. Eh bien, moi non plus.

13

Mila

Aujourd'hui, nous allons à une soirée.

La Mère nous dit qu'il y aura des gens importants et qu'il faut donc qu'on soit toutes aussi jolies que possible ; elle nous a même fourni des vêtements neufs pour l'occasion. Je porte une robe fourreau en velours noir, tellement serrée que je marche avec difficulté et que j'ai dû la retrousser quasiment jusqu'aux hanches pour pouvoir grimper dans la camionnette. Les autres filles s'installent autour de moi dans un bruissement de soie et de satin, et nos parfums se télescopent. Nous avons passé des heures à mettre du fond de teint, du rouge à lèvres, du mascara, et nous voilà assises comme des poupées grimées, prêtes à jouer dans une pièce de kabuki. Il n'y a rien de réel dans tout cela. Ni les cils, ni les lèvres écarlates, ni les joues roses. Il fait très froid dans la camionnette et nous frissonnons, serrées les unes contre les autres, en attendant qu'Olena nous ait rejointes.

Le chauffeur américain crie par la fenêtre qu'il faut partir tout de suite, sans quoi nous serons en retard. La Mère émerge enfin de la maison, traînant Olena dans son sillage. Olena dégage rageusement son bras et finit le trajet seule. Elle porte une longue robe en soie à haut col mandarin, très fendue sur la cuisse. Ses cheveux noirs dégringolent, lisses et doux, jusqu'à ses omoplates. Jamais je n'ai vu une fille aussi belle, et je la suis des yeux pendant qu'elle s'approche de la camionnette. Assommée de médicaments, comme d'habitude. Ils l'ont rendue docile mais sa démarche est incertaine, et je la vois tanguer sur ses talons hauts.

— Allez, monte ! aboie le chauffeur.

La Mère doit aider Olena à se hisser dans la camionnette. Olena choisit un siège juste devant moi et s'affale aussitôt contre la vitre. La Mère referme la portière coulissante et s'installe à côté du chauffeur.

— C'est pas trop tôt, grommelle celui-ci en démarrant.

Je sais pourquoi nous allons à cette soirée ; je sais ce qu'on attend de nous. Pourtant, cette sortie est pour nous une évasion car c'est la première fois depuis des semaines que nous quittons la maison, et je presse avidement mon front contre la fenêtre au moment où nous rejoignons une route goudronnée. J'aperçois un panneau : *DEERFIELD ROAD*.

Longtemps, nous roulons.

Guettant les panneaux de signalisation, je lis les noms de toutes les villes que nous traversons : *RESTON*, *ARLINGTON*, *WOODBRIDGE*. Je fixe les gens des autres véhicules, en me demandant s'ils voient la supplication muette de mon visage. S'ils s'en inquiètent. Une automobiliste qui nous dépasse sur la file de gauche lève les yeux vers moi, et l'espace d'un instant nos regards se trouvent. Elle reporte ensuite son attention sur la route. Qu'a-t-elle vu, au juste ? Une rousse en robe noire, en route pour aller faire la fête. Les gens ne voient que ce qu'ils s'attendent à voir. Jamais il ne leur viendrait à l'esprit que des choses terribles peuvent paraître jolies.

J'entrevois par moments une large étendue d'eau dans le lointain, comme un ruban liquide. Quand la camionnette stoppe enfin, nous sommes sur un quai, le long duquel est amarré un gros yacht à moteur. Je ne m'attendais pas à ce que la soirée ait lieu sur l'eau. Les autres filles se tordent le cou, curieuses de savoir à quoi ressemble l'intérieur de cet énorme bateau. Un peu effrayées, aussi.

La Mère ouvre notre portière.

— Ce sont des gens importants. Je veux vous voir toutes souriantes, contentes. C'est compris ?

— Oui, Mère, murmurons-nous en chœur.

— Sortez.

En descendant de la camionnette, Olena marmonne, d'une voix pâteuse :

— Va te faire foutre, la Mère.

Mais je suis la seule à l'entendre.

Vacillant sur nos talons aiguilles, nous nous avançons en file indienne sur la passerelle et montons à bord. Un homme nous attend sur le pont. Rien qu'à la façon dont la Mère s'empresse d'aller le saluer, je devine que c'est un personnage important. Il nous passe rapidement en revue, avec des hochements de tête approbateurs. Et dit en anglais à la Mère :

— Faites-les entrer et servez-leur à boire. Je veux qu'elles soient de bonne humeur quand les invités arriveront.

— Oui, monsieur Desmond.

Le regard de l'homme s'arrête sur Olena, qui marche en se tenant au bastingage.

— Elle ne va pas refaire un esclandre, celle-là ?

— Elle a pris ses cachets. Elle sera sage.

— Il y a intérêt. Je ne veux pas de vagues, ce soir.

— Allez ! nous lance la Mère. Entrez.

Je m'arrête sur le seuil du salon, éblouie au premier regard. Un lustre en cristal flamboie au-dessus de nos têtes. Je remarque les lambris de bois sombre, les banquettes en daim crème. Un barman fait sauter un bouchon, un serveur en veste blanche nous propose des flûtes de champagne.

— Buvez, dit la Mère. Asseyez-vous quelque part et amusez-vous.

Après avoir pris chacune une flûte, nous nous égaillons à travers le salon. Olena s'installe sur une banquette à côté de moi, sirotant son champagne et croisant ses longues jambes ; la fente de sa jupe dévoile le haut d'un bas de soie.

— Je t'ai dans le collimateur, avertit la Mère, en russe.

— Les autres aussi, répond Olena en haussant les épaules.

— Ils arrivent, dit le barman.

La Mère gratifie Olena d'un regard menaçant puis se replie derrière une porte.

— Tu as vu, me glisse Olena, comment elle est obligée de cacher sa grosse bouille ? Personne n'a envie de la regarder, elle.

— Chut. Tu vas nous attirer des ennuis.

— Au cas où tu ne l'aurais pas remarqué, ma petite Mila chérie, nous en avons déjà notre compte.

Des rires nous parviennent, des embrassades chaleureuses entre messieurs. La porte du salon s'ouvre et toutes les filles se redressent comme des *i*, sourire aux lèvres, au moment où quatre hommes font leur entrée. Notre hôte, M. Desmond, celui qui nous a accueillies sur le pont, en fait partie. Deux des trois invités sont jeunes et sveltes ; ils se déplacent avec la grâce nonchalante des athlètes. Le troisième est plus âgé, aussi vieux que mon grand-père mais beaucoup plus lourd, avec des lunettes cerclées d'acier et des cheveux grisonnants qui cèdent du terrain à une inexorable calvitie. Les invités balaient la pièce du regard, nous observent avec un intérêt manifeste.

— On dirait qu'il y a des nouvelles, remarque l'homme âgé.

— Vous devriez passer plus souvent à la maison, Carl. Vous verriez ce qu'on a en stock. Vous prenez quelque chose, messieurs ? lance Desmond en indiquant le bar.

— Un scotch, ce sera parfait, répond l'homme âgé.

— Et vous, Phil ? Richard ?

— Même chose pour moi.

— Ce champagne m'a l'air très bien.

Les moteurs du bateau grondent. Je regarde par le hublot et constate que nous bougeons, que nous nous éloignons de la rive. Dans un premier temps, les hommes ne s'approchent pas. Ils restent près du bar et discutent entre eux. Olena et moi parlons l'anglais – mais pas les autres, qui n'en connaissent que quelques mots, et l'ennui a tôt fait de désagréger leurs sourires mécaniques. Ces messieurs discutent affaires. Je les entends parler contrats, appels d'offres, état des routes, pertes. Qui brigue quel marché, et pour combien. Telle est la raison d'être de cette soirée : les affaires d'abord, le plaisir ensuite. Ils vident leurs verres, le barman ressert une tournée. Encore quelques dernières amabilités avant d'aller baiser une pute. Une alliance brille au doigt de chacun des trois invités, et je m'imagine ces hommes faisant l'amour à leur femme dans un vaste lit aux draps immaculés. Des femmes qui n'ont aucune idée de ce qu'infligent leurs maris, dans d'autres lits, à des filles comme moi.

Les hommes lorgnent à présent de notre côté, et je sens mes mains devenir moites à l'idée du calvaire qui m'attend. Le plus vieux se retourne souvent vers Olena.

Elle lui sourit, me glisse en russe :

— Quel gros porc ! Je te parie qu'il grogne quand il jouit.

— Il pourrait t'entendre.

— Il ne comprendrait pas un mot.

— Tu n'en sais rien.

— Regarde, il sourit. Il s'imagine que je suis en train de te dire que je le trouve craquant.

L'homme repose son verre vide sur le bar et se dirige vers nous. Persuadée qu'il a envie de passer un moment avec Olena, je me lève pour lui céder ma place sur la banquette. Mais il me retient par le poignet.

— Salut, me dit-il. Tu parles anglais ?

Je hoche la tête ; ma gorge est trop sèche pour que je puisse répondre. Je ne réussis qu'à le fixer avec effroi. Olena se met debout, m'adresse un regard compatissant et s'éloigne.

— Tu as quel âge ? demande-t-il.

— J'ai… j'ai dix-sept ans.

— Tu fais moins.

Il semble déçu.

— Hé, Carl ! lui lance M. Desmond. Si vous l'emmeniez faire un tour ?

Les deux autres invités se sont choisi une fille. L'un d'eux disparaît déjà avec Katya dans le couloir.

— Prenez la cabine que vous voudrez, ajoute notre hôte.

Carl me dévore des yeux. L'étau de sa main se resserre sur mon poignet, et il m'entraîne vers le couloir. Il me pousse dans une jolie cabine, lambrissée de bois verni. Je recule, le cœur battant, en le voyant tourner la clé dans la serrure. Il se retourne vers moi, et je me rends compte qu'un renflement tend déjà l'entrejambe de son pantalon.

— Tu sais ce que tu as à faire, dit-il.

Mais non, je ne le sais pas ; je n'ai même aucune idée de ce qu'il attend de moi – et la gifle part si vite qu'elle me laisse abasourdie. Je tombe à genoux, je suis prostrée à ses pieds.

— Tu n'écoutes pas ce qu'on te dit ? Pauvre petite pute à la con !

J'acquiesce, la tête basse, les yeux rivés au sol. Je viens de comprendre la règle du jeu, ce dont il a envie.

— J'ai été très méchante, m'entends-je chuchoter.

— Tu mérites d'être punie.

Seigneur… Faites que ce soit vite fini.

— Dis-le ! aboie-t-il.

— Je mérite d'être punie.

— Déshabille-toi.

Tremblante, terrorisée à l'idée de prendre un nouveau coup, j'obéis. Je dégrafe ma robe et j'ôte mes bas, mes dessous. Je garde les yeux baissés : une gentille fille se doit de montrer du respect. Dans un silence total, je m'étends sur le lit et je m'ouvre à lui. Sans aucune résistance, totalement soumise.

Il retire ses vêtements sans me quitter des yeux, savoure le spectacle de mon corps offert. Je ravale mon dégoût en sentant son haleine aigre de whisky quand il se couche sur moi. Je ferme les yeux et je me concentre sur le ronronnement des moteurs, les clapotis de l'eau contre la coque. Je flotte au-dessus de mon corps, sans rien sentir lorsqu'il s'enfonce en moi. Il grogne, puis jouit.

Une fois sa besogne achevée, il n'attend pas que je sois rhabillée. Il se lève, remet son pantalon et quitte la cabine. Avec lenteur, je me rassieds sur le lit. Les moteurs du bateau ne produisent plus qu'un ronronnement assourdi. En regardant par le hublot, je constate que nous revenons vers la berge. La fête est finie.

Quand je me traîne enfin hors de la cabine, le bateau est déjà à quai, et les invités sont repartis. Pendant que M. Desmond sirote au bar ce qui reste de champagne, la Mère rassemble ses filles.

— Qu'est-ce qu'il t'a raconté ? me demande-t-elle.

Je hausse les épaules. Je sens le regard de Desmond fixé sur moi et j'ai peur de donner la mauvaise réponse.

— Il t'a choisie pourquoi ? Il te l'a dit ?

— Il m'a juste demandé mon âge.

— C'est tout ?

— Oui.

La Mère se retourne alors vers M. Desmond, qui nous écoute avec intérêt.

— Vous voyez ? lui lance-t-elle. Je vous l'avais bien dit. Il prend toujours la plus jeune. Peu importe qu'elles soient jolies ou non. Il aime les gamines.

M. Desmond médite un instant là-dessus. Puis hoche la tête.

— Eh bien, on fera ce qu'il faut pour continuer à le satisfaire.

Olena se réveille et me voit debout à la fenêtre, en train de regarder entre les barreaux. J'ai soulevé la guillotine et le froid s'engouffre dans la chambre, mais ça m'est égal. J'ai besoin de respirer de l'air frais. Je veux chasser le poison de cette soirée de mes poumons, de mon âme.

— Il fait froid, murmure Olena. Ferme la fenêtre.

— J'étouffe.

— Et nous, on gèle.

Elle se lève, me rejoint à la fenêtre et abaisse la guillotine.

— Je n'arrive pas à dormir.

— Moi non plus.

Dans le halo de lune qui traverse la vitre malpropre, elle m'observe. Derrière nous, une fille gémit dans son sommeil. Nous entendons le souffle des autres dans l'obscurité, et j'ai soudain l'impression qu'il n'y a plus assez d'air pour moi dans cette chambre. Je me bats pour respirer. Je tends le bras vers la fenêtre et j'essaie de la rouvrir, mais Olena m'en empêche.

— Arrête, Mila.

— Je vais mourir !

— Tu es hystérique.

— S'il te plaît, ouvre. Ouvre !

Je sanglote, griffe le cadre.

— Tu veux réveiller la Mère ? Tu veux qu'on soit punies ?

Mes doigts douloureux ont beau se cramponner comme des serres, impossible d'agripper le cadre. Olena me saisit les poignets.

— Écoute, dit-elle. Tu veux de l'air ? D'accord, je vais t'en donner. Mais il faudra que tu tiennes ta langue. Les autres ne doivent rien savoir.

Je suis trop paniquée pour faire attention à ce qu'elle dit. Elle m'encadre le visage de ses mains, me force à lui faire face.

— Regarde ça, chuchote-t-elle.

Elle sort quelque chose de sa poche, un petit objet qui luit faiblement dans le noir.

Une clé.

— Où est-ce que tu…

— Chut.

Elle attrape la couverture de son lit de camp et m'entraîne entre les autres filles, vers la porte. Arrivée là, elle prend le temps de jeter un coup d'œil en arrière, de vérifier qu'elles dorment toutes, avant d'introduire sa clé dans la serrure. La porte pivote lentement sur ses gonds et elle me pousse à travers le seuil, dans le couloir.

Je suis ébahie. Mon asphyxie, d'un seul coup, est oubliée, car nous avons quitté notre prison ; nous sommes libres. Je me tourne vers l'escalier, prête à fuir, mais Olena me tire brutalement en arrière.

— Pas par là. On ne peut pas sortir. Je n'ai pas la clé de la porte d'en bas. La Mère est la seule à pouvoir l'ouvrir.

— Où, alors ?

— Je vais te montrer.

Elle me guide vers le fond du couloir. Je n'y vois presque rien. Je m'en remets entièrement à elle, je la suis dans une chambre. La lune l'éclaire vaguement, et je regarde Olena traverser la pièce comme un spectre blême, soulever une chaise et la déposer en silence au centre du parquet.

— Qu'est-ce que tu fais ?

Au lieu de répondre, elle grimpe sur la chaise et tend les bras vers le plafond. Une trappe se soulève en grinçant au-dessus de sa tête ; une échelle pliante descend vers nous.

— Ça mène où ?

— Tu voulais de l'air frais, non ? Tu vas en avoir, me dit-elle en gravissant un à un les échelons.

Je la suis et me faufile par la trappe, qui donne sur un grenier. L'unique fenêtre, un chien-assis, laisse elle aussi entrer un peu de lune, et je devine des formes de caisses, de vieux meubles. L'air, ici, pue le renfermé ; il n'est pas frais du tout. Olena soulève la guillotine du chien-assis et sort en enjambant le rebord. Un détail me frappe : cette fenêtre-ci n'a pas de barreaux. Je passe la tête à l'extérieur et je comprends pourquoi. Le sol est très loin en dessous. Il n'y a aucune évasion possible par ici ; toute tentative de sauter équivaudrait à un suicide.

— Alors ? fait Olena. Tu viens ?

Je tourne la tête et la vois assise un peu plus loin sur l'avant-toit, en train de s'allumer une cigarette. Je baisse à nouveau les yeux vers le sol effroyablement distant, et sens mes paumes devenir moites à l'idée de m'aventurer sur ce toit.

— Allez, arrête de faire le lapin affolé. Qu'est-ce que tu risques, à part tomber et te briser la nuque ?

Le bout de sa cigarette rougeoie, et j'en sens la fumée à chaque exhalaison. Olena n'est absolument pas nerveuse. À cet instant, je regrette de ne pas être comme elle. Sans peur.

J'escalade l'appui de fenêtre, je me glisse en crabe le long de l'avant-toit et, avec un bruyant soupir de soulagement, je m'assieds à côté d'elle dans la pente. Elle secoue sa couverture et la jette autour de nos épaules ; nous nous retrouvons blotties ensemble sous un chaud manteau de laine.

— C'est mon secret, me dit-elle. Tu es la seule à le connaître, je te fais confiance pour le garder.

— Pourquoi moi ?

— Katya vendrait la mèche pour une boîte de chocolats. Et cette Nadia est vraiment trop stupide pour tenir sa langue. Mais toi, c'est différent.

Elle me jette un regard pensif. Presque tendre.

— Tu as beau ressembler à un lapin affolé, tu n'es ni idiote ni fausse.

Son éloge me met le feu aux joues, et cette bouffée de contentement me paraît meilleure que n'importe quelle drogue. Meilleure que l'amour. Je ferais n'importe quoi pour toi, Olena, me dis-je, soudain ragaillardie. Je me presse contre elle, avide de sa chaleur. Le corps des hommes ne m'a jamais infligé que des punitions. Olena, elle, m'apporte du réconfort, avec ses rondeurs douces, et ses cheveux qui me caressent le visage comme du satin. J'observe la braise de sa cigarette, l'élégance de son geste pour en chasser la cendre.

— Tu veux ? propose-t-elle en me la tendant.

— Je ne fume pas.

— Mmm… Ce n'est pas bon pour la santé, de toute façon, dit-elle en tirant à nouveau sur le filtre. Pour la mienne non plus, bien sûr, mais il n'est pas question de laisser perdre ça.

— Tu les as trouvées où ?

— Sur le bateau. J'en ai pris tout un paquet, et personne n'a rien vu.

— Tu les as volées ?

Elle éclate de rire.

— Je vole tout ce qui me tombe sous la main. Comment crois-tu que j'aie récupéré cette clé ? La Mère est persuadée de l'avoir perdue, cette grosse vache stupide !

Olena prend une nouvelle bouffée, et ses traits s'illuminent brièvement d'une lueur orangée.

— C'est ce que je faisais à Moscou. J'étais assez douée. Pour peu que tu parles anglais, ils te laissent entrer dans n'importe quel hôtel, ce qui te permet de faire des passes. Et de vider deux ou trois poches au passage. Voilà pourquoi je ne peux pas retourner là-bas, dit-elle en expulsant la fumée de ses poumons. J'y suis connue comme le loup blanc.

— Tu n'en as pas envie ?

Elle hausse les épaules, fait tomber sa cendre.

— Je n'ai aucun avenir à Moscou. C'est pour ça que je suis partie.

Je contemple le ciel. Les étoiles me font penser à de vilaines piqûres d'épingle.

— Ici non plus, dis-je. Je ne m'attendais pas à finir ici.

— Tu penses à t'enfuir, pas vrai, Mila ?

— Pas toi ?

— Et tu irais où ? Tu crois que ta famille voudra te reprendre ? Quand ils sauront ce que tu as fait ici ?

— Je n'ai plus que ma grand-mère.

— Et une fois à Kryvicy ? Supposons que tous tes rêves puissent s'exaucer, tu ferais quoi ? Tu serais riche ? Tu épouserais un beau garçon ?

— Je n'ai pas de rêves.

— Tant mieux, lâcha Olena avec un rire amer. Au moins, tu ne seras pas déçue.

— Mais je ferais n'importe quoi, j'irais n'importe où plutôt que de rester ici.

— Tu crois ça ? fait-elle en me dévisageant. J'ai connu une fille qui s'est évadée. Nous étions à une soirée, un peu comme celle de ce soir. Chez M. Desmond. Elle est passée par une fenêtre et elle s'est enfuie. C'est là que ses ennuis ont commencé.

— Pourquoi ?

— Tu mangerais quoi, dehors ? Tu dormirais où ? Sans papiers, il n'y a pas d'autre solution pour survivre que de faire le tapin, et autant le faire ici. Cette fille a fini par aller trouver la police, et tu sais ce qui est arrivé ? Elle a été expulsée, renvoyée en Biélorussie.

Olena souffle un nuage de fumée puis me regarde.

— Ne fais jamais confiance aux flics. Ces gens-là ne sont pas nos amis.

— Mais elle a réussi à partir ! Elle est rentrée au pays !

— Tu sais ce qui se passe quand tu réussis à rentrer chez toi après leur avoir échappé ? Ils te retrouvent, là-bas. Et ils vont frapper à la porte de tes proches. Et à ce moment-là, il vaudrait mieux que vous soyez tous morts, ajoute Olena en écrasant son mégot. Ici, c'est peut-être l'enfer. Mais au moins, tu ne risques pas de finir écorchée vive, comme elle.

Je me mets à trembler, mais pas de froid. Je repense à Anja. Je pense constamment à ma pauvre petite Anja, qui elle aussi a tenté de fuir. Je me demande si son corps nu est resté sous le ciel du désert. Si sa chair a fini de pourrir.

— Dans ce cas, il n'y a aucune issue, dis-je à voix basse. Aucune issue.

— Bien sûr que si. Tu joues leur jeu. Tu te laisses baiser par quelques mecs tous les jours, tu leur donnes ce qu'ils veulent. Dans six mois, dans un an, la Mère recevra sa prochaine cargaison de filles, et tu deviendras un produit périmé. C'est là qu'ils te laisseront partir. C'est à ce moment-là que tu seras libre. Mais si tu essaies de t'enfuir avant, ils voudront faire un exemple.

Elle me regarde. Je suis surprise lorsqu'elle tend le bras et me touche la joue. Sa main s'attarde sur mon visage. Ses doigts y tracent un sillon de chaleur.

— Reste en vie, Mila, murmure-t-elle. Ça ne durera pas éternellement.

14

Même dans un quartier aussi huppé que Beacon Hill, la maison en imposait, plus grande que toutes les autres de cette rue habitée depuis des générations par des familles de l'élite bostonienne. C'était la première fois que Gabriel venait ici ; en d'autres circonstances, il aurait fait halte au milieu de l'allée pavée dans la lumière déclinante du jour pour admirer les linteaux sculptés, le fer forgé et le spectaculaire heurtoir en cuivre de l'entrée principale. Ce jour-là, néanmoins, il n'avait pas le cœur aux subtilités architecturales et gravit sans hésiter les marches du perron pour déclencher la sonnette.

La porte lui fut ouverte par une jeune femme au nez chaussé de lunettes en écaille et au regard calmement évaluateur. Une nouvelle gardienne du temple, pensa-t-il. Il n'avait jamais vu cette fille, mais elle s'inscrivait parfaitement dans le moule habituel des collaborateurs de Conway : cérébrale, efficace – vraisemblablement diplômée de Harvard. Les « grosses têtes de Conway », ainsi qu'on appelait sur Capitol Hill ce premier cercle de jeunes gens et de jeunes femmes aussi réputés pour leur intelligence que pour leur absolue fidélité au sénateur.

— Je suis Gabriel Dean, dit-il. Je viens voir le sénateur.

— Ils vous attendent dans son bureau, agent Dean. Si vous voulez bien me suivre…

Ils ?

Elle pivota sur elle-même et l'entraîna à pas brusques, en faisant claquer ses escarpins démodés mais confortables sur les lattes de chêne sombre, vers les profondeurs d'un couloir dont les murs s'ornaient d'une galerie de portraits peints : un austère patriarche assis à sa table de travail ; un homme à perruque poudrée, en toge noire de juge ; un troisième personnage, posant devant les replis d'une tenture de velours vert. Dans ce couloir, l'illustre lignage de Conway occupait toute la place – un lignage qu'il évitait soigneusement d'exposer dans son hôtel particulier de Georgetown, où le sang bleu aurait risqué d'être un handicap politique.

La jeune femme frappa discrètement à une porte, l'ouvrit et passa la tête dans l'embrasure.

— L'agent Dean est ici.

— Merci, Jillian.

Gabriel entra dans la pièce, et la porte se referma sans bruit derrière lui. Le sénateur, un homme aux cheveux argentés, contourna aussitôt son bureau de merisier massif pour venir à lui. Bien qu'ayant dépassé la soixantaine, Conway conservait dans sa façon de se mouvoir la puissance et l'agilité du Marine qu'il avait été, et lorsqu'ils se furent rejoints leur vigoureuse poignée de main fut celle de deux hommes qui avaient connu le combat et pour cette raison s'estimaient mutuellement.

— Vous tenez le coup ? lui demanda le sénateur à mi-voix.

La question, posée avec infiniment de délicatesse, fit jaillir un éclair de larmes inattendu dans les yeux de Gabriel. Il dut s'éclaircir la gorge.

— Pour être franc, je m'accroche comme je peux.

— J'ai cru comprendre qu'elle avait été admise à l'hôpital dans la matinée.

— Le bébé aurait dû arriver la semaine dernière. Elle a perdu les eaux ce matin, et…

Gabriel s'interrompit, le rouge aux joues. Les anciens guerriers évoquaient rarement des aspects aussi intimes de la physiologie de leur femme dans leurs conversations.

— Bref, dit le sénateur, il faut qu'on la sorte de là. Et le plus vite possible.

— Oui, monsieur.

Pas seulement vite. Vivante.

— J'espère que vous allez m'expliquer ce qui se passe vraiment là-bas, ajouta Gabriel. Parce que la police de Boston n'y comprend pas grand-chose.

— Agent Dean, vous m'avez souvent rendu service, au fil des ans. Je vous promets de faire tout mon possible.

Conway se retourna pour lui indiquer du geste le coin salon, aménagé autour d'une cheminée massive.

— Et j'espère que M. Silver, ici présent, va pouvoir nous aider.

Pour la première fois, Gabriel posa son regard sur un homme qui, jusque-là, était resté assis dans son fauteuil en cuir, tellement silencieux qu'il ne l'avait pas remarqué. Au moment où il se leva, Gabriel se rendit compte qu'il était extrêmement grand. Ses cheveux noirs commençaient à se dégarnir, et son regard doux était tapi derrière une paire de lunettes professorale.

— Je ne crois pas que vous vous connaissiez, dit Conway. Permettez-moi de vous présenter David Silver, le vice-directeur du renseignement national. Il vient d'arriver de Washington.

En voilà, une surprise, pensa Gabriel en serrant la main de David Silver.

Le directeur du renseignement national était un personnage extrêmement influent, dont le rang équivalait à celui d'un ministre ; il exerçait une autorité de coordination sur toutes les agences spécialisées du pays, du FBI au renseignement militaire en passant par la CIA. Et cet homme-là était son bras droit.

— Dès que nous avons eu vent du problème, dit Silver, mon directeur, M. Wynne, m'a demandé de m'envoler pour Boston. La Maison-Blanche estime qu'il ne s'agit pas d'une prise d'otages ordinaire.

— Si tant est que le mot « ordinaire » ait encore un sens de nos jours, fit Conway.

— Nous sommes d'ores et déjà en liaison directe avec le bureau du chef de la police à l'échelon fédéral, enchaîna Silver. Et nous suivons de très près l'enquête de la police de Boston. Mais le sénateur Conway me dit que vous détenez peut-être des informations susceptibles de modifier notre façon d'aborder le problème…

Conway indiqua un canapé à ses hôtes.

— Asseyons-nous. Nous avons pas mal de choses à voir ensemble.

— Vous dites qu'il ne s'agit probablement pas d'une prise d'otages ordinaire, fit Gabriel en prenant place sur le canapé. Je suis d'accord. Et pas seulement parce que mon épouse se retrouve en première ligne.

— Quelles sont les autres différences qui vous frappent ?

— Un, le fait que ce soit une femme qui ait déclenché la prise d'otages. Deux, le fait que cette femme ait reçu le soutien d'un complice armé qui a réussi à forcer les barrages de la police pour la rejoindre. Et trois, le message qu'elle a fait passer à la radio, parce qu'il ressemble à un code d'activation.

— Ce sont ces mêmes points qui préoccupent mon directeur, dit Silver. J'ajouterais qu'il y a un autre détail qui nous gêne. Je dois avouer que je n'ai pas saisi toute sa portée, la première fois que j'ai entendu l'enregistrement.

— Quel enregistrement ?

— Celui de l'appel qu'elle a lancé sur cette chaîne de radio. Nous avons demandé à un linguiste de la Défense d'analyser son discours. Sa syntaxe était parfaite – presque trop parfaite. Aucune contraction, pas un mot d'argot. Il est évident que cette femme est née à l'étranger.

— Le négociateur de la police de Boston est arrivé à la même conclusion.

— C'est l'aspect qui nous inquiète le plus. Quand on écoute attentivement ses propos – et en particulier cette phrase qu'elle a citée, « les dés sont jetés » –, on perçoit un accent. C'est indiscutable. Russe, peut-être, ou ukrainien, ou encore d'un autre pays d'Europe de l'Est. Il est impossible de déterminer son origine précise, mais il s'agit certainement d'un accent slave.

— Et c'est ce qui a alerté la Maison Blanche, dit Conway.

Gabriel fronça les sourcils.

— Ils pensent à un acte terroriste ?

— Tchétchène, précisa Silver. Nous ne savons ni qui est cette femme ni comment elle est entrée dans le pays. Nous savons que les Tchétchènes font fréquemment appel à des femmes dans le cadre de leurs opérations. Pendant la prise du théâtre de Moscou, elles étaient plusieurs à avoir été équipées de charges explosives. Et il y a eu ces deux avions de ligne partis de Moscou qui se sont crashés dans le sud de la Russie, il y a quelques années. Nous pensons qu'ils ont tous deux explosé en vol suite à l'explosion de bombes portées par des passagères. Ces terroristes-là ont l'habitude d'utiliser des femmes. Et c'est ce que notre directeur craint par-dessus tout. Vos preneurs d'otages sont peut-être prêts à mourir, et en provoquant un maximum de dégâts.

— Les Tchétchènes sont en conflit avec Moscou. Pas avec nous.

— La guerre de la terreur est mondiale. C'est précisément pour cela que la direction du renseignement national a été créée – pour éviter un nouveau 11 Septembre. Notre boulot consiste à faire en sorte que tous les services de renseignement travaillent main dans la main, et non plus en poursuivant des objectifs divergents, comme cela a pu être le cas. Fini les rivalités, fini la guerre entre espions. Nous sommes tous dans le même bain. Et nous sommes tous d'accord pour penser que le port de Boston est une cible potentielle de choix pour des terroristes. Ils pourraient s'en prendre aux dépôts de carburant, à un navire pétrolier… Une vedette bourrée d'explosifs suffirait à provoquer un véritable cataclysme. La preneuse d'otages a été repêchée dans la baie de Hingham, n'est-ce pas ?

— Vous paraissez sceptique, agent Dean, observa Conway. Qu'est-ce qui vous gêne ?

— Cette femme a été poussée à faire ce qu'elle a fait par des circonstances indépendantes de sa volonté. Vous savez qu'elle est arrivée à la morgue suite à ce qui semblait être une noyade, je suppose ? Et qu'elle a été transférée aux urgences de l'hôpital après son réveil ?

— Oui, fit Silver. L'histoire n'est pas banale.

— Elle a agi entièrement seule, et…

— Elle n'est plus seule. Elle a un complice.

— Franchement, ça ne ressemble pas à un acte terroriste planifié.

— Nous ne disons pas que la prise d'otages a été planifiée. Il se peut que les circonstances leur aient forcé la main. Peut-être qu'un accident a tout déclenché. Peut-être qu'elle est tombée par-dessus bord alors qu'elle cherchait à s'infiltrer clandestinement dans le pays. Elle se réveille à l'hôpital, elle comprend qu'elle va être interrogée par les autorités, et elle panique. Cette fille pourrait n'être qu'un tentacule de la pieuvre – d'un réseau beaucoup plus vaste, dont l'existence se retrouve prématurément exposée.

— Joseph Roke n'est pas russe. Il est américain.

— Oui, et nous savons deux ou trois choses sur ce M. Roke grâce à son dossier militaire.

— Il n'a pas du tout le profil d'un sympathisant tchétchène.

— Saviez-vous que M. Roke avait été formé au maniement des explosifs dans l'armée ?

— Comme beaucoup d'autres soldats, qui ne sont pas tous devenus terroristes pour autant.

— M. Roke a aussi eu de gros problèmes de comportement. Des problèmes disciplinaires. Vous étiez au courant ?

— Je sais qu'il a été expulsé de l'armée.

— Pour avoir frappé un officier, agent Dean. Et plusieurs fois désobéi aux ordres. La question d'un désordre affectif grave a été posée. Un psychiatre militaire a même évoqué un diagnostic de schizophrénie paranoïde.

— A-t-il bénéficié d'un suivi médical ?

— Roke a toujours refusé tous les types de traitement. Suite à son départ de l'armée, il s'est enfermé dans une réclusion quasi totale. Nous avons affaire à un individu de type Unabomber[1], qui s'est exclu lui-même de la société et ressasse des rancœurs absurdes. Pour Roke, tout se ramène toujours à des complots gouvernementaux, à des délires de persécution. C'est un homme singulièrement amer, persuadé que l'État lui en veut à mort. Il a écrit tellement de lettres au FBI pour exposer ses théories qu'ils ont fini par constituer un dossier sur lui, dit Silver en prenant sur la table basse une chemise cartonnée qu'il tendit à Gabriel. Tenez, voici un échantillon de ses écrits. C'est une lettre qu'il leur a envoyée en juin 2004.

Gabriel ouvrit la chemise et parcourut la lettre en diagonale.

… vous ai déjà signalé toute une série de cas de décès officiellement imputés à des arrêts cardiaques – alors qu'ils sont en réalité dus à un mélange de PRC-25 et de tabac en combustion. Cette combinaison, notre ministère de la Défense le sait fort bien, génère un gaz neurotoxique mortel. Des dizaines de vétérans ont été assassinés de cette façon pour permettre à l'administration censée assumer leur prise en charge d'économiser des millions de dollars en frais de santé. N'y a-t-il donc personne au FBI pour s'en alerter ?

1. Pseudonyme (pour *University and Airlines Bomber)* donné par le FBI à un individu qui en l'espace de dix-huit ans, par l'envoi de colis piégés, a tué trois personnes et en a blessé plus de vingt autres, au nom de la lutte contre le progrès technologique.

— Et ce n'est qu'une des dizaines de lettres abracadabrantes qu'il a adressées soit au Bureau, soit à des parlementaires, soit à des journaux ou à des chaînes de télévision. Le *Washington Post* en a reçu tellement qu'ils ont fini par jeter directement à la poubelle tout ce qui portait son nom d'expéditeur. Comme vous pouvez le voir sur cet extrait, l'homme ne manque pas d'intelligence. Ni de facilité d'élocution. Et il est profondément convaincu de la nature maléfique de notre gouvernement.

— Pourquoi ne bénéficie-t-il pas d'un suivi psychiatrique ?

— Il refuse d'admettre qu'il est fou. Même si tout le monde voit clairement qu'il a basculé.

— Des terroristes ne recruteraient pas un psychotique.

— Sauf s'il leur était utile.

— Les psychotiques sont incontrôlables. On ne peut jamais prévoir leurs réactions.

— Mais on peut les inciter à la violence. On peut renforcer leur croyance que leur propre gouvernement cherche à leur nuire. Et on peut exploiter leurs talents. Roke est peut-être paranoïaque, mais il s'y connaît en explosifs. Un solitaire rongé d'amertume, doté d'une solide formation militaire de démineur. C'est une recrue idéale pour des terroristes, agent Dean. Jusqu'à preuve du contraire, nous allons donc devoir supposer que cette affaire pourrait avoir des répercussions sur la sécurité nationale. Nous ne pensons pas que le département de police de Boston soit habilité à traiter seul un incident de ce type.

— D'où la présence de John Barsanti…

— Quoi ? fit Silver, interloqué.

— L'agent John Barsanti, un proche collaborateur du vice-directeur du FBI. Il n'entre pas dans les habitudes du Bureau d'envoyer quelqu'un de Washington quand il peut compter sur son antenne locale.

— Ce n'est pas le FBI qui va prendre le contrôle des opérations, répondit Silver. Nous avons demandé l'intervention d'une unité spéciale antiterroriste de la section de soutien stratégique.

Gabriel regarda fixement Silver.

— Vous comptez faire appel au Pentagone ? Déclencher une opération militaire sur le sol des États-Unis ?

— Je sais que ça peut paraître illégal à première vue, agent Dean, intervint le sénateur Conway. Mais il y a cette toute nouvelle directive, la JCS Conplan 0300-97. Elle autorise le Pentagone à déployer ses unités antiterroristes à l'intérieur de nos frontières si la situation l'exige. Tout ça est tellement récent qu'une bonne partie de l'opinion ne connaît même pas l'existence de ce texte.

— Et vous trouvez que c'est une bonne idée ?

— Sincèrement ? soupira le sénateur. Ça me fout la trouille. Mais la directive existe bel et bien. Les militaires ont le droit d'y aller.

— Et ça se justifie, affirma Silver. Car au cas où vous ne l'auriez pas remarqué, notre pays est attaqué. Nous avons une chance d'éliminer ce nid de vipères avant qu'il nous frappe. Avant que d'autres vies soient menacées. À plus large échelle, cet incident pourrait même devenir une aubaine.

— Une aubaine ? répéta Gabriel, incrédule.

Trop tard, Silver s'aperçut de sa gaffe. Il leva la main en signe d'excuse.

— Désolé, je viens de dire une énormité. Je suis tellement concentré sur ma mission qu'il m'arrive d'avoir des œillères.

— Si ça se trouve, elles limitent aussi votre perception de la situation.

— Qu'entendez-vous par là ?

— Vous êtes face à une prise d'otages et, automatiquement, vous pensez au terrorisme.

— Il le faut. Ce sont *eux* qui nous ont forcés à adopter cette attitude. Ne l'oubliez pas.

— Au point d'exclure toutes les autres possibilités ?

— Bien sûr que non. Il est parfaitement envisageable que nous ayons affaire à un duo de détraqués. À deux forcenés prêts à tout pour éviter la capture après le meurtre de ce policier à New Haven. Nous avons aussi envisagé cette hypothèse.

— Mais vous préférez ne retenir que celle du terrorisme.

— C'est le devoir de M. Wynne. Et, croyez-moi, il prend au sérieux sa mission de directeur du renseignement national.

Conway, qui observait Gabriel depuis un moment, intervint :

— Je sens que l'angle terroriste vous pose problème, Dean.

— Tout ça me paraît un peu simpliste.

— Et quelle serait votre explication ? interrogea Silver. Que veulent ces gens, selon vous ?

Il s'était rassis dans son fauteuil, les jambes croisées, les mains bien à plat sur les accoudoirs. Sa longue carcasse ne manifestait aucun signe de tension. Il se contrefiche de mon avis, se dit Gabriel. Son choix est déjà fait.

— Je n'ai pas encore la réponse. Ce que j'ai, en revanche, c'est toute une série de détails troublants que je n'arrive pas à m'expliquer. C'est la raison pour laquelle j'ai pris contact avec le sénateur Conway.

— Quels détails ?

— Je viens d'assister à l'autopsie du vigile. Celui qui a été abattu par notre Jane Doe. Il s'avère que cet homme n'avait rien à voir avec l'hôpital. Nous ignorons son identité.

— Ses empreintes ont été relevées ?

— Elles ne sont pas répertoriées à l'AFIS.

— Il n'avait donc pas d'antécédents criminels.

— Non. Et elles n'apparaissent sur aucune autre des bases de données que nous avons consultées.

— Tout le monde n'est pas fiché.

— Cet homme s'est introduit dans l'hôpital avec une arme chargée à balles doubles.

— C'est bizarre, fit Conway.

— Des balles doubles ? Qu'est-ce que c'est ? interrogea Silver. Il va falloir que vous expliquiez ça au pauvre juriste que je suis. J'ai bien peur d'être tout à fait inculte en matière d'armes à feu.

— Il s'agit d'un type de munitions contenant plusieurs projectiles par cartouche, répondit Conway. Le but est d'augmenter le potentiel de destruction.

— Je viens d'avoir le labo de balistique du BPD, ajouta Gabriel. Une seule douille a été retrouvée dans la chambre d'hôpital de la preneuse d'otages. Une M-198.

— C'est un matériel à usage strictement militaire, dit Conway en le dévisageant. Pas du tout ce qu'on s'attendrait à trouver dans le chargeur d'un vigile d'hôpital.

— Un *faux* vigile d'hôpital.

Gabriel sortit de sa poche intérieure une petite feuille de carnet pliée en quatre qu'il étala sur la table basse.

— Et voici un autre détail qui me perturbe…

— Qu'est-ce que c'est ? s'enquit Silver.

— Un dessin, que j'ai fait pendant l'autopsie. Ça représente le tatouage que le mort avait dans le dos.

Silver fit pivoter le croquis pour le mettre dans le bon sens.

— Un scorpion ?

— Oui.

— Et je suppose que vous allez m'expliquer en quoi c'est significatif ? Parce que je suis prêt à parier que ce type n'était pas le seul au monde à se promener avec un scorpion tatoué dans le dos…

Conway étudia le dessin à son tour, puis regarda Gabriel.

— Il avait ça dans le dos, vous dites ? Et on ne l'a pas identifié ?

— L'analyse des empreintes n'a rien donné.

— Ça m'étonne.

— Pourquoi ? demanda Silver.

Gabriel se tourna vers le vice-directeur.

— Parce qu'il y a de fortes chances pour que ce type soit un militaire.

— Vous pouvez le dire rien qu'en regardant ce tatouage ?

— Ce n'est pas n'importe quel tatouage.

— Qu'est-ce qu'il a de spécial ?

— Il ne se l'est pas fait faire au bras, mais dans le dos. Chez les marines, on appelle ça un « marquage » parce que ce genre de tatouage peut se révéler très utile pour l'identification de votre cadavre. Quand on se prend un obus ou une bombe, le risque de perdre un ou plusieurs membres est très élevé. C'est pour ça que beaucoup de soldats choisissent de se faire tatouer sur le torse ou dans le dos.

— C'est morbide, dit Silver avec une grimace.

— Mais très commode.

— Et ce scorpion ? Il est censé signifier quelque chose ?

— C'est surtout le nombre treize qui retient mon attention, expliqua Gabriel. On le voit là, dans l'anneau de la queue. À mon avis, c'est une référence au Treizième de combat.

— Une unité militaire ?

— Le treizième corps expéditionnaire des marines. Habilité aux opérations spéciales.

— D'après vous, cet homme était un ex-marine ?

— Il n'y a pas d'ex-marine, dit Conway.

— Oh. Bien sûr. Un marine mort ?

— Et j'en viens au détail le plus troublant, reprit Gabriel. Le fait que ses empreintes ne soient répertoriées nulle part. Cet homme n'a pas de dossier militaire officiel.

— Vous commettez peut-être une erreur d'interprétation en ce qui concerne ce tatouage. Et les balles doubles.

— Ou peut-être que j'ai raison. Et que ses empreintes ont été délibérément effacées du système pour éviter que cet homme puisse être repéré par les forces de l'ordre.

Un silence de plomb s'abattit. Silver écarquilla les yeux en comprenant ce que suggérait Gabriel.

— Vous êtes en train de me dire qu'un de nos services de renseignement pourrait avoir effacé ses empreintes ?

— Afin de le couvrir dans le cadre d'une mission illégale menée sur notre sol.

— Et qui accusez-vous, agent Dean ? La CIA ? Le renseignement militaire ? Si cet homme était des nôtres, je peux vous assurer que personne ne m'en a jamais parlé.

— Laissons de côté la question de son identité – et de celle de son commanditaire. Il reste évident qu'ils sont entrés, son complice et lui, dans cette chambre d'hôpital dans un but très précis, dit Gabriel en se tournant vers Conway. Vous siégez à la Commission du renseignement du Sénat, monsieur. Vous avez vos sources.

— Je suis totalement largué sur ce coup-là, répliqua Conway en secouant la tête. Si un contrat a été lancé sur la tête de cette femme par un de nos services, c'est gravissime. Un assassinat ? Sur le sol des États-Unis ?

— Sauf que le coup a foiré, fit Gabriel. Le docteur Isles les a surpris avant qu'ils aient eu le temps de lui régler son compte. Et en plus d'avoir survécu, leur cible a pris des otages. D'où cet énorme battage médiatique. La bavure des services spéciaux ne va pas tarder à faire la une. La vérité finira de toute façon par éclater, alors, si vous avez des informations, autant me les donner tout de suite. Qui est cette femme ? Pourquoi notre pays veut-il sa mort ?

— C'est de la spéculation pure ! protesta Silver. Votre fil conducteur est un peu mince, agent Dean. À partir d'un tatouage et d'une cartouche, vous accusez le gouvernement d'avoir commandité une tentative d'assassinat !

— Ces gens-là tiennent ma femme, riposta Gabriel d'une voix sourde. Je suis prêt à suivre n'importe quel fil, si mince soit-il. Je dois trouver un moyen de régler le problème sans qu'il y ait d'autres victimes. C'est tout ce que je veux. Que personne ne se fasse tuer.

Silver acquiesça.

— C'est ce que nous voulons tous.

15

La nuit était tombée lorsque Maura engagea sa voiture dans la paisible rue de Brookline où elle résidait. Elle observa le défilé familier des façades, des jardins. Elle vit un petit garçon roux, toujours le même, lancer son gros ballon de basket vers le panier vissé au-dessus de la porte de son garage. Et le manquer, comme d'habitude. Tout était comme la veille dans sa banlieue, une chaude soirée d'été parmi tant d'autres. Celle-ci avait pourtant quelque chose de différent, pensa Maura. Ce soir, elle ne s'attarderait pas à siroter un verre de vin frappé, ni à feuilleter le dernier numéro de *Vanity Fair*. Comment aurait-elle pu savourer ses petits plaisirs coutumiers, sachant ce que Jane endurait au même instant ?

À condition qu'elle soit encore en vie.

Maura laissa sa voiture au garage et pénétra dans la maison, soulagée de retrouver le souffle frais de la climatisation. Elle ne resterait pas longtemps ; elle n'était rentrée chez elle que pour avaler un dîner rapide, prendre une douche et se changer. Ce bref répit lui inspirait d'ailleurs un sentiment de culpabilité.

Je rapporterai un sandwich pour Gabriel, se promit-elle.

L'idée de se nourrir ne l'avait probablement même pas effleuré.

Elle venait de ressortir de la douche quand la sonnette tinta. Elle enfila un peignoir et se hâta d'aller ouvrir.

Peter Lukas attendait sur son perron. Ils s'étaient vus le matin même, mais sa chemise fripée et les rides qui lui creusaient le pourtour des yeux semblaient indiquer que la journée avait été rude.

— Excusez-moi de débarquer comme ça, dit-il. J'ai essayé de vous appeler il y a cinq minutes.

— Je n'ai rien entendu. J'étais sous ma douche.

Il baissa les yeux, une fraction de regard, sur son peignoir. Puis son regard fila vers un point imaginaire, situé quelque part au-dessus de l'épaule de Maura, comme s'il était gêné de faire face à une femme en petite tenue.

— On peut parler un instant ? J'aurais besoin de votre avis.

— De mon avis ?

— Sur ce que la police me demande de faire.

— Vous avez vu le capitaine Hayder ?

— Et aussi ce type du FBI. Barsanti.

— Donc, vous connaissez les exigences des preneurs d'otages.

Lukas opina.

— C'est à cause de ça que je suis ici. J'ai besoin de savoir ce que vous inspire cette idée de dingues.

— Vous envisagez d'y aller ?

— J'ai besoin de savoir ce que vous feriez, docteur Isles. J'ai confiance en votre jugement.

Lorsqu'il se résolut enfin à croiser de nouveau son regard, elle sentit une vague de chaleur lui monter au visage et se surprit à crisper les doigts sur son peignoir.

— Entrez, dit-elle. Le temps de m'habiller, et je suis à vous.

Pendant qu'il patientait dans le salon, elle débusqua dans sa penderie un pantalon et un chemisier propres. En passant devant le miroir, elle fit la grimace à la vue de son Rimmel qui coulait, de ses cheveux en pétard.

Ce n'est qu'un journaliste, pensa-t-elle. Pas un soupirant. Peu importe ta tête.

À son retour dans le salon, elle le trouva à la fenêtre, en train de contempler la rue sombre.

— L'affaire a pris une ampleur nationale, vous savez, dit-il en se retournant. À l'heure qu'il est, on en parle jusqu'à L.A.

— C'est la raison pour laquelle vous envisagez d'y aller ? Pour avoir une chance de devenir célèbre ? Parce que votre nom pourrait faire la une ?

— Oh, ouais, je vois déjà la manchette : « Le journaliste exécuté d'une balle dans la tête. » Tu parles si j'ai envie de ce titre-là…

— Alors, vous êtes conscient que ce ne serait pas un choix particulièrement avisé.

— Je ne suis pas encore décidé.

— Si vous voulez mon avis…

— Je veux plus que votre avis. J'ai besoin d'informations.

— Que voulez-vous que je vous dise ?

— Vous pourriez commencer par me dire quel est le rôle du FBI dans cette affaire.

— Vous avez vu l'agent Barsanti, non ? Vous ne lui avez pas posé la question ?

— J'ai entendu dire qu'un certain agent Dean était lui aussi sur le coup. Barsanti n'a pas voulu lâcher un mot à son sujet. Comment se fait-il que le Bureau ait envoyé deux hommes de Washington pour un incident qui devrait logiquement être du strict ressort de la police de Boston ?

La question inquiéta Maura. Si ce journaliste était déjà au courant de l'implication de Gabriel, il ne mettrait pas longtemps à découvrir que Jane faisait partie des otages.

— Je n'en sais rien, mentit-elle, en faisant de son mieux pour soutenir son regard.

Il la scrutait si intensément qu'elle finit par se détourner et prendre place sur le canapé.

— Si vous savez quelque chose qui pourrait m'aider à faire mon choix, insista Lukas, j'espère que vous allez me le dire. Je préférerais savoir où je mets les pieds.

— Vous en savez probablement autant que moi.

Il s'assit dans un fauteuil sans cesser de la fixer ; Maura eut l'impression d'être un papillon cloué sur sa planche.

— Que veulent-ils, ces gens ?

— Que vous a dit Barsanti ?

— Il m'a exposé leur offre. Il paraît qu'ils ont promis de libérer deux otages. Ensuite, je me rends sur place avec un cadreur de la télé, je parle à ce cinglé, et deux autres otages seront relâchés. Voilà pour le marché. Quant à la suite, libre à chacun de se l'imaginer.

Cet homme peut sauver la vie de Jane, songea Maura. S'il y va, Jane fera peut-être partie des deux premiers otages à sortir.

À sa place, je le ferais. Mais je ne peux pas demander à cet homme de risquer sa vie, même pour Jane.

— On n'a pas tous les jours l'occasion de jouer les héros, reprit-il. D'une certaine manière, c'est une vraie chance. Beaucoup de journalistes sauteraient dessus.

— Ça fait effectivement rêver, dit Maura avec un petit rire. Un contrat avec un éditeur, le téléfilm de la semaine. Vous risqueriez votre peau pour un peu de gloire et de fortune ?

— Hé, j'ai une vieille Toyota pourrie garée en ce moment devant chez vous, plus un emprunt qui court encore sur vingt-neuf ans ! Franchement, je ne cracherais ni sur la gloire ni sur la fortune.

— Si vous vivez assez longtemps pour en profiter.

— C'est pour ça que je vous en parle. Vous avez été directement confrontée à cette fille. Vous savez de quel genre de personne il s'agit. Ces gens ont-ils un minimum de plomb dans la cervelle ? Est-ce qu'ils respecteront leur part de l'accord ? Est-ce qu'ils me laisseront ressortir après l'interview ?

— Je ne peux pas vous le garantir.

— Vous ne m'aidez pas beaucoup…

— Je refuse d'être responsable de votre sort. Il m'est impossible de prédire leurs réactions. Je ne sais même pas ce qu'ils veulent.

Il soupira.

— C'est la réponse que je craignais.

— Et maintenant, à moi de vous poser une question. Je suppose que vous pourrez éclairer ma lanterne.

— La question est ?

— Pourquoi vous ? Il y a tellement de journalistes qu'ils auraient pu choisir…

— Aucune idée.

— Vous avez forcément déjà été en contact avec eux.

L'hésitation de Lukas attisa son intérêt. Elle se pencha en avant et ajouta :

— Vous avez entendu parler d'eux.

— Vous devez comprendre que les journalistes sont perpétuellement sollicités par toutes sortes de cinglés. Chaque semaine, je reçois au minimum deux ou trois lettres ou coups de téléphone censés dénoncer tel ou tel complot gouvernemental. Quand il ne s'agit pas des compagnies pétrolières, on me ressort des histoires d'hélicoptères noirs ou de sombres magouilles à l'ONU. En général, je me contente d'ignorer en bloc. C'est ce qui explique que je n'y aie pas fait attention. Pour moi, ce n'était qu'un coup de fil bidon parmi tant d'autres.

— Il remonte à quand ?

— Quelques jours. Un de mes confrères m'en a reparlé tout à l'heure – c'est lui qui a reçu l'appel. Honnêtement, quand il l'a transféré sur mon poste, j'étais bien trop débordé pour écouter. Il commençait à se faire tard, le bouclage approchait, et je n'avais aucune envie de me farcir les élucubrations d'un cinglé.

— C'était une voix d'homme ?

— Ouais. Je l'ai pris en salle de rédaction. Le type m'a demandé si j'avais ouvert son colis. Je ne voyais pas du tout de quoi il parlait. Il m'a expliqué qu'il m'avait envoyé un colis par la poste, quelques semaines plus tôt. Mais je ne l'ai jamais reçu. Ensuite, il m'a annoncé qu'une femme viendrait déposer un autre paquet pour moi à l'accueil dans la soirée. Que dès son arrivée je devrais descendre dans le hall et le récupérer sans perdre une seconde, parce qu'il contenait du matériel extrêmement sensible.

— Et celui-là, vous l'avez reçu ?

— Pas plus que l'autre. Le gardien de l'accueil m'a certifié qu'aucune femme n'était passée ce soir-là. Je suis rentré chez moi et j'ai oublié cette histoire. Jusqu'à maintenant… Je me demande si ce n'est pas Joe que j'ai eu au bout du fil.

— Pourquoi vous aurait-il choisi, vous plutôt qu'un autre ?

— Aucune idée.

— Ces gens ont l'air de vous connaître.

— Ils lisent peut-être mes articles. Si ça se trouve, ce sont des admirateurs.

Face au silence de Maura, il laissa échapper un petit rire d'autodérision et ajouta :

— Il y a peu de chances, hein ?

— Vous êtes déjà passé à la télévision ?

Avec une aussi belle gueule, tu aurais eu ta chance.

— Jamais.

— Et vous écrivez seulement pour le *Boston Tribune* ?

— Seulement ? Merci du compliment, docteur Isles.

— Je ne l'entendais pas de cette façon.

— Je suis journaliste depuis l'âge de vingt-deux ans. J'ai commencé par pondre des piges pour le *Boston Phoenix* et le *Boston Magazine*. Ça m'a amusé un temps, mais les piges ne sont pas ce qu'il y a de mieux pour régler ses factures, et j'ai donc été bien content de me trouver un poste fixe au *Tribune*. J'ai commencé par les nouvelles locales, puis j'ai été correspondant à Washington pendant quelques années. Je suis revenu à Boston quand on m'a proposé une chronique hebdomadaire. Alors, on peut le dire, je suis dans le métier depuis un moment. Je ne gagne pas des fortunes mais, de toute évidence, j'ai quelques fans. Puisque ce Joseph Roke semble me connaître… Enfin, j'espère que c'est un fan. Pas un lecteur indigné.

— Fan ou non, vous vous aventurez en terrain dangereux.

— Je sais.

— Vous avez compris comment les choses doivent se passer ?

— Un cadreur et moi. L'interview passera à l'antenne en direct sur une chaîne locale. Je suppose que les preneurs d'otages auront les moyens de contrôler qu'elle est bien diffusée. Je suppose aussi qu'ils accepteront le décalage standard de cinq secondes, au cas où…

Il n'alla pas au bout de sa pensée. Se contenta d'inspirer profondément.

Au cas où l'interview finirait dans un bain de sang.

— Que feriez-vous, docteur Isles ? À ma place ?

— Je ne suis pas journaliste.

— Donc vous refuseriez.

— Aucune personne normale n'irait se livrer de son plein gré à des preneurs d'otages.

— Dois-je comprendre que les journalistes ne sont pas des gens normaux ?

— Je vous conseille simplement d'y réfléchir à deux fois.

— Je vais vous dire ce que je pense. Si j'y vais, quatre otages pourraient s'en sortir indemnes. Pour une fois, j'aurai accompli quelque chose qui mérite l'attention de mes confrères.

— Et vous êtes prêt à risquer votre vie pour ça ?

— Je suis prêt à tenter ma chance. Même si ça me fout la trouille.

Sa franchise avait quelque chose de désarmant. Peu d'hommes étaient assez courageux pour reconnaître qu'ils avaient peur.

— Le capitaine Hayder attend ma réponse à vingt et une heures, ajouta-t-il.

— Qu'allez-vous faire ?

— Le cadreur a déjà dit oui. J'aurais l'impression d'être un lâche en refusant. Surtout si quatre otages peuvent être sauvés. Je pense souvent à ces journalistes qui sont à Bagdad en ce moment, à tout ce qu'ils doivent endurer au quotidien. En comparaison, ça devrait être une promenade de santé. J'y vais, je parle à ces forcenés, je les laisse débiter leur histoire, et je ressors. Peut-être que c'est tout ce qu'ils veulent, une chance de vider leur sac, d'être entendus par l'opinion. La crise pourrait être dénouée grâce à moi.

— Vous vous voyez en sauveur.

— Non ! s'esclaffa Lukas. Non, je cherche juste… Je cherche juste une justification pour prendre un risque aussi fou.

— C'est vous qui venez de le dire. Pas moi.

— Pour être tout à fait franc, je n'ai rien d'un héros. Je n'ai jamais vu l'intérêt de risquer sa vie quand on n'y est pas obligé. Mais leur demande me stupéfie autant que vous. Je veux savoir pourquoi ils m'ont choisi. Il est presque neuf heures, dit-il en jetant un coup d'œil à sa montre. Je crois que je vais rappeler Barsanti.

Il quitta son fauteuil, se dirigea vers la porte. Et s'arrêta soudain pour regarder par-dessus son épaule.

Le téléphone de Maura venait de se mettre à sonner. Elle décrocha.

— Tu regardes la télé ? fit la voix d'Abe Bristol.

— Pourquoi ?

— Allume-la, sur la 6. Mauvaise nouvelle.

Sous le regard de Lukas, elle se dirigea vers le téléviseur, le cœur battant.

Qu'est-ce qui a bien pu arriver ?

Elle actionna la télécommande, et le visage de Zoe Fossey envahit l'écran.

« … porte-parole officiel s'est refusé à tout commentaire, mais nous avons la confirmation qu'une des otages appartient à la police de Boston. L'inspecteur Jane Rizzoli a même fait les gros titres de la presse nationale le mois dernier, suite à l'enlèvement d'une femme au foyer de Natick. Nous n'avons toujours aucune information sur la situation actuelle des otages, ni sur la raison de la présence parmi eux de l'inspecteur Rizzoli… »

— Seigneur… murmura Lukas, juste derrière elle. Une policière parmi les otages ?

Maura se retourna vers lui, surprise. Elle ne l'avait pas senti revenir aussi près.

— Une policière dont la vie ne tient plus qu'à un fil.

16

Ça y est. Je vais mourir.

Quand le dénommé Joe quitta des yeux l'écran de télévision pour lui faire face, Jane, pétrifiée sur sa banquette, s'attendit à recevoir le coup de grâce. Mais ce fut la fille qui s'avança vers elle, à pas lents et atrocement mesurés.

Olena, c'est comme ça qu'il l'avait appelée. Je connaîtrai au moins le prénom de mes deux meurtriers, se dit-elle.

Le brancardier s'écarta d'elle au maximum, comme s'il voulait éviter d'être éclaboussé par son sang. Jane maintint les yeux fixés sur le visage d'Olena : elle n'osait pas regarder l'arme. Elle ne voulait voir ni ce canon pointé vers sa tête ni les doigts de la fille noués autour de la crosse.

Il vaut mieux que je ne sente pas la balle venir, pensa-t-elle. Il vaut mieux regarder cette nana dans le blanc des yeux – l'obliger à voir l'être humain qu'elle s'apprête à buter.

Ils n'exprimaient aucune émotion, on aurait dit des yeux de poupée. Du verre bleu. Olena avait enfilé des vêtements trouvés dans le vestiaire du service : un pantalon chirurgical et une blouse de médecin. Une tueuse déguisée en professionnelle de la santé.

— C'est vrai ? fit Olena d'une voix douce.

Jane sentit son utérus se tétaniser. Elle se mordit la lèvre, envahie par la douleur d'une nouvelle contraction.

Mon pauvre bébé… Tu n'auras même pas eu le temps de prendre ton premier souffle.

Le docteur Tam lui prit la main, une offre de réconfort muet.

— C'est vrai, ce que dit la télé ? insista Olena. Vous êtes de la police ?

Jane déglutit bruyamment.

— Oui, murmura-t-elle.

— Ils ont parlé d'un inspecteur, intervint Joe. C'est ça ?

Toujours dans l'étau de sa contraction, Jane se pencha en avant. Sa vision se brouillait.

— Oui… gémit-elle. Oui, putain de merde ! Je… je suis… à la brigade criminelle…

Olena baissa les yeux sur le bracelet d'hôpital qu'elle lui avait arraché tout à l'heure. Il était par terre, au pied de la banquette. Elle le ramassa.

— « Rizzoli Jane », lut-elle en le tendant à Joe.

Le pic de la contraction était enfin passé. Jane expira bruyamment et se laissa aller en arrière sur la banquette dans sa chemise trempée de sueur. Trop épuisée pour lutter, même si sa vie était en jeu. Comment aurait-elle pu se défendre, de toute façon ?

Je serais infoutue de décoller toute seule mon cul de cette banquette trop moelleuse.

Vaincue, elle regarda Joe ramasser son dossier médical et soulever le rabat cartonné.

— « Rizzoli Jane, lut-il à haute voix. Mariée, domiciliée à Claremont Street. Profession : inspecteur de police, brigade criminelle. Département de police de Boston. »

Il vrilla sur elle une paire d'yeux sombres si pénétrants qu'elle eut soudain envie de rentrer sous terre. À la différence d'Olena, ce type semblait absolument calme et maître de lui, et c'était bien ce qui terrifiait Jane : il avait l'air de quelqu'un qui sait au détail près ce qu'il est en train de faire.

— Un inspecteur de la Criminelle… Et vous êtes ici par hasard ?

— Il faut croire que c'est mon jour de chance, marmonna-t-elle.

— Pardon ?

— Rien.

— Répondez-moi. Comment se fait-il que vous soyez ici ?

Jane redressa le menton.

— Au cas où vous ne l'auriez pas remarqué, je suis en train d'accoucher.

— Je suis sa gynécologue, intervint le docteur Tam. C'est moi qui l'ai fait admettre ce matin.

— La coïncidence ne me plaît pas, dit Joe. Il y a quelque chose qui cloche.

Jane sursauta quand il empoigna le bas de sa chemise et la retroussa d'un geste brusque. Il passa un moment à contempler son ventre bombé et ses seins lourds, exposés aux yeux de tous. Puis, sans un mot, il laissa retomber l'étoffe.

— Tu es content, enfoiré ? explosa Jane, les joues brûlantes d'humiliation. Tu espérais trouver quoi, un coussin ?

À la seconde où ces mots quittèrent sa bouche, elle sut qu'elle s'était laissée aller à une réaction stupide. Règle de survie numéro un des otages : ne jamais chercher noise au type qui tient le flingue. Mais, en soulevant ainsi sa chemise devant tout le monde, ce salopard l'avait exposée, agressée, et elle en tremblait de rage.

— Vous vous imaginez peut-être que j'ai fait exprès de me retrouver piégée ici avec des branleurs dans votre genre ?

Elle sentit la main du docteur Tam lui presser le poignet – un geste destiné à la supplier de se taire. Mais Jane se dégagea et, déversant toujours sa furie sur les deux preneurs d'otages :

— Oui, je suis flic ! Et vous savez quoi ? Tous les deux, vous êtes baisés jusqu'à l'os ! Si vous me descendez, vous savez ce qui vous attend, hein ? Vous savez ce que mes collègues font aux tueurs de flics ?

Joe et Olena échangèrent un regard. Pour se consulter ? Pour décider ensemble si elle allait vivre ou mourir ?

— Une boulette, finit par lâcher Joe. Voilà ce que vous êtes, inspecteur. Vous vous êtes retrouvée au mauvais endroit, au mauvais moment.

Tu l'as dit, connard.

À la grande stupeur de Jane, il éclata de rire. Il s'éloigna à grands pas jusqu'au fond de la salle d'attente, secouant la tête. Lorsqu'il se retourna, elle vit que son arme était pointée vers le sol. Plus sur elle.

— Alors comme ça, lui lança-t-il, vous êtes un bon flic ?

— Quoi ?

— À la télé, ils ont dit que vous aviez élucidé une affaire de femme disparue.

— Une femme enceinte. Elle avait été enlevée.

— Ça s'est fini comment ?

— Elle est vivante. Son ravisseur est mort.

— Donc vous êtes bonne.

— Je fais mon boulot.

Nouvel échange de regards entre Olena et Joe. Puis ce dernier revint vers Jane et se planta devant elle.

— Et si je vous parlais d'un crime ? Si je vous disais que la justice n'a pas été rendue ? Qu'elle ne pourra jamais l'être ?

— Pourquoi ça ?

Il attrapa une chaise, l'installa face à elle, s'assit dessus. Ils étaient désormais au même niveau. Les yeux noirs du preneur d'otages plongèrent sans ciller dans ceux de Jane.

— Parce qu'il a été commis par notre gouvernement, répondit-il.

Oups. Un échappé de l'asile.

— Vous pouvez le prouver ? demanda-t-elle, réussissant à garder un ton neutre.

— Nous avons un témoin, répondit-il en désignant Olena. Elle a tout vu.

— Un témoignage n'est pas toujours suffisant.

Surtout quand le témoin est complètement cintré.

— Vous avez une idée du nombre d'actes criminels dont notre gouvernement se rend régulièrement coupable ? Du nombre de crimes que ces gens-là commettent jour après jour ? Les assassinats, les kidnappings ? Les citoyens empoisonnés au nom du profit ? C'est le grand capital qui dirige ce pays, et nous sommes tous à sa botte. Prenez les sodas, par exemple…

— Je vous demande pardon ?

— Les sodas light. Le gouvernement américain en a acheté des conteneurs entiers pour ses troupes déployées dans le Golfe. Que croyez-vous qu'il advienne des composants chimiques des boissons allégées en cas d'exposition prolongée à la chaleur ? Ils deviennent toxiques. Ils se transforment en poison. C'est pour cette raison que des milliers de combattants de la guerre du Golfe sont rentrés malades au pays. Oh, notre gouvernement le sait parfaitement, mais nous, on n'en entendra jamais parler. Les industriels de ce secteur sont trop puissants, ils savent graisser les pattes qu'il faut.

— Alors… Tout ça pour une histoire de soda ?

— Non, répondit Joe en se penchant en avant. C'est bien pire. Et cette fois, inspecteur Rizzoli, nous les tenons. Nous avons un témoin, nous avons une preuve. Et tout le pays nous regarde. C'est pour ça que nous leur faisons peur. C'est pour ça qu'ils veulent notre peau. Que feriez-vous, inspecteur Rizzoli ?

— Comment ça ? Je ne comprends toujours pas de quoi…

— Si vous appreniez l'existence d'un crime commis par des membres de notre gouvernement. Et si vous découvriez qu'il est resté impuni. Que feriez-vous ?

— C'est simple. Je ferais mon boulot. Comme d'habitude.

— Vous feriez en sorte que la justice passe ?

— Oui.

— Même si on essayait de vous en empêcher ?

— Qui ferait ça ?

— Vous ne les connaissez pas. Vous ne savez pas de quoi ils sont capables.

Elle se raidit en sentant le poing d'une nouvelle contraction se fermer dans les profondeurs de son utérus. Le docteur Tam lui reprit la main, et Jane s'y raccrocha comme elle put. Soudain, le monde devint flou et la douleur explosa – assez violente pour lui arracher un grognement et la plier en deux. Oh, merde, qu'est-ce qu'on leur avait appris aux cours de préparation, déjà ? Elle avait tout oublié.

— Respiration purificatrice, lui glissa le docteur Tam. Concentrez-vous.

C'était ça. Ça lui revenait. « Respirez par le ventre. Concentrez-vous sur un point fixe. » Ces tarés n'allaient sûrement pas la descendre dans les soixante secondes à venir. Il fallait juste qu'elle surmonte cette douleur.

Respire et concentre-toi. Respire et concentre-toi…

Olena s'approcha. Son visage se mit soudain à flotter devant les yeux de Jane.

— Regardez-moi, dit-elle en se montrant elle-même du doigt. Regardez-moi dans les yeux. Jusqu'à ce que ce soit passé.

Je n'y crois pas… Cette cinglée se prend pour une sage-femme…

Jane se mit à haleter. Son souffle s'accéléra encore, en même temps que montait la douleur. Olena, penchée sur elle, la fixait toujours. Une eau fraîche, bleue. Voilà à quoi ses yeux lui faisaient penser. Limpide et calme. Une mare lisse.

— Bien, dit la fille. Bravo.

Jane expulsa un soupir de soulagement et s'adossa à la banquette. De la sueur lui coulait dans le cou. Et maintenant, cinq délicieuses minutes de récupération. Elle eut une pensée pour toutes les femmes qui, au fil des millénaires, avaient subi les affres de l'accouchement – pour sa propre mère qui, trente-quatre ans plus tôt, avait souffert toute une nuit d'été torride pour la mettre au monde.

Je ne m'étais jamais rendu compte de ce que tu as vécu. Maintenant, je comprends. C'est le prix que paient les femmes pour chaque enfant à naître.

— À qui faites-vous le plus confiance, inspecteur Rizzoli ?

C'était Joe. Jane leva la tête, encore trop sonnée pour comprendre.

— Il doit bien y avoir quelqu'un à qui vous faites vraiment confiance, insista-t-il. Dans votre travail. Un autre flic. Votre coéquipier, peut-être.

Elle secoua faiblement la tête.

— Je ne vois pas où vous voulez en venir.

— Et si je vous mettais cette arme sur le front ?

Elle se raidit dès qu'il releva son pistolet et le colla contre sa tempe. Elle entendit la réceptionniste pousser un petit cri. Sentit ses collègues otages s'écarter le plus possible de la future victime.

— Maintenant, ordonna froidement Joe, répondez-moi. Y a-t-il quelqu'un qui serait prêt à prendre cette balle à votre place ?

— Pourquoi est-ce que vous faites ça ?

— Je vous pose une question. *Qui* serait prêt à prendre cette balle à votre place ? De qui vous sentez-vous assez proche pour lui confier votre vie ?

C'est un test, pensa-t-elle, les yeux fixés sur la main qui tenait l'arme. Et je n'ai pas la réponse. Je ne sais pas ce qu'il veut entendre.

— Dites-le-moi, inspecteur. Il y a bien quelqu'un à qui vous faites totalement confiance, non ?

— Gabriel… lâcha-t-elle en avalant sa salive. Mon mari. J'ai confiance en mon mari.

— Je ne parle pas de vos proches. Je parle d'un collègue à vous. D'un flic propre. D'un flic capable de faire son devoir.

— Pourquoi cette question ?

— Répondez !

— Je l'ai fait. Je vous ai donné une réponse.

— Vous avez dit votre mari.

— Oui !

— Il est de la police ?

— Non, mais il est…

Elle se tut.

— Il est quoi ?

Jane redressa le haut du corps. Cessa de fixer l'arme pour se concentrer sur les yeux de l'homme qui la tenait.

— Il est du FBI, lâcha-t-elle.

Joe l'observa, interminablement. Puis se tourna vers sa complice.

— Là, ça change tout, dit-il.

17

Mila

Une nouvelle fille est arrivée à la maison.

Ce matin, une camionnette a stoppé dans l'allée, et les hommes l'ont montée dans notre chambre. Elle a passé toute la journée sur le lit de camp d'Olena, endormie par les médicaments qu'ils lui ont donnés pour le voyage. Nous sommes toutes penchées sur son visage, si pâle qu'il ressemble moins à de la chair vivante qu'à du marbre jaspé. Son souffle s'échappe par petites bouffées douces, qui soulèvent chaque fois une mèche de cheveux blonds. Ses mains sont minuscules – des mains de poupée, me dis-je en observant son petit poing, le pouce pressé contre ses lèvres. Même quand la Mère déverrouille la porte et s'avance à pas lourds dans la chambre, elle ne bouge pas.

— Réveillez-la.

— Elle a quel âge ? demande Olena.

— Debout, j'ai dit.

— C'est une enfant. Elle a quel âge, douze ans ? Treize ?

— L'âge de travailler, rétorque la Mère en s'approchant du lit, écartant la couverture, secouant la nouvelle. Allez ! Tu as dormi trop longtemps.

La fille s'étire, roule sur le dos. Je vois alors des bleus sur ses bras. Elle soulève les paupières, découvre nos regards posés sur elle, et la peur crispe instantanément son corps frêle.

— Ne le fais pas attendre, lui dit la Mère.

Nous entendons la voiture approcher. La nuit est tombée et, en me tournant vers la fenêtre, je vois un faisceau de phares clignoter entre les arbres. Des pneus crissent sur les graviers de l'allée. Le premier client de la soirée, me dis-je avec horreur, mais la Mère ne nous regarde même pas. Elle tire la nouvelle par le bras et la force à se lever. À moitié endormie, la fille quitte la chambre en zigzag.

— Où ont-ils trouvé une fille aussi jeune ? souffle Katya.

La sonnette bourdonne. C'est un son que nous avons appris à redouter – le signe de l'arrivée de nos tortionnaires. Nous nous taisons toutes pour écouter les voix, en bas. La Mère salue un client en anglais. L'homme parle peu ; nous ne saisissons que quelques mots. Puis des pas résonnent dans l'escalier, et nous nous éloignons de la porte. L'homme passe sans s'arrêter devant notre chambre et poursuit sa marche dans le couloir.

En bas, la fille proteste, de plus en plus fort. Il y a une gifle, un sanglot. D'autres pas gravissent l'escalier quand la Mère entraîne la fille vers la chambre du client. La porte claque et la Mère revient sur ses pas après avoir laissé la fille seule avec l'homme.

— La chienne, gronde Olena. Elle finira en enfer.

Mais moi, au moins, je ne souffrirai pas ce soir. Je me sens coupable dès que l'idée m'effleure. Pourtant, elle est bien là. Mieux vaut elle que moi. Je m'éloigne vers la fenêtre et fais face à la nuit, à cette obscurité qui ne peut voir ma honte. Katya ramène sa couverture au-dessus de sa tête.

Nous faisons toutes de notre mieux pour ne pas écouter mais, malgré les portes closes, les hurlements de la fille nous parviennent, et nous avons d'autant moins de peine à imaginer ce que cet homme peut être en train de lui faire que d'autres nous ont fait la même chose. Seul leur visage varie ; pas les souffrances qu'ils nous infligent.

Quand c'est fini, quand les cris ont cessé, nous entendons l'homme descendre l'escalier, puis sortir de la maison. Je lâche un profond soupir. Ça suffit, me dis-je. Par pitié, faites qu'il n'y ait plus de clients ce soir.

La Mère remonte à l'étage pour aller chercher la fille dans l'autre chambre, et un long, un étrange silence s'abat. Soudain elle repasse devant notre porte en courant et redescend précipitamment l'escalier. Nous l'entendons parler à quelqu'un sur son téléphone portable. Des mots étouffés, urgents. Je me tourne vers Olena en me demandant si elle a compris ce qui se passait. Mais Olena ne me regarde pas. Elle se couche en chien de fusil sur son lit de camp, les poings serrés contre sa poitrine. Dehors, quelque chose frôle la vitre en papillonnant comme un phalène blanc, puis se remet à tournoyer dans le vent.

Il neige.

La nouvelle n'a pas fait l'affaire. Elle a griffé le client au visage, et ça l'a mis en colère. Ce genre de fille, ça ne vaut rien pour les affaires, donc on la renvoie en Ukraine. Voilà ce que la Mère nous a expliqué hier soir, alors que la fille n'était toujours pas revenue dans notre chambre.

En tout cas, c'est sa version.

— C'est peut-être vrai, dis-je, exhalant un nuage de vapeur dans l'obscurité.

Olena et moi sommes à nouveau assises sur le toit qui, cette nuit, scintille au clair de lune comme un gâteau givré. Il a neigé hier soir, à peine un centimètre, mais c'est assez pour me faire penser au pays, où la neige recouvre sûrement le paysage entier depuis des semaines. Je suis contente de revoir les étoiles, de partager ce ciel avec Olena. Nous avons chacune apporté notre couverture, et nos deux corps se réchauffent mutuellement, blottis l'un contre l'autre.

— Tu es idiote si tu crois un truc pareil, me répond Olena.

Elle allume une cigarette, la dernière du paquet chipé lors de la soirée sur le bateau, puis la savoure en levant la tête à chaque bouffée, comme pour remercier les cieux de ce tabac béni.

— Pourquoi est-ce que tu n'y crois pas ?

Elle pouffe.

— Il arrive qu'ils te revendent à une autre maison, ou à un autre maquereau, mais ils ne renvoient jamais personne au pays. De toute façon, je ne crois jamais un mot de ce que dit la Mère, cette vieille pute. Tu te rends compte ? Elle aussi a fait le tapin, il y a au moins cent ans. Avant d'engraisser comme une truie.

Il m'est effectivement impossible d'imaginer la Mère jeune, mince ou capable d'attirer un homme, quel qu'il soit. Impossible d'imaginer un temps où elle aurait été autre chose qu'un être répugnant.

— Ce sont des putains au cœur froid dans son genre qui finissent à la tête des maisons, dit Olena. Elles sont pires que les macs. Cette salope sait ce que nous subissons, elle est passée par là. Mais une seule chose compte pour elle, gagner du fric. Beaucoup de fric, ajoute Olena en chassant sa cendre. Le monde est mauvais, Mila, et personne n'y peut rien. Le mieux qu'on puisse faire, c'est de rester en vie.

— Et ne pas devenir mauvais.

— Quelquefois, on n'a pas le choix. Il faut être comme eux.

— Tu ne pourrais pas, toi.

— Qu'est-ce que tu en sais ? dit-elle en me faisant face. Qu'est-ce que tu sais de moi, de ce que j'ai pu faire ? Crois-moi, s'il le fallait, je tuerais. Même toi, je pourrais te tuer.

Elle darde sur moi ses yeux teintés par la lune d'un éclat féroce. Et l'espace d'une seconde – juste une seconde – je me dis qu'elle a raison. Qu'elle pourrait effectivement me tuer, qu'elle ferait n'importe quoi pour rester en vie.

Des pneus crissent sur les graviers ; nous sursautons.

Olena écrase aussitôt sa précieuse cigarette à demi fumée.

— Qui ça peut bien être ?

Je me relève, puis j'escalade prudemment la pente douce du toit pour aller jeter un œil par-dessus le faîtage, du côté de l'allée.

— Je ne vois pas de phares.

Olena me rejoint en haut du toit et regarde à son tour.

— Là, murmure-t-elle au moment où une voiture émerge des bois.

Elle roule tous feux éteints, et on n'aperçoit que le halo jaune d'un plafonnier intérieur. Elle s'immobilise au bord de l'allée, et deux hommes en descendent.

Quelques secondes plus tard, la sonnette bourdonne. Même en pleine nuit, les hommes ont des besoins. Et exigent satisfaction.

— Merde, lâche Olena. Ils vont la réveiller. Il faut qu'on soit rentrées dans la chambre avant qu'elle s'aperçoive de notre absence.

Nous nous laissons glisser jusqu'en bas du toit sans prendre le temps de récupérer nos couvertures, longeons l'avant-toit. Olena s'introduit par la fenêtre dans le grenier obscur.

La sonnette retentit à nouveau ; nous entendons la Mère ouvrir et saluer ses nouveaux clients.

Je repasse sous la guillotine du chien-assis derrière Olena, et nous nous dirigeons vers la trappe. L'échelle est toujours en place, preuve flagrante de notre escapade. Olena descend plusieurs barreaux puis s'arrête net.

La Mère vient de crier.

Olena trouve mon regard à travers la trappe. Je devine un éclat frénétique dans ses yeux cernés d'ombre. Un coup sourd se fait entendre, suivi d'un craquement de bois. Des pas pesants s'élèvent dans l'escalier.

Les cris de la Mère se muent en couinements.

D'un seul coup, Olena remonte l'échelle, me pousse de côté et retraverse la trappe. Elle plonge un bras par l'ouverture, saisit l'échelle et tire dessus. L'échelle bascule et se rétracte en même temps que la trappe se referme.

— On y retourne, me souffle-t-elle. Sur le toit.

— Qu'est-ce qui se passe ?

— Vite, Mila !

Nous courons vers le chien-assis. Je suis la première à ressortir, mais, dans ma précipitation, mes pieds dérapent sur l'avant-toit. Je tombe avec un cri affolé, mes ongles labourent l'appui de fenêtre.

Olena me rattrape par le poignet. Je suis en suspens au-dessus du vide, terrorisée.

— Prends mon autre main ! murmure-t-elle.

Je réussis à la saisir et elle me hisse peu à peu, jusqu'à ce que je me retrouve pliée en deux au bord de la fenêtre. Mon cœur carillonne dans ma poitrine.

— Arrête de faire l'idiote, merde ! gronde-t-elle.

Je reprends mon équilibre et, tenant à deux mains l'appui de la fenêtre, je me déplace sur l'avant-toit. Olena sort d'un coup de reins, referme la guillotine derrière elle et me rejoint, souple comme un chat.

À l'intérieur de la maison, la lumière est revenue et se déverse par les fenêtres, en dessous de nous. Nous entendons une cavalcade, le craquement d'une porte enfoncée. Et un hurlement – pas de la Mère, celui-là. Un cri unique, déchirant, que vient interrompre un atroce silence.

Olena ramasse les couvertures.

— Monte, dit-elle. Vite, en haut du toit, pour qu'ils ne nous voient pas !

Pendant que je rampe sur les bardeaux d'asphalte, vers le faîtage, Olena secoue sa couverture pour balayer les traces de pas que nous venons de laisser sur l'avant-toit enneigé. Elle fait de même à l'endroit où nous étions assises, effaçant toute trace de notre présence. Puis elle se perche à côté de moi, tout en haut du toit, juste au-dessus du chien-assis. Nous restons là, figées comme des gargouilles tremblotantes.

Un souvenir m'assaille tout à coup :

— La chaise ! On a laissé la chaise sous la trappe !

— Trop tard.

— S'ils la voient, ils sauront qu'on est ici.

Elle me prend la main et la presse si fort que je crois qu'elle va me briser les phalanges. L'ampoule du grenier vient de s'allumer.

Nous nous plaquons au ras du toit, sans oser bouger. Au moindre grincement, à la moindre coulée de neige, les intrus sauront où nous sommes. Je sens mon cœur taper contre les bardeaux et je me dis que son vacarme doit traverser le plafond.

La fenêtre s'ouvre. Les secondes passent. Qu'ont-ils vu pour regarder ainsi aussi longtemps ? Un fragment d'empreinte sur l'avant-toit ? Une trace, oubliée par Olena dans son nettoyage frénétique ? La guillotine redescend. Un hoquet de soulagement s'échappe de mes lèvres, et les ongles d'Olena s'enfoncent aussitôt dans ma main. Un avertissement.

Peut-être qu'il est encore là. Peut-être qu'il écoute.

Nous entendons un choc, suivi d'un cri qu'aucune fenêtre close ne saurait étouffer. Un hurlement de douleur si atroce que je me retrouve en nage, tremblante. Un homme crie, en anglais :

— Elles sont où ? Il devrait y en avoir six ! Six putes !

Ils cherchent les filles manquantes.

La Mère sanglote, supplie. Sincèrement, elle ne sait pas.

Encore un choc.

La plainte de la Mère me transperce jusqu'à la moelle. Je me couvre les oreilles et presse ma joue sur les bardeaux glacés. Je ne veux pas entendre, mais je n'ai pas le choix. Ça n'en finit pas. Les coups, les cris se succèdent si longtemps que j'en viens à me dire qu'ils nous trouveront ici au lever du soleil, toujours agrippées à ce toit, les doigts gelés. Je ferme les yeux en luttant contre la nausée. Si tu ne vois pas le mal, si tu ne l'entends pas… Un mantra que je me réciterai mille fois, pour couvrir le bruit des souffrances de la Mère. Si tu ne vois pas le mal, si tu ne l'entends pas…

Quand les cris cèdent enfin la place au silence, mes mains sont gourdes et je claque des dents. Je soulève la tête et sens des larmes de glace sur mon visage.

— Ils s'en vont, dit Olena.

Nous entendons la porte d'entrée s'ouvrir en grinçant, des bruits de pas sur le perron. De notre perchoir, nous les voyons redescendre l'allée à pied. Il ne s'agit plus, cette fois, de silhouettes indistinctes ; ils ont quitté la maison sans rien éteindre, et grâce à la lumière qui s'échappe des fenêtres nous pouvons voir que les deux hommes sont vêtus de noir. L'un d'eux fait halte, et ses cheveux blonds coupés court captent le reflet des lampes du perron. Il se retourne vers la maison ; son regard s'élève vers le toit. Pendant quelques terribles secondes, j'ai l'impression qu'il nous a vues. Mais il a la lumière dans les yeux et nous sommes cachées dans l'ombre.

Ils remontent dans leur voiture et s'en vont.

Longtemps, nous restons sans bouger. La lune répand sur la forêt sa brillance glacée. La nuit est tellement calme que j'entends mon pouls, mes dents qui claquent. Enfin, Olena esquisse un mouvement.

— Non, dis-je. S'ils étaient encore là ? À l'affût ?

— On ne va pas rester toute la nuit sur ce toit. On va geler.

— Attends juste encore un peu. Olena, s'il te plaît…

Mais la voilà qui redescend déjà sur les bardeaux, en direction du chien-assis. Terrifiée par la perspective de rester seule, je n'ai d'autre choix que de la suivre. Le temps pour moi de réintégrer le grenier, elle a déjà rouvert la trappe et descend l'échelle.

J'ai envie de crier « S'il te plaît, attends-moi », mais je n'ose pas émettre un son. Je redescends précipitamment l'échelle, à mon tour, et je rattrape Olena dans le couloir.

Elle s'est arrêtée net sur le palier et a les yeux baissés. Ce n'est qu'en la rejoignant que je vois ce qui la paralyse d'horreur.

Katya est morte, dans l'escalier. Son sang a dévalé les marches telle une cascade écarlate, et on dirait une nageuse en train de plonger vers le bassin sombre qui miroite au pied de la cage.

— Ne regarde pas dans la chambre, me dit Olena. Elles sont mortes, toutes.

Sa voix est plate. Pas humaine – une voix de robot, froide et indifférente. Je ne connais pas cette Olena, elle me fait peur. Elle descend l'escalier en esquivant le sang, en évitant le corps. Je la suis sans pouvoir m'empêcher de contempler Katya. Je vois le trou laissé par la balle dans le dos de son tee-shirt, celui dans lequel elle s'endort chaque nuit. Il est orné de marguerites jaunes et du slogan *Y A D'LA JOIE*. Oh, Katya, me dis-je, plus jamais tu ne connaîtras la joie. En bas des marches, où s'est accumulée une mare de sang, je remarque les empreintes d'une paire de grosses chaussures qui ont pataugé dedans et se dirigent vers la sortie.

Ce n'est qu'alors que je me rends compte que la porte extérieure est entrouverte.

Va-t'en ! me dis-je. Sortir de la maison, dévaler les marches du perron, s'enfoncer dans la forêt. Notre salut est là, notre chance de liberté.

Mais Olena n'est pas pressée de fuir. Elle décrit un arc de cercle sur la droite et s'avance dans la salle à manger.

— Où vas-tu ?

Elle ne répond pas, pousse la porte de la cuisine.

— Olena ! supplié-je en lui emboîtant le pas. Partons tout de suite, avant…

Je stoppe sur le seuil et je me plaque une main sur la bouche parce que j'ai l'impression que je vais vomir. Il y a du sang sur les murs, sur le réfrigérateur. Le sang de la Mère. Elle est assise à la table de la cuisine, et ses mains broyées, sanguinolentes, sont à plat devant elle. Elle a les yeux ouverts et, une fraction de seconde, je me dis qu'elle nous voit peut-être, mais, bien sûr, elle ne nous voit pas.

Olena la contourne et traverse la cuisine, en direction de la chambre du fond.

Je suis si pressée de partir que l'idée me vient que je ferais mieux de m'enfuir tout de suite, sans Olena. De la laisser aux absurdes motifs qui la retiennent ici. Mais elle marche avec une telle détermination que je la suis dans la chambre de la Mère, qui jusque-là a toujours été fermée à clé.

C'est la première fois que je vois cette pièce, et je découvre bouche bée le vaste lit aux draps de satin, la commode recouverte d'un napperon en dentelle et d'une rangée de brosses à manche d'argent. Olena y va tout droit, ouvre les tiroirs, les fouille.

— Qu'est-ce que tu cherches ?

— Il nous faut du fric. On ne pourra pas tenir sans, dehors. Elle a sûrement caché le sien quelque part par ici…

Elle sort un bonnet de laine d'un des tiroirs, me le lance.

— Attrape. Tu auras besoin de vêtements chauds.

Je répugne à toucher ce bonnet, parce qu'il appartenait à la Mère et qu'on voit encore quelques-uns de ses vilains cheveux bruns coincés dans la laine.

Olena s'attaque ensuite à la table de chevet et trouve dans le tiroir un téléphone portable et une petite liasse de billets.

— Ce n'est qu'un début, me dit-elle. Je suis sûre qu'il y en a d'autres.

Je rêve de prendre mes jambes à mon cou, mais je me rends compte qu'elle a raison ; il nous faut de l'argent. Je m'approche de la penderie, qui est béante : les tueurs l'ont ouverte, et plusieurs cintres gisent au sol. Mais ils cherchaient des filles affolées, pas un bas de laine, et l'étagère supérieure n'a pas été dérangée. J'y attrape une boîte à chaussures débordant de vieilles photographies. Je vois des images de Moscou, des visages qui sourient, une jeune femme aux yeux curieusement familiers. Et je me dis : Même la Mère a été jeune un jour. En voici la preuve.

Je descends ensuite un grand fourre-tout, que j'ouvre. Il contient une bourse à bijoux, une cassette vidéo, une dizaine de passeports. Et de l'argent. Une épaisse liasse de dollars américains, maintenue par un gros élastique.

— Olena ! J'ai trouvé.

Olena revient vers moi, jette un œil à l'intérieur du sac.

— On prend le tout, me dit-elle. On fera le tri plus tard.

Elle y jette aussi le téléphone portable de la Mère. Puis elle rafle un chandail dans la penderie et me le fourre entre les mains.

Je n'ai pas envie de mettre les habits de la Mère ; je sens son odeur qui s'y accroche, comme une levure fermentée. Mais je le fais tout de même, en ravalant mon dégoût. Un pull à col roulé, un gilet et une écharpe, tout cela vient se superposer à ma chemisette. Nous

nous équipons en hâte et en silence, endossant les vêtements de la femme qui vient de se faire massacrer dans la pièce d'à côté.

Revenues au seuil de la porte d'entrée, nous hésitons, scrutons les bois. Et si les hommes nous guettaient ? Tapis dans leur voiture cernée d'ombres, un peu plus loin sur la route, sûrs et certains que nous finirons bien par nous montrer ?

— Pas par ici, lâche Olena, lisant dans mes pensées. Pas par la route.

Nous sortons en catimini, contournons la maison vers l'arrière et plongeons dans la forêt.

18

Gabriel fendit au pas de charge l'essaim de journalistes, sans quitter des yeux la blonde permanentée qu'illuminaient les projecteurs, à vingt mètres de là. Au fil de son approche, il constata que Zoe Fossey parlait toujours à la caméra. Elle l'aperçut et s'interrompit net, le micro serré devant ses lèvres silencieuses.

— Coupez ça ! lança Gabriel.

— La ferme, dit le cadreur. On est en dir…

— Coupez ce putain de micro !

— Hé ! Mais qu'est-ce qui vous prend de…

Gabriel poussa la caméra et débrancha plusieurs câbles électriques, ce qui provoqua l'extinction des projecteurs.

— Sortez-le d'ici ! glapit Zoe.

— Vous savez ce que vous avez fait ? tonna Gabriel. Est-ce que vous vous en rendez compte ?

— J'ai fait mon travail, se défendit-elle.

Il marcha droit sur elle, et ce qu'elle vit dans ses yeux la fit battre en retraite. Elle recula jusqu'à buter dans un véhicule de la télévision.

— Vous avez peut-être tué ma femme.

— Moi ?

Elle secoua la tête avant d'ajouter, avec une pointe de défi :

— Je ne suis pas armée.

— Vous venez de leur dire qu'elle était flic.

— Je me contente de relayer les faits.

— Quelles qu'en soient les conséquences ?

— C'est ça l'information, non ?

— Vous savez ce que vous êtes ?

Il fit un nouveau pas en avant. Il avait de plus en plus de mal à maîtriser son envie de l'étrangler.

— Vous êtes une pute. Non, je retire. Vous êtes pire qu'une pute. Vous ne vous contentez pas de vous vendre vous-même. Vous vendriez n'importe qui d'autre.

— Bob ! hurla-t-elle à son cadreur. Débarrasse-moi de ce type !

— Reculez, monsieur !

Sentant la lourde main du cameraman s'abattre sur son épaule, Gabriel se dégagea, les yeux toujours dardés sur Zoe.

— S'il lui arrive quoi que ce soit, je vous jure que…

— Reculez, j'ai dit !

Le cadreur saisit à nouveau l'épaule de Gabriel.

Ses peurs, son désespoir, tout cela s'embrasa d'un seul coup dans un éclair de furie aveuglant. Il fit volte-face et, tête baissée, percuta l'homme en pleine poitrine. Entendit les poumons de celui-ci se vider bruyamment, aperçut son visage stupéfait au moment où il basculait en arrière et tombait au sol, atterrissant sur un nid de câbles entrelacés. En un clin d'œil, Gabriel se retrouva à califourchon sur lui, le poing levé, tous les muscles tendus pour l'assommer. Sa vision redevint brusquement nette, et il se rendit compte que le cadreur, prostré sous lui, ne résistait plus. Et qu'un cercle de badauds s'était constitué pour ne rien rater du spectacle. Qui cracherait sur une telle opportunité ?

Haletant, Gabriel se releva. Il vit Zoe immobile à quelques pas de là, le visage luisant d'excitation.

— Tu l'as eu ? lança-t-elle à un autre cameraman. Merde, quelqu'un a bien filmé ça ?

Écœuré, Gabriel tourna les talons et s'en fut à grands pas. Il poursuivit sa marche jusqu'à laisser loin derrière lui la foule et la clarté des projecteurs. À deux blocs de l'hôpital, il fit halte, seul, au coin d'une rue. Malgré l'obscurité, la chaleur de l'été continuait de régner sans partage, montant des trottoirs qui avaient passé la journée à cuire au soleil. Il eut tout à coup l'impression que ses pieds avaient pris racine dans l'asphalte, comme s'il était englué dans son chagrin, dans sa peur.

Je ne sais pas comment te sauver. Mon métier consiste à protéger les gens, et je suis incapable de venir en aide à la personne que j'aime le plus au monde.

Son portable sonna. Il reconnut le numéro sur l'écran numérique et s'abstint de répondre. Les parents de Jane. Ils l'avaient déjà appelé pendant qu'il roulait dans sa voiture, juste après le passage à l'antenne de Zoe. Il avait enduré en silence les sanglots hystériques d'Angela Rizzoli, les exhortations de Frank.

Je ne me sens pas le courage de les affronter maintenant, pensa-t-il. Dans cinq minutes, peut-être, ou dans dix. Mais pas maintenant.

Immobile et seul dans le noir, il s'efforça de reprendre une contenance. Lui qui n'était pourtant pas homme à perdre aisément son sang-froid, il avait été à deux doigts, quelques instants plus tôt, de coller son poing dans la figure d'un homme. Jane aurait été stupéfaite. Et probablement amusée, aussi, de voir son mari perdre ainsi les pédales. « Monsieur Costume Gris », l'avait-elle surnommé un jour, dans un accès d'irritation, à force de le voir imperturbable, alors qu'elle-même avait toujours eu un tempérament de feu.

Tu serais fière de moi, Jane. Ma part d'humanité se révèle enfin.

Sauf que tu n'es pas là pour le voir. Tu ne peux pas savoir que c'est à cause de toi.

— Gabriel ?

Il sursauta. Se retourna et vit Maura, qui l'avait rejoint avec une telle discrétion qu'il ne s'était même pas rendu compte de sa présence.

— Il fallait que je m'éloigne de ce cirque, dit-il. Ou je jure que je lui aurais tordu le cou, à cette pétasse. C'est déjà assez grave que je me sois défoulé sur son cadreur.

— J'ai entendu dire ça… Gabriel, ajouta-t-elle après une courte hésitation, les parents de Jane viennent d'arriver. Je les ai vus sur le parking.

— Ils m'ont appelé, juste après le flash.

— Ils te cherchent. Tu ferais mieux d'y aller.

— Je ne me sens pas de force à les affronter pour le moment.

— Tu vas bientôt avoir un autre problème sur les bras.

— Lequel ?

— L'inspecteur Korsak. Il est ici. Il n'apprécie pas de ne pas avoir été prévenu.

— Oh, merde… C'est vraiment la dernière personne que j'aie envie de voir.

— Korsak est un ami de Jane. Il la connaît depuis au moins aussi longtemps que toi. Vous ne vous entendez peut-être pas très bien, mais il tient beaucoup à elle.

— Ouais, soupira-t-il. Je sais.

— Beaucoup de gens l'adorent. Tu n'es pas le seul, Gabriel. Barry Frost a passé la soirée ici. Même l'inspecteur Crowe est venu. Tout le monde se fait un sang d'encre, tout le monde a peur pour elle. Moi la première, ajouta-t-elle.

Gabriel se retourna vers le bout de la rue, où se dressait l'hôpital.

— Et tu voudrais que je les console tous ? J'ai du mal à tenir le coup moi-même, tu sais.

— Justement, tu as trop pris sur toi. Lâche un peu de lest, conseilla-t-elle en lui posant une main sur le bras. Vas-y, rejoins ses parents. Ses amis. Vous avez tous besoin les uns des autres.

Il hocha la tête. Et, après une longue inspiration, il rebroussa chemin vers l'hôpital.

Vince Korsak fut le premier à le repérer. L'inspecteur à la retraite se précipita aussitôt vers lui, l'intercepta sur le trottoir. Avec son cou de taureau et ses airs belliqueux, on aurait dit un troll pris dans le halo du réverbère.

— Pourquoi est-ce que vous ne m'avez pas prévenu ? lança-t-il.

— Je n'ai pas eu le temps, Vince. Tout s'est enchaîné tellement vite…

— Il paraît qu'elle est là-dedans depuis ce matin !

— Écoutez… vous avez raison. J'aurais dû vous prévenir.

— J'aurais dû, j'aurais pu, je m'en contrefous. Bon Dieu, Dean ! Vous croyez peut-être que je ne mérite pas d'être averti ? Vous croyez que j'aurais préféré être tenu à l'écart ?

— Vince, calmez-vous.

Il tendit une main vers Korsak, qui la chassa rageusement.

— C'est mon amie, bordel !

— Je sais. Mais nous voulions éviter les fuites. Il ne fallait surtout pas que la presse apprenne qu'il y avait un flic parmi les otages.

— Et vous pensez que j'aurais laissé filtrer un truc pareil ? Vous me pensez con à ce point ?

— Non, bien sûr que non.

— Alors, vous auriez dû m'appeler. C'est peut-être vous qui l'avez épousée, Dean. Mais moi aussi, je tiens à elle ! Je tiens à elle… répéta-t-il doucement, d'une voix brisée par l'émotion, en détournant le regard.

Je sais que tu tiens à elle. Je sais aussi que tu es amoureux d'elle, même si tu ne l'avoueras jamais. Nous étions deux à la vouloir, mais c'est moi qui l'ai eue.

— Qu'est-ce qui se passe au juste, là-dedans ? reprit Korsak, toujours sans le regarder. Est-ce que quelqu'un le sait ?

— Nous ne savons strictement rien.

— Cette garce a balancé le secret en direct il y a une demi-heure. Et depuis ? Il n'y a pas eu de contact avec les preneurs d'otages ? Pas de coup de feu ? Aucune réaction ?

— Peut-être qu'ils ne regardaient pas la télé. Peut-être qu'ils ne savent pas qu'ils tiennent un flic. C'est ce que j'espère – qu'ils n'ont rien entendu.

— À quand remonte le dernier échange ?

— Ils ont appelé vers cinq heures, pour nous proposer un accord.

— Quel genre d'accord ?

— Ils réclamaient une interview télévisée en direct. En échange, ils étaient prêts à relâcher deux otages.

— Qu'on la leur donne ! Comment se fait-il que ça traîne autant ?

— La police rechignait à envoyer des civils. Il y a un risque pour le journaliste et le cameraman.

— Hé, je veux bien tenir cette putain de caméra, moi, si quelqu'un me dit comment ça fonctionne ! Quant à vous, vous pourriez faire le journaliste. Ils n'ont qu'à nous envoyer tous les deux !

— Les preneurs d'otages veulent voir un journaliste en particulier. Un certain Peter Lukas.

— Le type du *Tribune* ? Pourquoi lui ?

— On aimerait tous le savoir.

— Alors, qu'il y aille. Qu'on la sorte de ce merdier avant que…

Le portable de Gabriel sonna à nouveau et il fit la grimace, pensant aux parents de Jane. Il ne pouvait plus les éviter. Il sortit le téléphone de sa poche et fronça les sourcils en lisant le numéro inscrit sur l'écran. Il ne le connaissait pas.

— Gabriel Dean, j'écoute.

— Agent Dean ? Du FBI ?

— Qui est à l'appareil ?

— Joe. Vous devez savoir qui je suis.

Gabriel tressaillit. Korsak, qui l'observait, eut instantanément la puce à l'oreille.

— Nous avons des choses à nous dire, agent Dean.

— Comment avez-vous eu…

— Votre femme, ici présente, affirme que vous êtes digne de foi. Que vous êtes un homme de parole. Espérons que c'est vrai.

— Laissez-moi lui parler. Laissez-moi entendre sa voix.

— Dans une minute. Dès que vous aurez promis.

— Quoi ? Dites-moi ce que vous voulez !

— La justice. Nous voulons que vous nous promettiez de faire votre travail.

— Je ne comprends pas…

— Nous avons besoin de votre témoignage. Il faut que vous entendiez ce que nous avons à dire, parce qu'il y a de fortes chances pour que nous ne passions pas la nuit.

Un frisson glaça Gabriel.

Des suicidaires. Ont-ils l'intention d'entraîner les otages avec eux ?

— Nous voulons que vous disiez la vérité au public, reprit Joe. Vous, on vous écoutera. Venez donc nous voir avec ce journaliste, agent Dean. Venez nous parler. Et ensuite, quand nous ne serons plus là, vous répéterez ce que vous avez entendu.

— Vous n'allez pas mourir. Il y a d'autres solutions.

— Vous croyez peut-être que nous en avons envie ? Nous avons tout fait pour leur échapper, mais ça ne sert à rien. C'est notre dernière chance.

— Pourquoi faites-vous ça ? Pourquoi vous en prendre à des innocents ?

— Personne ne nous écouterait, autrement.

— Vous n'avez qu'à sortir de là ! Libérez les otages et rendez-vous !

— Et vous ne nous verriez plus jamais vivants. Ils trouveraient une explication logique. Ils en trouvent toujours. Vous verrez, ça passera au journal. Ils prétendront que nous nous sommes suicidés. Ou alors on mourra en prison, avant le procès. Et tout le monde se dira : « Ma foi, ce sont des choses qui arrivent, en prison. » Ceci est vraiment notre dernière chance, agent Dean. D'obtenir l'attention des gens. De leur expliquer.

— De leur expliquer quoi ?

— Ce qui s'est réellement passé à Ashburn.

— Écoutez, je ne vois pas de quoi vous parlez. Mais je ferai tout ce que vous voulez si vous relâchez ma femme.

— Elle est ici. Elle va bien. D'ailleurs, je vais vous…

La communication fut interrompue.

— Joe ? Joe !

— Qu'est-ce qu'il y a ? interrogea Korsak. Qu'est-ce qu'il a dit ?

Gabriel l'ignora, concentré qu'il était à essayer de rétablir le lien qui venait d'être coupé. Il fit apparaître le numéro de son dernier interlocuteur et appuya sur la touche « rappel ».

« Nous regrettons de ne pouvoir donner suite à votre appel, dit une voix de synthèse. Ce numéro est provisoirement inaccessible. »

— Qu'est-ce que c'est que ce bordel ? cria Korsak.

— Je n'arrive pas à le rappeler…

— Il a raccroché ?

— Non, on a été coupés. Juste après que…

Gabriel s'interrompit. Il se retourna vers le bout de la rue, et son regard chercha le PC mobile de la police.

Ils nous écoutaient, pensa-t-il. Ils ont entendu tout ce que disait Joe.

— Hé ! appela Korsak. Vous allez où ?

Le mari de Jane courait déjà vers la caravane. Sans se donner la peine de frapper, il ouvrit la porte à toute volée et entra. Hayder et Stillman se détournèrent de leurs écrans vidéo.

— On n'a pas le temps, agent Dean… commença le capitaine.

— Je vais entrer dans l'hôpital. Je vais chercher ma femme.

— Bien sûr ! s'esclaffa Hayder. Je suis sûr que vous serez accueilli à bras ouverts !

— Joe vient de m'appeler sur mon portable. Ils veulent me voir. Ils veulent me parler.

Stillman se raidit, le visage empreint de ce qui ressemblait à une surprise sincère.

— Quand vous a-t-il appelé ? Personne ne nous a rien dit.

— Il y a trois minutes. Joe sait qui je suis. Il sait que Jane est ma femme. Je suis sûr de pouvoir les ramener à la raison.

— Hors de question, dit Hayder.

— Vous étiez d'accord pour envoyer ce journaliste…

— Ils savent que vous êtes du FBI. Dans leur esprit, vous faites forcément partie de ce complot du gouvernement qui les fait tellement flipper. Même avec de la chance, votre espérance de vie là-dedans ne dépasserait pas les cinq minutes.

— Je suis prêt à courir le risque.

— La prise serait trop belle pour eux, dit Stillman. Ça doublerait leur pouvoir de nuisance.

— Vous êtes négociateur, non ? Vous parlez tout le temps de calmer le jeu. Eh bien, ces gens-là veulent négocier.

— Mais pourquoi avec vous ?

— Parce qu'ils savent que je ne ferai rien qui puisse mettre ma femme en danger. Avec moi, il n'y aura ni coup fourré ni entourloupe. Je me contenterai de suivre leurs règles.

— C'est trop tard, Dean, dit Stillman. Nous ne sommes plus aux commandes. L'équipe d'intervention est déjà en place.

— L'équipe ? Quelle équipe ?

— Une unité d'élite de l'antiterrorisme. Envoyée de Washington par les fédéraux.

Exactement comme le sénateur Conway l'avait prédit. De toute évidence, le temps des négociations était révolu.

— Le BPD a reçu l'ordre de rester sur la touche, dit Hayder. Notre mission se limite maintenant à tenir les barrages jusqu'à la fin de l'assaut.

— C'est prévu pour quand ?

— Aucune idée. C'est leur problème.

— Mais… et l'accord que vous avez passé avec Joe ? Le journaliste, le cameraman ? Ils croient toujours que ça va se faire…

— Ça ne se fera pas.

— Qui l'a décidé ?

— Les feds. On ne l'a pas encore annoncé à Joe, c'est tout.

— Il s'est engagé à relâcher deux otages…

— Et on espère toujours qu'il le fera. Ça fera toujours deux vies sauvées.

— Si vous ne respectez pas votre part de l'accord, si vous ne leur envoyez pas rapidement Peter Lukas, il restera là-dedans quatre otages qui, eux, risquent de le payer très cher…

— Sauf si l'équipe d'intervention arrive à temps.

Gabriel regarda fixement Hayder.

— Vous voulez un carnage, ou quoi ? Parce que vous y allez tout droit ! Vous êtes en train de donner à deux paranoïaques toutes les raisons de s'imaginer que leur délire est justifié. Que votre objectif est de les tuer. Merde, c'est à croire qu'ils ont raison !

— C'est vous, maintenant, qui avez tout du parano.

— Je crois plutôt que je suis le seul à avoir les pieds sur terre !

Gabriel tourna les talons et descendit de la caravane. La voix du négociateur s'éleva derrière lui :

— Agent Dean !

Gabriel poursuivit sa marche vers le cordon de police.

— Dean !

Stillman réussit à le rattraper.

— Je tenais juste à ce que vous sachiez que je n'étais pas d'accord avec leur plan d'assaut. Vous avez raison, c'est un appel au bain de sang.

— Alors pourquoi est-ce que vous les laissez faire, bordel de merde ?

— Comme si Hayder et moi avions voix au chapitre ! C'est devenu l'affaire de Washington. À partir de maintenant, nous sommes censés les regarder faire.

C'est alors qu'une rumeur parcourut la foule. La masse de journalistes se contracta, se pressa vers l'avant.

Gabriel et Stillman entendirent un cri ; un des battants de la porte d'entrée de l'hôpital pivota, et un grand Noir en tenue blanche de brancardier en surgit, encadré par deux agents du SWAT. L'homme marqua un temps d'arrêt, cligna des yeux face aux dizaines de projecteurs braqués sur lui et fut promptement entraîné vers un véhicule en attente. Quelques secondes plus tard, un vieillard en fauteuil roulant émergeait à son tour, poussé par un homme en uniforme de la police de Boston.

— Ils l'ont fait, souffla Stillman. Ils ont relâché les deux otages.

Mais pas Jane. Jane est toujours prisonnière. Et l'assaut peut être donné d'une minute à l'autre.

Gabriel s'avança en jouant des coudes vers le barrage de police.

— Dean ! cria Stillman en lui saisissant le bras.

Gabriel se retourna pour lui faire face.

— Tout ça peut encore se régler sans effusion de sang, Stillman. Laissez-moi entrer. Laissez-moi leur parler.

— Les fédéraux ne vous donneront jamais le feu vert.

— C'est le BPD qui tient les barrages. Dites à vos gars de me laisser passer.

— Il pourrait s'agir d'un piège…

— Ma femme est là-dedans, répondit Gabriel en fixant Stillman au fond des yeux. Vous savez que je dois y aller. Vous savez que c'est sa meilleure chance. Et c'est valable pour tous ceux qui sont restés là-bas.

Stillman soupira. D'un air las, il hocha la tête.

— Bonne chance, Dean.

Gabriel se faufila sous le ruban de police. Un agent de la force tactique du BPD s'approcha pour l'intercepter.

— Laissez-le faire, lui dit Stillman. Il va entrer dans le bâtiment.

— Pardon, monsieur ?

— L'agent Dean est notre nouveau négociateur.

Gabriel remercia Stillman d'un signe de tête. Puis il se retourna et reprit sa marche vers l'entrée de l'hôpital.

19

Mila

Olena ne sait pas plus que moi où nous allons.

Nous n'avons jamais mis les pieds dans cette forêt et nous ne savons pas du tout sur quoi elle débouche. Je ne porte pas de collant, et le froid s'est rapidement insinué dans mes chaussures légères. Malgré le gilet et le pull à col roulé de la Mère, je grelotte. Les lumières de la maison ont disparu derrière nous et, quand je regarde en arrière, je ne vois plus que la noirceur des bois. Mes pieds engourdis font crisser des feuilles gelées ; je m'efforce de garder en point de mire la silhouette d'Olena qui marche devant moi, le fourre-tout de la Mère sur l'épaule. Mon souffle crée de la buée. La glace craque sous nos semelles. Je repense à un film de guerre vu autrefois à l'école, à ces soldats allemands affamés qui marchaient péniblement dans la neige vers le triste destin que leur réservait le front russe. Ne t'arrête pas. Ne te pose aucune question. Continue d'avancer… Voilà ce que ces soldats désespérés devaient se dire. C'est en tout cas ce que je me dis, moi, en titubant entre les arbres.

Devant nous, soudain, une lumière clignote.

Olena s'arrête, le bras tendu pour me bloquer le passage. Aussi immobiles que les arbres, nous regardons les phares s'éloigner, accompagnés d'un murmure de pneus sur la chaussée trempée. Nous venons à bout d'un ultime rideau de broussailles, et nos pieds touchent l'asphalte.

Nous avons rejoint une route.

Mes extrémités sont tellement insensibles que j'ai du mal à suivre Olena, qui longe à présent le bord de la route en marchant comme un robot, à pas lourds, mécaniquement. Des maisons finissent par apparaître sur les côtés, mais elle ne s'arrête pas. Elle est le général et moi le fantassin stupide, réduit à suivre quelqu'un qui n'en sait pas plus que moi.

— On ne va pas marcher éternellement, dis-je au bout d'un moment.

— On ne va pas non plus rester ici.

— Regarde cette maison, il y a de la lumière. On pourrait demander de l'aide.

— Pas maintenant.

— Combien de temps va-t-on marcher ? Toute la nuit, toute la semaine ?

— Aussi longtemps qu'il faudra.

— Est-ce que tu sais au moins où on va ?

Elle se retourne brutalement, et la rage qui empreint ses traits est si palpable que je stoppe net.

— Tu sais quoi ? Je commence à en avoir marre de toi ! On dirait un bébé ! Un lapin affolé, une idiote !

— J'aimerais seulement savoir où on va…

— Tu ne sais que gémir et te plaindre ! Eh bien, ça suffit ! J'en ai assez !

Elle plonge une main dans le fourre-tout et en ressort la liasse de billets américains. Elle casse l'élastique et me fourre la moitié des billets entre les doigts.

— Tiens, prends ça, et disparais. Puisque tu es si maligne, débrouille-toi toute seule !

— Pourquoi est-ce que tu fais ça ?

Des larmes brûlantes me piquent les yeux. Pas parce que j'ai peur, mais parce que Olena est ma seule amie. Et je sens que je suis en train de la perdre.

— Tu es un boulet, Mila. Tu me ralentirais. Je ne veux plus avoir à m'occuper de toi en permanence. Je ne suis pas ta mère, merde !

— Je ne t'ai jamais demandé de l'être.

— Alors, qu'est-ce que tu attends pour grandir ?

— Et toi, qu'est-ce que tu attends pour arrêter de faire la garce ?

L'arrivée de la voiture nous prend de court. Nous sommes tellement braquées l'une contre l'autre que nous n'avons pas senti son approche. Elle surgit du virage, et la lumière de ses phares nous capture comme le ferait un filet. Elle s'immobilise dans un gémissement de pneus. C'est une vieille guimbarde, le moteur cogne au ralenti.

Le chauffeur passe la tête à l'extérieur.

— Mesdames, lance-t-il, vous avez besoin d'aide !

C'est une affirmation plus qu'autre chose, mais il faut dire que notre situation ne laisse guère de place au doute. Une nuit glaciale. Deux jeunes femmes en train d'errer le long d'une route perdue. Bien sûr que nous avons besoin d'aide !

Je le regarde bouche bée. Olena prend les commandes, comme d'habitude. En une fraction de seconde, elle est transformée. La démarche, la voix, le déhanché provocant, voici Olena au summum de ses capacités de séduction. Elle sourit et répond en anglais, d'une voix rauque :

— Notre voiture est tombée en panne. Vous pourriez nous déposer quelque part ?

L'homme l'observe. Simple précaution ? Il se doute forcément qu'il y a anguille sous roche. Je suis à deux doigts de me replier dans la forêt, avant qu'il ait eu le temps de prévenir la police.

Quand il répond enfin, c'est d'un ton plat, qui ne suggère en rien que les charmes d'Olena aient pu opérer sur lui.

— Il y a une station-service un peu plus loin. J'ai un plein à faire, de toute façon. On leur demandera s'ils ont une dépanneuse.

Nous montons dans sa voiture. Olena s'assied à l'avant, et je me réfugie derrière. L'argent qu'elle m'a remis me brûle la poche comme une braise incandescente. Je suis encore furieuse, blessée par sa cruauté. Avec cet argent, je pourrai me débrouiller sans elle, sans personne. Et je vais le faire.

L'homme conduit sans parler. Je me dis d'abord qu'il nous ignore tout simplement, que nous ne l'intéressons pas. Puis je croise son regard dans le rétroviseur et je m'aperçois qu'il m'observe, qu'il nous observe l'une et l'autre. Il semble, dans son silence, aussi alerte qu'un chat.

Les lumières de la station-service surgissent droit devant ; nous nous engageons sur la bretelle d'accès et stoppons sur l'îlot de pompes. L'homme descend remplir son réservoir, puis nous lance :

— Je vais me renseigner, pour la dépanneuse !

Il entre dans le bâtiment.

Olena et moi restons à l'intérieur de l'auto, sans trop savoir que faire. Par la vitrine, nous voyons notre chauffeur s'adresser au caissier. Il nous montre du doigt, le caissier décroche son téléphone.

— Il appelle la police, dis-je à Olena. On ferait mieux de partir. Tout de suite.

Au moment où je tends le bras vers la portière, une voiture noire débouche dans la station-service et se gare juste à côté de la nôtre. Deux hommes en descendent, vêtus de noir. L'un d'eux a des cheveux d'un blond presque blanc, coupés en brosse. Ils nous regardent.

Mon sang se fige dans mes veines.

Nous sommes comme des animaux pris au piège dans le véhicule de cet inconnu, et les deux chasseurs nous encerclent. Le blond vient se planter à hauteur de ma portière et se penche en avant pour me scruter, et je ne puis que soutenir à travers la vitre ce regard qui est très certainement le dernier qu'ait vu la Mère. Et sans doute le dernier que je verrai.

Tout à coup, le blond se redresse et jette un coup d'œil vers le bâtiment. Je tourne la tête et constate que notre chauffeur est ressorti, qu'il revient vers nous. Il a réglé son dû et range son portefeuille dans sa poche. Il ralentit, sourcils froncés, en voyant les deux inconnus qui encadrent à présent sa voiture.

— Je peux vous aider, messieurs ?

Le blond se charge de répondre :

— On aimerait vous poser quelques questions.

— Qui êtes-vous ?

— Agent spécial Steve Ullman, FBI.

Notre chauffeur ne paraît pas plus impressionné que ça. Il plonge une main dans le seau de la station-service et y prend une raclette. Après avoir essoré l'éponge, il se met à laver son pare-brise.

— C'est à quel sujet, les gars ? demande-t-il en chassant l'eau de la vitre.

Le blond se penche vers notre chauffeur et lui parle d'une voix étouffée. Je saisis au vol les mots « fugitives », « dangereuses ».

— Et pourquoi est-ce que vous me parlez de ça à moi ? s'enquiert notre chauffeur.

— C'est votre voiture, non ?

— Ouais.

Puis notre chauffeur éclate de rire.

— Oh, ça y est, je pige ! Au cas où vous vous poseriez des questions, ces personnes sont ma femme et sa cousine. Elles ont l'air vachement dangereuses, pas vrai ?

Le blond jette un coup d'œil à son acolyte. Un regard déconcerté. Ils ne savent plus trop quoi dire.

Notre chauffeur rejette la raclette dans le seau, avec un plouf.

— Bonne chance, les gars ! lance-t-il en rouvrant sa portière.

Il s'installe derrière le volant et ajoute d'une voix forte, en s'adressant à Olena :

— Désolé, chérie. Ils n'avaient plus d'aspirine. On essaiera à la prochaine station.

Au moment où nous redémarrons, je jette un œil par la lunette arrière et vois que les hommes nous suivent du regard. L'un d'eux est en train de noter la plaque d'immatriculation.

Pendant un certain temps, personne ne parle dans la voiture. Trop paralysée de terreur pour dire un mot, je ne suis bonne qu'à fixer la nuque de notre chauffeur. L'homme qui vient de nous sauver la vie.

— Bon, finit-il par lâcher, vous allez me dire ce que c'est que ce binz ?

— Ils vous ont menti, dit Olena. On n'est pas dangereuses !

— Et ils ne sont pas du FBI.

— Vous avez déjà compris ça ?

L'homme se tourne vers elle.

— Écoutez, je ne suis pas débile. Je sais encore distinguer le vrai du faux. Et un bobard quand on m'en sert un. Si vous me disiez la vérité ?

Olena émet un soupir de lassitude.

— Ils veulent nous tuer.

— Ça, je l'avais compris.

Il secoue la tête et s'esclaffe, mais il n'y a pas trace d'humour dans son rire. C'est plutôt celui d'un homme éberlué par sa propre malchance.

— Décidément, quand la poisse me tombe dessus, c'est un vrai déluge ! Qui sont ces types et pourquoi est-ce qu'ils veulent vous tuer ?

— À cause de ce qu'on a vu ce soir.

— Et vous avez vu quoi ?

Olena se détourne vers la fenêtre.

— On en a trop vu, murmure-t-elle. Beaucoup trop.

L'homme doit provisoirement se contenter de cette réponse, car nous venons de quitter la route. Nos pneus cahotent à présent sur une piste en terre qui nous emmène vers les profondeurs de la forêt. La voiture stoppe enfin devant un chalet délabré, entouré d'arbres. À peine plus qu'une cabane, une demeure de pauvre. Et pourtant, une antenne parabolique géante fleurit sur le toit.

— C'est ici que vous vivez ? interroge Olena.

— Que je survis, répond-il curieusement.

Il se sert de trois clés différentes pour déverrouiller la porte d'entrée. En attendant, immobile sur la véranda, qu'il soit venu à bout des diverses serrures, je remarque les fenêtres, toutes munies de barreaux. J'hésite un instant à entrer parce que je repense à la maison dont nous venons de nous enfuir. Mais ces barreaux, je m'en rends compte, ont une tout autre fonction ; ils ne visent pas à emprisonner, mais à empêcher les intrusions.

Il flotte à l'intérieur une odeur de bois brûlé et de laine humide. Sans allumer la lumière, l'homme navigue à travers la pièce obscure comme s'il en connaissait chaque centimètre carré sur le bout des doigts.

— Ça sent vite le renfermé, quand je m'absente quelques jours, explique-t-il.

Il gratte une allumette, et je le vois agenouillé devant un âtre. Le faisceau de brindilles et de bûches n'attend plus que d'être allumé, et des flammes ont tôt fait de s'élever en dansant. Leur halo éclaire son visage, qui m'apparaît encore plus décharné, plus ténébreux, dans cette pièce grouillante d'ombres. Peut-être a-t-il été bel homme autrefois, me dis-je, mais ses orbites se sont creusées, et une barbe de plusieurs jours hérisse sa mâchoire osseuse. À mesure que le feu grandit, je découvre une pièce exiguë, encore réduite par la présence d'énormes piles de journaux et de magazines, sans parler des dizaines de coupures de presse dont il a tapissé les murs. Elles recouvrent tout, telles des écailles jaunies, et je l'imagine cloîtré dans cette cabane solitaire, jour après jour, mois après mois, découpant fiévreusement des articles dont il est le seul à relever l'importance. Je tourne la tête vers les fenêtres à barreaux, je repense aux trois serrures de l'entrée. Et je me dis : C'est la maison d'un homme qui a peur.

Il se dirige vers une armoire et l'ouvre. Je découvre avec stupeur une demi-douzaine de fusils alignés dedans. Il en prend un, referme l'armoire à double tour. La vue de ce fusil dans ses mains me fait reculer d'un pas.

— Tout va bien. Pas de quoi s'affoler, dit-il, sentant ma frayeur. Ce soir, j'ai simplement envie de garder une arme à portée de main.

J'entends alors ce qui ressemble à un léger tintement de cloche.

L'homme relève aussitôt la tête. Son fusil à la main, il s'approche d'une fenêtre et scrute les bois.

— Quelque chose vient d'actionner le détecteur, dit-il. Ce n'est peut-être qu'un animal. Mais bon…

Il s'attarde longuement à la fenêtre, sans lâcher son arme. Je revois les deux hommes de la station-service suivre notre voiture des yeux. Et relever notre numéro de plaque. Ils doivent déjà savoir à qui appartient le véhicule. Et où habite son propriétaire.

L'homme s'éloigne vers une pile de bûches, en choisit une, la jette dans le feu. Puis il s'installe dans un fauteuil à bascule et reste assis à nous regarder, son fusil sur les genoux. Le bois crépite, des étincelles tourbillonnent dans l'âtre.

— Je m'appelle Joe. Si vous me disiez qui vous êtes ?

Je cherche le regard d'Olena. Personne ne répond. Cet homme étrange a beau nous avoir sauvé la vie tout à l'heure, nous avons peur de lui.

— Bon, reprend-il. Vous avez fait votre choix, non ? Vous êtes montées dans ma voiture.

Son fauteuil grince en basculant lentement sur le plancher.

— Il est un peu tard pour jouer les effarouchées, mesdames. Les dés sont jetés.

Quand je me réveille, il ne fait pas encore jour, mais le feu n'est plus qu'un lit de cendres rougeoyantes. Je me souviens, juste avant de sombrer, d'avoir entendu Olena et Joe discuter doucement. À la lueur des braises, je vois Olena endormie près de moi sur le tapis brodé. Je lui en veux encore, et je ne suis pas près de lui pardonner ce qu'elle m'a dit. Ces quelques heures de sommeil m'ont fait clairement apparaître l'inévitable. Nous n'allons pas pouvoir rester éternellement ensemble.

Le bruit du fauteuil à bascule attire mon regard ; j'aperçois la lueur vague du fusil de Joe et je sens qu'il m'observe. Il doit nous regarder dormir depuis un certain temps.

— Réveillez-la, me dit-il. Il faut qu'on parte.

— Pourquoi ?

— Ils sont dehors. Ils surveillent la maison.

— Quoi ?

Je me relève en hâte, le cœur battant, et je vais à la fenêtre. Je ne vois dehors que l'obscurité des bois. Puis je me rends compte que les étoiles blêmissent ; la nuit va bientôt virer au gris.

— Je pense qu'ils attendent un peu plus haut sur la route, me dit-il. Le deuxième détecteur n'a pas encore sonné. Mais il va falloir bouger vite, avant qu'il fasse jour.

Il se lève, ouvre un placard, en sort un sac à dos d'où s'échappe un tintement métallique. Il s'approche d'Olena, la titille du bout de sa botte.

— Olena…

Elle s'étire, le regarde.

— Il faut y aller. Si vous voulez rester en vie.

Il ne nous fait pas sortir par la porte. Il soulève quelques lattes du plancher, et une odeur de terre mouillée monte de l'orifice. Il s'y engage, descend une série d'échelons et nous appelle :

— À vous, mesdames.

Après lui avoir tendu le fourre-tout de la Mère, je descends à tâtons derrière lui. Il a allumé une lampe torche, et j'entrevois parmi les ombres des caisses empilées le long des murs de pierre.

— Au Vietnam, les villageois creusaient des tunnels sous leurs cabanes, explique-t-il en nous entraînant dans un souterrain bas de plafond. La plupart du temps, ils y stockaient des vivres. Mais ces tunnels pouvaient aussi leur sauver la vie.

Il s'arrête, ouvre un cadenas, éteint sa torche. Soulève une trappe de bois, juste au-dessus de sa tête.

Nous nous hissons hors du tunnel, en pleine forêt obscure. À l'abri de la couverture végétale, nous nous éloignons lentement de la maison. Nous ne disons rien ; nous n'osons pas parler. Je me contente de suivre aveuglément, comme d'habitude – toujours le fantassin, jamais le général. Mais, cette fois, j'ai confiance en la personne qui me guide. Joe marche sans bruit, en se mouvant avec l'assurance de celui qui sait exactement où il va. Je suis juste derrière lui et, alors que l'aube commence à poindre, je m'aperçois qu'il boite. Il traîne un peu la jambe gauche, et à un moment donné, tandis qu'il jette un coup d'œil en arrière, je devine une grimace de douleur. Mais il continue de progresser vers la clarté grise du matin.

Enfin, entre les arbres, je vois apparaître devant nous une ferme en ruine. Pas la peine de l'approcher pour sentir que personne n'y vit. Les carreaux sont brisés, un des pans de la toiture s'est affaissé. Mais Joe ne se dirige pas vers le bâtiment principal ; il nous entraîne à la place vers la grange, qui semble elle aussi menacée d'effondrement. Il ouvre un cadenas, retire la barre qui bloque la porte.

À l'intérieur, une voiture est parquée.

— Je me suis demandé plus d'une fois si j'en aurais vraiment besoin un jour, dit-il en s'installant au volant.

Je monte à l'arrière. Il y a une couverture et un oreiller sur la banquette, et à mes pieds des boîtes de conserve. Des provisions pour plusieurs jours.

Joe met le contact ; le moteur tousse, puis revient péniblement à la vie.

— Ça me fait mal au cœur de tout plaquer, ajoute-t-il. Mais peut-être qu'il était temps de changer d'air.

— Vous faites ça pour nous ? dis-je.

Il me jette un coup d'œil par-dessus son épaule.

— Je fais ça pour éviter les emmerdes. Et à vous deux, mesdemoiselles, j'ai l'impression que vous en concentrez une dose massive.

Il sort de la grange en marche arrière, et nous venons à peine de commencer à cahoter sur la piste en terre, repassant devant la ferme en ruine, puis devant une mare d'eau croupie, qu'un énorme boum ! se fait entendre. Joe stoppe aussitôt, abaisse sa vitre et se retourne vers la forêt d'où nous venons d'émerger.

Une fumée noire s'élève au-dessus des frondaisons, en colonnes rageuses qui tourbillonnent dans un ciel de plus en plus clair. J'entends Olena lâcher un cri de stupeur. Mes mains transpirent et tremblent tandis que je repense à la cabane que nous avons quittée tout à l'heure, à présent dévorée par les flammes. Des images de chair brûlée me viennent à l'esprit. Sans rien dire, Joe contemple cette fumée dans un silence choqué, et je me demande s'il est en train de maudire la malchance qui l'a fait nous rencontrer.

Au bout d'un long moment, il lâche un soupir.

— La vache, murmure-t-il. J'ignore qui sont ces gens, mais ils ne rigolent pas.

Puis il reporte son attention sur la route. Je sais qu'il a peur parce que je vois ses mains se crisper sur le volant. Je vois blanchir ses jointures.

— Mesdemoiselles, conclut-il à mi-voix, je crois qu'il est temps de se fondre dans le décor.

20

Jane ferma les yeux et se laissa porter comme un surfeur par la vague de douleur.

Par pitié, faites que celle-là passe vite. Qu'elle s'arrête, qu'elle s'arrête...

Elle sentit la sueur jaillir sur son visage à mesure que la contraction se développait, tellement puissante qu'elle l'empêchait non seulement de gémir, mais presque de respirer. Derrière ses paupières closes, la lumière semblait avoir nettement décliné, et le bruit de son pouls éclipsait tous les autres. Elle n'eut que vaguement conscience de l'agitation qui s'emparait de la salle d'attente. Des coups frappés à la porte. Des questions lancées par Joe d'un ton cassant.

Puis, soudain, une main se referma sur la sienne – une poigne chaude, familière.

Impossible, pensa-t-elle en sentant la douleur de la contraction diminuer et son acuité visuelle lui revenir peu à peu.

En voyant apparaître le visage penché sur elle, Jane resta pétrifiée de surprise.

— Non, murmura-t-elle. Non, tu n'as rien à faire ici.

Il lui prit le visage entre ses mains, lui déposa des baisers sur le front, les cheveux.

— Tout va bien, chérie. Ça va aller.

— Tu n'as jamais rien fait d'aussi stupide.

Il sourit.

— Je n'ai pas inventé l'eau chaude, tu le savais en m'épousant.

— Qu'est-ce qui t'est passé par la tête ?

— Toi. Toi et rien d'autre.

— Agent Dean ? fit Joe.

Lentement, Gabriel se redressa. Jane s'était souvent dit en regardant son mari qu'elle était vraiment bénie, mais jamais ça ne lui avait paru aussi vrai qu'à cet instant. Il avait beau être désarmé et n'avoir strictement aucun atout dans sa manche, il respirait la détermination tranquille quand il se retourna vers Joe.

— Me voilà. Vous allez relâcher ma femme ?

— Quand on aura parlé. Quand vous nous aurez entendus.

— J'écoute.

— Il faut aussi que vous nous promettiez de donner suite à ce qu'on va vous dire. Que vous ne laisserez pas la vérité disparaître avec nous.

— J'ai dit que je vous écouterais. Vous ne m'avez rien demandé d'autre. Par contre, vous vous êtes engagés à libérer ces gens. Vous avez peut-être envie de mourir, mais pas eux.

— On ne veut la mort de personne, dit Olena.

— Prouvez-le. Laissez-les sortir. Ensuite, je veux bien rester assis ici à vous écouter autant que vous le voudrez. Des heures, des jours. Je suis à votre disposition.

Il dévisageait sans ciller les deux preneurs d'otages.

Un silence s'installa.

Soudain, Joe se pencha vers la banquette, tira le docteur Tam par le bras et la fit lever.

— Allez vous mettre devant la porte, docteur, ordonna-t-il.

Puis il se retourna et pointa l'index sur les deux femmes de la banquette d'en face.

— Vous deux, là, levez-vous.

Les intéressées ne bronchèrent pas ; elles restèrent à le fixer, la bouche ouverte, comme si elles s'attendaient à un piège et craignaient de payer leur moindre geste au prix fort.

— Allez ! Debout !

En poussant une espèce de hoquet, la réceptionniste se leva, les jambes en coton. Ce n'est qu'à ce moment-là que sa voisine l'imita. Toutes deux se dirigèrent vers la porte devant laquelle attendait déjà le docteur Tam, comme pétrifiée. Les heures de captivité les avaient tellement anesthésiées qu'elles n'arrivaient pas encore à croire que leur calvaire allait prendre fin. Lorsqu'elle tourna la poignée, l'obstétricienne regardait toujours Joe, comme si elle s'attendait à un contrordre.

— Vous pouvez partir, dit Joe. Toutes les trois.

Dès qu'elles eurent quitté le service, Olena referma la porte et la verrouilla.

— Et ma femme ? dit Gabriel. Laissez-la partir, elle aussi.

— Je ne peux pas. Pas encore.

— Notre accord…

— J'ai promis de relâcher des otages, agent Dean. Je n'ai pas dit lesquels.

Gabriel rougit de colère.

— Et vous voulez que je vous fasse confiance ? Vous pensez que je vais croire un seul mot de ce que vous allez raconter ?

Jane prit le poignet de son mari, sentit ses tendons rouler sous l'effet de la colère.

— Écoute-le, dit-elle. Laisse-le parler.

Gabriel soupira.

— D'accord, Joe. Qu'est-ce que vous avez à me dire ?

Joe choisit deux chaises, les traîna au centre de la salle et les disposa face à face.

— Asseyons-nous, vous et moi.

— Ma femme est en train d'accoucher. Elle ne va pas pouvoir tenir longtemps.

— Olena s'occupera d'elle, répondit Joe en lui indiquant une des chaises. Je vais vous raconter une histoire…

Gabriel chercha le regard de Jane. Elle lut, dans ses yeux, un mélange d'amour et d'appréhension.

« À qui faites-vous le plus confiance ? lui avait demandé Joe tout à l'heure. Qui serait prêt à prendre cette balle à votre place ? » Il n'y aura jamais personne à qui je ferais plus confiance qu'à toi, pensa-t-elle en observant son mari.

À contrecœur, Gabriel se tourna vers Joe, et les deux hommes s'assirent l'un en face de l'autre. N'eût été le pistolet que l'un d'eux tenait sur les genoux, on aurait pu croire à une discussion entre personnes parfaitement civilisées. Olena, qui venait de prendre place sur la banquette de Jane, avait à la main une arme tout aussi mortifère. Une charmante petite rencontre entre couples.

Lequel des deux passera la nuit ?

— Qu'est-ce qu'ils vous ont dit sur moi ? interrogea Joe. Le FBI ?

— Deux ou trois choses…

— Que je suis un cinglé, c'est ça ? Une sorte d'ermite. Le parano de base.

— Oui.

— Vous y croyez ?

— Je n'ai aucune raison de ne pas y croire.

Jane scruta les traits de son mari. Même s'il s'exprimait calmement, la tension était palpable dans son regard, dans l'étirement des muscles de son cou.

Tu savais que ce type est fou, pensa-t-elle, et tu es venu quand même. Tout ça pour moi…

Elle réprima un grognement en sentant venir une nouvelle contraction.

Tais-toi. Ne dérange pas Gabriel ; laisse-le faire ce qu'il a à faire.

Elle se rencogna sur la banquette, mâchoires crispées, prête à souffrir en silence. Maintint son regard fixé sur une des plaques d'isolant acoustique du faux plafond, caractérisée par une tache un peu plus sombre.

Concentre-toi sur un point fixe. L'esprit est plus fort que la douleur.

Mais le plafond se brouilla, et la tache se retrouva ballottée à la surface d'une mer blanche, agitée. Rien qu'à la regarder, Jane eut la nausée. Elle ferma les yeux, comme un marin atteint par le mal de mer.

C'est seulement quand la contraction eut commencé à décroître, et la douleur à desserrer ses mâchoires, qu'elle rouvrit les yeux. Son regard, à nouveau, se porta sur le plafond. Quelque chose avait changé. À côté de la tache était apparu un trou minuscule, presque invisible parmi les innombrables pores de l'isolant.

Elle jeta un coup d'œil à Gabriel, mais il ne la voyait pas. Il était totalement concentré sur l'homme assis devant lui.

— Vous me prenez pour un fou ? demandait Joe.

Gabriel l'observa un instant.

— Je ne suis pas psychiatre. Ce n'est pas à moi de faire un diagnostic.

— Vous êtes entré ici en vous attendant à trouver un forcené prêt à tirer sur tout ce qui bouge, pas vrai ?

Joe se pencha en avant sur sa chaise avant d'ajouter :

— C'est ce qu'on vous a dit. Soyez honnête.

— Vous voulez que je sois honnête ?

— Absolument.

— On m'a dit que je me retrouverais face à deux terroristes. Voilà ce qu'on m'a laissé entendre.

Joe se redressa, la mine sombre.

— C'est donc comme ça qu'ils vont en finir, dit-il à mi-voix. Bien sûr. Ça s'imposait. Et à quelle famille de terroristes sommes-nous censés appartenir ?

Il jeta un coup d'œil à Olena et éclata de rire.

— Oh… les Tchétchènes, sans doute.

— Oui.

— C'est John Barsanti qui est aux manettes ?

Gabriel fronça les sourcils.

— Vous le connaissez ?

— Ce type nous traque depuis la Virginie. Où que nous allions, il finit toujours par apparaître. J'étais sûr qu'il viendrait. Il n'attend probablement plus que le moment de zipper nos housses mortuaires.

— Vous n'allez pas forcément mourir. Remettez-moi vos armes, et on sortira tous ensemble. Pas de fusillade, pas de sang versé. Je vous donne ma parole.

— Ça, c'est une garantie !

— Vous m'avez demandé de venir. J'en conclus que, dans une certaine mesure, vous me faites confiance.

— Je ne peux plus me payer le luxe de faire confiance à qui que ce soit.

— Alors comment se fait-il que je sois là ?

— Je refuse de descendre dans ma tombe en ayant renoncé à tout espoir de justice. On a essayé d'alerter la presse. On leur a même donné des preuves, putain. Mais tout le monde s'en fout, dit-il en regardant Olena. Montre-leur ton bras. Montre-leur ce que t'a fait Ballentree.

Olena retroussa sa manche jusqu'au-dessus du coude et pointa du doigt une cicatrice déchiquetée.

— Vous voyez ? fit Joe. Ce qu'ils lui ont mis dans le bras ?

— Ballentree ? Le géant de l'armement ?

— Une puce, le tout dernier cri de la technologie. Une façon pour Ballentree de retrouver ses biens. Olena était une marchandise humaine, importée de Moscou. Un petit business parallèle du groupe.

Jane leva à nouveau les yeux vers le plafond. Et découvrit d'autres orifices, qui venaient eux aussi d'être percés dans les plaques d'isolant. Elle jeta un coup d'œil aux deux hommes, toujours en pleine conversation. Elle était la seule à regarder vers le haut ; la seule à voir que le plafond était désormais criblé de trous.

— Et vous avez fait tout ça pour régler vos comptes avec une société d'armement ? demanda Gabriel d'un ton lisse, sans rien laisser transparaître du scepticisme qui devait pourtant l'habiter.

— Pas n'importe quelle société d'armement. Je vous parle de Ballentree. Qui a des liens directs avec la Maison Blanche et le Pentagone. Je vous parle de dirigeants qui encaissent des milliards de dollars chaque fois que ce pays part en guerre. Pourquoi croyez-vous que Ballentree rafle presque tous les gros contrats ? Parce que ces gens-là contrôlent la Maison Blanche.

— Désolé de devoir vous le dire, Joe, mais votre théorie de la conspiration n'a rien de très original. Ballentree, ces temps-ci, fait figure de croque-mitaine universel. Tout le monde rêve d'avoir la peau de cette boîte.

— Olena a de quoi les faire tomber.

Gabriel orienta vers la jeune femme un regard dubitatif.

— Comment ça ?

— Elle sait ce qu'ils ont fait à Ashburn. Elle a vu de ses yeux jusqu'où ils peuvent aller.

Jane fixait toujours le plafond, cherchant à comprendre ce qui se passait. D'infimes filets de vapeur s'écoulaient en silence par les trous d'aiguille de l'isolant.

Un gaz. Ils sont en train d'injecter un gaz.

Elle baissa les yeux vers son mari. Était-il au courant de ce qui allait se passer ? Avait-il été informé du plan ? Personne d'autre qu'elle ne semblait se rendre compte qu'une invasion silencieuse était en cours. Personne d'autre qu'elle ne savait que l'assaut avait déjà commencé, avec en guise d'éclaireurs ces légères volutes de gaz.

Que nous sommes tous en train de respirer.

Elle se crispa en sentant arriver une nouvelle contraction. Seigneur, pas maintenant. Pas pile au moment où ça va péter. Agrippée au coussin de sa banquette, elle attendit le pic de cette douleur qui continuait d'augmenter, inexorable. Il ne lui restait plus qu'à tenir bon, en serrant ce coussin.

Celle-là s'annonce sévère, pensa-t-elle. Oh, celle-là est vraiment sévère…

La douleur n'atteignit jamais son pic. Le coussin parut tout à coup se dissoudre entre ses poings. Elle se sentit glisser, entraînée vers le plus doux des sommeils. Malgré sa torpeur grandissante, elle entendit des chocs, des cris d'hommes. La voix de Gabriel, étouffée et extrêmement lointaine, criant son prénom.

La douleur avait presque disparu.

Elle buta contre une masse, sentit une matière douce lui frôler le visage. Le contact d'une main, une imperceptible caresse sur sa joue. Une voix chuchota des mots qu'elle ne comprit pas, des mots doux, urgents, qui faillirent se perdre derrière les tambourinements, puis le crac soudain de la porte enfoncée. Un secret, pensa Jane. Elle me confie un secret.

— Mila. Mila sait.

Il y eut une déflagration assourdissante, et un jet de chaleur lui inonda le visage.

Gabriel, pensa-t-elle. Où es-tu ?

21

Aux premiers coups de feu, la foule amassée sur le trottoir poussa une clameur collective. Le cœur de Maura cessa de battre. Des agents du SWAT vinrent renforcer le cordon du BPD en même temps qu'une nouvelle série de détonations éclatait dans l'hôpital. Maura vit des mines perplexes se peindre sur les visages alentour : tout le monde semblait attendre des nouvelles de ce qui se passait à l'intérieur. Personne ne bougeait ; personne ne se ruait vers l'entrée.

Qu'est-ce qu'ils foutent ?

Soudain, les talkies-walkies de la police se mirent à crépiter à l'unisson :

— Bâtiment sécurisé ! Intervention terminée, bâtiment sécurisé ! Envoyez le médical ! On a besoin de civières…

Les équipes d'urgence réagirent dans la seconde, enfonçant le ruban jaune tels des sprinters passant la ligne d'arrivée. La disparition de ce symbole du cordon policier laissa libre cours au chaos. Reporters, cameramen, tous foncèrent à leur tour vers l'hôpital malgré tous les efforts des hommes du BPD pour les contenir. Un hélicoptère survolait la scène dans un fracas de pales.

Malgré la cacophonie ambiante, Maura entendit Korsak hurler :

— Je suis flic, bordel de merde ! J'ai une amie à l'intérieur ! Laissez-moi passer !

Puis, ayant repéré Maura, il lui lança :

— Hé, Doc ! Venez, allons voir si elle va bien !

Maura joua des coudes vers ce qui restait du barrage. Un flic en tenue étudia nerveusement sa carte, secoua la tête.

— Il va d'abord falloir qu'on s'occupe des vivants, docteur Isles…

— Je suis médecin. Je peux aider.

Sa voix fut noyée par les mugissements de l'hélicoptère qui venait de se poser sur le parking d'en face. Le flic, débordé, hurla à un journaliste :

— Hé, vous ! Reculez, immédiatement !

Maura en profita pour le contourner et rejoindre l'entrée de l'hôpital au pas de course, paniquée à l'idée de ce qu'elle allait trouver. Alors qu'elle s'engageait dans le couloir desservant le service d'imagerie, un lit roulant arriva à toute vitesse en sens inverse, poussé par deux infirmiers urgentistes. Maura plaqua une main devant sa bouche pour réprimer un cri en reconnaissant le ventre bombé, les cheveux noirs.

Non, pensa-t-elle. Mon Dieu, non !

Jane Rizzoli, couverte de sang.

À cet instant, ce fut comme si la formation médicale de Maura n'avait jamais existé. Dans sa panique, elle ne vit plus que le sang, et rien d'autre que le sang.

Il y en a tellement…

Puis, au moment où le brancard passait à sa hauteur, elle vit une poitrine se soulever puis s'abaisser. Et une main bouger.

— Jane ? héla Maura.

Le brancard avait déjà atteint le grand hall. Maura dut courir pour rattraper les infirmiers.

— Attendez ! Comment va-t-elle ?

Un des types en blanc la regarda par-dessus son épaule.

— Elle est en train d'accoucher. On l'envoie à Brigham !

— Mais tout ce sang…

— Ce n'est pas le sien.

— Il est à qui ?

— À l'autre fille, fit l'infirmier avec un coup de pouce vers le couloir. Là-dedans. Celle-là n'ira plus nulle part.

Maura suivit des yeux le brancard qui franchissait le seuil en grinçant. Puis elle fit demi-tour et repartit au pas de course vers le cœur de la crise, dans le couloir grouillant d'infirmiers et d'agents du BPD.

— Maura ? lâcha une voix étouffée, étrangement distante.

Elle vit Gabriel qui essayait de s'asseoir, lui aussi sur un brancard. Un masque à oxygène lui recouvrait le bas du visage, une perfusion reliait son avant-bras à une poche de solution saline.

— Comment tu te sens ?

Il émit un grognement, baissa la tête.

— Disons… dans les vapes.

— C'est le gaz, expliqua l'infirmier. Je viens de lui mettre du Narcan en perf. Il a juste besoin de décompresser un peu. Comme après une anesthésie.

Gabriel souleva son masque.

— Jane…

— Je viens de la voir, dit Maura. Elle va très bien. Ils la transfèrent à la maternité de Brigham.

— Je ne vais pas rester ici à me tourner les pouces.

— Qu'est-ce qui s'est passé ? On a entendu des coups de feu.

Gabriel secoua la tête.

— Je ne me souviens plus.

— Votre masque, intervint l'infirmier. Vous avez besoin d'oxygène.

— Ils n'avaient pas besoin de faire ça, fit Gabriel. J'aurais pu les amener à rendre les armes. J'aurais pu les convaincre.

— Monsieur, vous devez remettre ce masque.

— Non. Je dois rejoindre ma femme…

— Vous n'êtes pas en état de partir.

— Il a raison, Gabriel, dit Maura. Regarde-toi, c'est à peine si tu arrives à tenir assis. Reste allongé encore un peu. Je t'amènerai à Brigham moi-même, mais seulement quand tu auras pris le temps de récupérer.

— Quelques minutes, alors, concéda Gabriel d'une voix faible en se rallongeant sur son brancard. Je me sentirai mieux dans…

— Je reviens tout de suite.

Maura fonça vers l'entrée de l'imagerie. Dès le seuil, la première chose qu'elle remarqua fut le sang. C'était toujours le sang qui attirait l'attention, ces flaques d'un rouge révoltant qui criaient : « Il s'est passé ici quelque chose de terrible, de vraiment terrible ! » Malgré la demi-douzaine d'hommes présents dans la pièce, les vestiges de matériel médical qui jonchaient encore le sol, elle resta concentrée sur les traces écarlates de la mort qui éclaboussaient les murs. Puis son regard dériva vers le corps de la jeune femme, affalée sur la banquette, et vers les gouttes de sang qui tombaient de ses cheveux noirs jusqu'au sol. Jamais auparavant elle n'avait défailli à la vue du sang et des tissus, et pourtant elle se sentit soudain tanguer, dut se rattraper au chambranle.

Probablement les résidus du gaz qu'ils ont vaporisé dans cette pièce, pensa-t-elle. Ils ne sont pas encore totalement éliminés.

Elle entendit un bruissement de plastique et, malgré le voile de son vertige, vit deux hommes équipés de gants en latex dérouler au sol une longue housse blanche. Sous l'œil attentif de l'agent Barsanti et du capitaine Hayder, qui se tenaient tous deux immobiles, ils entreprirent de faire rouler le corps sanguinolent de Joseph Roke sur le plastique.

— Qu'est-ce que vous faites ? demanda Maura.

Sa présence ne suscita aucune réaction.

— Pourquoi est-ce que vous déplacez ce corps ?

Les deux hommes accroupis autour du cadavre hésitèrent un instant, cherchant le regard de Barsanti.

— On les expédie à Washington, répondit finalement celui-ci.

— Rien ne bougera d'ici avant que mes services aient examiné la scène, dit-elle en dévisageant les deux types masqués, déjà prêts à refermer la housse mortuaire. Qui êtes-vous ? Je ne vous connais pas.

— Ils sont du FBI, dit Barsanti.

Maura avait à nouveau les idées parfaitement claires ; la colère avait dissipé d'un coup son vertige.

— Pourquoi voulez-vous les emmener ?

— Nos légistes se chargeront de l'autopsie.

— Je n'ai pas autorisé la levée de ces corps.

— Ce n'est qu'un papier à signer, docteur Isles.

— Je ne le signerai pas.

Tout le monde la regardait, maintenant. La plupart des personnes présentes dans cette salle d'attente appartenaient, comme Hayder, à la police de Boston.

— Docteur Isles, soupira Barsanti, on ne va pas se lancer dans une guéguerre de territoire…

Maura se tourna vers Hayder.

— Ces personnes sont décédées dans notre juridiction. Vous savez comme moi qu'il est de notre responsabilité d'autopsier les corps.

— On dirait que vous ne faites pas confiance au FBI, lâcha Barsanti.

C'est à vous que je ne fais pas confiance.

Maura fit un pas vers lui.

— Je n'ai pas encore eu d'explication valable sur le pourquoi de votre présence ici, agent Barsanti. Quel est votre rôle dans cette affaire ?

— Ces individus sont soupçonnés du meurtre d'un policier à New Haven. Il me semble que vous le savez déjà. Et ils ont changé d'État.

— Ça ne me dit toujours pas pourquoi vous voulez leurs corps.

— Vous recevrez les conclusions finales de l'autopsie.

— Vous craignez que je trouve quoi ?

— À vous entendre, docteur Isles, on pourrait penser que vous êtes aussi parano qu'eux.

Barsanti se retourna vers les deux agents accroupis autour du cadavre de Roke.

— Allez, on l'emballe.

— Vous n'y toucherez pas, lâcha Maura.

Elle sortit son téléphone portable et composa le numéro d'Abe Bristol.

— Allô, Abe ? On a une scène de crime.

— Ouais, j'ai vu ça à la télé. Combien ?

— Deux. Les preneurs d'otages. Ils ont été abattus pendant l'assaut. Le FBI s'apprête à expédier les corps à Washington.

— Attends un peu… D'abord les fédéraux les butent, et ensuite ils veulent pratiquer l'autopsie eux-mêmes ? C'est quoi, ce délire ?

— Je me doutais que tu réagirais comme ça. Merci de me soutenir.

Après avoir coupé, elle se retourna vers Barsanti.

— L'institut médico-légal s'oppose à la levée de ces deux corps. Veuillez quitter la pièce, je vous prie. Quand l'unité de scène de crime aura fini son boulot, ils seront transférés à la morgue.

Barsanti faillit protester, mais Maura le gratifia d'un regard glacial qui lui fit comprendre qu'il n'avait aucune chance de remporter cette bataille-là.

— Capitaine Hayder, ajouta-t-elle pour enfoncer le clou. Est-il nécessaire que j'appelle le cabinet du gouverneur pour régler cette question ?

Hayder soupira.

— Non, vous êtes dans votre juridiction. J'ai bien peur que l'institut médico-légal ne soit dans son droit, ajouta-t-il en regardant l'agent spécial du FBI.

Sans un mot, Barsanti et ses hommes ressortirent de la salle d'attente.

Maura les suivit jusqu'au seuil et les regarda s'éloigner dans le couloir.

Cette scène de crime sera traitée comme n'importe quelle autre, se dit-elle. Pas par le FBI, mais par la brigade criminelle du BPD.

Elle s'apprêtait à passer un second coup de fil, destiné cette fois à l'inspecteur Moore, quand son attention fut attirée par le brancard – vide – dans le couloir. L'infirmier était en train de refermer sa trousse.

— Où est passé l'agent Dean ? interrogea-t-elle. L'homme qui était allongé là-dessus tout à l'heure ?

— Il n'a pas voulu rester. Il s'est levé, et il a filé.

— Et vous n'avez pas réussi à l'en empêcher ?

— Madame, ce mec-là, rien n'aurait pu l'arrêter. Il m'a dit qu'il fallait qu'il aille retrouver sa femme.

— Et il comptait y aller comment ?

— Un type chauve a dit qu'il le déposerait. Un flic, je crois.

Vince Korsak, pensa-t-elle.

— Ils doivent déjà rouler vers Brigham.

Jane ne parvenait pas à se rappeler comment elle avait atterri dans cet endroit où les lumières étaient aveuglantes, les surfaces rutilantes, les visages masqués. Tout au plus quelques bribes de souvenirs lui revenaient-elles par instants. Des cris d'hommes, des grincements de brancard. L'éclair bleu d'une voiture de patrouille. Les dalles blanches du plafond défilant au-dessus de sa tête pendant qu'on la poussait le long d'un couloir et jusque dans cette pièce. Elle s'était maintes fois enquise de Gabriel – sans que personne ait été fichu de lui dire où il était.

À moins qu'ils n'aient eu peur de le lui dire.

— Tout va bien, maman, lui dit le médecin.

Jane tiqua en croisant la paire d'yeux bleus qui lui souriait au ras d'un masque chirurgical.

Non, pensa-t-elle, tout ne va pas bien. Mon mari devrait être ici. J'ai besoin de lui.

Et arrêtez de m'appeler maman.

— À la prochaine contraction, reprit le médecin, je voudrais que vous poussiez, d'accord ? Et que vous continuiez à pousser.

— Quelqu'un doit se renseigner, souffla Jane. J'ai besoin d'avoir des nouvelles de Gabriel.

— On va d'abord aider votre bébé à naître.

— Non, vous devez d'abord faire ce que je veux ! Je veux que… Je veux que…

Elle inspira goulûment en sentant arriver une contraction. Sa douleur monta en flèche, sa colère fit de même. Pourquoi ces gens refusaient-ils de l'écouter ?

— Poussez, maman ! On y est presque !

— Putain de… bordel… de…

— Allez. Poussez !

Elle expulsa un cri de douleur. Mais ce fut la rage qui la fit continuer, pousser avec une détermination tellement féroce que sa vision finit par se brouiller. Elle n'entendit pas la porte s'ouvrir brusquement, ne vit pas davantage l'homme en pyjama bleu se glisser dans la chambre. Avec un nouveau hurlement, elle se laissa aller en arrière sur la table d'accouchement et resta sans bouger, respirant par saccades. Ce ne fut qu'alors qu'elle le vit penché au-dessus d'elle, la tête auréolée de lumières flamboyantes.

— Gabriel… souffla-t-elle.

Il lui prit la main, ramena une mèche de ses cheveux en arrière.

— Je suis là. Je suis avec toi.

— Je ne sais plus. Je ne me souviens plus de ce qui s'est passé…

— Ça ne compte pas pour le moment.

— Si, ça compte. J'ai besoin de savoir.

Une autre contraction s'annonçait. Elle prit son inspiration et lui serra la main. S'y raccrocha comme une femme suspendue au-dessus de l'abîme.

— Poussez, maman, dit le médecin.

Elle se plia en deux en grognant. Tous ses muscles étaient bandés, elle avait de la sueur plein les yeux.

— C'est ça, dit le médecin. Vous y êtes presque… Allez, bébé. Arrête de faire ta tête de lard. Donne un coup de main à ta maman !

Jane, au bord du cri, crut que sa gorge allait éclater. Puis, tout à coup, elle sentit du sang sourdre entre ses jambes. Et entendit des petits cris rageurs, comme des miaulements de chat.

— La voilà ! dit le médecin.

La ?

Gabriel riait, la voix rauque de larmes. Il planta un baiser dans les cheveux de Jane.

— Une fille. Nous avons une petite fille.

— Et je peux vous dire qu'elle a la pêche, dit le médecin. Regardez-moi ça…

Jane se tordit le cou et vit s'agiter une paire de poings minuscules, un visage rose de colère. Et des cheveux sombres – beaucoup de cheveux sombres, collés en boucles luisantes sur le crâne. Elle regarda, frappée de stupeur, l'infirmière essuyer son bébé et l'emmitoufler dans une couverture.

— Vous voulez la prendre dans vos bras, maman ?

Jane avait la gorge trop nouée pour pouvoir articuler un mot. Elle se contenta de considérer, parfaitement ahurie, le petit ballot qu'on lui mettait dans les bras. Ses yeux s'arrêtèrent sur un visage déformé par les pleurs. Le bébé se tortillait, comme impatient d'échapper à sa couverture. Aux bras de sa mère.

Est-ce vraiment mon enfant ?

Elle s'était préparée à une impression de familiarité instantanée, à reconnaître l'âme de son bébé à la seconde où leurs regards se croiseraient. Mais elle n'éprouva aucune familiarité, juste le sentiment de sa propre maladresse quand elle tenta de réconforter le ballot qui se débattait dans ses bras. Elle ne vit, en contemplant sa fille, qu'une créature furibonde, aux yeux bouffis et aux poings serrés. Une créature qui lâcha soudain un hurlement de protestation.

— Vous avez un beau bébé, dit la sage-femme. C'est votre portrait craché.

22

Jane fut réveillée par le soleil qui se déversait à flots par la fenêtre de sa chambre. Elle regarda Gabriel, endormi sur le lit d'appoint installé parallèlement au sien. Il y avait dans ses cheveux des traces de gris qu'elle n'avait jamais remarquées. Il portait toujours sa chemise froissée de la veille, aux manches maculées de sang.

Le sang de qui ?

Comme s'il sentait le poids de son regard, Gabriel ouvrit les yeux, puis les plissa pour se préserver du soleil.

— Bonjour, papa, lui dit Jane.

Il ébaucha un sourire las.

— Je crois que maman ferait mieux de se rendormir.

— Je n'y arrive pas.

— C'est peut-être ta dernière chance de bien te reposer avant longtemps. Une fois le bébé à la maison, ça sera plus difficile.

— J'ai besoin de savoir, Gabriel. Tu ne m'as pas dit ce qui s'était passé.

Le sourire de son mari s'estompa. Il s'assit et se massa le visage. Elle le trouva vieilli, infiniment fatigué.

— Ils sont morts, lâcha-t-il.

— Tous les deux ?

— Ils ont été abattus pendant l'assaut. D'après le capitaine Hayder.

— Il t'a dit ça quand ?

— Il est passé ici hier soir. Tu dormais, je n'ai pas voulu te réveiller.

Jane se laissa retomber sur le dos et fixa le plafond.

— J'essaie de toutes mes forces de me rappeler, et… Merde, pourquoi est-ce que je n'y arrive pas ?

— Moi non plus, Jane. Ils nous ont anesthésiés avec un gaz au fentanyl. C'est ce qu'ils ont expliqué à Maura.

— Bref, tu n'as rien vu ? Tu ne sais pas si Hayder dit la vérité ?

— Tout ce que je sais, c'est que Joe et Olena sont morts. Et que leurs corps ont été transférés à l'institut médico-légal.

Jane se replia dans le silence et tenta de se remémorer les derniers instants dans cette salle d'attente. Elle revit Gabriel et Joe, face à face, discutant.

Joe avait quelque chose à nous dire, pensa-t-elle. Et ils ne lui ont pas laissé la moindre chance de le dire jusqu'au bout…

— Il fallait vraiment que ça se finisse de cette façon ? dit-elle. Qu'ils soient descendus tous les deux ?

Gabriel se leva, rejoignit la fenêtre.

— C'était la seule façon sûre d'en finir, répondit-il en regardant au-dehors.

— On était tous dans les vapes. Il n'y avait aucune nécessité de les tuer.

— L'équipe d'intervention a dû estimer que si.

Elle étudia un instant le dos de son mari.

— Tous ces trucs incroyables que t'a sortis Joe… Il n'y a rien de vrai là-dedans, n'est-ce pas ?

— Je ne sais pas.

— Une puce dans le bras d'Olena ? Le FBI lancé à leurs trousses ? Ce sont des grands classiques de la divagation paranoïaque, non ?

Il resta muet.

— Allez, insista-t-elle. Dis-moi ce que tu penses.

Il se retourna pour lui faire face.

— Pourquoi John Barsanti s'en est-il mêlé ? Je n'ai jamais obtenu de réponse satisfaisante à cette question.

— Tu t'es renseigné auprès du Bureau ?

— Tout ce que j'ai pu soutirer à la vice-direction, c'est que Barsanti est en mission spéciale pour le département de la Justice. Personne n'a rien voulu me dire d'autre. Et quand j'en ai parlé hier soir à David Silver, chez le sénateur Conway, il n'était même pas au courant de l'intervention du FBI.

— Une chose est sûre, Joe se méfiait de lui.

— Et Joe est mort.

— Tu commences à me faire peur, là. J'en viendrais presque à me demander…

Un coup frappé à la porte la fit sursauter. Le cœur battant, elle se retourna et vit Angela Rizzoli passer la tête à l'intérieur de la chambre.

— Tu es réveillée, Janie ? On peut te faire une petite visite ?

— Oh, fit Jane en pouffant de surprise. Salut, maman.

— Elle est superbe, tout simplement superbe ! On l'a vue à travers la vitre.

Angela fit irruption dans la chambre, son vieux fait-tout en fonte dans les mains, précédée de ce que Jane considérerait toujours comme la meilleure odeur du monde : le bouquet d'arômes de la cuisine maternelle. Dans le sillage de sa femme, Frank Rizzoli entra à son tour, porteur d'un autre genre de bouquet, tellement énorme, celui-là, qu'il le faisait ressembler à un explorateur surgi d'un rideau de forêt dense.

— Alors, comment va ma fifille ? s'enquit Frank.

— En pleine forme, papa.

— Ta petite hurle à faire trembler les murs de la pouponnière. Elle a un sacré coffre…

— Mikey passera te voir après le travail, déclara Angela. Regarde, je t'ai apporté des spaghettis à l'agneau. Tu n'as pas besoin de me dire quel goût a la nourriture de l'hôpital. Qu'est-ce qu'ils t'ont servi au petit déjeuner, au fait ?

Elle s'approcha du plateau-repas apporté plus tôt par l'infirmière, souleva le couvercle.

— Mon Dieu, Frank, regarde-moi ces œufs ! On dirait du caoutchouc ! Tu crois qu'ils font exprès de cuisiner aussi mal ?

— Il n'y a pas de honte à avoir une fille, ah ça non, disait Frank. C'est super, les filles, pas vrai, Gabe ? Il faudra la surveiller, voilà tout. Quand elle ira sur ses seize ans, n'oubliez pas de tenir tous ces garçons à distance…

— Seize ans ? ricana Jane. À cet âge-là, papa, le cheval a déjà quitté l'écurie !

— Qu'est-ce que tu me chantes ? Tu ne vas pas me dire qu'à seize ans tu…

— Et comment est-ce que vous allez l'appeler, ma petite chérie ? J'ai du mal à croire que vous ne lui avez pas encore trouvé de prénom !

— On y réfléchit.

— Réfléchir à quoi ? Tu n'as qu'à l'appeler Regina, comme ta mamie.

— Elle a une autre mamie, tu sais, remarqua Frank.

— Qui irait appeler sa fille Ignatia ?

— C'est un prénom que ma mère a très bien porté.

Jane se tourna vers Gabriel et vit qu'il regardait à nouveau par la fenêtre.

Il pense encore à Joseph Roke. Il s'interroge sur sa mort.

On frappa à nouveau, et une autre tête familière apparut dans l'embrasure.

— Coucou, Rizzoli ! lança Vince Korsak. Alors ça y est, tu as dégonflé ?

Il entra, serrant au creux de son poing les fils de trois énormes ballons qui flottaient au-dessus de sa tête.

— Madame Rizzoli, monsieur Rizzoli… Comment ça va ? Toutes mes félicitations aux nouveaux grands-parents !

— Ah, inspecteur Korsak, dit Angela. Vous avez faim ? J'ai apporté des spaghettis, la recette préférée de Jane. Et nous avons des assiettes en carton !

— Ma foi, je suis plus ou moins au régime, madame Rizzoli…

— Ce sont des spaghettis à l'agneau.

— Ooh… C'est vraiment très vilain de votre part, de me tenter ainsi…

En voyant Korsak darder sur elle son index potelé, Angela partit d'un rire aigu de petite fille.

Seigneur, pensa Jane. Korsak qui flirte avec ma mère. Je ne suis pas sûre d'avoir envie d'assister à ça.

— Frank, dit Angela, tu pourrais sortir ces assiettes en carton ? Elles sont dans le sac.

— Il est à peine dix heures du matin. Ce n'est pas l'heure du déjeuner…

— L'inspecteur Korsak a faim.

— Il vient de t'expliquer qu'il est au régime. Pourquoi est-ce que tu ne l'écoutes pas ?

Un nouveau coup fut frappé à la porte. Cette fois, ce fut une infirmière qui entra, poussant un berceau à roulettes. Elle le parqua à côté du lit de Jane et dit :

— C'est l'heure de venir voir maman.

Elle en sortit le bébé emmitouflé, le déposa dans les bras de Jane.

Angela fondit sur sa descendance, tel un oiseau de proie.

— Ooooh, regarde-la donc, Frank ! Oh, mon Dieu, quel petit trésor ! Regarde son minois !

— Comment veux-tu que je la regarde ? Tu prends toute la place.

— Elle a la bouche de ma mère…

— Espérons que non !

— Janie, tu devrais essayer de l'allaiter. Il va falloir que tu t'exerces avant la montée de lait.

Jane balaya du regard le public qui cernait son lit.

— Maman, je ne me sens pas franchement à l'aise pour…

Elle s'interrompit et baissa les yeux sur son bébé, qui venait de pousser un hurlement.

Et maintenant, je fais quoi ?

— Elle a peut-être des gaz, diagnostiqua Frank. Les bébés ont toujours des gaz.

— À moins qu'elle n'ait faim, suggéra Korsak, fidèle à lui-même.

Les cris du bébé redoublèrent.

— Laisse-moi la prendre, offrit Angela.

— Qui est la maman, ici ? intervint Frank. Elle a besoin de s'exercer, c'est toi qui l'as dit.

— On ne laisse pas un bébé pleurer.

— Peut-être que si tu lui mettais un doigt dans la bouche… suggéra Frank. C'est ce qu'on faisait avec toi, Jane. Regarde, comme ça…

— Minute ! s'écria Angela. Tu t'es lavé les mains, Frank ?

La sonnerie du téléphone portable de Gabriel passa presque inaperçue dans ce charivari. Jane jeta un coup d'œil à son mari, qui venait de prendre l'appel, et le vit consulter sa montre avec un froncement de sourcils.

— Je ne vais pas pouvoir me libérer tout de suite, dit-il. Vous n'avez qu'à démarrer sans moi.

— Gabriel ? demanda Jane. C'est qui ?

— Maura. Elle s'apprête à autopsier Olena.

— Tu ferais mieux d'y aller.

— Je ne peux pas te laisser…

— Si, il faut que tu y ailles !

Le bébé braillait de plus en plus, en se débattant comme s'il rêvait d'échapper aux bras de sa mère.

— Il faut que l'un de nous y assiste, reprit Jane.

— Tu es sûre que ça ne te dérange pas ?

— Regarde la compagnie que j'ai… File.

Gabriel se pencha sur elle pour l'embrasser.

— Je repasse tout à l'heure, murmura-t-il. Je t'aime.

— C'est quand même invraisemblable, fit Angela, secouant la tête d'un air désapprobateur dès que Gabriel eut quitté la chambre. Je n'arrive pas à y croire…

— Quoi donc, maman ?

— Il laisse en plan sa femme et son bébé qui vient de naître pour aller regarder quelqu'un charcuter un cadavre ?

Baissant les yeux sur le petit être toujours en train de s'époumoner dans ses bras, Jane poussa un soupir. Si seulement j'avais pu l'accompagner…

Le temps que Gabriel enfile une blouse, un masque et des chaussons stériles, puis se glisse dans la salle d'autopsie, Maura avait déjà soulevé le sternum et plongé les mains dans la cage thoracique de la morte. Sans échanger avec Yoshima la moindre parole inutile, elle sectionna vaisseaux et ligaments à coups de scalpel, dégagea le cœur et les poumons. Elle travaillait en silence et ses yeux, au-dessus du masque, ne trahissaient aucune émotion. S'il ne l'avait pas connue, Gabriel aurait jugé son attitude glaçante.

— Tu as réussi à te libérer, lâcha-t-elle en le voyant arriver.

— J'ai loupé quelque chose d'important ?

— Aucune surprise jusqu'ici, répondit-elle en promenant son regard sur Olena. Même endroit, même cadavre. Ça me fait drôle de penser que c'est la deuxième fois que je vois cette fille morte.

Mais cette fois-ci, pensa Gabriel, c'est définitif.

— Comment va Jane, au fait ?

— Très bien. Un peu débordée par les visites ce matin, je crois.

— Et le bébé ?

Maura déposa les poumons rose vif dans une bassine. Des poumons qui plus jamais ne s'empliraient d'air ni de sang oxygéné.

— Magnifique. Trois kilos six cent quatre-vingts, dix doigts et autant d'orteils. C'est le portrait de Jane.

Un sourire étira enfin les yeux de Maura.

— Comment s'appelle-t-elle ?

— Pour l'instant, c'est toujours « le bébé Rizzoli-Dean ».

— J'espère que ça changera vite.

— Je ne sais pas. Je commence à trouver que ça sonne bien.

Il y avait quelque chose d'irrespectueux à parler d'un événement aussi heureux au-dessus de ce cadavre allongé entre eux. Gabriel songea que sa fille avait pris son premier souffle d'air, et posé sur le monde un premier regard vague, au moment même où le corps d'Olena commençait à refroidir.

— J'irai la voir à l'hôpital dans l'après-midi, dit Maura. À moins qu'elle ne soit déjà saturée de visites ?

— Crois-moi, la tienne lui fera plaisir.

— L'inspecteur Korsak est passé ?

Il soupira.

— Avec des ballons. Ce brave vieil oncle Vince…

— Ne te moque pas de lui. Il sera peut-être volontaire pour faire la nounou.

— L'idéal, pour un bébé… Un type qui lui enseignerait l'art de roter en faisant un maximum de barouf…

Maura éclata de rire.

— Korsak est un type bien. Je t'assure.

— À part qu'il est amoureux de ma femme.

Elle posa son scalpel et le regarda.

— Dans ce cas, il doit souhaiter la voir heureuse. Et il voit bien que vous l'êtes, ensemble.

Elle ajouta, après avoir repris son instrument :

— Jane et toi, vous nous donnez de l'espoir, à nous autres.

À nous autres… C'est-à-dire à tous les esseulés du monde, pensa Gabriel.

Dont il avait lui-même longtemps fait partie.

Il regarda Maura trancher les artères coronaires. Avec quel calme elle soulevait entre ses mains le cœur d'une morte… Son scalpel sépara les cavités cardiaques, les ouvrit aux fins d'inspection. Elle tâta, pesa, mesura. Son propre cœur, le docteur Maura Isles s'efforçait apparemment de le garder enfermé à double tour.

Puis Gabriel laissa tomber son regard sur le visage de la jeune morte, qu'ils ne connaissaient que sous le prénom d'Olena.

Je lui ai parlé, se dit-il, et ses yeux faisaient face aux miens, me voyaient.

Ils ne brillaient plus ; un voile était tombé sur les cornées, devenues vitreuses. Son sang s'était tari, et l'orifice d'entrée d'une balle creusait un cratère rose cru dans sa tempe gauche.

— Ça ressemble à une exécution, lâcha-t-il.

— Elle a aussi été touchée au flanc gauche, dit Maura en lui indiquant l'écran lumineux. On voit deux balles sur les radios, contre la colonne.

— Mais cette blessure-ci, dit-il en montrant le visage de la morte, c'est un coup de grâce.

— L'équipe d'assaut n'a manifestement pris aucun risque. Joseph Roke aussi a reçu une balle dans la tête.

— Tu as fait son autopsie ?

— Le docteur Bristol l'a recousu il y a à peine une heure.

— Pourquoi les avoir exécutés ? Ils étaient dans le cirage. Comme nous.

Maura leva les yeux de l'amas pulmonaire qui dégoulinait sur la plaque à découper.

— Ils auraient pu porter une ceinture d'explosifs et se faire sauter…

— Il n'y avait pas d'explosifs. Ces gens-là n'étaient pas des terroristes.

— L'équipe d'intervention ne pouvait pas le savoir. En plus, il faut faire très attention, avec le fentanyl. Tu sais que c'est un gaz de même type qui a servi à mettre fin à la prise d'otages du théâtre de Moscou ?

— Oui.

— À Moscou, l'emploi de ce gaz a fait un grand nombre de morts. Et hier soir, ils ont utilisé un produit similaire alors qu'il y avait une femme enceinte parmi les otages. Ils ne pouvaient pas se permettre de laisser le fœtus trop longtemps exposé à ses effets. Il fallait que l'intervention soit rapide, et sans bavure. Ce sont les arguments qu'ils ont donnés pour se justifier.

— Bref, ils affirment qu'il fallait les achever.

— C'est ce qui a été expliqué au lieutenant Stillman. La police de Boston n'a pris aucune part à l'assaut, pas plus dans sa phase préparatoire que dans son exécution.

Gabriel se tourna vers l'écran lumineux sur lequel étaient fixées plusieurs radios crâniennes.

— C'est elle ?

— Oui.

Il s'approcha pour mieux voir. Repéra une virgule claire fichée dans l'os, ainsi que plusieurs fragments épars à l'intérieur de la boîte crânienne.

— Des ricochets internes, dit Maura.

— Et cette zone opaque en forme de *C*, là ?

— Un éclat, coincé entre le cuir chevelu et le crâne. Un morceau de plomb qui s'est détaché au moment où la balle percutait l'os.

— On sait qui a tiré ?

— Hayder n'a même pas la liste des membres du commando d'intervention. Quand notre unité de scène de crime est arrivée sur place, ils étaient probablement déjà en route pour Washington. Ils ont tout raflé en partant. Les armes, les douilles. Même le sac à dos avec lequel Joseph Roke s'était introduit dans l'hôpital. Ils ne nous ont laissé que les corps.

— C'est le nouvel ordre mondial, Maura. Le Pentagone a le droit d'envoyer ses troupes de choc dans n'importe quelle ville des États-Unis.

— Tu sais quoi ? fit-elle en le regardant. Ça me fait froid dans le dos.

L'interphone bourdonna. Au moment où Maura tournait la tête, la voix de sa secrétaire annonça dans le haut-parleur :

— Docteur Isles, l'agent Barsanti est encore en ligne. Il veut vous parler.

— Vous lui avez dit quoi ?

— Rien.

— Parfait. Dites-lui juste que je le rappellerai. Si j'ai le temps, ajouta-t-elle après une pause.

— Il commence à se montrer franchement grossier, vous savez.

— Dans ce cas, inutile de rester polie avec lui, rétorqua Maura avant de se tourner vers Yoshima. Allez, finissons-en avant que quelqu'un vienne encore nous déranger.

Elle se pencha sur le ventre béant d'Olena et entreprit de disséquer les organes abdominaux. Sortit l'estomac, le foie, le pancréas et les interminables circonvolutions de l'intestin grêle. Ayant ouvert l'estomac, Maura constata qu'il était vide d'aliments ; tout au plus quelques filets de sécrétions verdâtres, qui dégoulinèrent dans la cuvette.

— Le foie, la rate et le pancréas sont dans les limites de la normale, nota-t-elle.

Au spectacle des entrailles malodorantes qui s'empilaient dans la cuvette, Gabriel pensa avec un certain malaise que les mêmes organes luisants encombraient son propre ventre. Il contempla le visage d'Olena et pensa : Il suffit d'inciser la peau de la plus belle femme du monde pour qu'elle redevienne comme n'importe qui d'autre. Un amas d'organes blottis dans un paquet de muscles et d'os.

— Bon, enchaîna Maura, d'une voix sourde, en explorant profondément la cavité. Ça y est, j'ai le trajet des deux autres balles. Elles sont remontées jusqu'à la colonne, par ici, et nous avons une hémorragie rétropéritonéale.

L'abdomen était à présent délesté de l'essentiel de ses viscères ; elle examinait l'intérieur d'une coquille quasiment vide.

— Vous pourriez m'afficher les radios de l'abdomen et du thorax ? Je souhaiterais juste vérifier la position de ces deux projectiles…

Yoshima s'approcha de l'écran lumineux, retira les radios du crâne et les remplaça par une nouvelle série de clichés. Les contours fantomatiques du cœur et des poumons se devinaient à l'abri de leur cage osseuse. Un certain nombre de poches de gaz sombres s'alignaient comme des autos tamponneuses à l'intérieur des conduits intestinaux. Par contraste avec la masse brumeuse des organes, les balles se découpaient avec une netteté éclatante entre les vertèbres lombaires.

Après avoir considéré un certain temps les clichés, Gabriel plissa soudain les yeux en se remémorant quelque chose que Joe lui avait dit.

— Vous n'avez pas de radio des bras ?

— En l'absence de trauma visible, on n'a pas l'habitude de radiographier les membres, répondit Yoshima.

— Vous devriez peut-être le faire.

— Pourquoi ? fit Maura, relevant la tête.

Gabriel revint à la table et se pencha sur le bras gauche d'Olena.

— Regarde cette cicatrice. Qu'est-ce que ça t'inspire ?

Maura contourna la table pour le rejoindre.

— Juste au-dessus du coude. La cicatrice est ancienne. Aucune masse perceptible au toucher. Pourquoi est-ce que tu me parles de ça ? demanda-t-elle en regardant Gabriel.

— Parce que Joe m'en a parlé. Je sais que ça a l'air délirant, mais…

— Oui ?

— Il m'a dit qu'on lui avait implanté une puce dans le bras. À cet endroit-là, sous la peau. Pour pouvoir la suivre à la trace.

Maura le dévisagea un instant. Puis éclata de rire.

— Il y a plus original, comme délire !

— Je sais. Bien sûr.

— C'est même un classique. La puce implantée par le gouvernement…

Gabriel jeta un nouveau coup d'œil aux radios.

— À ton avis, pourquoi Barsanti est-il tellement impatient de remettre la main sur ces cadavres ? Qu'est-ce qu'il veut nous empêcher de trouver ?

— Je peux vous radiographier ce bras tout de suite, proposa Yoshima. Ça ne prendra que quelques minutes.

Maura ôta ses gants souillés de sang.

— C'est probablement une perte de temps, soupira-t-elle, mais autant en avoir le cœur net.

Dans la cabine contiguë, protégés par une vitre plombée, Maura et Gabriel regardèrent Yoshima positionner le membre d'Olena sur une plaque photographique puis orienter le bras articulé de l'appareil de radiologie.

Maura a raison, pensa Gabriel, nous perdons sans doute notre temps.

Mais il avait absolument besoin de situer la ligne de démarcation entre peur et paranoïa, entre vérité et délire. Voyant Maura jeter un œil à la pendule murale, il la sentit impatiente de se remettre au travail. La partie la plus importante de l'autopsie – la dissection de la tête et du cou – restait à effectuer.

Yoshima récupéra la plaque et disparut avec dans la chambre noire.

— C'est bon, déclara Maura, il a fini. J'y retourne.

Elle sortit de la cabine en enfilant une paire de gants neufs et revint à la table. Debout derrière la tête de la morte, elle enfouit les doigts dans les épaisses volutes de sa crinière noire et lui palpa le crâne. Puis, d'un coup de scalpel assuré, elle incisa le cuir chevelu. Gabriel eut du mal à assister sans broncher à la défiguration d'une aussi belle fille. Un visage n'était pas grand-chose de plus qu'un agglomérat de peau, de muscles et de cartilages, et tout cela eut tôt fait de céder sous la lame de Maura. Elle souleva le bord tranché du cuir chevelu et le rabattit vers l'avant, recouvrant les traits d'Olena d'un rideau de cheveux.

Yoshima émergea de la chambre noire.

— Docteur Isles ?

— La radio est prête ?

— Oui. Et il y a bien quelque chose.

— Quoi ? demanda Maura en relevant la tête.

— Sous le derme, précisa l'assistant en plaçant le cliché sur l'écran lumineux. Ici.

Maura s'approcha et étudia en silence la fine bande blanche qui barrait les tissus mous. Aucune structure naturelle ne pouvait être aussi rectiligne ni aussi homogène.

— C'est un corps étranger, dit Gabriel. Tu crois que…

— Ce n'est pas une puce, le coupa Maura.

— Mais il y a quelque chose.

— Ce n'est pas du métal. La densité est trop faible.

— Qu'est-ce que c'est ?

— On va le savoir très vite.

Maura revint au cadavre en prenant son scalpel. Elle fit pivoter le bras gauche, exposa la cicatrice. Et pratiqua une incision étonnamment rapide et profonde, d'un seul coup de lame, qui trancha à la fois le derme et le tissu graisseux sous-cutané, jusqu'au muscle. Cette patiente ne viendrait jamais se plaindre que sa cicatrice était vilaine ou qu'on lui avait touché un nerf ; les indignités qu'on lui faisait subir dans cette salle, sur ce billard, ne signifiaient plus rien pour une chair définitivement insensible.

Maura saisit une paire de forceps et plongea les pinces dans la plaie. À la voir fouiller sans ménagement dans les tissus à vif, Gabriel ressentit une pointe de dégoût, sans pour autant se détourner. Il l'entendit grommeler un murmure de satisfaction, et soudain les mâchoires du forceps réapparurent, refermées sur ce qui ressemblait à une espèce d'allumette luisante de sang.

— Je sais ce que c'est, annonça Maura en déposant l'objet sur un plateau. Un bâtonnet de Silastic. Simplement, il s'est enfoncé un peu plus loin que prévu après l'implantation. Et il s'est retrouvé encapsulé dans le tissu cicatriciel. C'est pour ça que je n'ai rien senti à la palpation. Il fallait effectivement une radio pour se rendre compte de sa présence.

— Ça sert à quoi ?

— C'est du Norplant. Ces bâtonnets contiennent un progestatif de synthèse qui est libéré progressivement dans l'organisme, pour empêcher l'ovulation.

— Un contraceptif ?

— Oui. On n'en voit plus tellement. Ce produit a été retiré de la vente aux États-Unis. En général, on les implantait par six, en éventail. Le praticien qui a retiré les cinq autres aura oublié celui-là.

L'interphone sonna. Louise, de nouveau.

— Docteur Isles ? Vous avez un appel.

— Prenez le message, je rappellerai.

— Je crois que vous devriez répondre, cette fois. C'est Joan Anstead, du cabinet du gouverneur.

Maura redressa aussitôt la tête. Elle regarda Gabriel, et celui-ci vit pour la première fois danser une lueur de trouble dans ses yeux. Elle reposa son scalpel, ôta ses gants, traversa la salle pour décrocher le combiné.

— Docteur Isles, j'écoute.

Sans avoir besoin d'entendre l'autre versant de la conversation, Gabriel sentit très vite, au langage corporel de Maura, que ce coup de téléphone n'était pas porteur de bonnes nouvelles.

— Oui, j'ai déjà commencé. Le décès s'est produit dans notre juridiction. Je ne sais vraiment pas pourquoi les gens du FBI s'imaginent qu'ils peuvent…

Un long silence. Maura se détourna face au mur, le dos raide.

— Mais je n'ai pas fini l'autopsie. Je suis en train d'ouvrir le crâne. Si vous pouviez m'accorder encore une demi-heure…

Nouveau silence. Puis, d'un ton froid :

— Je comprends. Nous allons faire en sorte que la dépouille soit prête à être transférée d'ici une heure.

Elle raccrocha. Inspira profondément, se tourna vers Yoshima.

— Recousez-moi tout ça. Ils veulent aussi Joseph Roke.

— Qu'est-ce qui se passe ? demanda Yoshima.

— Les corps vont être transférés au labo du FBI. Ils veulent tout – tous les organes, tous les prélèvements de tissus. L'agent Barsanti va passer les prendre.

— C'est du jamais-vu, fit Yoshima.

Maura arracha son masque puis passa les bras au-dessus de ses épaules pour dénouer sa blouse. Elle jeta le tout dans la poubelle à déchets contaminés.

— L'ordre vient directement du gouverneur.

23

Jane se réveilla en sursaut, tous les muscles en alerte. Il faisait noir. Elle entendit le grondement sourd d'une voiture qui passait en bas, dans la rue, et le rythme régulier du souffle de Gabriel, profondément endormi à ses côtés.

Je suis chez moi, se dit-elle. Je suis couchée dans mon lit, dans mon appartement, et nous allons tous bien. Tous les trois.

Elle inspira longuement et attendit en silence que s'espacent les pulsations de son cœur. Sa chemise de nuit trempée de sueur lui glaçait la peau.

Les cauchemars finiront par disparaître, se rassura-t-elle. Ce ne sont que des échos, de plus en plus amortis.

Elle se tourna vers son mari pour chercher sa chaleur, le réconfort familier de son odeur. Au moment où elle allait lui passer un bras autour de la taille, son bébé se mit à pleurer dans l'autre chambre.

Oh, s'il te plaît, pas maintenant… Cela fait à peine trois heures que je t'ai nourrie. Laisse-moi encore vingt minutes. Dix minutes. Laisse-moi rester encore un peu au lit. Laisse-moi oublier ces mauvais rêves.

Mais les vagissements continuèrent, plus forts, plus insistants à chaque nouvelle vague.

Jane se leva. Elle quitta à tâtons l'obscurité de sa chambre, refermant la porte derrière elle pour que Gabriel ne soit pas dérangé. Elle alluma dans la chambre du bébé et baissa les yeux sur sa petite fille, cramoisie et hurlante dans son lit à barreaux.

Tu n'as que trois jours et je n'en peux déjà plus, pensa-t-elle.

Soulevant l'enfant, elle sentit sa petite bouche affamée téter aussitôt l'air en quête d'un sein. Dès qu'elle se fut installée sur le fauteuil à bascule, les gencives roses du bébé se refermèrent comme un clapet sur son mamelon. Mais ce sein offert ne lui fournit qu'une satisfaction temporaire ; bientôt l'enfant s'agita de plus belle, et malgré tous les efforts de Jane pour la cajoler, la bercer, elle n'en finissait plus de se tortiller.

Qu'est-ce que j'ai mal fait ? se demanda-t-elle, fixant son nourrisson furieux. Pourquoi est-ce que je n'y arrive pas ?

Rarement Jane s'était sentie aussi déplacée – ce bébé de trois jours la réduisait à une telle impuissance que là, à quatre heures du matin, elle ressentit le besoin brutal, désespéré, d'appeler sa mère pour quémander un peu de sagesse maternelle. Une sagesse prétendument instinctive, mais qui, sans qu'elle sache pourquoi, semblait lui faire défaut.

Arrête de pleurer, petite, s'il te plaît, arrête de pleurer. Je suis vannée. Je voudrais retourner au lit, mais tu n'es pas d'accord. Et je ne sais pas quoi faire pour te rendormir.

Elle s'extirpa du fauteuil, arpenta la chambre en berçant sa fille. Que voulait-elle ? Pourquoi continuait-elle à pleurer ? Elle l'emmena dans la cuisine et se planta, hagarde, face au plan de travail en désordre, sans cesser de bercer l'enfant. Elle repensa à sa vie d'avant la maternité, d'avant Gabriel, quand, au retour du boulot, elle décapsulait une bouteille de bière et se laissait tomber sur le canapé. Elle aimait sa fille, elle aimait son mari, mais elle était morte de fatigue et n'aspirait qu'à aller s'écrouler sur son lit. La nuit se profilait devant elle comme un supplice sans fin.

Je ne vais pas pouvoir tenir. J'ai besoin d'aide.

Elle ouvrit un placard de la cuisine et considéra les échantillons gratuits de lait maternisé reçus à l'hôpital. Son bébé hurla encore plus fort. Elle ne voyait rien d'autre à faire. Démoralisée, elle tendit la main vers une des boîtes. Elle versa de l'eau et de la poudre dans un biberon, le mit à chauffer dans une casserole pleine d'eau du robinet brûlante – un monument à sa défaite. Un symbole de son échec complet en tant que mère.

À la seconde où elle présenta le biberon à sa fille, les petites lèvres roses s'agrippèrent à la tétine en caoutchouc et se mirent à boire avec un enthousiasme bruyant. Fini les plaintes et les contorsions, aussitôt remplacées par des gazouillis de bébé heureux.

Wouah... De la magie en boîte.

Éreintée, Jane s'effondra sur une chaise.

Je me rends, pensa-t-elle en regardant le biberon se vider inexorablement. La boîte gagne par K-O.

Son regard dériva vers le livre *Un prénom pour Bébé*, abandonné sur la table de la cuisine. Il était toujours ouvert à la lettre *L*, où elle avait interrompu sa lecture des prénoms féminins. Sa fille avait quitté la maternité toujours anonyme, et Jane tendit la main vers l'ouvrage avec un sentiment de désespoir.

Qui es-tu, bébé ? Dis-moi comment tu t'appelles.

Mais sa fille était bien trop occupée à boire son lait artificiel pour lui livrer un tel secret.

Laura ? Laurel ? Laurelia ? Trop doux, trop sucré…

Sa petite ne serait pas de ce genre-là. Elle leur en ferait voir de toutes les couleurs.

Le biberon était déjà à moitié sifflé.

Porcinette. Voilà un nom qui t'irait bien.

Jane passa aux M. Elle parcourut la liste d'un œil vague, si fatiguée qu'elle arrivait à peine à voir clair.

Qu'est-ce que ça a de si compliqué ? La petite a besoin d'un prénom, alors choisis-en un, et basta !

Son regard glissa sur la page… et s'arrêta net.

Mila.

Elle se redressa, les yeux fixés sur ce prénom. Un frisson lui parcourut l'échine. Elle se rendit compte qu'elle l'avait prononcé à haute voix.

Mila.

Un froid s'abattit brutalement sur la pièce, comme si un fantôme venait d'en franchir le seuil. Jane ne put s'empêcher de jeter un coup d'œil par-dessus son épaule. Elle se leva en tremblant et alla recoucher le bébé, enfin endormi, dans son petit lit. Mais la sensation d'épouvante ne la quittait pas ; elle décida de rester dans la chambre de sa fille et se balança dans le fauteuil à bascule, les bras croisés, en se demandant pourquoi elle tremblait. Pourquoi la vision de ce prénom, Mila, l'avait à ce point chamboulée. Son bébé dormait, les minutes défilaient, et Jane se balançait, se balançait.

— Jane ?

Surprise, elle leva la tête et vit Gabriel debout sur le seuil.

— Tu ne viens pas te coucher ?

— Je n'arrive pas à dormir, dit-elle en secouant la tête. Je ne sais pas pourquoi.

— C'est sûrement la fatigue, dit-il en s'avançant dans la chambre et en lui déposant un baiser sur le haut du crâne. Tu devrais retourner au lit.

— Putain, je suis tellement nulle…

— Qu'est-ce que tu racontes ?

— On ne m'a jamais prévenue que ce serait aussi dur, de devenir maman. Je n'arrive même pas à lui donner le sein. La plus débile des chattes est capable de nourrir ses petits, mais moi, rien à faire. Elle s'agite, elle s'énerve, et c'est tout.

— Elle a l'air de bien dormir, là.

— Parce que je lui ai refilé du lait maternisé. Au biberon, ajouta-t-elle avec un ricanement. Je ne m'en sortais plus. Elle avait faim, elle gueulait, et il y avait ces boîtes dans le placard… Pourquoi s'emmerder avec une maman quand on a du lait en poudre ?

— Oh, Jane… C'est ça qui te turlupine ?

— Ce n'est pas drôle.

— Je ne ris pas.

— Mais tu as pris ce ton, là, du genre : « C'est trop bête, je n'y crois pas. »

— Ce que je crois, c'est que tu es épuisée, point à la ligne. Tu t'es relevée combien de fois ?

— Deux. Non, trois fois. Merde, je ne m'en souviens même plus !

— Tu aurais dû me réveiller. Je ne savais pas que tu étais debout.

— Ce n'est pas seulement la petite. Il y a aussi…

Jane s'interrompit un instant avant d'ajouter, à mi-voix :

— Mes cauchemars.

Gabriel tira une chaise et s'assit à côté d'elle.

— Quels cauchemars ?

— C'est toujours le même qui revient, à peu de chose près. Je revois la scène de l'autre soir, à l'hôpital. Dans mon rêve, je sais qu'il s'est passé quelque chose de terrible, mais je ne peux pas bouger, et je ne peux pas parler non plus. J'ai du sang plein le visage, j'en sens le goût. Et j'ai peur que… Je panique à l'idée que ce soit ton sang, acheva-t-elle après avoir inspiré profondément.

— C'était il y a tout juste trois jours, Jane. Tu n'as pas encore digéré.

— Je voudrais juste que ça s'arrête.

— Il va te falloir un peu de temps pour passer le cap des cauchemars. À moi aussi, ajouta-t-il doucement.

Elle étudia les yeux las de son mari, sa barbe de la veille.

— Tu en fais aussi ?

Il acquiesça.

— Le contrecoup.

— Tu ne m'as rien dit.

— Ce serait étonnant que nous n'en fassions pas.

— Qu'est-ce que tu vois, dans les tiens ?

— Toi. Le bébé…

Il s'interrompit un instant, détourna la tête.

— Je ne tiens pas plus que ça à en parler.

Ils gardèrent un moment le silence, en évitant de se regarder. À quelques pas de là, leur bébé dormait profondément dans son petit lit à barreaux, seul membre de la famille à être apparemment épargné par les cauchemars.

C'est l'amour, pensa Jane. Il rend poltron, pas brave. Et le monde extérieur se retrouve bardé de crocs qui risquent à chaque instant de vous arracher des pans entiers de votre vie.

Gabriel lui prit les mains.

— Viens, chérie. Retournons nous coucher.

Ils éteignirent la lumière de la chambre du bébé et se réfugièrent dans l'obscurité de la leur. Sous les draps frais, Gabriel l'enlaça. Les ténèbres viraient au gris derrière la fenêtre, et les premières rumeurs de l'aube leur parvenaient déjà. Pour une fille de la ville comme Jane, le grondement d'une benne à ordures, la rythmique d'un autoradio étaient aussi apaisants qu'une comptine. Pendant que Boston s'éveillait pour saluer cette nouvelle journée, elle s'endormit enfin.

Elle se réveilla en entendant chanter. Elle crut un instant que c'était encore un rêve, celui-là bien plus gai, à base de lointains souvenirs d'enfance. Elle ouvrit les yeux, vit le soleil clignoter entre les lamelles des stores. Il était deux heures de l'après-midi ; Gabriel avait disparu.

Elle bascula hors du lit et se dirigea pieds nus vers la cuisine. Elle se figea sur le seuil, éberluée, en découvrant sa mère, assise à la table du petit déjeuner, son bébé dans les bras. Angela Rizzoli leva les yeux sur le visage perplexe de sa fille.

— Déjà deux biberons. En voilà une qui ne mourra pas de faim…

— Maman. Tu es là.

— Je t'ai réveillée ? Excuse-moi.

— Tu es arrivée quand ?

— Il y a quelques heures. Gabriel m'a dit que tu avais besoin de sommeil.

Jane partit d'un rire incrédule.

— Il t'a appelée ?

— Qui aurais-tu voulu qu'il appelle ? Tu as une autre mère quelque part ?

— Non, c'est juste…

Jane s'affala sur une chaise en se frottant les yeux.

— Je ne suis pas encore très bien réveillée. Où est-il ?

— Ça fait un moment qu'il est parti. Il a reçu cet appel de l'inspecteur Moore, et il a filé.

— C'était à quel sujet ?

— Aucune idée. Une affaire de police. Je t'ai fait du café. Et tu devrais te laver les cheveux. On dirait une femme des cavernes. Depuis quand est-ce que tu n'as rien avalé ?

— Depuis le dîner, je suppose. Gabriel a rapporté du chinois.

— Du chinois ? Ça ne tient pas au corps, ça. Fais-toi un bon petit déjeuner, prends un café. Je m'occupe de tout.

Bien sûr, maman. Comme toujours.

Au lieu de se lever de sa chaise, Jane resta un moment assise à observer Angela, penchée sur sa petite-fille aux yeux grands ouverts. Vit les menottes de celle-ci se tendre pour palper le visage souriant de sa grand-mère.

— Comment est-ce que tu as fait, maman ?

— Je l'ai nourrie. Et j'ai chanté. Elle a besoin d'attention, c'est tout.

— Non, je veux dire : comment est-ce que tu as fait pour nous élever, tous les trois ? Je ne me suis jamais rendu compte à quel point ça a dû être dur pour toi, d'avoir trois gosses en cinq ans. Surtout quand l'un d'eux était Frankie ! ajouta-t-elle en riant.

— Ah ! Ce n'est pas ton frère qui m'a donné le plus de fil à retordre. C'est toi.

— Moi ?!

— Tu pleurais tout le temps. Tu te réveillais toutes les trois heures. Avec toi, on n'a jamais su ce que voulait dire « dormir comme un bébé ». Frankie était encore à quatre pattes et moi, je passais mes nuits debout, à marcher en te portant. Sans aucune aide de la part de ton père. Tu as de la chance, Gabriel fait sa part. Mais ton père ? fit-elle en ricanant. Il prétendait que l'odeur des couches lui donnait envie de vomir, et il n'a jamais voulu s'en occuper. Je n'ai pas eu le choix. Il filait au boulot tous les matins en me laissant seule avec vous deux, sans parler de Mikey, qui était déjà en route. Frankie, toujours en train de fourrer ses petites mains partout. Et toi qui hurlais à t'en décrocher les mâchoires…

— Pourquoi est-ce que je hurlais tellement ?

— Certains bébés sont des hurleurs-nés. Ils n'admettent pas d'être ignorés.

Ça explique tout, pensa Jane en regardant sa fille. Je n'ai que ce que je mérite. J'ai mis au monde une autre moi-même.

— Mais comment est-ce que tu t'en es sortie ? demanda-t-elle à nouveau. Parce que là, moi, je rame. Je ne sais plus où donner de la tête.

— Tu n'as qu'à faire ce que je faisais quand j'avais l'impression de devenir folle. Quand je ne pouvais plus supporter de passer une heure, une minute de plus piégée chez nous.

— Tu faisais quoi ?

— Je décrochais mon téléphone et j'appelais ma mère, répondit Angela en levant les yeux sur elle. Appelle-moi, Janie. Je suis là pour ça. Dieu n'a pas créé les mères pour rien. Attention, je ne dis pas non plus qu'il faut un village entier pour élever un gosse.

Elle baissa à nouveau les yeux sur le nourrisson blotti dans ses bras.

— Mais c'est sûr que ça aide, d'avoir une mamie.

Jane la regarda faire des risettes à son bébé et pensa : Oh, maman, je ne m'étais pas du tout rendu compte que j'avais encore besoin de toi. Cessons-nous un jour d'avoir besoin de notre mère ?

Refoulant ses larmes, elle quitta sa chaise et alla se servir une tasse de café face au plan de travail. La sirota debout, tout en arquant le dos pour étirer ses muscles fatigués. Pour la première fois en trois jours, elle se sentait enfin reposée, presque redevenue elle-même.

À part que plus rien ne sera jamais pareil, songea-t-elle. Me voilà devenue maman.

— Tu es la plus belle du monde, hein, ma Regina ?

Jane décocha un coup d'œil à sa mère.

— On ne lui a pas encore choisi de prénom.

— Il faudra bien qu'elle en ait un. Pourquoi pas celui de ta grand-mère ?

— J'ai besoin qu'il me tape dans l'oreille, tu comprends ? Puisqu'elle devra se coltiner ce prénom jusqu'à la fin de ses jours, autant qu'il lui aille vraiment.

— C'est un très joli prénom, Regina. Ça veut dire « reine », tu sais.

— Ça risquerait peut-être de lui donner des idées.

— Alors, comment vas-tu l'appeler ?

Jane repéra le livre *Un prénom pour Bébé* sur le plan de travail. Elle se resservit un café, qu'elle but en feuilletant les pages avec une vague pointe de désespoir.

Si je ne me décide pas vite, se dit-elle, ce sera Regina par forfait.

Yolanthe. Yseult. Zerlena.

Hou là là. Regina sonnait de mieux en mieux. Le bébé reine.

Elle posa le livre. Le regarda un instant en fronçant les sourcils, puis le rouvrit à la lettre M. Chercha le prénom qui lui avait sauté aux yeux pendant la nuit.

Mila.

À nouveau, elle sentit une haleine froide lui effleurer la colonne vertébrale.

Je sais que j'ai déjà entendu ce nom quelque part, pensa-t-elle. Pourquoi est-ce qu'il me donne le frisson ? Il faut que je me souvienne. Il le faut absolument…

La sonnerie du téléphone la fit sursauter. Elle lâcha le bouquin, qui s'écrasa au sol.

Angela fronça les sourcils.

Jane inspira un bon coup et souleva le combiné. C'était Gabriel.

— J'espère que je ne te réveille pas…

— Non, je prenais un café avec maman.

— J'ai bien fait de l'appeler, non ?

Elle jeta un coup d'œil à sa mère, qui s'en allait avec le bébé dans la pièce voisine pour le changer.

— Tu es génial. Je te l'avais déjà dit ?

— Je crois que je devrais passer plus souvent des coups de fil à Mama Rizzoli.

— J'ai dormi huit heures d'affilée. C'est incroyable, la différence que ça fait. Mon cerveau s'est remis à fonctionner.

— Alors, tu es peut-être prête à encaisser.

— Quoi ?

— Moore m'a appelé tout à l'heure.

— Oui, il paraît.

— Je suis dans les locaux de la Criminelle, sur Shroeder Plaza[1]. On a eu une touche grâce à l'IBIS[2], Jane. Une douille portant des empreintes de percussion

1. Siège central du département de police de Boston.
2. Système intégré d'identification balistique.

identiques était déjà enregistrée dans la base de données du BATF[1].

— Tu parles de quelle douille ?

— De celle qui a été ramassée dans la chambre d'hôpital d'Olena. Suite au meurtre du vigile.

— Il a été tué avec sa propre arme.

— Et nous venons de découvrir qu'elle avait déjà servi.

— Où ? Quand ?

— Le 3 janvier dernier. Un homicide multiple à Ashburn, en Virginie.

Jane serra l'appareil entre ses doigts, en le pressant si fort contre son oreille qu'il lui renvoya l'écho de son propre pouls.

Ashburn. Joe voulait nous parler d'Ashburn.

Sa mère revint dans la cuisine avec le bébé, dont les bouclettes noires, hirsutes, formaient une espèce de couronne. Regina, le bébé reine. Le prénom semblait soudain tout à fait approprié.

— Qu'est-ce qu'on sait de cette affaire ? interrogea Jane.

— Moore a le dossier sous les yeux.

Elle se tourna vers Angela.

— Maman, il va falloir que je file un moment. C'est possible ?

— Vas-y. On est très bien ici. Pas vrai, Regina ?

Angela se pencha en avant et frotta son nez contre celui du bébé.

1. Pour *Bureau of Alcohol, Tobacco, Firearms and Explosives*, soit le service fédéral des États-Unis d'Amérique chargé de la mise en application de la loi sur les armes, les explosifs, le tabac et l'alcool, et de la lutte contre leur trafic.

— Et tout à l'heure, on prendra un bon petit bain.

— Donne-moi vingt minutes, dit Jane à Gabriel. J'arrive.

— Non. Je préfère qu'on se retrouve ailleurs.

— Pourquoi ?

— On ne tient pas à parler de ça ici.

— Mais qu'est-ce qui se passe, putain, Gabriel ?

Il y eut une pause, et elle entendit la voix de Moore parler doucement en fond sonore. Gabriel revint en ligne :

— Au JP Doyle. Rendez-vous là-bas.

24

Jane ne prit pas le temps de se doucher ; elle se contenta d'enfiler les premiers vêtements qui lui tombèrent sous la main – un pantalon flottant de femme enceinte, et le tee-shirt que ses collègues inspecteurs lui avaient offert pour fêter sa grossesse, avec les mots *MAMAN FLIC* brodés sur le ventre. Pendant son trajet en voiture vers le quartier de Jamaica Plain, elle grignota deux tartines beurrées. Sa conversation avec Gabriel l'avait rendue nerveuse, et elle se surprit à jeter des coups d'œil à son rétroviseur chaque fois qu'elle attendait sous un feu rouge, surveillant les véhicules immobilisés dans la file. Cette Taurus verte ne roulait-elle pas déjà derrière elle, quatre blocs plus haut ? Et cette camionnette blanche, n'était-ce pas celle qu'elle avait vue garée en face de son immeuble ?

Le JP Doyle était l'un des antres favoris de la police de Boston et, à peu près tous les soirs de la semaine, une nuée de flics en fin de service s'abattait sur son bar. Mais là, à trois heures de l'après-midi, il n'y avait qu'une femme seule au comptoir, en train de siroter un verre de vin blanc face aux images d'ESPN[1] que diffusait le téléviseur fixé en hauteur.

Jane longea le bar sans s'arrêter et passa dans la salle du fond, dont les murs étaient tapissés de souvenirs de l'héritage irlandais de Boston. Les coupures de presse sur les Kennedy, Tip O'Neill et d'autres célébrités bostoniennes faisaient partie du décor depuis si longtemps qu'elles se craquelaient, et le drapeau irlandais placardé au-dessus d'un box avait pris la teinte pisseuse de la nicotine. Dans ce moment de creux, entre déjeuner et dîner, seuls deux box étaient occupés. L'un d'eux par un couple d'un certain âge, visiblement des touristes, à en juger par le plan de la ville étalé sur la table. Jane passa près de leur table et se dirigea vers le box d'angle où étaient assis Moore et Gabriel.

Elle se glissa sur la banquette à côté de son mari et regarda l'enveloppe brune posée entre les tasses.

— Alors, dit-elle, qu'est-ce que vous avez à me montrer ?

Sans répondre, Moore leva la tête avec un sourire mécanique à l'approche de la serveuse.

— Salut, inspecteur Rizzoli, dit-elle à Jane. Dites donc, vous avez retrouvé la ligne.

— Pas autant que j'aimerais.

— Il paraît que vous avez eu une petite fille.

— Elle ne nous laisse pas dormir de la nuit. Vous êtes peut-être mon dernier recours pour casser la croûte en paix.

La serveuse sortit en riant son carnet.

— On va vous nourrir, alors.

1. Chaîne sportive câblée.

— À la réflexion, je crois que je vais me contenter d'un croquant aux pommes, avec un café.

— Bonne pioche, fit la serveuse en se tournant vers les hommes. Et vous, les gars ?

— Remettez-nous un peu de café, c'est tout, répondit Moore. On va la regarder manger.

Ils restèrent silencieux pendant que la fille remplissait leurs tasses. Ce n'est que lorsqu'elle fut repartie après avoir apporté son croquant à Jane que Moore poussa l'enveloppe dans la direction de celle-ci.

La première feuille montrait toute une série d'images numériques miniatures. Jane sut immédiatement qu'il s'agissait de photos prises au microscope d'une douille usagée, détaillant les motifs laissés par le percuteur lorsqu'il avait frappé l'amorçoir, puis pendant le recul de la douille contre le bloc de culasse.

— C'est celle de l'hôpital ? s'enquit-elle.

Moore acquiesça.

— Cette douille provient de l'arme que portait le vigile quand il est entré dans la chambre d'Olena, dit-il. L'arme avec laquelle il a été tué. Les gars de la balistique ont fait une recherche comparative d'empreintes sur l'IBIS et voilà ce qui est sorti. Une affaire de tuerie, traitée par le BATF. À Ashburn, Virginie.

Jane passa à la seconde série de clichés. Encore des vues d'une douille au microscope.

— La douille d'Ashburn ?

— Oui. Les empreintes de percussion sont identiques. Deux douilles différentes, ramassées sur deux scènes de crime différentes. Mais sorties de la même arme.

— Et cette arme, on l'a.

— En fait, non.

Jane leva les yeux sur Moore.

— Elle était forcément à proximité d'Olena. C'est la dernière personne à l'avoir eue entre les mains.

— On ne l'a pas retrouvée sur les lieux de la prise d'otages.

— Mais… une unité de scène de crime a bien été envoyée sur place, non ?

— Il ne restait plus rien à ramasser. Le commando fédéral a embarqué tous les indices balistiques en repartant. Les armes, le sac à dos de Joe, même les douilles. À l'arrivée de nos gars, tout avait disparu.

— Ils ont nettoyé une scène de crime ?! Comment est-ce que le département compte réagir à ça ?

— Apparemment, répondit Moore, il n'y a strictement rien qu'on puisse y faire. Les fédéraux ont décrété que cette affaire relevait de la sécurité nationale et qu'aucune information ne devait filtrer.

— Ils ne font pas confiance au BPD ?

— Personne ne fait confiance à personne. Nous ne sommes pas les seuls à avoir été mis sur la touche. L'agent Barsanti aussi aurait bien voulu récupérer ces éléments balistiques, et il n'a pas été franchement ravi de constater que l'équipe d'intervention avait tout raflé. Résultat, on a deux agences fédérales qui se bouffent le nez. Et le BPD se retrouve dans le rôle de la petite souris qui assiste au combat des éléphants.

Jane regarda à nouveau les clichés.

— Tu as dit que l'autre douille avait été retrouvée à Ashburn, dans le cadre d'un homicide multiple… Au moment de l'assaut, Joseph Roke allait justement nous parler de quelque chose qui s'était passé à Ashburn.

— Il est tout à fait possible que M. Roke ait voulu parler de ceci, rétorqua Moore en sortant de sa serviette un épais dossier, qu'il déposa sur la table. J'ai reçu ça ce matin, du département de police de Leeburg. Ashburn est un petit bourg. C'est Leeburg qui a mené l'enquête initiale.

— Ce n'est pas joli-joli, la prévint Gabriel.

Son intervention surprit Jane. Ils avaient assisté ensemble aux spectacles les plus épouvantables qu'une salle d'autopsie puisse offrir, et elle ne l'avait jamais vu broncher.

Si ce qu'il y a là-dedans a secoué quelqu'un comme Gabriel, se demanda-t-elle, ai-je vraiment intérêt à me plonger dans ce machin ?

Sans s'accorder le temps de la réflexion, elle ouvrit le dossier et se retrouva face à une première photo de scène de crime.

Pas trop moche, pensa-t-elle.

Elle avait vu bien pire. Une fille svelte, aux cheveux bruns, était étendue face contre terre au milieu d'un escalier, un peu comme si elle avait plongé du palier supérieur. Son sang avait dégouliné jusqu'en bas, formant une mare au pied des marches.

— Jane Doe numéro un, lâcha Moore.

— On n'a pas son identité ?

— Pas une seule des victimes retrouvées dans cette maison n'a pu être identifiée.

Jane passa à la photo suivante. Une jeune blonde, cette fois, allongée sur un lit de camp et serrant à deux mains une couverture qui lui remontait jusqu'au menton, comme si elle avait espéré s'en faire un bouclier. Un filet de sang s'échappait de la blessure qui lui poinçonnait le front. Une exécution par balle, nette et sans bavure.

— Jane Doe numéro deux, dit Moore.

Croisant le regard troublé de sa collègue, il ajouta :

— Il y en a d'autres.

Jane perçut dans sa voix une touche de mise en garde. Une fois encore, elle ressentit de l'appréhension au moment de tourner la page. En découvrant la troisième photo de scène de crime, elle pensa : Ça ne s'arrange pas, mais je peux faire face.

Le cliché montrait l'intérieur aspergé de sang d'un placard. Deux jeunes femmes, partiellement dénudées, gisaient ensemble dans un enchevêtrement de bras et de cheveux longs, comme surprises dans une ultime étreinte.

— Numéros trois et quatre, fit Moore.

— Et aucune de ces filles n'a été identifiée ?

— Leurs empreintes digitales ne sont archivées nulle part.

— Quatre jolies jeunes filles – et personne n'a jamais signalé leur disparition ?

Moore fit non de la tête.

— Elles ne figuraient pas sur la liste des personnes disparues du NCIC[1]. La douille sélectionnée par l'IBIS a été retrouvée dans ce placard, dit Moore en montrant la photo d'un coup de menton. Ces deux filles ont été abattues avec la même arme que le vigile de la chambre d'hôpital.

— Et les autres ? C'est la même arme ?

— Non. Une autre.

— Deux armes… Deux tueurs ?

— Oui.

Jusque-là, aucune de ces photos n'avait réellement atteint Jane. Elle passa donc sans trop d'inquiétude au dernier cliché, celui de la Jane Doe numéro cinq. Tout à coup, elle eut un mouvement de recul sur sa ban-

1. Centre national d'information sur le crime.

quette, sans pour autant réussir à en détacher les yeux, fascinée par l'expression de souffrance inscrite sur les traits de la victime. Cette femme-là, plus massive et plus âgée que les autres, devait avoir la quarantaine. Son torse était ligoté au dossier d'une chaise par un câble de couleur blanche.

— C'est la cinquième et dernière victime, annonça Moore. Les quatre autres ont été vite expédiées. Une balle dans la tête, et basta. Celle-là aussi a fini par être achevée. Mais avant ça…

— Ils l'ont… commença Jane, obligée de ravaler sa salive. Ils l'ont gardée en vie combien de temps ?

— Si on considère le nombre de fractures aux mains et aux poignets, et le fait que la quasi-totalité des os de cette région ont été réduits en bouillie, le légiste a estimé entre quarante et cinquante le nombre de coups de marteau qu'elle a reçus. Un marteau à tête étroite. Qui à chaque coup ne pouvait broyer qu'une zone relativement restreinte. Mais pas un seul doigt, pas une seule phalange ne lui a échappé.

Jane referma brusquement le dossier, incapable de soutenir plus longtemps l'image qu'elle avait sous les yeux. Le mal était fait ; le souvenir lui resterait, indélébile.

— Il a fallu au moins deux agresseurs, poursuivit Moore. Quelqu'un pour l'immobiliser le temps qu'on l'attache sur sa chaise. Quelqu'un pour lui maintenir le poignet à plat sur la table pendant qu'on lui faisait ça.

— Elle a forcément crié, murmura Jane en levant les yeux sur son collègue. Comment se fait-il que personne ne l'ait entendue ?

— Une maison dans les bois, accessible par un chemin privé, à l'écart des voisins les plus proches. Et n'oublie pas, c'était en janvier.

Une saison où les gens ferment leurs fenêtres. La victime devait s'être doutée que personne ne réagirait à ses cris. Qu'il n'y aurait pas de miracle. Que le mieux qu'elle pouvait espérer était une fin rapide.

— Qu'est-ce qu'ils lui voulaient ? demanda Jane.

— Aucune idée.

— Ils ne lui ont pas fait ça pour rien. Elle devait savoir quelque chose.

— On ne sait même pas comment elle s'appelait. Cinq Jane Doe. Sans qu'aucune de ces victimes réponde au signalement d'une personne disparue.

— Comment est-il possible qu'on ne sache rien d'elles ? interrogea-t-elle en se tournant vers son mari.

Gabriel secoua la tête.

— Des fantômes, Jane. Pas de nom, pas d'identité.

— Et la maison ?

— À l'époque, elle était louée à une certaine Marguerite Fischer.

— Qui est-ce ?

— Inconnue au bataillon. Un faux nom.

— Bon Dieu. On se croirait dans un autre monde. Des victimes sans nom. Des locataires fictifs.

— Par contre, dit Gabriel, on sait à qui appartient la maison. Une société, du nom de KTE Investissements.

— C'est significatif ?

— Oui. La police de Leeburg a mis un mois à retrouver sa trace. KTE est une filiale indirecte de la Ballentree Company.

Jane sentit un doigt froid lui glisser sur la nuque.

— Joseph Roke, souffla-t-elle. Il a parlé de Ballentree. D'Ashburn. Et si ce n'était pas du délire ?

Tout le monde se mura dans le silence en voyant revenir la serveuse et sa cafetière.

— Vous n'appréciez plus notre croquant aux pommes, inspecteur Rizzoli ? demanda-t-elle en regardant l'assiette quasi intacte de Jane.

— Oh, si, c'est délicieux. Mais il faut croire que j'ai moins faim que prévu.

— Décidément, fit la serveuse en se penchant pour resservir Gabriel, personne n'a d'appétit, aujourd'hui. On n'a que des buveurs de café.

Gabriel leva aussitôt les yeux.

— Qui d'autre ?

— Eh bien, ce type, là-bas…

La serveuse indiqua un box vide, fronça les sourcils, puis haussa les épaules.

— À croire que notre café ne lui a pas plu, soupira-t-elle en s'éloignant.

— Holà, fit Jane à mi-voix. Je commence à flipper grave, les gars.

Moore s'empressa de récupérer les deux dossiers et les glissa dans une enveloppe de grand format.

— On ferait mieux d'y aller…

Ils ressortirent du Doyle et émergèrent dans l'aveuglante fournaise de l'après-midi. Sur le parking, ils stoppèrent à hauteur de la voiture de Moore et scrutèrent la rue, les véhicules avoisinants.

Même à deux flics plus un agent du FBI, se dit Jane, on n'est pas rassurés. On vient tous d'avoir le même réflexe de surveillance.

— Et maintenant ? s'enquit-elle.

— En ce qui concerne le BPD, déclara Moore, c'est bas les pattes. J'ai reçu l'ordre de ne pas faire de vagues.

— Et ces dossiers ? dit-elle en lorgnant l'enveloppe calée sous le bras de son collègue.

— Je ne suis pas censé les avoir en ma possession.

— Je suis en congé maternité. Personne ne m'a donné d'ordre, à moi.

Elle lui prit l'enveloppe.

— Jane… protesta Gabriel.

Elle s'éloignait déjà vers sa Subaru.

— Je te retrouve à la maison.

— Jane !

Au moment où elle prenait le volant, Gabriel ouvrit la portière côté passager et s'assit à côté d'elle.

— Tu ne sais pas dans quoi tu mets les pieds, dit-il.

— Et toi ?

— Tu as vu ce qu'ils ont fait à cette femme. Ça donne une idée du genre de ces mecs…

Jane regarda par la vitre Moore monter dans sa voiture et s'éloigner.

— Je croyais que c'était fini, dit-elle doucement. Je me disais : OK, on a survécu, alors continuons à vivre notre vie. Mais ce n'est pas fini.

Elle se tourna vers lui.

— J'ai besoin de comprendre pourquoi tout ça est arrivé. Il faut que je sache ce que ça signifie.

— Laisse-moi fouiner un peu. Je vais voir ce que je peux trouver.

— Et moi ? Je devrais faire quoi ?

— Tu sors tout juste de la maternité…

Elle inséra sa clé dans le contact et mit le moteur en marche ; un souffle brûlant jaillit des bouches d'air conditionné.

— Je n'ai pas subi d'intervention majeure. Je viens juste d'avoir un bébé.

— C'est une raison suffisante pour rester en dehors de ça.

— Sauf que c'est *ça* qui me hante, Gabriel. Qui m'empêche de dormir ! s'écria-t-elle en s'adossant à son siège. C'est ce qui fait que mon cauchemar me poursuit toutes les nuits.

— Il va falloir du temps.

— J'y pense sans arrêt, dit-elle en promenant un nouveau regard sur le parking. La mémoire commence à me revenir.

— Tu te souviens de quoi ?

— D'un martèlement. De cris, de coups de feu. Et de ce sang sur mon visage...

— C'est le rêve que tu m'as raconté... Du bruit, des cris, il y en a eu. Et tu avais effectivement du sang sur le visage... le sang d'Olena. Ces souvenirs n'ont rien d'étonnant.

— Il y a autre chose. Je ne t'en ai pas parlé parce que ça ne m'était pas encore revenu. Juste avant de mourir, Olena a essayé de me dire quelque chose.

— Quoi ?

— Elle a prononcé un nom. Mila. Elle a dit : « Mila sait. »

— Qu'est-ce que ça signifie ?

— Je n'en sais rien.

Gabriel se détourna vers la rue. Il suivit des yeux une voiture qui passait lentement à leur hauteur avant de tourner au coin de la rue, puis de disparaître.

— Si tu rentrais chez nous ? suggéra-t-il.

— Et toi ?

— Je te rejoins tout à l'heure, dit-il en se penchant vers elle pour l'embrasser. Je t'aime.

Et il descendit.

Elle le regarda rejoindre sa voiture, garée quelques emplacements plus loin. Le vit hésiter et se palper les poches, comme s'il cherchait ses clés. Elle connaissait suffisamment son mari pour deviner sa tension à la position de ses épaules, au rapide coup d'œil qu'il promena sur le parking. Elle l'avait rarement vu aussi nerveux, et cela l'inquiéta. Il mit le contact et resta à attendre, moteur en marche, qu'elle démarre la première.

Quand Jane fut sortie du parking, il entama sa manœuvre. Il la suivit sur quelques blocs.

Il vérifie que je ne suis pas filée, se dit-elle.

Gabriel finit par décrocher, mais elle continua de surveiller fréquemment son rétroviseur, bien qu'il n'y ait aucune raison valable pour que quelqu'un la suive. Elle ne savait rien que Moore et leurs collègues de la Criminelle ne sachent eux aussi. À part peut-être le souvenir d'un murmure.

Mila. Qui est Mila ?

Elle regarda par-dessus son épaule l'enveloppe de Moore, qu'elle avait jetée sur la banquette arrière. Elle ne débordait pas d'impatience à l'idée d'étudier à nouveau ces photos de scène de crime.

Il va pourtant falloir que j'y retourne, pensa-t-elle. Je dois savoir ce qui s'est passé à Ashburn.

25

Maura Isles avait du sang jusqu'aux coudes. Gabriel, derrière la cloison vitrée de la salle d'autopsie, la vit plonger les bras à l'intérieur d'un abdomen, soulever des anneaux d'intestin, puis les déposer dans une cuvette. Il ne lut aucun dégoût sur ses traits lorsqu'elle inspecta l'amas de viscères, tout au plus la tranquille concentration d'une scientifique en quête d'un détail qui sortirait de l'ordinaire. Maura finit par tendre la cuvette à Yoshima ; elle s'apprêtait à reprendre son scalpel quand elle aperçut Gabriel.

— J'en ai pour vingt minutes ! lui lança-t-elle. Tu peux entrer, si ça te dit.

Il enfila une paire de chaussons et un tablier de protection par-dessus ses vêtements puis s'avança dans la salle d'autopsie. Il eut beau éviter de regarder le corps, il gisait là, entre eux, impossible à ignorer. Une femme aux membres squelettiques, dont la peau fripée comme du crêpe pendouillait sur les os saillants de son bassin.

— Antécédents d'anorexie mentale, dit Maura, répondant à sa question muette. Retrouvée morte à son domicile.

— Elle est terriblement jeune.

— Vingt-sept ans. D'après les secouristes, il n'y avait dans son frigo qu'un cœur de laitue et du soda light. La famine en pays de cocagne.

Maura remit les mains dans l'abdomen béant de la morte afin d'explorer l'espace rétropéritonéal. Yoshima, pendant ce temps, s'était déplacé vers la tête, pour inciser le cuir chevelu. Comme d'habitude, ils œuvraient dans un quasi-silence, tellement conscients de leurs besoins mutuels que les mots devenaient superflus.

— Tu voulais me dire quelque chose ? demanda Gabriel.

Maura s'interrompit. Au creux de sa paume, un rein tremblotait comme un bloc de gélatine noire. Yoshima et elle échangèrent un coup d'œil nerveux. Yoshima mit en marche la scie vibrante, dont la plainte aiguë couvrit en partie la réponse de Maura.

— Pas ici, dit-elle à mi-voix. Pas maintenant.

Yoshima ouvrit en deux la boîte crânienne. Tout en se penchant pour dégager l'encéphale, Maura demanda avec entrain :

— Alors, qu'est-ce que ça te fait, d'être papa ?

— Ça dépasse toutes mes espérances.

— Vous avez tranché ? Va pour Regina ?

— Mama Rizzoli a fait ce qu'il fallait pour nous persuader.

— Je trouve que c'est un joli prénom, dit Maura en déposant le cerveau dans une bassine de formol. Il a un petit côté majestueux.

— Jane l'a déjà abrégé en Reggie.

— Un poil moins majestueux.

Maura ôta ses gants et chercha le regard de Yoshima, qui hocha la tête.

— J'ai besoin de prendre l'air, dit-elle. Faisons une pause.

Une fois qu'ils se furent débarrassés de leurs tabliers, elle entraîna Gabriel hors de la salle d'autopsie, dans le secteur de livraison. Elle attendit qu'ils aient quitté le bâtiment et rejoint le parking pour reprendre la parole :

— Désolée pour le côté mystérieux, mais on vient d'avoir un gros problème de sécurité. Je ne me sens pas trop d'en parler à l'intérieur…

— Qu'est-ce qui s'est passé ?

— Hier soir, vers trois heures du matin, les pompiers de Medford nous ont amené quelqu'un, décédé dans un accident. En temps normal, les portes extérieures de la rampe d'accès sont fermées pour la nuit, et ils doivent appeler l'opérateur de nuit pour obtenir le code. Mais là, ils se sont aperçus que les portes étaient ouvertes et, une fois entrés, ils ont vu de la lumière en salle d'autopsie. Ils l'ont signalé à l'opérateur, et une équipe de la sécurité est venue inspecter le bâtiment. Celui ou ceux qui sont entrés chez nous sont ressortis précipitamment : un des tiroirs de mon bureau était grand ouvert.

— De ton bureau ?!

Maura hocha la tête.

— Et l'ordinateur du docteur Bristol était allumé. Alors qu'il l'éteint systématiquement quand il s'en va le soir.

Elle marqua un temps d'arrêt, puis :

— Le fichier de Joseph Roke était à l'écran.

— Vous savez si quelque chose a disparu ?

— Pas à notre connaissance. Mais on hésite tous un peu, maintenant, à aborder les sujets sensibles dans l'immeuble. Quelqu'un a visité nos bureaux. Et notre labo. Et nous ne savons pas ce qu'il cherchait.

Rien d'étonnant à ce que Maura ait refusé d'aborder le sujet au téléphone. L'archi-raisonnable docteur Isles elle-même commençait à avoir des doutes.

— Les théories du complot ne m'emballent pas, reprit-elle. Mais tout de même, si on regarde ce qui s'est passé… Ces deux corps arrachés à notre autorité juridictionnelle. Tous les indices balistiques confisqués par Washington. Qui tire les ficelles, dans cette histoire ?

Gabriel promena un regard fatigué sur le parking, où la chaleur faisait trembler l'air comme de l'eau au ras du bitume.

— Quelqu'un de haut placé. Forcément.

— Ce qui veut dire qu'on ne pourra pas l'avoir ?

Il se tourna vers Maura.

— Ça ne veut pas dire qu'on ne va pas essayer.

Jane se réveilla dans le noir, les oreilles encore pleines des derniers échos de son rêve. La voix d'Olena lui était à nouveau parvenue d'outre-tombe.

Pourquoi est-ce que tu t'acharnes à me tourmenter ? Dis-moi ce que tu veux, Olena. Dis-moi qui est Mila.

Mais l'écho finit par se taire ; elle n'entendait plus que le souffle de Gabriel. Qui fut couvert, un instant plus tard, par les cris indignés de sa fille. Elle descendit du lit, laissant son mari dormir. Elle était de toute façon bien réveillée.

Le bébé avait réussi à s'extirper de sa turbulette à force de contorsions et s'agitait rageusement en serrant ses poings roses, comme pour provoquer sa mère au combat.

— Regina, Regina… soupira Jane en soulevant sa fille.

Elle se rendit compte que ce nom lui venait à présent très naturellement aux lèvres. Cette enfant était en effet une Regina-née : elle avait juste mis du temps à s'en apercevoir et avait cessé de résister opiniâtrement à ce que sa mère savait depuis le début. Même si elle détestait l'admettre, celle-ci avait raison dans un tas de domaines. Les prénoms de bébé, le salut par le lait en poudre, l'intérêt de demander de l'aide quand on en avait vraiment besoin… C'était sur ce dernier point que Jane achoppait le plus : admettre qu'elle avait besoin d'aide, qu'elle ne savait plus comment s'en tirer. Elle était peut-être capable d'élucider des homicides ou de traquer des monstres, mais calmer cette boule de nerfs qui hurlait entre ses bras était pour elle aussi compliqué que de désamorcer une bombe atomique.

Elle balaya des yeux la chambre de sa fille, espérant en vain qu'une bonne fée serait tapie quelque part dans un coin, prête à tendre sa baguette pour faire cesser les pleurs de Regina.

Pas l'ombre d'une bonne fée à l'horizon. Je suis toute seule.

Regina ne s'activa que cinq minutes sur le sein droit, plus cinq autres sur le gauche, et vint le moment du biberon.

OK, ta mère ne fait pas le poids comme vache à lait, se dit Jane en transférant Regina dans la cuisine. Ils feraient mieux de me sortir du troupeau et de m'abattre.

Avec sa fille qui tétait goulûment au biberon, Jane s'installa dans le fauteuil de la cuisine pour déguster ce moment de silence, si bref soit-il. Elle contempla les cheveux noirs de son bébé.

Bouclés, comme les miens, pensa-t-elle.

Angela lui avait lancé une fois, dans un accès d'irritation : « Un jour, tu auras la fille que tu mérites ! »

On y est, pensa-t-elle, me voilà avec ce petit être bruyant, insatiable, sur les bras.

La pendule de la cuisine bascula sur trois heures du matin.

Jane tira vers elle la pile de documents que l'inspecteur Moore était venu lui déposer la veille au soir. Elle avait déjà lu tout ce qui concernait la tuerie d'Ashburn ; elle ouvrit un autre dossier, vit que celui-ci n'avait aucun lien avec l'affaire ; il émanait du département de police de Boston et portait sur la voiture de Joseph Roke, abandonnée par celui-ci à quelques blocs de l'hôpital. Il contenait des pages de notes de la main de Moore, une série de photos de l'intérieur du véhicule, un rapport de l'AFIS sur les empreintes relevées dans l'habitacle, et plusieurs dépositions de témoins. Pendant qu'elle était retenue en otage dans cet hôpital, ses collègues de la brigade criminelle n'étaient pas restés les bras croisés. Ils avaient réuni tous les renseignements possibles sur les preneurs d'otages.

Je n'ai jamais été seule, pensa-t-elle. Mes amis se sont battus pour moi, et en voici la preuve.

Son regard tomba sur la signature de l'inspecteur qui s'était chargé d'interroger un des témoins, et elle partit d'un rire surpris. Ça alors, même Darren Crowe, son ennemi juré, avait bossé dur pour la tirer d'affaire… Mais dans le fond, fallait-il s'en étonner ? En son absence à la brigade, il n'aurait plus eu personne à insulter.

Jane s'intéressa aux photos de l'intérieur du véhicule. Les tapis de sol étaient jonchés d'emballages déchirés de barres chocolatées Butterfinger, de boîtes vides de soda Red Bull. Du sucre et de la caféine à haute dose, presque tous les psychopathes en avaient besoin pour se calmer. Sur la banquette arrière, les enquêteurs avaient découvert une couverture chiffonnée, un oreiller plein de taches et un numéro du magazine *Weekly Confidential*. Avec Melanie Griffith en couverture.

Jane tenta d'imaginer Joe étendu sur cette banquette arrière, feuilletant le tabloïd et s'abreuvant des derniers potins sur les célébrités et autres, mais n'y parvint pas tout à fait. Avait-il réellement pu s'intéresser aux faits et gestes de tous ces cinglés de Hollywood ? Peut-être un petit coup d'œil à leurs existences déjantées et cocaïnées lui avait-il fait paraître la sienne plus tolérable. Le *Weekly Confidential* constituait une inoffensive diversion à une époque profondément anxiogène.

Elle écarta le dossier de la police de Boston et reprit celui de la tuerie d'Ashburn. À nouveau, elle affronta les photos de scène de crime des femmes assassinées. Et s'arrêta sur l'image de la Jane Doe numéro cinq. Soudain, elle ne supporta plus la vue du sang, de la mort. Glacée jusqu'aux os, elle referma le dossier.

Regina s'était endormie.

Après l'avoir recouchée dans le berceau, elle se réfugia dans son lit sans parvenir à juguler ses tremblements, malgré la proximité de Gabriel qui réchauffait les draps. En dépit de son immense besoin de repos, elle ne parvint pas à faire taire le chaos qui régnait sous son crâne. Trop d'images s'y bousculaient. Jamais elle n'avait aussi bien compris le sens de l'expression « Trop de fatigue tue le sommeil ». Elle avait entendu dire que le manque de sommeil pouvait faire basculer certaines personnes dans la psychose ; peut-être avait-elle déjà franchi ce cap, poussée sur l'autre versant par ses cauchemars et les perpétuelles demandes de son bébé.

Il faut que je mette fin à ces rêves.

Le bras de Gabriel l'enlaça.

— Jane ?

— Salut, chuchota-t-elle.

— Tu trembles. Tu as froid ?

— Un peu.

Il la serra un peu plus fort, l'attira dans sa chaleur.

— Regina s'est réveillée ?

— Ça fait un moment. Je l'ai nourrie.

— C'était mon tour d'y aller.

— J'étais réveillée.

— Pourquoi ?

Elle ne répondit pas.

— Encore ce rêve. C'est ça ?

— On dirait qu'elle me hante. Elle ne me lâche pas. Merde, elle me réveille chaque nuit.

— Olena est morte, Jane.

— C'est son fantôme, alors.

— Tu ne crois pas aux fantômes.

— Je n'y croyais pas. Mais là…

— Tu as changé d'avis ?

Elle bascula sur le flanc pour le regarder, vit dans ses prunelles le reflet ténu des lumières de la ville. Son beau Gabriel… Où était-elle allée chercher sa chance ? Qu'avait-elle fait pour le mériter ? Elle lui caressa la joue, sentit au bout de ses doigts sa barbe naissante. Même après six mois de mariage, elle n'en revenait toujours pas de partager le lit d'un homme pareil.

— Je voudrais juste que tout redevienne comme avant, murmura-t-elle. Avant ça.

Il la plaqua contre lui, elle sentit une odeur de savon et de peau tiède. L'odeur de son mari.

— Accorde-toi un peu de temps, dit-il. Peut-être que tu as besoin de faire ces rêves. Tu n'as pas encore digéré le trauma.

— Ou peut-être que j'ai besoin d'agir pour que ça s'arrête.

— En faisant quoi ?

— Ce qu'Olena m'a demandé de faire.

Il soupira.

— Revoilà le fantôme…

— Elle m'a parlé. Ça, je ne l'ai pas imaginé. Ce n'est pas un rêve, c'est un souvenir, quelque chose qui a réellement eu lieu.

Jane bascula sur le dos, fixa les ombres du plafond.

— « Mila sait. » C'est ce qu'elle m'a dit. Je m'en souviens.

— Mila sait quoi ?

Elle tourna la tête vers son mari.

— À mon avis, elle parlait d'Ashburn.

26

Lorsqu'ils embarquèrent dans l'avion en partance pour le Ronald Reagan National Airport de Washington, Jane avait les seins gonflés et douloureux, et son corps tout entier aspirait à la délivrance que seule une tétée aurait pu lui procurer. Hélas, Regina n'était pas à portée de main ; sa fille passait la journée dans les bras experts d'Angela, et se faisait probablement, en cet instant même, dorloter ou chatouiller par quelqu'un qui savait ce qu'elle faisait.

Mon bébé n'a que deux semaines, pensa Jane en regardant par le hublot, et je l'abandonne déjà. Je suis une mère indigne.

Mais à mesure que la ville de Boston se dérobait sous l'appareil en pleine ascension, sa culpabilité céda la place à une soudaine impression de légèreté, comme si elle était enfin délestée du poids de la maternité, des nuits sans sommeil et des trop longues heures passées à arpenter l'appartement.

Qu'est-ce qui cloche chez moi, se demanda-t-elle, pour que j'éprouve un tel soulagement à être loin de mon enfant ? Mère indigne !

La main de Gabriel couvrit la sienne.

— Tout va bien ?

— Mouais.

— Ne t'inquiète pas. Ta mère s'occupe très bien d'elle.

Jane opina, sans cesser de regarder par le hublot. Comment aurait-elle pu expliquer à son mari que leur fille avait une mère en dessous de tout, et qui plus est ravie de quitter ses foyers pour repartir en chasse ? Que son métier lui manquait tellement que le seul fait de regarder une série policière à la télé lui donnait mal au ventre ?

Quelques rangées en arrière, un bébé se mit à pleurer, et les seins de Jane, gorgés de lait, palpitèrent de plus belle.

Mon corps me punit d'avoir délaissé Regina.

Son premier geste, à leur descente de l'avion, fut de filer aux toilettes pour dames. Elle s'assit sur une cuvette et, tout en se trayant elle-même avec du papier hygiénique, se demanda si les vaches éprouvaient le même soulagement béni quand leurs pis se vidaient. Un gâchis total, mais elle ne trouva rien de mieux à faire que tirer son lait et le balancer dans les toilettes.

Une fois ressortie, elle trouva Gabriel en train de l'attendre devant un kiosque à journaux.

— Tu te sens mieux ? demanda-t-il.

— Meuh.

L'inspecteur Eddie Wardlaw, du département de police de Leeburg, ne semblait pas particulièrement emballé de les voir. Il avait la quarantaine, un visage acariâtre et des yeux qui, même quand ses lèvres s'y efforçaient, ne souriaient jamais. Était-il fatigué ou simplement irrité de leur visite, Jane ne sut trancher.

Avant de leur serrer la main, il demanda à voir leurs cartes et passa un temps outrageusement long à les examiner, l'une après l'autre, comme s'il était persuadé d'avoir affaire à des fraudeurs. Ensuite seulement, il leur tendit la main à contrecœur et les escorta derrière le comptoir d'accueil du commissariat.

— J'ai eu l'inspecteur Moore ce matin, lâcha-t-il en les emmenant à pas brusques dans un couloir.

— On l'a prévenu de notre visite chez vous, dit Jane.

— Il m'a dit que vous étiez tous les deux réglo.

Wardlaw sortit un jeu de clés de sa poche, stoppa devant une porte et se tourna vers eux.

— J'avais besoin de savoir un peu d'où vous sortiez, donc j'ai posé quelques questions. Je vous dis ça pour que vous compreniez bien la situation.

— À vrai dire, on n'y comprend pas grand-chose, rétorqua Jane. On essaie de tirer ça au clair.

— Ah ouais ? grogna Wardlaw. Bienvenue au club.

Il ouvrit la porte et les introduisit dans une petite salle de réunion. Sur la table était posé un carton, muni d'une étiquette sur laquelle était griffonné un numéro ; Wardlaw montra du doigt la pile de dossiers qu'il contenait.

— Comme vous le voyez, ça fait un sacré paquet. Je ne pouvais pas tout photocopier. Je me suis contenté d'envoyer à Moore ce que je ne trouvais pas gênant de partager, à l'époque. Cette affaire pue à plein nez, depuis le début, et j'ai besoin d'être absolument sûr de toutes les personnes qui ont accès à ce dossier.

— Vous souhaitez peut-être avoir plus de précisions sur moi ? fit Jane. Vous pouvez appeler n'importe quel membre de ma brigade. Ils me connaissent tous…

— Je ne parle pas de vous, inspecteur. Avec les flics, je n'ai aucun problème. Mais les mecs du Bureau…

ajouta-t-il en se tournant vers Gabriel. Je suis obligé de faire un peu plus gaffe. Surtout vu ce qui s'est passé jusqu'ici.

Gabriel prit cette expression froidement imperméable qu'il était capable de se composer en un clin d'œil. Celle-là même qui avait tenu Jane à distance lors de leur première rencontre.

— Si vous avez un souci en ce qui me concerne, inspecteur, discutons-en dès maintenant, avant d'aller plus loin.

— Qu'est-ce que vous faites ici, agent Dean ? Vos collègues ont déjà épluché tout ça.

— Le FBI est intervenu sur cette affaire ? demanda Jane.

Wardlaw se tourna vers elle.

— Ils ont exigé des copies de tout. Jusqu'au moindre feuillet de ce carton. Et comme ils n'avaient pas confiance en notre labo, ils ont fait venir leurs propres techniciens pour examiner les pièces à conviction. Les fédéraux ont déjà tout vu, dit-il en regardant à nouveau Gabriel. Si vous vous posez des questions sur cette enquête, pourquoi vous ne voyez pas ça avec vos potes du Bureau ?

— Croyez-moi, dit Jane, je réponds de l'agent Dean. C'est mon mari.

— Ouais, c'est ce que m'a dit Moore, s'esclaffa Wardlaw en secouant la tête. Le fed et la fliquette. J'aurais plutôt cru que ce serait du genre chien et chat, mais bon…

Il plongea une main dans le carton.

— Voilà ce que vous vouliez voir. Les rapports de suivi d'enquête, les P-V, dit-il en sortant les chemises une par une et en les laissant bruyamment tomber sur la table. Les rapports de labo et d'autopsie. Les photos des victimes. Les mains courantes. Les communiqués et extraits de presse… Ah, et j'ai une autre pièce qui pourrait vous être utile, ajouta-t-il en se dirigeant vers la porte. Je vais vous la chercher…

Quelques instants plus tard, il revint, une vidéocassette à la main.

— Je préfère la garder sous clé dans mon bureau, expliqua-t-il. Vu le nombre de fédéraux qui ont farfouillé dans ce carton, je me suis dit qu'il valait mieux stocker ça en lieu sûr.

Il ouvrit un placard, d'où il tira un petit meuble à roulettes qui supportait un téléviseur et un magnétoscope.

— Quand on est aussi près de Washington, on tombe de temps à autre sur une affaire ayant, euh… des implications politiques, dit-il en démêlant les câbles. Vous voyez le genre, des élus qui ne se conduisent pas tout à fait comme il faudrait. Il y a quelques années de ça, la femme d'un sénateur s'est tuée dans sa Mercedes après avoir fait un tonneau sur une petite route du coin. Le hic, c'est que le mec qui tenait le volant n'était pas son mari. Pire encore, il bossait à l'ambassade de Russie. Vous auriez dû voir à quelle vitesse le FBI a rappliqué sur ce coup-là !

Il brancha le téléviseur, se redressa et les regarda l'un après l'autre avant d'ajouter :

— Cette affaire me donne une impression de déjà-vu.

— Vous pensez à une dimension politique ? demanda Gabriel.

— Vous savez à qui appartient la baraque ? Nous, on a mis des semaines à le découvrir.

— À une filiale de la Ballentree Company.

— Elle est là, la complication politique. Ballentree, à Washington, c'est un poids lourd. Avec ses entrées à la Maison Blanche. Le plus gros fabricant d'armes du pays. J'ignorais complètement dans quoi je mettais les pieds, ce jour-là. Retrouver cinq nanas assassinées, déjà, c'est pas exactement du gâteau. Si vous y ajoutez la politique et l'intrusion du FBI, je suis mûr pour une putain de retraite anticipée…

Wardlaw inséra la cassette dans le magnétoscope, prit la télécommande et enfonça la touche « lecture ».

Sur l'écran du téléviseur, des arbres enneigés apparurent. Le ciel était limpide, la glace miroitait sous le soleil.

— Le 911 a reçu l'appel vers dix heures du matin, enchaîna Wardlaw. Un homme, qui a refusé de s'identifier. Il voulait juste signaler qu'il s'était passé quelque chose dans une maison de Deerfield Road et que la police ferait mieux d'aller y faire un tour. Des baraques, il n'y en a pas des masses sur Deerfield Road. La voiture de patrouille n'a pas mis longtemps à trouver la bonne.

— D'où venait cet appel ?

— D'une cabine publique, à une cinquantaine de kilomètres d'Ashburn. On n'a pas réussi à relever d'empreintes utilisables sur l'appareil. Le type n'a jamais été identifié.

Une demi-douzaine de véhicules stationnés venaient d'apparaître à l'écran. Sur un bruit de fond de voix masculines, quelqu'un prit la parole :

« Nous sommes le 4 janvier, à onze heures trente-cinq du matin. L'adresse d'intervention est le numéro 9, Deerfield Road, commune d'Ashburn, État de Virginie. Sont présents l'inspecteur Ed Wardlaw et moi-même, l'inspecteur Byron McMahon… »

— C'est mon coéquipier qui tenait la caméra, expliqua Wardlaw. Il est en train de filmer l'allée privée menant à la maison. Comme vous pouvez le voir, c'est entouré de forêts. Pas le moindre voisin à proximité.

La caméra glissa lentement sur deux ambulances à l'arrêt. Les membres de l'équipe de secours attendaient, immobiles, serrés les uns contre les autres, soufflant de la fumée dans l'air glacial. L'objectif poursuivit sa lente rotation et se fixa enfin sur la maison. C'était une villa en brique sur deux niveaux, aux proportions majestueuses, qui avait sans doute été jadis une résidence de prestige mais montrait des traces de décadence. La peinture blanche des volets et des encadrements s'écaillait, la balustrade de la véranda penchait dangereusement. Des barreaux de fer forgé défendaient les fenêtres, une caractéristique architecturale qui aurait mieux convenu à un immeuble de centre-ville qu'à une maison bâtie dans une campagne aussi paisible.

La caméra s'avança vers l'inspecteur Wardlaw, qui se tenait en haut du perron, tel un hôte taciturne attendant ses invités, puis piqua vers le sol lorsque l'inspecteur McMahon se pencha en avant pour enfiler des chaussons de protection en papier par-dessus ses bottes. Elle retrouva ensuite la porte d'entrée. Et suivit Wardlaw, qui pénétrait dans la maison.

La cage d'escalier ensanglantée apparut aussitôt à l'écran. Jane savait déjà à quoi s'attendre ; elle avait vu les photos de la scène de crime et connaissait la façon dont chacune des cinq femmes était morte. Et pourtant, dès que le cadre se resserra sur les marches, son pouls s'accéléra et un début d'épouvante la saisit.

La caméra s'arrêta sur la première victime, tombée face contre terre dans l'escalier.

— Celle-là a pris deux balles, commenta Wardlaw. Selon le légiste, la première l'a touchée dans le dos, sûrement pendant qu'elle tentait de fuir par l'escalier. Elle a perforé la veine cave avant de ressortir par l'abdomen. À en juger par la quantité de sang qu'elle a perdu, elle a dû rester en vie cinq ou dix minutes avant de se prendre la deuxième bastos – dans la tête. D'après ce que j'en ai lu, elle se serait écroulée dès le premier coup de feu, et l'auteur est parti s'occuper des autres filles. Ce n'est qu'en redescendant l'escalier qu'il s'est aperçu que celle-là vivait encore. Et qu'il lui a donné le coup de grâce. Un type méticuleux, ajouta le policier en regardant Jane.

— Tout ce sang… souffla-t-elle. Ils ont dû laisser un maximum de traces de pas…

— En haut comme en bas. En bas, surtout, et c'est assez troublant. On a relevé deux séries d'empreintes de chaussures de grande taille, probablement celles des tueurs. Mais il y en avait d'autres, plus petites. Et qu'on retrouvait jusque dans la cuisine.

— Laissées par des policiers ?

— Non. La première voiture de patrouille est arrivée six heures après les faits. Le sang, sur le sol de la cuisine, était pratiquement sec. Cette deuxième série d'empreintes a été laissée alors que le sang était frais.

— Par qui ?

Wardlaw croisa le regard de Jane.

— On ne le sait toujours pas.

La caméra montait à présent l'escalier, accompagnée d'un bruissement de chaussons sur les marches. Sur le palier, elle vira à gauche, traversa un seuil ouvert. Six lits de camp encombraient une vaste chambre au sol jonché d'amas de vêtements, d'assiettes sales, de sachets de chips. La caméra balaya la pièce avant de s'arrêter sur le lit de camp où gisait la victime numéro deux.

— On dirait que celle-là n'a même pas eu le temps de bouger, observa Wardlaw. Elle était encore au pieu quand elle s'est pris sa balle.

La caméra poursuivit son arc de cercle, s'éloigna des lits de camp pour s'approcher d'un placard ouvert. Zooma depuis le seuil sur ses deux pitoyables occupantes, affalées dans les bras l'une de l'autre. Elles étaient ratatinées tout au fond du placard, comme mues par un désir ardent de disparaître. Mais elles étaient restées bien trop visibles pour le tueur, qui avait ouvert la porte, puis pointé son arme sur leurs têtes baissées.

— Une balle chacune, fit Wardlaw. Ces mecs ont fait preuve de rapidité, de précision et de méthode. Toutes les portes ont été ouvertes, tous les placards fouillés. Il n'y avait nulle part où se planquer dans cette baraque. Les filles n'avaient pas l'ombre d'une chance.

Il reprit la télécommande et accéléra la vitesse de défilement. Les images se bousculèrent sur l'écran, d'autres chambres visitées frénétiquement, l'ascension éclair d'une échelle, une trappe, un grenier. Puis un repli saccadé dans le couloir, l'escalier redescendu.

Wardlaw appuya sur « lecture ». Après avoir traversé une salle à manger à vitesse normale, la caméra entra dans la cuisine.

— Là, dit-il, à mi-voix, en enfonçant la touche « pause ». La dernière victime. Elle a passé une sale nuit…

La femme avait été ficelée sur sa chaise au moyen d'un câble blanc. La balle avait pénétré juste au-dessus de son arcade sourcilière droite, et sa tête était partie en arrière sous l'impact. Elle était morte les yeux aux ciel.

Son visage s'était vidé de son sang et elle avait les deux bras tendus devant elle.

Le marteau ensanglanté était sur la table, près de ses mains broyées.

— Ils ont clairement cherché à lui soutirer une information, dit Wardlaw. Et la bonne femme n'a pas pu, ou pas voulu, la leur donner.

Il glissa un regard à Jane, hantée par le supplice de cette malheureuse. Les coups de marteau qui s'étaient abattus les uns après les autres, pulvérisant les os et les jointures. Les cris qui avaient dû résonner à travers cette maison pleine de femmes mortes.

Wardlaw repassa en mode « lecture », et la caméra quitta enfin la table éclaboussée de sang, les chairs écrasées. Toujours secoués, Jane et Gabriel se laissèrent conduire virtuellement et en silence jusqu'à une chambre du rez-de-chaussée, puis dans le salon, meublé d'un canapé défoncé et d'un tapis de corde verdâtre. Ensuite, ils revinrent dans le hall d'entrée, au pied de l'escalier, là où la visite avait commencé.

— Voilà ce qu'on a trouvé sur place, conclut Wardlaw. Cinq victimes de sexe féminin, toutes anonymes. Deux armes à feu ont été utilisées. D'où l'on a déduit qu'il y avait au moins deux tueurs, qui ont agi ensemble.

Sans laisser la moindre chance à leurs proies, pensa Jane. Elle repensa aux deux victimes du placard, à leurs souffles qui avaient dû se muer en gémissements lorsque, blotties dans les bras l'une de l'autre, elles avaient entendu se rapprocher inexorablement les grincements de pas.

— Ces gens-là débarquent et exécutent cinq femmes, fit Gabriel. Ils ont peut-être passé une demi-heure dans la cuisine avec la dernière, à lui broyer les mains à coups de marteau. Et vous n'avez rien sur eux ? Aucun indice matériel, pas d'empreintes digitales ?

— Oh, des empreintes, on en a retrouvé un milliard, partout dans la maison. Non identifiées, dans toutes les pièces. Mais même si les tueurs en ont laissé eux aussi, elles ne sont pas référencées à l'AFIS... fit Wardlaw en reprenant la télécommande pour appuyer sur « stop ».

— Attendez un peu, lâcha Gabriel, les yeux rivés sur l'écran.

— Quoi ?

— Revenez en arrière.

— De combien ?

— Disons cinq secondes.

Wardlaw le regarda avec un froncement de sourcils, comme s'il ne comprenait pas ce qui pouvait avoir attiré l'attention de Gabriel. Il lui tendit la télécommande.

— Faites donc.

Gabriel appuya sur « retour », puis sur « lecture ». La caméra repassa devant le canapé usé, le tapis de corde. Puis elle arriva dans le hall et pivota vers la porte d'entrée. Dehors, le soleil se reflétait sur les branches gelées des arbres. Deux hommes discutaient, debout dans la cour. L'un d'eux était tourné vers la maison.

Gabriel appuya sur « pause ». L'homme se figea dans sa position du moment, le visage encadré par le chambranle.

— John Barsanti, dit-il.

— Vous le connaissez ? interrogea Wardlaw.

— Il est venu à Boston, l'autre jour.

— Ouais, bon, on dirait que ce type est partout, hein ? On est arrivés à la baraque à peine une heure avant Barsanti et son équipe. Ils auraient bien voulu nous voler la vedette, et du coup on a passé un moment à se regarder en chiens de faïence, ici, sur cette véranda. Jusqu'à ce qu'on reçoive ce coup de fil du département de la Justice, pour nous demander de coopérer.

— Comment se fait-il que le FBI ait eu vent de l'affaire aussi vite ? demanda Jane.

— On n'a jamais eu la réponse à cette question, répondit Wardlaw en éjectant la cassette du magnétoscope. Voilà, c'est tout ce qu'on a. Cinq femmes abattues, sans qu'aucune ait jamais été fichée nulle part ni même signalée disparue. Cinq Jane Doe.

— Des étrangères, fit Gabriel. Des sans-papiers.

Wardlaw hocha la tête.

— À mon avis, ce sont des filles d'Europe de l'Est. Il y avait des magazines en russe dans la chambre du rez-de-chaussée. Plus une boîte de chaussures pleine de photos de Moscou. Vu ce qu'on a retrouvé dans la baraque, on peut se faire une idée assez nette de leur profession. Un stock de pénicilline dans la réserve. Et de pilules du lendemain, aussi. Plus un carton plein de préservatifs.

Il sélectionna le dossier contenant les rapports d'autopsie et le tendit à Gabriel.

— Jetez donc un œil à ces analyses ADN.

Gabriel alla directement à la page des conclusions du labo.

— Partenaires sexuels multiples, lut-il.

Wardlaw acquiesça.

— Il n'y a plus qu'à tirer un trait et faire l'addition. Une flopée de jeunes et jolies filles vivant ensemble sous le même toit. Pour le plaisir d'un certain nombre d'hommes. Disons, pour résumer, que cette maison était tout sauf un couvent.

27

Le chemin privatif s'enfonçait à travers des bouquets de chênes, de pins et de noyers. Les frondaisons laissaient filtrer çà et là des flaques de soleil qui éclaboussaient la piste. En profondeur, parmi les arbres, la lumière ne passait guère, et les jeunes pousses, à l'ombre foisonnante des broussailles, grandissaient difficilement.

— Pas étonnant que les voisins n'aient rien entendu, ce soir-là, dit Jane en observant la densité végétale. Y en a pas la queue d'un.

— Je crois que c'est tout près, derrière ces arbres…

Trente mètres plus loin, le chemin s'élargissait soudain, et leur voiture émergea dans la lumière de fin d'après-midi. Une maison à un étage se dressait devant eux. Elle aurait eu grand besoin de travaux, mais la structure était bonne : une façade en briques rouges, une ample véranda. Cette demeure n'avait pourtant pas grand-chose d'accueillant, avec ses barreaux de fer forgé aux fenêtres et les écriteaux *ENTRÉE INTERDITE* cloués sur les montants de la véranda. Des herbes folles montant à hauteur de genou surgissaient déjà de l'allée de graviers, telle une première vague d'assaut chargée de préparer le terrain pour la grande offensive de la forêt.

Wardlaw les avait prévenus qu'une tentative de rénovation avait brutalement été interrompue, deux mois plus tôt, le jour où un appareil électrique de l'entrepreneur chargé des travaux avait accidentellement pris feu, déclenchant un début d'incendie dans une des chambres de l'étage. Les flammes avaient laissé des griffures noires autour d'un cadre de fenêtre, et une plaque d'aggloméré recouvrait encore les carreaux cassés.

L'incendie a peut-être servi d'avertissement, pensa Jane. *Cet endroit est hostile.*

Gabriel et elle descendirent de leur voiture de location. Ils avaient fait tout le trajet avec la climatisation, et la chaleur la prit au dépourvu. Elle fit une pause dans l'allée, sentant un voile de sueur perler sur son visage, et inspira une bouffée d'air moite. Même si elle ne voyait pas les moustiques, ils étaient là ; quand elle se gifla la joue, un peu de sang frais s'étala sur sa paume.

C'était tout ce qu'elle entendait, ce bourdonnement d'insectes. Aucun bruit de circulation, aucun chant d'oiseau, même les arbres se taisaient. Sa nuque picota – non pas à cause de la chaleur, mais d'une envie soudaine, pressante, de quitter les lieux. De remonter en voiture, de verrouiller les portières et de s'en aller. Elle n'avait aucune envie d'entrer dans cette maison.

— Bon, dit Gabriel en se dirigeant vers le perron, voyons si la clé de Wardlaw est encore bonne…

À contrecœur, Jane monta derrière lui les marches disjointes, entre lesquelles pointaient des herbes folles. Sur la cassette de Wardlaw, tournée en plein hiver, la cour leur était apparue exempte de végétation. Des plantes grimpantes s'entortillaient à présent tout le long de la balustrade et le pollen qui saupoudrait la véranda rappelait une neige jaunâtre.

Planté devant la porte, Gabriel considéra en fronçant les sourcils ce qui restait d'un arceau de cadenas.

— Ce truc ne date pas d'hier, dit-il en montrant la rouille.

Des barreaux aux fenêtres. Un cadenas sur la porte. Et pas pour dissuader d'éventuels intrus, se dit Jane. Ce cadenas avait servi à emprisonner des gens à l'intérieur.

Gabriel tourna la clé dans la serrure et poussa sur le panneau. Celui-ci pivota avec un grincement, libérant une odeur de vieille fumée – une séquelle de l'incendie. On a beau nettoyer une maison, repeindre les murs, remplacer les rideaux, les tapis et les meubles, l'odeur du feu reste longtemps. Il entra.

Après une ultime hésitation, Jane l'imita. Elle fut surprise de découvrir un parquet nu ; le sol, sur la cassette de Wardlaw, était revêtu d'une vilaine moquette, mais elle avait dû être arrachée lors du grand nettoyage. La rampe d'escalier était joliment sculptée, et le plafond du séjour, haut de trois mètres, s'ornait de moulures, autant de détails qu'elle n'avait pas remarqués en visionnant les images de la scène de crime. Il était également maculé de taches d'humidité qui ressemblaient à des nuages noirs.

— Les gens qui ont fait construire ça avaient les moyens, observa Gabriel.

Jane s'approcha d'une fenêtre et scruta les arbres entre les barreaux. L'après-midi était déjà bien avancé ; il ne leur restait guère plus d'une heure avant que la lumière commence à décliner.

— Cette maison a dû avoir son heure de gloire, dit-elle.

Une époque révolue. Avant les tapis de corde et les barreaux de fer. Avant le sang.

Ils traversèrent un salon vide de meubles. Le papier peint floral était marqué par les ans – taches, coins décollés, jaunissement consécutif à plusieurs décennies de fumée de cigarette. Ils traversèrent la salle à manger, s'arrêtèrent dans la cuisine. La table et les chaises n'y étaient plus ; on ne voyait plus qu'un vieux linoléum aux angles racornis. Le soleil oblique se faufilait par tranches entre les barreaux.

C'est ici qu'est morte la plus âgée des cinq, pensa Jane. Assise au centre de la pièce, attachée sur une chaise, les doigts offerts aux coups d'un marteau.

La cuisine était vide, mais son esprit y superposa les images qu'elle avait vues en vidéo. Des images que les tourbillons de poussière d'or semblaient avoir conservées.

— Montons, dit Gabriel.

Ils ressortirent de la cuisine, stoppèrent au pied de l'escalier. Levant les yeux, Jane pensa : Une autre est morte là, sur ces marches. Une fille aux cheveux bruns.

Elle agrippa la rampe, sentit son propre pouls vibrer au bout de ses doigts posés sur le chêne sculpté. Elle n'avait aucune envie de monter. Mais la voix, à nouveau, fit entendre son murmure.

Mila sait.

Il y a quelque chose là-haut que je suis censée voir, se dit-elle. Elle cherche à me guider.

Gabriel la précéda dans l'escalier. Jane suivit à pas lents, les yeux rivés sur les marches, sa paume moite glissant avec peine sur la rampe. Elle fit halte en remarquant une zone de bois plus clair. Elle s'accroupit, effleura du bout des doigts la surface récemment poncée, sentit se dresser les cheveux de sa nuque. Il aurait suffi de calfeutrer les fenêtres et de vaporiser ces marches au luminol[1] pour que le grain de ce bois se pare d'un halo vert luminescent. Les ouvriers avaient sûrement fait de leur mieux pour effacer le gros des traces au papier de verre, mais là où le sang de la victime avait coulé, les preuves subsistaient. Elle était morte ici même, affalée en travers de ces marches, à l'endroit exact où Jane venait de poser la main.

Gabriel avait déjà atteint l'étage, circulait dans les chambres.

Elle le rejoignit sur le palier. L'odeur de fumée y était plus âcre. Le couloir s'étirait devant eux, avec son papier peint vert olive et son parquet de chêne sombre. Les portes entrebâillées projetaient des rectangles de clarté dans le corridor. Jane franchit la première qu'elle trouva sur sa droite et découvrit une chambre vide, aux murs marqués par le contour spectral des tableaux qui y avaient jadis été accrochés. Elle aurait pu se trouver dans n'importe quelle maison après un déménagement, vidée de toute trace de ses anciens occupants. Elle alla à la fenêtre, souleva la guillotine. Les barreaux de fer étaient solidement fixés. Aucune échappatoire en cas d'incendie, pensa-t-elle. Et quand bien même quelqu'un aurait pu en venir à bout, cinq mètres de vide séparaient cette fenêtre du gravier nu, sans le moindre buisson pour amortir la chute…

— Jane ! lança Gabriel.

Suivant le son de sa voix, elle reprit le couloir et pénétra dans une autre chambre.

Il examinait l'intérieur d'un placard ouvert.

— Là, dit-il.

1. Réactif chimique utilisé sur les scènes de crime pour rendre phosphorescentes les taches de sang.

Elle le rejoignit, s'accroupit, caressa une nouvelle zone de bois poncé. Et ne put s'empêcher de combiner une autre image mentale de la cassette à celle qu'elle avait sous les yeux. Deux jeunes femmes aux bras minces, enlacées comme des amantes. Combien de temps avaient-elles attendu, terrées là-dedans ? Ce placard n'était pas grand, le parfum acide de leur terreur devait avoir empli l'obscurité.

Elle se leva soudain. Cette chambre était étouffante, l'atmosphère irrespirable. Elle regagna le couloir, les jambes lourdes à force de s'accroupir.

Une vraie maison des horreurs, pensa-t-elle. Si je tendais l'oreille, j'entendrais sûrement les échos de leurs cris.

Au fond du couloir s'ouvrait une dernière chambre – celle où le feu avait pris. Jane hésita sur le seuil, rebutée par l'odeur de fumée qui en sortait, nettement plus forte qu'ailleurs. Les deux vitres brisées avaient été remplacées par des plaques d'aggloméré qui bloquaient la lumière. Elle sortit une torche Maglite de son sac à main, promena son faisceau sur l'intérieur sombre. Les flammes avaient noirci les murs et aussi le plafond, attaqué par endroits au point de révéler des solives calcinées. En explorant le pourtour de la pièce, elle éclaira un placard dont la porte avait été retirée. Au passage du faisceau lumineux, un vague reflet brilla dans les profondeurs du placard, pour disparaître aussitôt. Fronçant les sourcils, Jane ramena sa torche dessus.

Le reflet reparut, clignota brièvement.

Elle s'approcha pour en avoir le cœur net. Découvrit au fond du placard un orifice assez large pour y passer le doigt. Parfaitement circulaire. La cloison du placard cachait un double fond.

Une poutre grinça au-dessus d'elle. Surprise, Jane leva la tête et entendit des pas se déplacer. Gabriel marchait dans le grenier.

Elle revint dans le couloir. Le jour tombait rapidement, cernant la maison d'ombres grises.

— Hé ! cria-t-elle. Tu es passé par où ?

— Regarde dans la deuxième chambre.

Elle trouva l'échelle, grimpa les barreaux. En passant la tête à travers la trappe, elle vit le pinceau d'une torche glisser parmi les ombres.

— Tu as trouvé quelque chose ?

— Un écureuil mort.

— Quelque chose d'intéressant, je veux dire ?

— Pas vraiment.

Elle se hissa à son tour dans le grenier et faillit se cogner la tête à un longeron. Gabriel, obligé de marcher en crabe et plié en deux, boucla son tour du grenier en explorant minutieusement les moindres poches d'ombre.

— Évite ce coin-là, avertit-il. Le plancher a brûlé. Je ne suis pas sûr qu'il tienne.

Jane partit à l'opposé vers l'unique ouverture, un chien-assis qui captait les derniers lambeaux de clarté grise. Cette fenêtre-là n'avait pas de barreaux : la précaution eût été inutile. Elle souleva la guillotine, passa la tête à l'extérieur et étudia l'avant-toit exigu, puis le vide vertigineux qui le séparait du sol. Seul un suicidaire aurait pu trouver une solution de ce côté-là. Elle allait refermer la fenêtre quand elle s'arrêta net, le regard fixé sur la forêt.

Entre les arbres, une lumière venait de clignoter brièvement, comme un ver luisant.

— Gabriel…

— Sympa. Encore un écureuil mort.

— Il y a quelqu'un, dehors.

— Quoi ?

— Dans les bois.

Il la rejoignit, fouilla des yeux le crépuscule grandissant.

— Où ça ?

— Je viens de voir une lumière, à l'instant.

— Peut-être une voiture qui passait, fit-il en tournant le dos à la fenêtre. Merde... Mes piles me lâchent.

Il tapa plusieurs fois sur sa torche. Le faisceau retrouva un semblant d'intensité avant de faiblir à nouveau.

Jane fixait toujours, par la fenêtre, la végétation qui paraissait se refermer sur eux. Les prendre au piège de ce nid de fantômes. Un frisson lui parcourut l'échine. Elle se tourna vers son mari.

— Je veux m'en aller.

— J'aurais dû changer les piles avant de partir...

— Maintenant. S'il te plaît.

Tout à coup, il perçut l'angoisse dans sa voix.

— Qu'est-ce qu'il y a ?

— Ce n'était pas une voiture, je ne crois pas.

Il revint à la fenêtre et s'y posta, parfaitement immobile, refoulant de ses larges épaules le peu de lumière qui restait encore. Son silence ne fit qu'accroître l'agitation de Jane. Les martèlements de son cœur s'amplifièrent.

— D'accord, dit-il enfin, à mi-voix. Partons.

Ils reprirent l'échelle, puis le couloir, repassèrent devant la chambre au placard imprégné de sang. Redescendirent l'escalier, dont le bois poncé murmurait toujours les mêmes horreurs. Cinq femmes étaient mortes dans cette maison, et personne n'avait entendu leurs cris.

Personne n'entendra les nôtres.

Ils atteignirent la porte d'entrée, émergèrent sur le perron.

Et stoppèrent net, aveuglés par une puissante lumière. Jane leva un bras devant son visage. Elle entendit des pas crisser sur le gravier et, plissant les paupières, devina trois silhouettes qui s'approchaient d'eux.

Gabriel se campa devant elle, tellement vite qu'elle fut surprise de voir ses épaules bloquer à nouveau la lumière.

— Restez où vous êtes, ordonna une voix.

— Je peux savoir à qui j'ai l'honneur ? demanda Gabriel.

— Identifiez-vous.

— Si vous pouviez baisser vos torches…

— Vos papiers.

— D'accord. D'accord, je vais mettre une main dans ma poche, dit Gabriel d'une voix calme, posée. Je ne suis pas armé, et ma femme non plus.

Très lentement, il sortit son portefeuille et le tendit. On le lui prit des mains.

— Je m'appelle Gabriel Dean. Et voici Jane, ma femme.

— Inspecteur Jane Rizzoli, rectifia celle-ci. Du département de police de Boston.

Elle plissa de nouveau les yeux quand le faisceau d'une torche la gifla en plein visage. Bien que ne voyant aucun des hommes qui leur faisaient face, elle sut qu'ils la scrutaient. Et la moutarde lui monta au nez aussi vite que se dissipait sa peur.

— On peut savoir ce que la police de Boston fiche ici ? interrogea la même voix d'homme.

— Et vous ? riposta-t-elle.

Elle n'espérait pas de réponse, et elle n'en obtint pas. L'homme rendit son portefeuille à Gabriel puis détourna sa torche vers une berline de couleur sombre, garée juste derrière leur voiture de location.

— Montez. Vous allez devoir nous suivre.

— Où ça ? interrogea Gabriel.

— On va devoir vérifier vos identités.

— On a un vol à prendre, protesta Jane. Pour rentrer à Boston.

— Vous pouvez faire une croix dessus.

28

Jane, assise seule dans la salle d'interrogatoire, étudiait son reflet en pensant : Ça craint vraiment, de se retrouver de ce côté-ci de la glace sans tain.

Elle poireautait là depuis une heure, se relevait de temps à autre pour tester la porte – au cas où elle se serait miraculeusement déverrouillée toute seule. Comme de bien entendu, ils l'avaient séparée de Gabriel ; c'était de cette façon qu'on procédait, de cette façon qu'elle-même menait ses interrogatoires. Pour tout le reste, elle se sentait en territoire vierge et inconnu. Les types ne s'étaient pas présentés. Ils ne leur avaient montré aucun insigne ni fourni aucun nom, grade ou matricule. C'étaient peut-être des personnages à la *Men in Black*, chargés de défendre la Terre contre les salopards qui l'entouraient. Et vu qu'ils les avaient amenés dans cet immeuble par un parking souterrain, elle ne savait même pas pour le compte de quelle agence ils opéraient. Tout au plus que cette salle d'interrogatoire était située quelque part dans la ville de Reston.

— Hé ! lança-t-elle en allant se planter devant le miroir, puis en tapant à la vitre. Je vous ferai remarquer que vous ne m'avez même pas donné lecture de mes droits ! Et en plus, vous m'avez pris mon portable, ce qui fait que je ne peux même pas appeler un avocat. Vous êtes dans une sacrée merde, les gars !

Pas de réponse.

Ses seins commençaient de nouveau à lui faire mal – la vache avait désespérément besoin d'être traite – mais il ne fallait pas compter sur elle pour dégrafer son corsage face à ce miroir. Elle frappa encore, plus fort. Toute peur l'avait quittée, à présent qu'elle était sûre d'avoir affaire à des types qui roulaient pour le gouvernement et qui prenaient simplement leur temps, histoire de l'intimider. Ses droits, elle les connaissait ; dans son métier de flic, elle s'était souvent mise en quatre pour veiller à ce que ceux des criminels soient respectés ; et elle avait fichtrement l'intention de faire valoir les siens.

Dans le miroir, elle s'examina. Ses cheveux l'auréolaient d'une couronne brune de friselis, sa mâchoire dessinait un carré opiniâtre.

Rincez-vous l'œil, les gars, pensa-t-elle. Qui que vous soyez, derrière cette glace, vous avez devant vous une fliquette énervée, et qui va devenir de moins en moins coopérative.

— Hé ! s'écria-t-elle, giflant le verre.

La porte s'ouvrit, et Jane eut la surprise de voir une femme s'avancer dans la salle. Elle avait un visage relativement jeune, mais ses cheveux lisses et uniformément argentés offraient un contraste saisissant avec la noirceur absolue de ses prunelles. À l'instar de ses collègues du sexe opposé, elle portait elle aussi un costume sombre, la tenue de prédilection des femmes contraintes à exercer dans un milieu d'hommes.

— Inspecteur Rizzoli, dit-elle. Désolée de vous avoir fait attendre aussi longtemps. Je suis venue dès que possible. Les embouteillages de Washington, vous savez ce que c'est, ajouta-t-elle en lui tendant la main. Ravie de vous rencontrer.

Jane ignora son geste, les yeux toujours plantés dans le visage de la nouvelle venue.

— Je suis censée vous connaître ?

— Helen Glasser. Du département de la Justice. Et… eh bien, je vous le concède, vous avez parfaitement le droit d'être en colère.

Elle tendit à nouveau la main, réitérant son offre de trêve.

Jane la prit, et constata que la poigne de Glasser valait bien celle d'un homme.

— Où est mon mari ?

— Il va nous rejoindre en haut. Je tenais à avoir une chance de faire la paix avec vous, avant de passer aux choses sérieuses. Ce qui s'est passé tout à l'heure relève du simple malentendu.

— Ce qui s'est passé relève surtout de la violation de nos droits.

D'un geste, Glasser lui indiqua la porte.

— S'il vous plaît, montons, nous en reparlerons là-haut.

Elles longèrent un corridor jusqu'à un ascenseur ; dans la cabine, Glasser inséra une carte magnétique avant d'appuyer sur le bouton du dernier étage. D'une seule traite, elles s'élevèrent du sous-sol au dernier étage de l'immeuble.

Les portes se rouvrirent sur une pièce percée d'amples fenêtres qui dominaient la ville de Reston et meublée dans le style impersonnel typique des bureaux gouvernementaux. Jane vit un canapé gris et des fauteuils disposés autour d'un tapis oriental aux tons fades, une table d'angle soutenant une fontaine à café et un plateau chargé de tasses et de soucoupes. Une œuvre d'art solitaire ornait l'un des murs, une peinture abstraite représentant une espèce de boule orange.

Exposez ce machin dans un commissariat, pensa Jane, et vous pouvez être sûr qu'un petit malin aura tôt fait d'y rajouter des cercles au feutre pour le transformer en cible…

Le ronronnement des portes de l'ascenseur l'incita à se retourner, et elle vit apparaître Gabriel.

— Ça va ? lui demanda aussitôt celui-ci.

— Je n'ai pas trop aimé les décharges électriques. Mais bon, je…

Elle s'interrompit, stupéfaite, en reconnaissant l'homme qui venait d'émerger de la cabine à la suite de son mari. L'homme dont elle avait entraperçu le visage dans l'après-midi, sur la vidéo de la scène de crime.

John Barsanti la salua d'un mouvement de tête.

— Inspecteur Rizzoli.

Elle chercha le regard de Gabriel.

— Tu sais ce qui se passe, toi ?

— Asseyons-nous, proposa Glasser. Il est temps de démêler un peu tout ça.

Méfiante, Jane prit place sur le canapé à côté de son mari. Personne ne pipa mot pendant que Glasser servait le café, puis distribuait les tasses. Après le traitement auquel ils avaient eu droit en début de soirée, ce geste de civilité paraissait totalement à côté de la plaque, et Jane n'était pas prête à ravaler sa colère bien légitime en échange d'un sourire ou d'un café. Elle reposa sa tasse sans y avoir porté les lèvres, en signe de silencieuse rebuffade.

— On a le droit de poser des questions ? lança-t-elle de but en blanc. Ou vous avez prévu un interrogatoire à sens unique ?

— J'aurais aimé que nous puissions répondre à toutes vos questions, rétorqua Glasser. Mais nous devons préserver la confidentialité de l'enquête en cours. Surtout, ne le prenez pas mal. Nous nous sommes renseignés sur l'agent Dean et vous-même. Vous vous distinguez l'un et l'autre, dans la lutte contre le crime.

— Et pourtant, vous ne nous faites pas confiance.

Glasser décocha à Jane un regard aussi métallique que les reflets de sa chevelure.

— Nous ne pouvons pas nous payer le luxe de faire confiance à qui que ce soit. Pas sur un sujet aussi sensible. L'agent Barsanti et moi avons toujours fait de notre mieux pour opérer dans la plus grande discrétion, mais tous nos mouvements sont épiés. Nos ordinateurs ont été discrètement visités, la porte de mon bureau a été fracturée, et j'ai des doutes concernant la sécurité de mes lignes de téléphone. Quelqu'un s'intéresse de très près à notre enquête, ajouta-t-elle en reposant sa tasse. Et maintenant, j'aimerais savoir ce que vous faites ici et pourquoi vous êtes entrés dans cette maison.

— Probablement pour la raison qui vous a poussés à la mettre sous surveillance.

— Donc vous savez ce qui s'est passé là-bas.

— Nous avons eu accès au dossier de l'inspecteur Wardlaw.

— Vous êtes loin de vos bases. En quoi l'affaire d'Ashburn vous intéresse-t-elle ?

— Si vous répondiez d'abord à une de mes questions ? Comment se fait-il que le département de la Justice s'intéresse de si près à la mort de cinq prostituées ?

Glasser resta muette. Retranchée derrière son masque indéchiffrable, elle avala une gorgée de café comme si la question ne s'adressait pas à elle. Jane ne put s'empêcher de ressentir une pointe d'admiration pour cette femme qui, jusque-là, n'avait pas laissé voir la moindre parcelle de vulnérabilité. À l'évidence, c'était elle qui dirigeait les opérations.

— Vous devez savoir que l'identité des victimes n'a jamais été établie, lâcha-t-elle enfin.

— Oui.

— Nous pensons qu'il s'agissait d'étrangères sans papiers. Nous essayons de découvrir comment elles sont entrées dans le pays. Qui les a fait passer et par quelle voie elles ont franchi nos frontières.

— Vous allez nous raconter que cette affaire relève de la sécurité nationale ? interrogea Jane, sans parvenir à dissimuler son scepticisme.

— En partie. Depuis le 11 Septembre, nos compatriotes s'imaginent que nous avons amélioré la défense de nos frontières, que l'immigration illégale est contenue. C'est loin d'être le cas. Entre le Mexique et les États-Unis, pour ce qui est des mouvements de population clandestins, c'est toujours l'autoroute. Nous avons des kilomètres et des kilomètres de côtes non surveillées. Les patrouilles sont rares, le long de la frontière canadienne. Et les trafiquants d'êtres humains connaissent toutes les voies d'accès, toutes les ruses. Importer des filles est un jeu d'enfant. Et une fois qu'elles sont ici, rien de plus facile que de les mettre au travail.

Glasser reposa sa tasse et se pencha en avant. Ses yeux luisaient comme de l'ébène polie.

— Vous savez combien il y a de travailleurs sexuels forcés dans ce pays ? Dans notre pays prétendument civilisé ? Au moins cinquante mille. Je ne parle pas de la prostitution classique. Ces filles-là sont de vraies esclaves, exploitées contre leur gré. On les introduit par milliers aux États-Unis, où elles disparaissent purement et simplement. Elles deviennent des fantômes. Alors qu'elles sont partout autour de nous, des plus grandes villes aux petits bourgs. Cachées dans des hôtels, prisonnières dans des appartements. Et très peu de gens connaissent leur existence.

Jane revit les barreaux aux fenêtres de la maison d'Ashburn, pensa à l'isolement du site. Pas étonnant qu'elle ait eu la sensation de visiter une prison : c'en était une.

— Ces filles sont terrorisées à l'idée de collaborer avec les autorités. Les conséquences, si leurs souteneurs s'en apercevaient, seraient trop terribles. Et même quand elles réussissent à s'enfuir, à rejoindre leur pays d'origine, ils ont les moyens de les retrouver, là-bas. La mort est plus douce pour elles. Vous avez lu le rapport d'autopsie de la victime numéro cinq ? ajouta-t-elle après une pause. La plus âgée ?

— Oui, fit Jane en avalant sa salive.

— Ces tortures sont un message clair. *Voilà ce qui vous attend si vous déconnez avec nous*. Nous ignorons ce qu'elle a fait pour provoquer leur colère, quelle ligne jaune elle a franchie. Peut-être a-t-elle détourné des sommes qui n'auraient pas dû lui revenir. Peut-être menait-elle des petites affaires en parallèle. Elle exerçait visiblement des fonctions de mère maquerelle dans cette maison, une position d'autorité, mais ça ne l'a pas sauvée. Quoi qu'elle ait fait, elle l'a payé au prix fort. Et les filles ont payé avec elle.

— Votre enquête n'a donc rien à voir avec le terrorisme, observa Gabriel.

— Qu'est-ce que le terrorisme viendrait faire là-dedans ? demanda Barsanti.

— Des étrangers sans papiers venus d'Europe de l'Est. Un éventuel réseau tchétchène.

— Ces femmes ont été introduites dans le pays à des fins purement mercantiles. Point barre.

Glasser dévisagea Gabriel en fronçant les sourcils.

— Qui vous a parlé de terrorisme ?

— Le sénateur Conway, répondit-il. Et le vice-directeur du renseignement national.

— David Silver ?

— Il a sauté dans le premier avion pour Boston au moment de la prise d'otages. Sur le coup, ils ont cru que c'était ça. Une attaque terroriste tchétchène.

Glasser ricana.

— David Silver fait une fixation sur les terroristes, agent Dean. Il en voit partout.

— Il m'a dit que cette affaire avait provoqué de l'inquiétude en très haut lieu. Que c'était la raison pour laquelle il avait été envoyé sur place par son patron, M. Wynne.

— Le directeur du renseignement national est payé pour ça. C'est sa façon de justifier son existence. Pour ces gens-là, tout est affaire de terrorisme, tout le temps.

— Le sénateur aussi paraissait inquiet.

— Vous avez confiance en lui ?

— Je ne devrais pas ?

— Vous avez travaillé avec Conway, n'est-ce pas ? intervint Barsanti.

— Le sénateur Conway siège à la Commission du renseignement du Sénat. Nous nous sommes rencontrés un certain nombre de fois, à propos de mon travail en Bosnie. J'enquêtais sur les crimes de guerre.

— Mais le connaissez-vous vraiment, agent Dean ?

— Votre question suggère que la réponse pourrait être non.

— Il en est à son troisième mandat de sénateur, dit Glasser. Pour durer aussi longtemps, il faut conclure toutes sortes d'arrangements, accepter toutes sortes de compromis en cours de route. Soyez prudent avant d'accorder votre confiance. C'est tout ce que nous pouvons vous dire. Il y a longtemps que nous avons appris cette leçon.

— Bref, fit Jane, le terrorisme est le cadet de vos soucis dans cette histoire.

— Mon souci, ce sont ces cinquante mille femmes disparues. Réduites en esclavage à l'intérieur de nos frontières. Des êtres humains maltraités, exploités par des clients qui ne pensent qu'à tirer leur coup.

Glasser s'interrompit, le temps de reprendre son souffle, avant de lâcher à mi-voix :

— Le voilà, mon souci.

— On dirait une croisade personnelle.

Glasser opina.

— C'en est une, depuis près de quatre ans.

— Alors pourquoi n'avez-vous pas volé au secours des filles d'Ashburn ? Vous deviez savoir ce qui se passait dans cette maison, non ?

Glasser ne répondit pas ; c'était inutile. Son regard blessé confirma ce que Jane avait pressenti. Celle-ci se tourna donc vers Barsanti.

— C'est pour ça que vous êtes arrivés si vite sur place. Presque en même temps que la police. Vous saviez ce qui se passait là-bas. C'est évident.

— On avait eu le tuyau quelques jours plus tôt, admit Barsanti.

— Et vous n'êtes pas intervenus sur-le-champ ? Vous ne leur avez pas porté secours ?

— On n'avait pas encore mis en place notre dispositif d'écoute. On ne pouvait pas contrôler ce qui se passait à l'intérieur.

— Mais vous saviez que c'était un bordel. Vous saviez qu'il y avait des filles enfermées…

— L'enjeu est beaucoup plus élevé que vous ne le pensez, répliqua Glasser. Il dépasse largement ces cinq filles-là. Nous menons une enquête beaucoup plus vaste et, en intervenant trop vite, nous aurions pu gâcher nos chances de la faire aboutir…

— Et du coup, cinq femmes sont mortes.

— Vous croyez que je n'en suis pas consciente ?

L'intensité de la réaction de Glasser les surprit tous. Elle se leva soudain et marcha à pas vifs jusqu'à la fenêtre, où elle resta à contempler les lumières de la ville.

— Vous savez quel est le pire produit que notre pays ait jamais exporté vers la Russie ? Celui qui n'aurait jamais dû exister ? Ce film à la con, *Pretty Woman*. Vous savez, avec Julia Roberts. La prostituée-cendrillon. En Russie, ils l'adorent. Les filles vont le voir et se disent : Si je vais en Amérique, je rencontrerai Richard Gere. Il m'épousera, je deviendrai riche et je vivrai heureuse jusqu'à la fin de mes jours. Alors, même quand la fille se méfie, même si elle n'est pas certaine qu'un vrai boulot légal l'attend aux États-Unis, elle se dit qu'elle aura juste quelques passes à faire, et Richard Gere arrivera pour la sauver. Donc elle se laisse embarquer dans un vol, disons, pour Mexico. De là, elle prend un bateau jusqu'à San Diego. Ou bien les trafiquants l'emmènent en voiture à un poste-frontière très fréquenté où ils savent que, si elle est blonde et qu'elle parle anglais, on lui fera signe de passer sans problème. Ou encore ils entrent à pied par le désert.

Elle croit qu'elle va vivre la vie de *Pretty Woman*. Au lieu de ça, elle sera achetée et revendue comme un quartier de bœuf.

Glasser se retourna pour fixer Jane.

— Vous savez ce qu'une jolie fille peut rapporter à son mac ?

Jane secoua la tête.

— Trente mille dollars par semaine. Par se-mai-ne, martela Glasser en reportant son regard sur le paysage urbain. Il n'y a pas beaucoup de villas où un Richard Gere attend de lui mettre la bague au doigt. Elle se retrouve enfermée dans une maison ou un appartement, surveillée par de vrais monstres. Des gens chargés de la dresser, de lui apprendre la discipline, de la détruire mentalement. D'autres femmes.

— La victime numéro cinq, lâcha Gabriel.

Glasser acquiesça.

— La maquerelle.

— Assassinée par ses employeurs ? demanda Jane.

— Quand on fraie avec des requins, on peut se faire mordre.

Ou, en l'occurrence, se faire broyer les mains, songea Jane. Le châtiment d'une transgression, d'une trahison.

— Cinq femmes sont mortes à Ashburn, dit Glasser. Mais il y en a cinquante mille autres dans la nature, prisonnières en plein pays des libertés. Abusées par des hommes qui ne pensent qu'à leur plaisir et se fichent éperdument de savoir si la pute pleure. Des hommes qui n'auront jamais la moindre pensée pour l'être humain qu'ils viennent d'exploiter. Peut-être que le type part ensuite retrouver sa femme et ses gosses chez lui, qu'il joue au bon mari. Mais, quelques jours ou quelques semaines plus tard, il reviendra au bordel, pour s'envoyer une fille qui a peut-être l'âge de sa propre fille. Et il ne lui viendra jamais à l'esprit, le matin quand il se regarde dans la glace, qu'il a un monstre devant les yeux.

La voix de Glasser s'était progressivement réduite à un murmure. Elle inspira puis se massa la nuque, comme si elle cherchait à évacuer sa rage.

— Qui était Olena ? s'enquit Jane.

— Son identité complète ? Nous ne la connaîtrons sans doute jamais.

Jane se tourna vers Barsanti.

— Vous l'avez pistée jusqu'à Boston, et vous n'avez jamais su comment elle s'appelait ?

— Mais nous savions autre chose, se défendit l'agent spécial. Nous savions ce qu'elle avait vu. Elle se trouvait dans cette maison, à Ashburn.

Nous y voilà, pensa Jane. Le lien entre Ashburn et Boston.

— Comment l'avez-vous su ?

— Les empreintes. Les techniciens de scène de crime ont relevé des dizaines d'empreintes non identifiées dans la maison. Des empreintes qui n'appartenaient à aucune des victimes. Certaines pouvaient avoir été laissées par des clients. Mais une de ces séries non identifiées correspondait à celles d'Olena…

— Minute, fit Gabriel. Le département de police de Boston a consulté l'AFIS après avoir pris les empreintes d'Olena. Ça n'a donné strictement aucun résultat. Et vous me dites que ses empreintes ont été relevées sur une scène de crime en janvier ? Comment se fait-il que l'AFIS ne nous ait pas communiqué cette information ?

Glasser et Barsanti échangèrent un regard. Un regard gêné, qui ne répondait que trop clairement à la question.

— Vous n'avez jamais transmis ses empreintes à l'AFIS, accusa Gabriel. Cette information aurait pourtant pu servir à la police de Boston…

— Elle aurait aussi pu servir à d'autres, riposta Barsanti.

— Qui ça, bordel de merde ? intervint Jane. Je me suis retrouvée coincée dans l'hôpital face à cette fille, moi ! Elle m'a mis un flingue sur la tempe ! Vous avez pensé un seul instant aux otages ?

— Bien sûr que oui, répondit Glasser. Mais nous tenions à ce que tout le monde s'en sorte vivant. Y compris Olena.

— Surtout Olena, corrigea Jane. Parce qu'elle était votre témoin clé.

Glasser hocha la tête.

— Elle avait assisté à la tuerie d'Ashburn. C'est pour cette raison que deux hommes se sont introduits dans sa chambre d'hôpital.

— Envoyés par… ?

— Nous l'ignorons.

— Vous avez les empreintes digitales de celui qu'elle a descendu. Qui était-ce ?

— Nous ne le savons pas non plus. À supposer que ce soit un ancien militaire, le Pentagone s'est bien gardé de nous le dire.

— Vous êtes le département de la Justice. Et vous n'avez pas accès à cette information ?!

Glasser revint vers Jane et s'assit dans un fauteuil sans la quitter des yeux.

— Vous voyez à quels obstacles nous sommes confrontés. L'agent Barsanti et moi avons été obligés de traiter cette affaire le plus discrètement possible. En évitant d'apparaître sur les écrans radar, parce qu'ils la recherchaient, eux aussi. Nous espérions la retrouver avant eux. Et nous avons failli réussir. De Baltimore à New Haven, puis à Boston, l'agent Barsanti a toujours été sur leurs talons.

— Comment avez-vous fait pour la retrouver ? interrogea Gabriel.

— Dans un premier temps, ça n'a pas été trop difficile. Nous nous sommes contentés de suivre les traces électroniques laissées par la carte de crédit de Joseph Roke. Ses retraits aux distributeurs.

— J'ai plusieurs fois essayé d'entrer en contact avec lui, dit Barsanti. J'ai laissé des messages sur son téléphone portable. Et même chez une vieille tante à lui, en Pennsylvanie. Finalement, Roke m'a rappelé, et j'ai tenté de le convaincre de coopérer. Mais il n'a jamais voulu me faire confiance. Ensuite, il a abattu ce policier, à New Haven, et nous avons complètement perdu sa trace. C'est à ce moment-là, à mon avis, qu'ils se sont séparés.

— Comment avez-vous su qu'ils se déplaçaient ensemble ?

— Le soir de la tuerie d'Ashburn, répondit Glasser, Joseph a fait le plein dans une station-service du coin. Il a payé avec sa carte de crédit, et il a demandé à l'employé si la station avait une dépanneuse, parce qu'il venait de ramasser au bord de la route deux femmes dont la voiture était en panne.

Le silence retomba. Gabriel et Jane échangèrent un regard.

— Vous avez dit *deux* femmes ? répéta Jane.

Glasser hocha la tête.

— La caméra de surveillance de la station a filmé la voiture de Roke pendant qu'elle était garée aux pompes. À travers le pare-brise, on voit nettement une femme assise à l'avant. Olena. C'est ce soir-là que leurs destins se sont croisés, que Joseph Roke s'est retrouvé embringué. À la minute où il a invité ces filles à monter dans sa voiture, il est devenu une cible. Cinq heures après son passage à la station-service, son chalet a été dévoré par les flammes. Il a dû se rendre compte à ce moment-là qu'il était dans une sacrée galère…

— Et la deuxième fille ? Vous dites qu'il en a ramassé deux sur la route.

— Nous ne savons rien d'elle. À part qu'elle était encore avec eux à New Haven. Il y a deux mois.

— Vous faites allusion à la vidéo du meurtre du policier ?

— Sur les images, on voit une tête émerger de la banquette arrière de la voiture de Roke. Tournée vers l'avant : à aucun moment le visage n'est visible. Ce qui ne nous donne quasiment aucune information à son sujet, sauf qu'elle était rousse. Elle pourrait bien être morte.

— Mais si elle était en vie, enchaîna Barsanti, ce serait notre dernier témoin possible. La seule encore capable de nous dire ce qui s'est passé à Ashburn.

— Je peux vous donner son prénom, dit Jane d'une voix sourde.

— Pardon ? dit Glasser, sourcils froncés.

— Mon rêve, glissa Jane à Gabriel. C'est ce que m'a dit Olena.

— Elle fait régulièrement le même cauchemar, expliqua Gabriel. Sur la prise d'otages.

— Et que voyez-vous dans ce rêve ? demanda Glasser, les yeux vrillés sur Jane.

Jane avala sa salive.

— J'entends des coups sourds à la porte, je vois des gens faire irruption dans la salle. C'est à ce moment-là qu'elle se penche vers moi. Pour me dire quelque chose.

— Olena ?

— Oui. Elle me dit : « Mila sait. » C'est tout. « Mila sait. »

Glasser la dévorait du regard.

— « Mila sait » ? Au présent ? Notre témoin est toujours en vie, ajouta-t-elle en se tournant vers Barsanti.

29

— Je suis étonné de votre visite, docteur Isles, déclara Peter Lukas. Vu qu'il n'y a pas moyen de vous joindre.

Après lui avoir offert une brève poignée de main – un accueil dont la fraîcheur se justifiait, Maura n'ayant répondu à aucun de ses coups de fil –, il la guida dans le hall d'entrée du *Boston Tribune* jusqu'au comptoir de la sécurité, où le gardien lui remit un badge orange de visiteur.

— Faudra le rendre en repartant, m'dame, fit le gardien.

— Et vous avez intérêt à obéir, précisa Lukas. Sans quoi, cet homme vous poursuivra comme un chien de chasse.

— Je note, dit Maura en fixant le badge sur son corsage. Vos bureaux sont mieux surveillés que le Pentagone, on dirait.

— Vous avez une idée du nombre de gens qu'un journal peut mettre en colère chaque jour ? demanda Lukas.

Il appuya sur le bouton d'appel de l'ascenseur, puis observa le visage fermé de Maura.

— Oh-oh… On dirait que vous en faites partie. C'est pour ça que vous ne rappeliez pas ?

— Plusieurs personnes ont été indignées par l'article que vous avez écrit à mon sujet.

— Indignées contre vous, ou contre moi ?

— Contre moi.

— J'ai déformé vos propos ? Je vous ai présentée sous un jour défavorable ?

Elle hésita.

— Non, admit-elle.

— Alors pourquoi est-ce que vous m'en voulez ? Je vois bien que c'est le cas.

— J'ai été trop franche avec vous, répondit-elle en se décidant à affronter son regard. Je n'aurais pas dû.

— Eh bien, de mon côté, j'ai beaucoup apprécié d'interviewer une femme qui dit ce qu'elle pense. Ça me change agréablement.

— Vous savez à combien de coups de téléphone j'ai eu droit ? À propos de ce que j'ai dit sur la résurrection du Christ ?

— Oh. Ça…

— On m'a même appelée de Floride. Des gens scandalisés par mon blasphème…

— Vous n'avez fait qu'exprimer une opinion.

— Quand on exerce une charge publique comme moi, ça peut se révéler dangereux.

— Cela fait partie du jeu, docteur Isles. Vous êtes un personnage public, et quand vous tenez des propos intéressants, ils sont publiés. Au moins, vous aviez quelque chose à dire, ce qui n'est pas toujours le cas des gens que j'interviewe.

L'ascenseur arriva. Dès qu'ils furent seuls dans la cabine, Maura eut une conscience décuplée du regard qu'il fixait sur elle. De sa troublante proximité.

— Pourquoi avez-vous cherché à me joindre ? demanda-t-elle. Vous voudriez m'attirer encore plus d'ennuis ?

— Je cherchais à obtenir des informations sur les autopsies de Joe et d'Olena. Vous n'avez jamais publié de rapport.

— Je n'ai pas pu les mener à terme. Les corps ont été transférés dans un laboratoire du FBI.

— Ils relevaient pourtant de votre juridiction. J'ai peine à croire que vous ayez laissé ces corps dans votre chambre froide sans les examiner. Ce ne serait pas votre style.

— Et quel est mon style, au juste ? interrogea-t-elle en cherchant son regard.

— Curieux. Précis. Tenace, ajouta-t-il dans un sourire.

— Comme vous ?

— La ténacité ne m'a mené absolument nulle part avec vous. Et moi qui pensais que nous pourrions devenir amis… Étant bien entendu que je n'espérais aucun traitement de faveur de votre part.

— Et qu'espériez-vous ?

— Qu'on aille dîner ensemble ? Danser ? Boire un verre, au minimum ?

— Vous êtes sérieux ?

— Ça ne coûte rien d'essayer, répondit-il avec un haussement d'épaules.

Les portes se rouvrirent. Ils sortirent.

— Olena est morte des suites de ses blessures par balles, dit Maura. Elle a été touchée au flanc et à la tête. Je suppose que c'est ce que vous vouliez savoir.

— Combien de blessures ? Combien d'armes ?

— Vous avez besoin de détails sanglants ?

— J'ai besoin de précision. Et ça implique d'aller chercher mes infos à la source, au risque de passer pour un importun.

Ils pénétrèrent dans la salle de rédaction et se mirent à slalomer entre les journalistes en train de pianoter sur leurs claviers, pour rejoindre un bureau dont chaque centimètre carré était tapissé de dossiers et de pense-bêtes.

Pas la moindre photo de femme, de gosse, ni même de chien, observa Maura. Cet espace est entièrement dédié au travail – si tant est qu'on puisse réellement travailler dans un tel capharnaüm.

Lukas repéra une chaise vacante face au bureau voisin et la fit rouler vers Maura. Le siège grinça quand elle s'assit dessus.

— Alors comme ça, fit-il en s'installant à son tour, vous refusez de répondre à mes coups de fil, mais vous passez me voir à mon travail… On pourrait qualifier ça de message brouillé, non ?

— L'affaire commence à devenir compliquée…

— Et du coup, vous avez besoin de moi.

— Nous cherchons tous à comprendre ce qui s'est passé ce soir-là. Et pourquoi c'est arrivé.

— Si vous aviez des questions à me poser, il suffisait de décrocher votre téléphone. J'aurais pris votre appel, docteur Isles, ajouta-t-il en la clouant du regard.

Il y eut un silence. Autour d'eux, des téléphones sonnaient, des claviers crépitaient. Entre Maura et Lukas, qui se regardaient fixement, l'air se mit à vibrer d'irritation mais aussi d'autre chose, de quelque chose qu'elle se refusait à admettre. Un fort courant d'attirance mutuelle.

À moins que je ne me fasse des idées ?

— Désolé, dit-il enfin. Je suis un imbécile. Je veux dire, vous êtes là. Même si vous avez sûrement vos raisons.

— Tâchez de comprendre ma position. En tant que titulaire d'une charge publique, je suis constamment sollicitée par des journalistes. Certains – la plupart – se fichent éperdument de la mémoire des victimes, du chagrin des familles ou du déroulement des enquêtes en cours. J'ai appris à être prudente et à surveiller mes paroles. Je me suis fait trop souvent avoir par des reporters qui m'avaient juré que mes commentaires ne seraient pas divulgués.

— C'est pour ça que vous ne m'avez pas rappelé ? Par discrétion professionnelle ?

— Oui.

— Il n'y a pas d'autre raison ?

— Quelle autre raison pourrait-il y avoir ?

— Je ne sais pas. Je me suis dit que vous me trouviez peut-être antipathique.

Le regard du journaliste était si intense qu'elle eut du mal à le soutenir.

— Je ne vous trouve pas antipathique, monsieur Lukas.

— Ouille ! Je commence à me rendre compte de ce que ça peut faire de se prendre un faux compliment en pleine poire…

— Je croyais que les journalistes avaient le cuir épais.

— On a tous envie de plaire, surtout aux gens qu'on admire, répondit-il en se penchant en avant. Au fait, ce n'est pas monsieur Lukas. C'est Peter.

Nouveau silence. Maura ne savait plus trop si c'était du flirt ou de la manipulation. Pour cet homme, les deux se rejoignaient peut-être.

— Voilà ce qui s'appelle faire un flop, soupira-t-il.

— Je trouve agréable d'être flattée, mais je préférerais que vous alliez droit au but.

— C'est ce que j'avais l'impression de faire.

— Vous souhaitez que je vous livre des informations. J'attends la même chose de votre part. Simplement, je ne voulais pas en parler au téléphone.

— D'accord, dit-il avec un hochement de tête. Si je comprends bien, vous me proposez une transaction.

— Ce que j'aimerais savoir, c'est…

— On attaque tout de suite ? Vous ne me laissez même pas vous offrir une tasse de café ?

Il quitta sa chaise et se dirigea vers la cafetière collective. Un coup d'œil suffit à Maura pour constater qu'elle ne contenait plus guère qu'une espèce de résidu, noir comme du goudron.

— Pas pour moi, s'empressa-t-elle de dire. Sans façon.

Après s'être servi un gobelet, Lukas revint s'asseoir.

— Alors, pourquoi ce refus de parler au téléphone ?

— Il s'est passé… des choses.

— Comment ça ? Seriez-vous en train de me dire que vous avez peur d'être écoutée ?

— Je vous l'ai dit, l'affaire s'est compliquée.

— Intervention fédérale… Confiscation d'indices balistiques… Crêpage de chignon entre FBI et Pentagone… Absence d'identification d'un des preneurs d'otages…

Il éclata de rire, puis :

— Effectivement, on peut parler d'une affaire compliquée.

— Vous êtes au courant de tout ça ?

— C'est pour ça qu'on me paie.

— Qui vous a renseigné ?

— Vous croyez peut-être que je vais répondre à cette question ? Disons simplement que je connais quelques personnes au sein des forces de l'ordre. Et que j'ai ma théorie.

— Sur quoi ?

— Sur Joseph et Olena. Et sur la véritable raison de cette prise d'otages.

— Personne ne la connaît vraiment.

— Mais je sais ce qu'en pensent les forces de l'ordre. Je sais quelle est leur théorie, dit-il en reposant sa tasse. John Barsanti a passé près de trois heures avec moi, vous saviez ça ? À gratter dans tous les sens, à essayer de comprendre pourquoi Joseph Roke ne voulait parler qu'à moi. Il y a un truc marrant avec les interrogatoires. Quand vous êtes sur le gril, vous pouvez récolter plein d'infos rien qu'en prêtant attention aux questions qu'ils vous posent. J'ai donc appris qu'il y a deux mois Olena et Joe se trouvaient ensemble à New Haven, où Joe a buté un flic. Peut-être qu'ils étaient amants, peut-être qu'ils partageaient juste le même délire de persécution, mais après un aussi gros pépin, l'idée leur est certainement venue de se séparer. En tout cas, c'était la seule chose intelligente à faire, et je ne crois pas qu'on ait eu affaire à des abrutis. Mais ils ont dû se donner un moyen de rester en contact. Un moyen de se retrouver en cas de nécessité. Et ils ont choisi Boston comme point de rendez-vous.

— Pourquoi Boston ?

Lukas vrilla sur elle un regard tellement frontal que Maura n'osa pas l'esquiver.

— La raison, vous l'avez devant vous.

— Vous ?!

— Ne croyez pas que j'aie la grosse tête. Je vous répète juste ce que Barsanti a l'air de croire. Joe et

Olena m'auraient choisi pour être le héros de leur croisade. Ils seraient venus à Boston pour me voir.

— Ce qui m'amène tout droit à la question que je suis venue vous poser, dit Maura en se penchant en avant. Pourquoi vous ? Ils n'ont pas sorti votre nom d'un chapeau. Joe avait peut-être un problème d'instabilité affective, mais c'était quelqu'un d'intelligent. Un lecteur compulsif de journaux et de magazines. Vous avez dû écrire quelque chose qui a attiré son attention.

— Celle-là, je peux y répondre. Barsanti a pour ainsi dire vendu la mèche en me questionnant sur un papier que j'ai pondu début juin. À propos de la Ballentree Company.

Ils se replièrent dans le silence pendant qu'une journaliste passait à côté du bureau, en route vers la cafetière. Jusqu'à ce qu'elle se soit servie, leurs regards restèrent soudés l'un à l'autre. Maura attendit que la femme soit hors de portée pour murmurer :

— Montrez-moi cet article.

— Il est sûrement sur LexisNexis. Je vais vous le retrouver…

Il pivota vers son ordinateur, ouvrit la page d'accueil du moteur LexisNexis, accéda à la base d'articles, tapa son propre nom et lança une recherche.

L'écran s'emplit aussitôt de réponses.

— Laissez-moi retrouver la date, dit-il en faisant dérouler la page.

— Tout ce que vous avez écrit est là ?

— Mouais, et ça remonte probablement jusqu'à mon époque Bigfoot[1].

1. Équivalent aux États-Unis du yéti, source de polémiques sans fin et de colloques en tout genre.

— Pardon ?

— À ma sortie de l'école de journalisme, je me suis retrouvé avec un paquet d'emprunts à rembourser. J'ai donc sauté sur toutes les piges que je pouvais trouver, et je suis allé jusqu'à couvrir une convention d'adeptes du Bigfoot en Californie. Je l'avoue, dit-il en se détournant de l'écran pour la regarder, j'ai fait la pute. Mais il fallait bien que je règle mes ardoises.

— Et maintenant, vous êtes quelqu'un de respectable ?

— Ma foi, je n'irais pas jusque-là, mais...

Il s'interrompit, cliqua sur un titre d'article.

— Ah, le voilà, reprit-il en se levant pour laisser sa place à Maura. Ce truc que j'ai écrit en juin, sur Ballentree.

Elle s'installa dans le fauteuil qu'il venait de libérer et parcourut le texte qui scintillait à l'écran et commençait ainsi :

Guerre et profits :
les commandes de Ballentree en plein boom

Pendant que l'économie des États-Unis s'effrite, il est au moins un secteur qui continue d'engranger de fastueux profits. Le géant de l'armement Ballentree décroche de nouveaux marchés aussi facilement qu'on sort des truites d'un vivier...

— Pas besoin de vous dire, expliqua Lukas, que Ballentree n'a pas trop apprécié mon texte. Mais je ne suis pas le seul à écrire ce genre de trucs. Les mêmes critiques ont été formulées par un tas d'autres journalistes.

— Et pourtant, c'est vous qu'a choisi Joe.

— C'est peut-être une question de timing. Peut-être qu'il est tombé par hasard sur le *Tribune* de ce jour-là et qu'il a lu mon papier sur le grand méchant Ballentree…

— Je peux jeter un coup d'œil sur vos autres articles ?

— Faites comme chez vous.

Elle revint à la liste de textes de la base de données.

— Vous êtes prolifique.

— J'écris depuis plus de vingt ans. J'ai couvert tous les sujets, de la guerre des gangs au mariage homosexuel.

— En passant par Bigfoot.

— Ne me rappelez pas ça.

Après avoir fait défiler la première, puis la deuxième page de la liste, Maura ouvrit la troisième. Soudain, elle s'arrêta.

— Ces articles viennent de Washington.

— Je vous l'ai dit. J'ai été le correspondant du *Tribune* sur place. Je n'ai tenu que deux ans.

— Pourquoi ?

— Je déteste DC. Et, je l'avoue, je suis un Yankee pur jus. Traitez-moi de maso, mais les hivers d'ici me manquaient tellement que je suis revenu à Boston en plein mois de février.

— Vous couvriez quoi, à Washington ?

— Tout. Les sujets de société. Mais aussi la politique, les faits divers… Un cynique vous dirait peut-être qu'il n'existe pas de différence entre les deux. J'étais prêt à tout, à couvrir un bon meurtre bien saignant, à cavaler toute la journée après un sénateur à brushing…

Elle lui jeta un coup d'œil par-dessus son épaule.

— Il vous est arrivé d'avoir affaire au sénateur Conway ?

— Bien sûr. C'est un élu de notre État… Pourquoi est-ce que vous me parlez de Conway ?

Voyant qu'elle ne répondait pas, il se pencha vers elle, les deux mains posées sur le dossier du fauteuil.

— Docteur Isles, souffla-t-il soudain, quasiment dans ses cheveux. Vous voulez bien me dire à quoi vous pensez ?

Le regard de Maura resta rivé sur l'écran.

— J'essaie simplement de trouver des traits d'union.

— Ça vous picote ?

— Pardon ?

— C'est ce que je dis toujours quand je suis sûr de tenir un truc intéressant. On pourrait aussi parler de perception extrasensorielle. Ou de l'instinct de Spiderman, si vous préférez. Expliquez-moi pourquoi le nom du sénateur Conway a fait tilt.

— Il siège à la Commission du renseignement.

— Je l'ai interviewé, en novembre ou décembre. L'article est là, quelque part…

Maura parcourut la liste des titres, qui parlaient d'audiences au Congrès, d'alertes terroristes, d'un parlementaire du Massachusetts arrêté pour conduite en état d'ivresse, jusqu'à trouver l'article sur le sénateur Conway. C'est alors que son regard fut attiré par un autre titre, daté du 15 janvier : *Un homme d'affaires de Reston retrouvé mort sur son yacht. Il avait disparu depuis le 2 janvier.*

Cette date, surtout, retint son attention. Le 2 janvier. Elle cliqua sur le titre et la page s'emplit de texte. Quelques secondes plus tôt à peine, Lukas lui avait parlé de picotement. Elle l'éprouvait à présent dans sa chair.

Elle pivota sur le siège pour lui faire face.

— Parlez-moi de Charles Desmond.

— Que voulez-vous savoir de lui ?

— Tout.

30

Qui es-tu, Mila ? Où es-tu ?

Il devait bien exister, quelque part, une trace d'elle. Jane se resservit une tasse de café, puis s'assit à la table de sa cuisine et passa en revue tous les documents qu'elle s'était procurés depuis son retour de la maternité. Il y avait là les rapports d'autopsie et du laboratoire du BPD, les conclusions du département de police de Leeburg sur la tuerie d'Ashburn, le dossier concocté par Moore sur Joseph Roke et Olena. Elle les avait déjà tous épluchés, dans l'espoir d'y retrouver une trace de Mila, la femme dont nul ne connaissait le visage. L'intérieur de l'auto de Joseph Roke avait fourni la seule preuve physique de son existence : quelques cheveux, recueillis sur la banquette arrière et n'appartenant ni à Roke ni à Olena.

Après avoir bu une gorgée de café, Jane ouvrit une nouvelle fois le dossier consacré à la voiture abandonnée par Roke. Elle avait appris à travailler pendant les heures de sieste de Regina, et comme sa fille s'était enfin endormie, elle se replongea sans perdre un instant dans sa recherche. Elle parcourut la liste d'objets retrouvés dans le véhicule, survola la pathétique énumération des biens terrestres de Roke. Un sac en toile plein de vêtements sales et de serviettes volées dans un motel. Un sachet de pain moisi, un bocal de beurre de cacahuètes, une dizaine de boîtes de saucisses Vienna en conserve. Le régime alimentaire d'un homme qui n'avait pas l'occasion de cuisiner. D'un homme en cavale.

Elle embraya sur le rapport d'analyse chimique et se concentra sur les cheveux et fibres. Dans cette voiture extraordinairement sale, les sièges, à l'avant comme à l'arrière, avaient accouché d'un large éventail de fibres variées, tant naturelles qu'artificielles, et d'une multitude de poils. Particulièrement intéressée par les poils de la banquette arrière, Jane revint sur leur description.

Humain. A02/B00/C02 (7 cm)/D42

Poil de cuir chevelu. Légère incurvation, longueur sept centimètres, pigmentation roux moyen.

Voilà tout ce qu'on sait de toi pour le moment, pensa Jane. Tu es rousse et tu as les cheveux plutôt courts.

Elle étudia ensuite les photographies de l'habitacle. Elle les avait déjà regardées mais, une fois encore, elle examina les boîtes vides de soda Red Bull, les papiers de bonbons froissés, la couverture pliée, l'oreiller crasseux. Son attention se fixa sur le tabloïd abandonné sur la banquette arrière.

Le *Weekly Confidential*.

De nouveau, l'incongruité de cette publication dans la voiture d'un homme la frappa. Était-il possible que Joe se soit vraiment soucié des ennuis de Melanie Griffith, ou des frasques du mari de telle autre vedette qui, en voyage, aimait assister à des danses du ventre ? Le *Confidential* était un magazine féminin ; il n'y avait que les femmes pour s'intéresser aux petites misères des stars de cinéma.

Elle quitta la cuisine et alla jeter un œil à la chambre de sa fille. Regina dormait encore – c'était un de ces rares moments de paix qui s'achevaient toujours trop tôt. Sans bruit, elle referma la porte, se faufila hors de l'appartement et remonta le couloir pour aller frapper chez sa voisine.

Mme O'Brien mit un certain temps à lui ouvrir, mais parut ravie d'avoir de la visite. N'importe laquelle.

— Excusez-moi de vous déranger… commença Jane.

— Entrez, entrez !

— Je ne vais pas pouvoir rester. J'ai laissé Regina dans son lit, et…

— Comment va-t-elle ? Je l'ai encore entendue pleurer, cette nuit.

— Je suis vraiment désolée. Ce n'est pas une grosse dormeuse.

Mme O'Brien se pencha en avant.

— Du brandy, chuchota-t-elle.

— Je vous demande pardon ?

— Sur sa tétine. Je l'ai fait pour mes deux garçons. Ils dormaient comme des anges.

Jane connaissait les deux fils de la dame. Le mot « anges » n'était pas celui qu'elle aurait employé pour les qualifier.

— Madame O'Brien, s'empressa-t-elle de dire pour couper court aux épanchements de cette mère indigne, vous êtes abonnée au *Weekly Confidential*, je crois ?

— Je viens de recevoir celui de cette semaine. « La vie de rêve des animaux de Hollywood ! » Vous saviez ça, vous, que certains hôtels proposent des chambres spéciales pour chiens ?

— Auriez-vous gardé un des quatre numéros du mois dernier ? Je cherche celui où Melanie Griffith était en couverture…

— Ah, je vois très bien duquel vous parlez.

Mme O'Brien lui fit signe d'entrer dans son appartement. Jane la suivit dans le séjour et découvrit avec stupeur que toutes les surfaces horizontales étaient encombrées d'énormes piles de magazines. Il devait y avoir là une décennie de numéros de *People*, d'*Entertainment Weekly* et d'*US*.

Mme O'Brien se dirigea droit vers la pile idoine, souleva plusieurs numéros de *Weekly Confidential* et sortit celui dont Melanie Griffith occupait la couverture.

— Oh, oui, dit-elle, je me rappelle, celui-là était chouette ! « Les désastres de la chirurgie plastique ! » Des fois que vous envisageriez un lifting, je vous conseille de lire ce truc avant. Ça vous en fera passer l'envie.

— Ça vous dérangerait que je vous l'emprunte ?

— Vous me le rendrez, hein ?

— Oui, bien sûr. C'est juste pour un jour ou deux.

— Parce que je tiens à le récupérer. J'aime bien les relire.

Sans doute même les apprenait-elle par cœur.

De retour dans sa cuisine, Jane jeta un coup d'œil à la date de parution du tabloïd : le 20 juillet. Une semaine tout juste avant qu'Olena ait été repêchée dans la baie de Hingham. Elle ouvrit le *Confidential* et se mit à lire. Non sans plaisir, à son grand étonnement.

Merde, ça ne vole pas haut, mais c'est marrant…

Jamais je n'aurais cru que ce type était homo…

Et cette fille n'a pas fait l'amour depuis quatre ans ?!

Et qu'est-ce que c'est que cette folie des lavements, au fait ?

Au bout d'un moment, après avoir largement pris le temps de se faire une idée sur les dégâts de la chirurgie plastique, elle se décida à accélérer, sautant la rubrique mode et des articles de fond intitulés « J'ai vu des anges » et « Un chat courageux sauve une famille entière ». Joseph Roke s'était-il attardé sur les mêmes potins, les mêmes photos de célébrités ? S'était-il dit : À d'autres. Moi, je vieillirai bien, en contemplant ces visages défigurés par le bistouri d'un chirurgien ?

Non, bien sûr que non. Joseph Roke n'avait certainement rien à faire de ce genre de prose.

Alors pourquoi ce torchon a-t-il atterri dans sa voiture ?

Jane en vint aux annonces classées des deux dernières pages. Il y avait là toutes sortes d'encarts publicitaires vantant les mérites de médiums et autres guérisseurs, ou offrant toutes sortes de possibilités de gagner plein d'argent sans sortir de chez soi. Y avait-il des gens assez crédules pour y répondre ? Pour s'imaginer qu'ils allaient vraiment pouvoir gagner « jusqu'à 250 dollars par jour en remplissant des enveloppes » ? La moitié inférieure de la page était consacrée aux messages personnels… le regard de Jane buta tout à coup sur une annonce de deux lignes. Quatre mots familiers : *Les dés sont jetés.*

La formule était suivie d'une date, d'une heure et d'un numéro de téléphone à préfixe 617. Un numéro de Boston.

Il pouvait s'agir d'une simple coïncidence. Il pouvait s'agir de deux amants se donnant un rendez-vous furtif. Ou d'une livraison de drogue. Cette annonce n'avait peut-être rien à voir avec Olena, Joe ou Mila.

Le cœur battant, Jane empoigna le téléphone de la cuisine et composa le numéro inscrit sur l'annonce. La sonnerie d'appel retentit. Trois fois, quatre fois, cinq fois. Aucun répondeur ne prit son appel, personne ne décrocha. Les sonneries se succédèrent jusqu'à ce qu'elle en ait perdu le compte.

C'est peut-être le numéro d'une morte...

— Allô ? dit un homme.

Elle interrompit net le mouvement de sa main, qui était déjà en train de raccrocher. Ramena brusquement le combiné contre son oreille.

— Allô, il y a quelqu'un ? s'impatienta l'homme.

— Allô ? Qui est à l'appareil ?

— C'est plutôt à moi de vous demander ça, non ? C'est vous qui appelez.

— Excusez-moi, je... Euh, on m'a donné ce numéro, mais pas de nom, et...

— Normal, coupa l'homme. C'est une cabine publique.

— Où êtes-vous ?

— À Faneuil Hall. J'ai entendu sonner en passant. Si vous cherchez quelqu'un de précis, ce n'est pas moi qui vais pouvoir vous aider. Au revoir.

Il raccrocha.

Jane baissa à nouveau les yeux sur le message. Sur ces quatre mots.

Les dés sont jetés.

Elle composa un autre numéro.

— *Weekly Confidential*, répondit une voix féminine. Service des petites annonces.

— Oui, bonjour. J'aimerais passer une annonce.

— Tu aurais dû m'en parler avant, lâcha Gabriel. Je n'arrive pas à croire que tu aies fait ça toute seule.

— Je n'avais pas le temps de te consulter, se défendit Jane. Pour que l'annonce paraisse dans le prochain numéro, il fallait qu'elle soit passée aujourd'hui avant dix-sept heures. J'ai dû prendre une décision instantanée.

— Tu ne peux pas savoir qui va y répondre. Et ton numéro de portable sera diffusé à des centaines de milliers d'exemplaires.

— Au pire, je risque de recevoir quelques appels bidon…

— Ou de te retrouver embarquée dans quelque chose de beaucoup plus dangereux qu'on ne l'imagine, rétorqua Gabriel en jetant le magazine sur la table de la cuisine. Il va falloir qu'on arrange le coup avec Moore. La police de Boston a les moyens d'écouter les appels et de localiser leur source. Ce genre d'initiative ne se prend qu'après mûre réflexion, ajouta-t-il en la regardant avec insistance. Annule ton annonce, Jane.

— Je ne peux pas. Je te l'ai dit, c'est trop tard.

— Bon Dieu ! Je fais un saut de deux petites heures à l'antenne locale du FBI, et je découvre en rentrant chez moi que ma femme a joué avec le feu dans notre cuisine !

— C'est juste une annonce de deux lignes, Gabriel. Soit quelqu'un me rappelle, soit personne ne mord à l'hameçon.

— Et s'il y a une touche ?

— Je passerai le témoin à Moore.

— Tu lui passeras le témoin ? s'esclaffa Gabriel. C'est son boulot, Jane, pas le tien. Tu es en congé maternité, tu te souviens ?

Comme pour enfoncer le clou, un cri tonitruant s'échappa alors de la chambre du bébé. Jane alla récupérer sa fille et constata que Regina, comme d'habitude, s'était libérée de sa couverture à coups de pied et qu'elle serrait les poings, outrée que ses exigences ne soient pas instantanément satisfaites.

Personne n'est content de moi aujourd'hui, se dit Jane en la prenant dans ses bras.

Elle orienta vers son téton la petite bouche vorace du bébé, fit la grimace en sentant ses gencives se refermer.

J'essaie d'être une bonne mère, j'essaie vraiment, mais je suis fatiguée de sentir le talc et le lait tourné. Je suis fatiguée d'être fatiguée.

Autrefois, je pourchassais les méchants, tu sais.

Elle transféra sa fille dans la cuisine et resta debout à la bercer, faisant de son mieux pour calmer Regina, dont l'insatisfaction et la mauvaise humeur semblaient croître à chaque seconde.

— Et même si je le pouvais, lança-t-elle à son mari d'un air de défi, je ne l'annulerais pas !

Gabriel se dirigea vers le téléphone.

— Hé, tu appelles qui ?

— Moore. À lui de prendre le relais.

— C'est mon portable. Mon idée.

— Ce n'est pas ton enquête.

— Je ne dis pas que j'ai besoin de diriger les opérations. Mais c'est moi qui ai fixé la date et l'heure. On pourrait peut-être attendre les appels tous les trois ? Toi, moi et Moore ? Je tiens juste à être là quand ça sonnera.

— Tu dois rester à l'écart de cette histoire, Jane.

— Je suis en plein dedans.

— Tu as Regina. Tu es maman.

— Mais je ne suis pas morte. Tu m'entends ? Je-ne-suis-pas-morte.

Les mots claquèrent dans l'air comme des coups de cymbales. Regina cessa brusquement de téter et rouvrit les yeux pour fixer sa mère avec surprise. Le réfrigérateur cessa de ronronner.

— Je n'ai jamais dit ça, fit Gabriel à mi-voix.

— Mais c'est tout comme, vu ta façon de parler. « Oh, tu as Regina. Tu as une mission plus importante, maintenant. Tu dois rester à la maison, produire du lait et laisser ton cerveau se ratatiner… » Je suis flic, moi, et j'ai besoin de retourner au turbin ! Ça me manque ! La sonnerie de mon bip me manque, bordel !

Elle inspira profondément, s'assit à la table de la cuisine, lâcha un sanglot de frustration.

— Je suis flic, murmura-t-elle.

Il s'assit face à elle.

— Je sais.

— Je ne pense pas, dit-elle en s'essuyant le visage d'un revers de main. Tu ne comprends pas du tout qui je suis. Tu crois avoir épousé quelqu'un d'autre. Mme Maman Idéale.

— Je sais exactement qui j'ai épousé.

— En réalité, je suis une salope.

— Ma foi… par moments…

— Ne viens pas me dire que tu n'étais pas prévenu.

Elle se leva. Regina, toujours étrangement calme, continuait de la fixer comme si sa maman était enfin devenue un sujet d'observation digne d'intérêt.

— Tu sais qui je suis, ajouta-t-elle. Et avec moi, ça a toujours été à prendre ou à laisser.

Elle partit vers la porte de la cuisine.

— Jane.

— Regina a besoin d'être changée.

— Hé, tu te débines !

Elle fit volte-face.

— Je ne suis pas du genre à me débiner !

— Alors reviens t'asseoir face à moi. Parce que je n'ai pas l'intention de fuir le combat, moi.

Elle se contenta dans un premier temps de soutenir son regard. Puis elle se dit : C'est trop dur. La vie de couple, c'est tellement dur que ça fait froid dans le dos – et il a raison, je viens d'avoir envie de fuir. De me replier dans un endroit où personne ne pourrait me faire de mal.

Elle tira sa chaise et se rassit.

— Les choses ont changé, tu sais, reprit Gabriel. Ce n'est plus comme avant, quand Regina n'était pas là.

Jane resta muette, encore indignée qu'il n'ait pas protesté quand elle s'était traitée de salope. Même si c'était vrai.

— Maintenant, s'il t'arrive quelque chose, tu n'es plus la seule concernée. Tu as une fille. Tu dois en tenir compte.

— J'ai signé pour la maternité. Pas pour la prison.

— Tu regrettes que nous l'ayons eue ?

Jane baissa la tête vers Regina. Sa fille la dévisageait, les yeux grands ouverts, comme si elle comprenait chacune des paroles qui étaient prononcées.

— Non, bien sûr que non. C'est juste que…

Elle secoua la tête.

— Je ne suis pas uniquement sa mère. Je suis *moi*. Et je suis en train de me perdre, Gabriel. J'ai l'impression de disparaître chaque jour un peu plus. Comme le chat du Cheshire, celui du pays des merveilles. J'ai l'impression d'avoir chaque jour un peu plus de mal à me rappeler qui je suis. Et là-dessus, tu rentres à la maison et tu pars en vrille parce que j'ai passé cette annonce… Qui est pourtant, reconnais-le, une idée *brillante*. Alors forcément, je me dis : Cette fois, je suis vraiment foutue. Même mon mari a oublié qui j'étais.

Il se pencha en avant, la transperça du regard.

— Tu sais ce que ça m'a fait, quand tu t'es retrouvée prise en otage dans cet hôpital ? Est-ce que tu en as seulement une idée ? Tu te crois blindée. Tu glisses une arme dans ton holster et, d'un seul coup, tu es Wonder Woman. Mais si tu prends des balles, tu ne seras pas toute seule à saigner, Jane. Moi aussi. Est-ce qu'il t'est déjà arrivé de penser à moi ?

Elle ne répondit pas.

Il partit d'un éclat de rire qui résonna comme le cri d'un animal blessé.

— Eh ouais, je suis un emmerdeur, toujours à essayer de te protéger de toi-même ! Il faut bien que quelqu'un le fasse, parce que tu es quelquefois ton pire ennemi. Tu passes ton temps à essayer de prouver ta valeur. Tu es restée la petite fille méprisée de Frankie Rizzoli, Jane. *Une fille*. Tu n'es pas encore digne d'être acceptée par les garçons dans leurs jeux – et tu ne le seras jamais !

Elle le foudroya du regard, furieuse qu'il la connaisse aussi bien. Furieuse de la précision de ses flèches, qui faisaient si mal parce qu'elles frappaient toutes dans le mille.

— Jane, dit-il en tendant une main au-dessus de la table.

Avant qu'elle ait pu esquiver, il lui prit la main, et la garda fermement.

— Tu n'as besoin de faire tes preuves ni avec moi, ni avec Frankie, ni avec qui que ce soit d'autre. Je sais que c'est dur pour toi en ce moment, mais tu auras repris le travail avant de l'avoir senti venir. Alors, en attendant, laisse un peu retomber l'adrénaline. Laisse-moi un peu souffler. Laisse-moi savourer, rien qu'un moment, l'idée que ma femme et ma fille sont en sécurité à la maison.

Il gardait toujours sa main captive sur la table. Jane la regarda en se disant : Cet homme ne se dérobe jamais. J'ai beau le pousser dans ses retranchements, il est toujours là pour moi. Que je le mérite ou non.

Lentement, leurs doigts s'entrelacèrent en signe d'armistice silencieux.

Le téléphone sonna.

Regina se mit à pleurer.

— Bon, soupira Gabriel. La trêve n'aura pas duré longtemps.

Secouant la tête, il se leva pour répondre. Jane était en train de franchir le seuil de la cuisine avec Regina quand elle l'entendit dire :

— Tu as raison. Mieux vaut ne pas parler de ça au téléphone.

Immédiatement sur le qui-vive, Jane se retourna pour chercher sur le visage de son mari la raison pour laquelle sa voix s'était altérée. Mais il faisait face au mur, et elle dut se contenter d'observer les muscles noués de sa nuque.

— On t'attend, dit-il.

Et il raccrocha.

— C'était qui ?

— Maura. Elle arrive.

31

Maura n'arriva pas seule. Un homme séduisant, aux cheveux noirs et à la barbe finement taillée, se tenait à ses côtés sur le palier.

— Je vous présente Peter Lukas, annonça-t-elle.

Jane adressa à son amie un regard incrédule.

— Tu nous amènes un journaliste ?

— On a besoin de lui, Jane.

— Et depuis quand est-ce qu'on a besoin de journalistes ?

Lukas salua la maîtresse des lieux d'un geste enjoué.

— Ravi aussi de faire votre connaissance, inspecteur Rizzoli, agent Dean… On peut entrer ?

— Non, répondit Gabriel. Je préfère qu'on ne parle pas ici.

Il sortit dans le couloir avec Jane, qui portait toujours son bébé dans ses bras.

— Où allons-nous ? demanda Lukas.

— Suivez-moi.

Gabriel entraîna ses visiteurs vers la cage d'escalier et monta devant eux les deux étages qui menaient à la terrasse de l'immeuble. Les habitants y avaient créé un luxuriant jardin de plantes en pot, mais la chaleur de l'été urbain et la surface brûlante du dallage d'asphalte menaçaient de mettre cette oasis à mal. Les plants de tomates piquaient du nez, les volubilis aux feuilles brunies s'accrochaient à leur treille comme des doigts ratatinés. Jane installa Regina dans son transat sur une table pourvue d'un parasol et l'enfant s'endormit rapidement. Ce point de vue privilégié leur permettait d'apercevoir plusieurs autres jardins en terrasse, flaques d'une verdure bienvenue dans cette jungle de béton.

Lukas plaça une chemise cartonnée près du bébé endormi.

— Le docteur Isles s'est dit que ceci vous intéresserait.

Gabriel ouvrit la chemise. Elle contenait une coupure de presse : la photo d'un homme souriant, suivie de la légende : *Un homme d'affaires de Reston retrouvé mort sur son yacht. Il avait disparu depuis le 2 janvier.*

— Qui était ce… Charles Desmond ? demanda-t-il.

— Quelqu'un que très peu de gens connaissaient vraiment, répondit Lukas. Ce qui, en soi, m'a mis la puce à l'oreille. C'est ce qui explique que je me sois intéressé à cette histoire. Même si le médecin légiste a commodément conclu à un suicide.

— Vous mettez en doute sa conclusion ?

— Il est impossible de prouver que ce n'en était pas un. Desmond a été retrouvé dans la salle de bains de son yacht, ancré dans une marina du Potomac. Au fond de sa baignoire, les poignets tranchés, avec un mot d'adieu dans la cabine. Quand on l'a découvert, il était mort depuis une bonne dizaine de jours. Le bureau du légiste n'a jamais diffusé la moindre photo, mais vous imaginez comme moi que l'autopsie a dû être une partie de plaisir…

— Je préfère ne rien imaginer, dit Jane en grimaçant.

— Le message qu'il a laissé n'était pas particulièrement éclairant. « Je suis déprimé, la vie est merdique, je n'en peux plus. » Desmond était connu pour boire comme un trou, et il avait divorcé il y a cinq ans. Bref, il avait moult raisons de déprimer. C'est assez convaincant comme profil de suicidaire, non ?

— Alors pourquoi n'avez-vous pas l'air convaincu ?

— À cause du picotement. Mon sixième sens de journaliste m'a soufflé que cet incident cachait peut-être une grosse affaire. Ce type est riche à millions, il possède un yacht, et pourtant il a fallu attendre qu'il ait disparu depuis dix jours pour que quelqu'un songe à s'inquiéter de son sort. Les enquêteurs n'ont pu déterminer la date de sa disparition que grâce au ticket de stationnement de sa voiture, qui était sur le parking de la marina depuis le 2 janvier. D'après ses voisins, il était tellement souvent en voyage à l'étranger qu'ils n'ont rien trouvé d'anormal à ne pas le voir de la semaine.

— Des voyages à l'étranger ? répéta Jane. De quel type ?

— Ça, personne n'a pu me le dire.

— Ou voulu ?

Lukas sourit.

— Vous êtes d'un naturel méfiant, inspecteur Rizzoli. Moi aussi. Ce détail n'a fait que piquer davantage ma curiosité. Je me suis demandé s'il pouvait y avoir autre chose. Vous savez, c'est de cette façon qu'a démarré le Watergate. Par un banal cambriolage, qui a fini par déboucher sur une affaire beaucoup, beaucoup plus importante.

— Qu'est-ce qu'il pourrait y avoir d'important dans cette affaire-là ?

— Son acteur central. Charles Desmond.

Jane examina le portrait de l'homme d'affaires. Le sourire était avenant, la cravate impeccablement nouée. Une photo digne de figurer dans n'importe quelle plaquette d'entreprise. Le dirigeant sûr de lui et responsable, un modèle de compétence.

— Plus je posais de questions à son sujet, plus des éléments intéressants apparaissaient. Charles Desmond n'a jamais mis les pieds à l'université. Il a fait vingt ans d'armée, essentiellement dans le renseignement. Cinq ans après son retour à la vie civile, le voilà propriétaire d'un joli yacht et d'une grosse baraque à Reston. D'où une question évidente : comment s'y est-il pris pour se constituer ce faramineux compte en banque ?

— Votre article précise qu'il travaillait pour la société Pyramid Services, dit Jane. De quel genre de boîte s'agit-il ?

— C'est ce que je me suis demandé. Il m'a fallu quelques jours pour élucider ce détail, mais j'ai fini par comprendre que Pyramid Services était une filiale de vous savez qui ?

— Laissez-moi deviner, répondit Jane. Ballentree.

— Vous avez tout compris, inspecteur.

Jane se tourna vers Gabriel.

— Ce nom revient un peu trop souvent, tu ne trouves pas ?

— Et regardez la date de sa disparition, intervint Maura. C'est ce qui a attiré mon attention. Le 2 janvier.

— La veille de la tuerie d'Ashburn…

— Coïncidence intéressante, vous ne trouvez pas ?

— Si vous nous en disiez un peu plus sur Pyramid ? suggéra Gabriel.

Lukas hocha la tête.

— C'est la branche transport et sécurité de Ballentree, une partie importante de l'éventail de services que ces gens-là fournissent dans les zones de guerre. Tout ce dont vous pouvez avoir besoin outre-mer – gardes du corps, escortes, polices privées –, Ballentree est là pour vous le vendre. Ils travaillent dans des pays du monde où il n'y a plus de gouvernement en état de fonctionner.

— Des profiteurs de guerre, fit Jane.

— Et pourquoi pas ? Il y a énormément d'argent à gagner en temps de conflit. Pendant la guerre du Kosovo, les mercenaires de Ballentree ont protégé des chantiers. Ils supervisent actuellement des milices privées à Kaboul, à Bagdad et dans plusieurs villes du littoral de la mer Caspienne. Tout cela aux frais du contribuable américain. Voilà comment Charles Desmond a financé son yacht.

— Je me suis gouré d'employeur, marmonna Jane. Si j'avais signé pour Kaboul, j'aurais un yacht.

— Tu n'aurais jamais accepté de travailler pour ces gens-là, Jane, dit Maura. Pas en connaissance de cause.

— Parce qu'ils opèrent dans des zones de combat, tu veux dire ?

— Non, rétorqua Lukas. Parce qu'ils ont partie liée avec des gens peu fréquentables. Chaque fois qu'une entreprise opère en zone de guerre, elle est amenée à s'allier aux mafias locales. Développer des partenariats est très commode et, du coup, les caïds locaux se retrouvent régulièrement à collaborer avec des entreprises comme Ballentree. Il existe des marchés noirs pour toutes sortes de produits – la drogue, les armes, l'alcool, les femmes… Chaque guerre représente une occasion, un nouveau marché, et tout le monde veut sa part du gâteau. C'est pourquoi la concurrence est si féroce autour des contrats de défense. Il n'y a pas que le contrat, il y a aussi la chance d'accéder au marché noir qui va avec. Ballentree a remporté plus de marchés l'année dernière que n'importe quel autre fabricant d'armes… En grande partie parce que Charles Desmond était imbattable dans son domaine.

— À savoir ?

— L'obtention des contrats. L'homme avait des amis au Pentagone, et sûrement ailleurs.

— Pour ce que ça lui a rapporté… lâcha Jane en baissant les yeux sur la photo.

Un homme dont le cadavre avait pourri dix jours avant d'être découvert. Un homme tellement mystérieux qu'aucun voisin n'avait pensé à signaler sa disparition.

— La question qui se pose est : pourquoi devait-il mourir ? reprit Lukas. Quelqu'un s'est-il retourné contre lui, ses amis du Pentagone ou d'autres ?

Durant quelques secondes, personne ne parla. La chaleur vacillait au ras du toit comme une vapeur d'eau, et de la rue montaient des odeurs d'échappement, le bruit du trafic. Jane se rendit compte que Regina était réveillée et la dévorait du regard.

C'est incroyable, cette intelligence que je lis dans les yeux de ma fille.

Elle remarqua une femme en train de bronzer sur une autre terrasse, le haut de son bikini dénoué, le dos nu et luisant d'huile solaire. Elle vit aussi un homme debout sur un balcon, parlant dans son portable, et une fille assise près d'une fenêtre, un violon sur l'épaule. Tout là-haut, un avion avait tracé dans le ciel un panache blanc. Combien de gens peuvent nous voir ? se demanda-t-elle. Combien de caméras, de satellites sont braqués en cet instant sur notre toit ? Boston était devenue une ville sous surveillance.

— Je suis sûre que cette idée a traversé l'esprit de tout le monde, reprit Maura. Charles Desmond a travaillé autrefois pour le renseignement militaire. L'homme qu'Olena a abattu dans sa chambre d'hôpital était très probablement un ancien de l'armée, et pourtant ses empreintes ont disparu des fichiers officiels. Mon bureau a été visité. Et si c'était une affaire d'espionnage ? Et si la CIA était dans le coup ?

— Ballentree et la CIA ont toujours travaillé main dans la main, répondit Lukas. Ce qui d'ailleurs ne devrait surprendre personne. Ils opèrent dans les mêmes pays, recrutent les mêmes types de gens. Exploitent les mêmes infos, ajouta-t-il en se tournant vers Gabriel. Et aujourd'hui, ils interviennent même ici, sur notre territoire. Le gouvernement n'a qu'à invoquer une menace terroriste pour justifier n'importe quelle action, n'importe quelle dépense. Des fonds secrets sont déversés pour alimenter des programmes confidentiels. C'est comme ça que des types comme Desmond se retrouvent propriétaires d'un yacht…

— Ou morts, fit Jane.

Le soleil était descendu. Ses rayons s'insinuaient à présent sous le parasol, lui réchauffant l'épaule. Elle sentit une rigole de sueur couler entre ses seins.

Il fait trop chaud ici pour toi, mon bébé, pensa-t-elle en observant les joues roses de Regina.

Il fait trop chaud pour nous tous.

32

L'inspecteur Moore jeta un coup d'œil à la pendule, dont les aiguilles frôlaient huit heures. La dernière fois que Jane avait pris place dans la salle de réunion de la brigade criminelle, elle était enceinte de neuf mois, fatiguée, irritable et plus que mûre pour le congé maternité. Et voilà qu'elle se retrouvait dans le même lieu, avec les mêmes collègues, mais tout avait changé. La pièce semblait saturée d'une tension qui augmentait à chaque minute. Gabriel et elle étaient assis face à Moore ; les inspecteurs Frost et Crowe s'étaient installés aux deux extrémités de la table, au centre de laquelle trônait l'objet de tous les regards : le téléphone portable de Jane, relié à un système de haut-parleurs.

— On y est presque, dit Moore. Tu es sûre que ça va aller, Jane ? Frost peut prendre les appels, si tu veux.

— Non, c'est à moi de répondre. Si elle entend une voix d'homme, ça pourrait lui faire peur.

— Encore faudrait-il que ton Arlésienne se décide à appeler, bougonna Crowe avec un haussement d'épaules.

— Tu as l'air de penser qu'on perd notre temps. Rien ne t'oblige à rester.

— Oh, si, je vais rester… histoire de voir ce que ça donne.

— On ne voudrait surtout pas que tu t'ennuies.

— Plus que trois minutes, intervint Frost.

Qui faisait de son mieux, comme d'habitude, pour arrondir les angles entre Jane et Crowe.

— Si ça se trouve, relança Crowe, elle n'a même pas lu l'annonce.

— Le numéro est en kiosque depuis cinq jours, répliqua Moore. Elle a eu largement le temps de la lire. Si elle n'appelle pas, ce sera parce qu'elle a choisi de se taire.

Ou parce qu'elle est morte, se dit Jane.

Une idée qui les avait sûrement tous effleurés, même si personne n'alla jusqu'à la formuler.

Son portable sonna, et tous les yeux convergèrent aussitôt sur elle. L'écran affichait un numéro de Fort Lauderdale. Ce n'était qu'un coup de fil, mais la peur fit bondir le cœur de Jane.

Elle inspira profondément et chercha le regard de Moore, qui hocha la tête.

— Allô ? dit-elle.

Une voix d'homme, à fort accent sudiste, sortit des haut-parleurs :

— Bon, ben, c'est à quel sujet, alors ?

En fond sonore fusaient des rires, des exclamations de gens hilares, comme après une bonne blague.

— Qui est à l'appareil ? s'enquit Jane.

— On aimerait juste savoir, c'est tout. Ça veut dire quoi, votre truc ? « Les dés sont jetés » ?

— Vous appelez pour me demander ça ?

— Mouais. C'est pour un jeu, ou quoi ? On est censés trouver la bonne réponse ?

— Je n'ai pas le temps de vous expliquer. J'attends un autre appel.

— Hé… Hé, m'dame, attendez ! J'vous appelle de Floride, merde !

Jane raccrocha et regarda Moore.

— Quel crétin !

— Si c'est le profil type du lecteur du *Confidential*, lâcha Crowe, ça nous promet une folle soirée…

— On risque d'en avoir quelques-uns dans ce goût-là, reconnut Moore.

Le téléphone sonna. L'appel venait de Providence. Une nouvelle montée d'adrénaline dérégla le pouls de Jane.

— Allô ?

— Bonsoir ! lança une voix féminine pleine d'entrain. J'ai lu votre petite annonce dans le *Confidential* et je fais actuellement une enquête sur les messages personnels. J'aurais voulu savoir si vous aviez passé le vôtre dans le cadre d'une aventure sentimentale ou s'il relevait de l'initiative commerciale ?

— Ni l'un ni l'autre, fit Jane avant de raccrocher. Putain, qu'est-ce qui ne tourne pas rond chez ces gens ?

À huit heures cinq, nouvelle sonnerie. Un homme de Newark, qui demanda :

— C'est pour un concours ? J'ai gagné quoi ?

À huit heures sept :

— Euh… c'était juste pour voir si quelqu'un répondrait.

À huit heures quinze :

— Vous êtes quoi, une espionne ou quelque chose dans ce goût-là ?

Vers huit heures et demie, les appels cessèrent. Les policiers passèrent les vingt minutes suivantes à contempler le téléphone muet. Crowe finit par se lever.

— Je crois que ça suffira, soupira-t-il en s'étirant. Voilà ce que j'appelle une soirée productive…

— Attends un peu, dit Frost. On va basculer sur le fuseau central.

— Quoi ?

— L'annonce de Rizzoli ne spécifiait pas de fuseau horaire. Il sera bientôt huit heures à Kansas City.

— Il a raison, approuva Moore. On ne bouge pas d'ici.

— Vous voulez vous taper *tous* les fuseaux ? On est ici jusqu'à minuit, maugréa Crowe.

— Et même plus, observa Frost. Si tu comptes Hawaii.

Crowe ricana.

— On devrait peut-être se commander des pizzas.

Ce qui fut fait, bien sûr. Pendant l'accalmie qui régna entre dix et onze heures du soir, Frost s'absenta et revint avec deux grandes pizzas au chorizo. On ouvrit les boîtes de soda, on se passa les serviettes en papier, puis on se rassit autour du téléphone de Jane. Bien que celle-ci fût en congé depuis plus d'un mois, elle avait l'impression de n'avoir jamais quitté son poste. Elle se retrouvait assise autour de la même table, avec les mêmes flics fatigués – et, comme d'habitude, Darren Crowe la cherchait. Hormis la présence de Gabriel, tout était comme avant.

Ça m'a manqué, se dit-elle. Même Crowe. J'avais besoin de repartir en chasse.

La sonnerie du portable la surprit, une tranche de pizza en suspension devant sa bouche. Jane attrapa une serviette pour s'essuyer les doigts et jeta un coup d'œil à l'horloge. Onze heures pile. Sur l'écran, un numéro de Boston. Cette personne avait trois heures de retard.

— Allô ?

Silence.

— Allô ? répéta Jane.

— Qui est à l'appareil ?

Une voix de femme, presque un murmure.

Étonnée, Jane regarda Gabriel et vit qu'il pensait la même chose qu'elle. *Cette femme a un accent.*

— Une amie, répondit-elle.

— Je ne vous connais pas.

— Olena m'a parlé de vous.

— Olena est morte.

C'est elle.

Jane balaya la tablée du regard et vit des mines stupéfaites. Même Crowe était penché en avant, le visage tendu d'expectative.

— Mila… Dites-moi où on pourrait se rencontrer. S'il vous plaît, il faut absolument que je vous parle. Je vous promets que vous ne risquez rien. À vous de choisir l'endroit où…

Un clic : sa correspondante avait raccroché.

— Merde ! cria-t-elle en se tournant vers Moore. Il faut la localiser, vite !

— Tu l'as ? demanda celui-ci à Frost.

Frost reposa le combiné d'une ligne interne.

— Dans le West End. Une cabine.

— C'est parti ! lança Crowe, déjà debout, en s'éloignant vers la porte.

— Elle aura filé bien avant que vous arriviez sur place, dit Gabriel.

— Une voiture de patrouille pourrait y être en cinq minutes, objecta Moore.

Jane secoua la tête.

— Surtout pas d'uniformes, dit-elle. Si elle en voit un, elle pensera que c'était un piège. Et je n'aurai plus aucune chance de rétablir le contact.

— Qu'est-ce que tu proposes, alors ? demanda Crowe, planté sur le seuil.

— Laissons-lui le temps de réfléchir. Elle a mon numéro. Elle sait où me joindre.

— Mais elle ne sait pas qui tu es, remarqua Moore.

— C'est ce qui lui a fait peur. Elle a joué la prudence.

— Elle risque de ne jamais rappeler, dit Crowe. C'est peut-être notre seule chance de la choper. Allons-y tout de suite.

— Il a raison, Jane, renchérit Moore. On n'aura peut-être pas de deuxième chance.

Après une seconde d'hésitation, Jane hocha la tête.

— D'accord. Allez-y.

Frost et Crowe quittèrent la salle. Jane passa les minutes suivantes à fixer son téléphone en se disant : J'aurais peut-être dû les suivre. C'est moi qui devrais être là-bas.

Elle s'imagina Frost et Crowe naviguant à travers l'écheveau de rues du West End, en quête d'une femme dont ils ne connaissaient pas le visage.

Le portable de Moore finit par sonner ; il s'empressa de répondre. À son expression, Jane comprit tout de suite que les nouvelles n'étaient pas bonnes. Il raccrocha en secouant la tête.

— Elle n'y était plus ? demanda-t-elle.

— Ils ont demandé à la Scientifique d'envoyer quelqu'un pour relever les empreintes, répondit son collègue, le visage marqué par une amère déception. Enfin, on sait au moins qu'elle est bien réelle. Et vivante.

— Pour le moment, soupira Jane.

Même les flics pouvaient avoir besoin d'acheter du lait et des couches.

Jane, plantée devant un rayon de la supérette, avec Regina blottie contre ses seins dans un porte-bébé, comparait d'un œil las les différentes boîtes de lait maternisé, en essayant d'étudier la composition nutritionnelle de chaque marque. Elles répondaient toutes à cent pour cent des besoins alimentaires d'un bébé, de la vitamine A au zinc.

N'importe lequel de ces laits fera parfaitement l'affaire, alors pourquoi est-ce que je me sens coupable ? Regina adore le lait maternisé. Et moi, j'ai besoin de remettre un bip à ma ceinture et de reprendre le collier. Il est grand temps que je décolle mon cul du canapé et que j'arrête de mater des rediffusions de séries policières !

Elle attrapa deux packs de Similac, fit un passage éclair au rayon couches et mit le cap sur la caisse.

Dehors, le parking était un tel four qu'elle se retrouva en sueur avant d'avoir fini de charger ses provisions dans le coffre. La garniture des sièges aurait grillé n'importe quelle peau ; avant d'attacher Regina dans sa coque, elle ouvrit en grand les portières et laissa l'auto s'aérer un bon moment. Les chariots de supermarché sillonnaient le bitume en grinçant, poussés par des clients en nage. Un klaxon beugla.

— Hé, regarde où tu vas, connard ! hurla un homme.

Tous ces gens auraient préféré se trouver ailleurs qu'en ville. Tous auraient préféré être à la plage, un cornet de glace à la main, plutôt qu'en train de jouer des coudes avec d'autres Bostoniens aussi à cran qu'eux.

Regina se mit à pleurer. Ses boucles sombres lui collaient au visage. Encore une Bostonienne à cran. Elle criait encore quand Jane se pencha sur la banquette arrière pour l'attacher, criait toujours, plusieurs blocs plus loin, tandis que sa mère roulait au pas dans le trafic, la climatisation poussée à fond.

Jane s'arrêta sous un énième feu rouge en pensant : Seigneur, aidez-moi à tenir jusqu'à la fin de cet après-midi.

Son portable sonna.

Elle aurait pu le laisser sonner, mais se résigna à extraire l'appareil des profondeurs de son sac à main et vit sur l'écran un numéro local qu'elle ne connaissait pas.

— Allô ?

Entre deux sanglots rageurs de Regina, c'est tout juste si elle entendit la question :

— Qui êtes-vous ?

Jane reconnut instantanément cette voix au timbre doux. Tous ses muscles se contractèrent.

— Mila ? Ne raccrochez pas ! Je vous en prie, ne raccrochez pas. Parlez-moi !

— Vous êtes de la police.

Le feu passa au vert ; derrière elle, quelqu'un klaxonna.

— Oui, avoua-t-elle. Je suis flic. Mais je ne cherche qu'à vous aider.

— Qui vous a donné mon nom ?

— J'étais avec Olena quand…

— Quand la police l'a tuée ?

L'automobiliste bloqué derrière Jane klaxonna de plus belle, lui enjoignant impitoyablement de dégager la piste. *Connard.* Elle enfonça l'accélérateur et traversa le carrefour, son portable toujours collé à l'oreille.

— Mila… Olena m'a parlé de vous. C'est même la dernière chose qu'elle ait dite – qu'il fallait que je vous retrouve.

— Hier soir, vous avez envoyé des policiers à mes trousses.

— Ce n'est pas moi qui…

— Deux hommes. Je les ai vus.

— Ce sont mes amis, Mila. Nous essayons de vous protéger. C'est trop dangereux pour vous de rester livrée à vous-même.

— Vous ne savez pas à quel point !

— Si ! Je sais pourquoi vous fuyez, de quoi vous avez peur, ajouta Jane après un temps d'arrêt. Vous étiez dans cette maison quand vos amies ont été assassinées. N'est-ce pas, Mila ? Vous avez vu ce qui s'était passé.

— Il n'y a plus que moi.

— Vous pourriez témoigner en justice.

— Ils m'auront tuée avant.

— Qui ?

Il y eut un silence.

Je t'en supplie, ne raccroche pas. Reste en ligne.

Jane repéra une place libre le long du trottoir et se gara brutalement. Attendit, le combiné contre son oreille, que la jeune femme se remette à parler. À l'arrière, Regina s'égosillait toujours, à chaque seconde un peu plus indignée que sa mère ose continuer à l'ignorer.

— Mila ?

— À qui est ce bébé que j'entends pleurer ?

— C'est ma fille. Elle est dans la voiture, avec moi.

— Mais… vous avez dit que vous étiez de la police…

— Oui, Mila, je suis de la police. Je l'ai dit. Je m'appelle Jane Rizzoli. Je suis inspecteur. Vous pouvez vérifier, Mila. Appelez le département de police de Boston, et posez-leur la question. J'étais avec Olena au moment de sa mort. Je me suis retrouvée prise en otage à l'hôpital, par elle... Je n'ai pas pu la sauver, ajouta-t-elle après une courte pause.

Nouveau silence. La climatisation tournait toujours à plein régime, et sa fille continuait de hurler, déterminée à lui mener la vie dure.

— Le jardin public, dit Mila.

— Quoi ?

— Ce soir. Neuf heures. Vous attendrez près du bassin.

— Vous y serez ? Allô ?

Il n'y avait plus personne en ligne.

33

Jane n'était plus habituée au poids du pistolet sur sa hanche. Ce vieil ami avait passé les dernières semaines enfermé à clé, ignoré, au fond d'un tiroir. Ce n'était pourtant qu'à contrecœur qu'elle l'avait rechargé, puis glissé dans son holster. Même si elle avait toujours considéré son arme avec le sain respect dû à tout objet capable de trouer la poitrine d'un être humain, jamais elle n'avait hésité à l'empoigner jusque-là.

Ce doit être encore un effet de la maternité, se dit-elle. Quand je regarde un flingue, maintenant, je ne pense plus qu'à Regina. Et au fait qu'un simple mouvement de doigt, une seule balle perdue, suffirait à me l'enlever.

— Tu n'es pas obligée de le faire, lâcha Gabriel.

Ils étaient assis dans la Volvo de son mari, le long d'un trottoir de Newbury Street, où les établissements branchés s'apprêtaient à baisser le rideau pour la nuit. La nombreuse clientèle des restaurants du samedi soir n'avait pas encore quitté le quartier, et des couples sur leur trente et un passaient près d'eux à pied, joyeusement rassasiés de bonne chère et de vin. À la différence de Jane, tellement nerveuse qu'elle avait dû se contenter d'avaler quelques bouchées du rôti à la cocotte que leur avait apporté sa mère.

— Rien ne les empêche d'envoyer une de tes collègues, insista Gabriel. Tu peux encore mettre les pouces.

— Mila connaît ma voix. Je lui ai donné mon nom. C'est à moi d'y aller.

— Tu es hors course depuis un mois…

— Et il est grand temps que je m'y remette.

Elle consulta sa montre, puis appuya sur le bouton de son micro-émetteur.

— Quatre minutes, dit-elle. Tout le monde est prêt ?

La voix de Moore jaillit de l'oreillette :

— On est en place. Frost a pris l'angle de Beacon et de Huntington. Je suis devant le Four Seasons.

— Et je couvrirai tes arrières, compléta Gabriel.

— C'est parti.

Jane sortit de la voiture, ajusta le bas de son blouson léger pour s'assurer qu'il couvrait bien le renflement de son arme. Et partit à l'ouest sur Newbury Street, en zigzaguant entre les touristes du samedi soir. Des gens qui n'avaient pas besoin, eux, d'avoir un calibre à la ceinture. Au carrefour d'Arlington Street, elle s'arrêta pour laisser passer le flot du trafic. Le jardin public était juste en face, et à sa gauche s'ouvrait Beacon Street, où devait être posté Frost – mais elle ne lança pas un regard dans sa direction. Pas plus qu'elle ne s'assura de la présence de Gabriel dans son dos. Il y était, elle le savait.

Elle traversa Arlington Street et s'engagea à grandes foulées dans le parc.

À la différence du grouillement de Newbury Street, les promeneurs, ici, étaient rares. Un homme et une femme se bécotaient sur un banc face au bassin, enlacés et oublieux de tout ce qui était étranger à leur transe. Un homme penché au-dessus d'une poubelle récupérait des boîtes de conserve et les jetait au fur et à mesure dans un grand sac tintinnabulant. Affalés sur la pelouse, dans l'ombre d'un rideau d'arbres qui les protégeait du halo des réverbères, des adolescents assis en cercle se relayaient pour gratter sur une guitare. Jane fit halte au bord de la pièce d'eau et scruta les ombres.

Est-ce qu'elle est déjà là ? Est-ce qu'elle m'observe ?

Personne ne l'approcha.

Elle fit lentement le tour du bassin. Dans la journée, ce parc regorgeait de pédalos, de familles en train de déguster des glaces, de musiciens frappant sur leur bongos. Mais, ce soir, l'onde lisse était une sorte de trou noir où ne se reflétaient même pas les lumières de la ville. Elle poursuivit jusqu'à l'extrémité nord du bassin et s'arrêta pour écouter le bruit de la circulation sur Beacon Street. Entre les buissons, elle devina la silhouette d'un homme tapi sous un arbre. Barry Frost. Elle détourna les yeux, boucla son tour de bassin, s'immobilisa sous un réverbère.

Me voici, Mila. Regarde-moi sous toutes les coutures. Tu verras que je suis seule.

Au bout d'un moment, elle s'assit sur un banc, la lueur du réverbère qui tombait sur elle lui donnant l'impression d'être l'héroïne d'un one-woman-show. Elle eut l'impression que des yeux l'étudiaient, violaient son intimité.

Un tintement se fit entendre dans son dos, et elle se retourna vivement, cherchant d'instinct son arme. Sa main se figea sur le holster quand elle s'aperçut que ce n'était que le clochard de tout à l'heure, avec son sac plein de boîtes de conserve. Soulagée, elle se laissa aller en arrière contre le dossier de son banc. Une brise traversa le parc, froissant le bassin, ratissant sa surface de paillettes lumineuses. L'homme aux boîtes traîna son sac jusqu'à une poubelle proche de son banc et commença à fouiller les détritus. Il prenait son temps pour sortir ses trésors, chaque nouvelle trouvaille annoncée par un coup de cymbales d'aluminium. Ce type ne s'en irait donc jamais ? Jane se leva, frustrée et impatiente.

Son portable sonna.

Elle enfouit une main dans sa poche et sortit l'appareil.

— Allô ? Allô ?

Silence.

— Je suis là, dit-elle. Je suis assise au bord du bassin, là où vous m'avez dit d'attendre. Mila ?

Seul le vrombissement de son pouls lui répondit. La communication avait été coupée.

Elle se retourna, fouilla le parc du regard, mais n'y vit que des gens déjà aperçus tout à l'heure. Le couple qui se faisait des mamours sur le banc, les ados et leur guitare. Et l'homme aux boîtes. Il ne bougeait pas, penché sur sa poubelle comme s'il cherchait à repérer un joyau minuscule dans la masse de journaux et de papiers gras.

Il écoute.

— Hé ! lança Jane.

L'homme se redressa, puis s'éloigna, traînant derrière lui son sac parcouru de bruits métalliques. Elle lui emboîta le pas.

— Je veux vous parler !

Au lieu de se retourner, l'homme poursuivit sa marche. De plus en plus vite, se sachant poursuivi. Jane piqua un sprint et le rattrapa à l'instant où il débouchait sur le trottoir. Elle l'attrapa par le col de son vieux blouson et le força à se retourner. Dans la lumière du réverbère, ils s'affrontèrent du regard. Elle vit des yeux renfoncés, une barbe hirsute striée de gris. Sentit son haleine empuantie d'alcool et de chicots.

Il se dégagea.

— Hé, qu'est-ce qui vous prend ? Ça va pas, m'dame ?

— Rizzoli ? aboya la voix de Moore dans son oreillette. Besoin d'un coup de main ?

— Non. Non, tout va bien.

— À qui vous venez de causer, là ? demanda le clochard.

Elle lui fit signe de circuler d'un geste agacé.

— Allez-vous-en. Partez d'ici.

— Et vous êtes qui, hein, pour me donner des ordres ?

— Fichez le camp !

— Ça va, ça va, ricana le clochard en s'éloignant bruyamment avec son sac. Le nombre de cinglés qui traînent dans ce parc, de nos jours…

Jane tourna les talons – et s'aperçut qu'elle était encerclée. Gabriel, Moore et Frost s'étaient approchés à quelques mètres et formaient autour d'elle un rideau protecteur.

— Oh, merde ! soupira-t-elle. J'ai demandé de l'aide ?

— On ne comprenait pas ce qui se passait, se défendit Gabriel.

— Vous avez tout fait foirer.

Elle promena son regard sur le parc, qui lui parut plus vide que jamais. Le couple du banc était en train de s'éloigner ; seuls restaient les gosses à la guitare, riant toujours parmi les ombres.

— Mila sait maintenant qu'on lui a tendu un piège. Il ne faudra plus compter sur elle pour m'approcher.

— Bon, il est dix heures moins le quart, dit Frost. Qu'est-ce qu'on fait ?

— On lève le camp, trancha Moore. Il ne se passera plus rien ce soir.

— Je me débrouillais très bien toute seule, grommela Jane. Je n'avais pas besoin de la cavalerie.

Gabriel stoppa sur sa place de parking réservée, à l'arrière de leur immeuble, et éteignit le moteur.

— On ne pouvait pas savoir ce qui allait se passer. On t'a vue courir après ce type, et ensuite on a eu l'impression qu'il se retournait pour te balancer un crochet.

— Il essayait seulement de se dégager.

— C'était impossible à deviner. J'ai cru que…

Il s'interrompit, tourna la tête vers Jane.

— J'ai réagi, ajouta-t-il. C'est tout.

— On l'a sûrement perdue, tu sais.

— Mettons qu'on l'ait perdue.

— Tu parles comme si ça ne comptait pas.

— Tu sais ce qui compte ? Qu'on ne te fasse pas de mal. Ça compte plus que tout le reste.

Il sortit de la voiture, elle en fit autant.

— Tu te souviens de ce que je fais pour gagner ma vie ? lui lança-t-elle.

— J'essaie de ne pas y penser.

— On dirait que mon métier ne te convient plus, tout à coup.

Après avoir refermé sa portière, Gabriel chercha son regard par-dessus le toit.

— Je l'avoue. J'ai un peu de mal à accepter tout ça, en ce moment.

— Tu voudrais que je démissionne ?

— Je te le demanderais si je pensais avoir ma chance.

— Et je ferais quoi, à la place ?

— J'y ai pas mal réfléchi. Tu pourrais rester à la maison avec Regina…

— Depuis quand tu es devenu tellement rétro ? J'ai du mal à croire que tu sois en train de me dire ça.

Il soupira, secoua la tête.

— Pareil pour moi.

— Tu savais qui j'étais quand tu m'as épousée, Gabriel.

Elle tourna les talons, pénétra dans l'immeuble et était déjà en train de monter vers le premier étage quand il lui lança d'en bas :

— Oui, mais peut-être que je ne savais pas qui j'étais moi-même !

Elle se retourna.

— Qu'est-ce que ça veut dire ?

— Regina et toi, vous êtes tout pour moi.

Il gravit lentement les marches, s'immobilisa devant elle sur le palier.

— Je n'avais jamais eu à m'inquiéter pour quelqu'un d'autre, ni à m'interroger sur ce que je risquais de perdre. Je ne pensais pas que ça me ferait aussi peur. Et maintenant que je me suis découvert ce talon d'Achille, je ne pense plus qu'à vous protéger.

— Tu n'y arriveras pas, répondit-elle. Tu vas devoir vivre avec. C'est comme ça quand on a une famille.

— Il y a trop à perdre.

La porte de leur appartement s'ouvrit soudain, et Angela passa la tête à l'extérieur.

— Il me semblait bien vous avoir entendus, tous les deux.

Jane se retourna.

— ’soir, maman.

— Elle est en train de faire sa nuit, alors si vous pouviez parler un peu moins fort…

— Elle a été comment ?

— Exactement comme toi à son âge.

— À ce point-là ?

En entrant dans l’appartement, Jane fut sidérée de découvrir à quel point il semblait ordonné. La vaisselle était lavée, essuyée et rangée, le plan de travail nettoyé. Un napperon de dentelle ornait même la table. Depuis quand possédaient-ils un napperon de dentelle ?

— Vous étiez en train de vous disputer, c’est ça ? interrogea Angela. Je le sens rien qu’à vous regarder.

— On a passé une soirée décevante, c’est tout.

Jane se défit de son blouson et l’accrocha dans la penderie. En se retournant, elle vit les yeux de sa mère fixés sur son arme.

— Tu n’oublieras pas d’enfermer cette saleté à double tour, n’est-ce pas ?

— Je le fais systématiquement.

— Parce que les bébés et les armes, tu sais…

— D’accord, d’accord, fit Jane en dégainant son pistolet et en le glissant dans son tiroir habituel. Elle n’a même pas un mois, tu sais.

— Elle est précoce, rétorqua Angela. Comme toi.

Et elle ajouta, en se tournant vers Gabriel :

— Je vous ai déjà raconté cette chose insensée qu’elle a faite à trois ans ?

— Il n’a aucune envie d’entendre ça, maman.

— Si, si, dit Gabriel.

Jane soupira.

— Une histoire de briquet, et de rideaux du salon. Avec la participation des pompiers de Revere.

— Oh, celle-là ? dit Angela. Je l'avais complètement oubliée.

— Madame Rizzoli, proposa Gabriel en récupérant le gilet d'Angela dans la penderie, vous pourriez peut-être me raconter tout ça pendant que je vous raccompagne chez vous ?

Dans la pièce voisine, Regina libéra soudain un hurlement destiné à faire savoir qu'elle n'était pas encore entièrement décidée à faire sa nuit. Jane alla la chercher. À son retour dans le séjour, Gabriel et sa mère avaient déjà quitté l'appartement. Tout en berçant Regina d'un bras, elle alla se planter devant l'évier de la cuisine et fit couler de l'eau chaude dans une casserole pour réchauffer son biberon. La sonnerie de l'interphone bourdonna dans l'entrée.

— Janie ? nasilla la voix d'Angela dans le haut-parleur. Tu peux me rouvrir ? J'ai oublié mes lunettes.

— Monte, maman.

Jane déclencha l'ouverture du portier électronique de l'immeuble. Quand sa mère émergea de l'escalier, elle l'attendait sur le palier, ses lunettes à la main.

— Je suis infichue de lire sans elles, dit Angela.

Elle prit le temps de gratifier d'un ultime bisou sa petite-fille en colère, puis :

— Allez, je file. Le moteur tourne.

— Bonsoir, maman.

Jane regagna la cuisine, où la casserole débordait. Elle posa le biberon dans l'eau bouillante et, pendant que le lait maternisé chauffait, se mit à arpenter la pièce avec son bébé en larmes.

L'interphone sonna à nouveau.

Oh, maman. Qu'est-ce que tu as encore oublié, cette fois ? pensa-t-elle en enfonçant le bouton d'ouverture.

Le biberon était chaud. Elle introduisit la tétine dans la bouche de Regina, mais sa fille la repoussa d'un geste sec, apparemment dégoûtée.

Quel est ton problème, petite ? se demanda-t-elle, à bout de nerfs, en retraversant le salon avec son enfant dans les bras. Si seulement tu pouvais me dire ce que tu veux !

Elle alla ouvrir la porte.

Ce n'était pas sa mère.

34

Sans un mot, la fille contourna Jane, se faufila dans l'appartement et referma la porte. Elle courut vers les fenêtres et baissa les stores les uns après les autres, en succession rapide, sous le regard ébahi de Jane.

— Qu'est-ce que vous fabriquez ?

L'intruse fit volte-face et la fixa, un doigt en travers des lèvres. Elle était toute menue, plus enfant que femme, son corps gracile flottant dans un sweat-shirt beaucoup trop grand, aux manches usées. Ses mains à l'ossature délicate rappelaient des oiseaux, et le poids du gros fourre-tout qu'elle portait à l'épaule semblait la tirer vers le sol. Ses mèches rousses, coupées à la diable, dessinaient une frange inégale, comme si elle avait elle-même manié les ciseaux, à l'aveuglette. Ses prunelles pâles, d'un gris irréel, étaient transparentes comme le verre, dans un visage affamé, sauvage, aux pommettes saillantes. Elle explora la pièce du regard, à l'affût d'un danger potentiel.

— Mila ? souffla Jane.

De nouveau la fille se mit l'index sur la bouche, en lui décochant un coup d'œil qui se passait d'interprétation : « Taisez-vous. Danger. »

Même Regina parut comprendre. Elle se calma soudain dans les bras de Jane, les yeux ouverts et attentifs.

— Vous êtes en lieu sûr, dit Jane.

— Aucun lieu n'est sûr.

— Laissez-moi prévenir mes amis. On va vous placer tout de suite sous protection policière.

Mila secoua la tête.

— Je les connais, insista Jane en s'approchant du téléphone. Je travaille avec eux.

La fille se précipita pour plaquer une main sur le combiné.

— Pas la police !

Jane la fixa dans le blanc des yeux, où dansait une flamme de panique.

— D'accord, concéda-t-elle en reculant d'un pas. Mais… moi aussi, je suis de la police. Pourquoi me faire confiance ?

Mila baissa les yeux sur Regina.

Bien sûr : voilà pourquoi elle a pris le risque, pensa Jane. Parce qu'elle sait que je suis maman. Pour elle, ça change tout.

— Je sais pourquoi vous vous cachez, reprit-elle. Je sais ce qui s'est passé à Ashburn.

Mila marcha vers le canapé et s'effondra sur les coussins. Jane la trouva soudain encore plus minuscule, à croire qu'elle rapetissait un peu plus à chaque seconde. Ses épaules basculèrent vers l'avant. Elle se prit la tête entre les mains, comme si elle n'avait plus la force de la tenir.

— Je n'en peux plus, lâcha-t-elle enfin.

Jane s'approcha, baissa les yeux sur ses mèches irrégulières.

— Vous avez vu les tueurs, dit-elle. Aidez-nous à les retrouver.

Mila leva sur elle des yeux vides, hagards.

— Je serai morte avant.

Jane s'accroupit pour se mettre à son niveau. Regina aussi fixait Mila, fascinée par cette créature nouvelle, exotique.

— Pourquoi êtes-vous venue, Mila ? Qu'est-ce que vous attendez de moi ?

Mila plongea une main dans son fourre-tout crasseux et se mit à fouiller parmi les vêtements en désordre, les sucres d'orge et les vieux mouchoirs. Elle en sortit une cassette vidéo et la tendit à Jane.

— Qu'est-ce que c'est ?

— J'ai trop peur pour la garder avec moi. Je vous la donne. Dites-leur bien qu'il n'y en a plus d'autre. Que c'est la dernière.

— D'où vient cette cassette ?

— Prenez-la !

Elle la tenait à bout de bras, comme un objet dangereux, et exhala un soupir de soulagement quand Jane la lui prit des mains.

Après avoir installé Regina dans son transat, celle-ci se dirigea vers le téléviseur. Elle inséra la vidéocassette dans le magnétoscope puis appuya sur le bouton « lecture » de la télécommande.

Une image envahit l'écran. Jane vit un lit à montants de cuivre, une chaise, d'épais rideaux qui masquaient une fenêtre. Hors champ, un grincement de pas se rapprochait, ponctué d'un rire féminin. Une porte cliqueta, un homme et une jeune femme apparurent. La femme arborait une crinière de cheveux lisses et blonds ; son décolleté suggérait une poitrine opulente. L'homme était vêtu d'un polo et d'un pantalon kaki.

« Oh oui… » soupira l'homme pendant que la femme dégrafait son corsage.

Elle sortit en se tortillant de sa jupe, ôta ses dessous. Poussa malicieusement l'homme en arrière sur le lit, où il resta allongé sur le dos, passif, pendant qu'elle débouclait sa ceinture et baissait son pantalon. Elle se pencha sur son pénis en érection, le prit dans sa bouche.

C'est du porno, pensa Jane. Pourquoi est-ce que je suis en train de regarder ça ?

— Plus loin, dit Mila en lui prenant la télécommande des mains.

Elle appuya sur « avance rapide ».

La tête de la blonde se mit à monter et descendre à toute vitesse, lancée dans une fellation frénétique. L'écran devint noir. Un autre couple entra en trombe dans la chambre. Dès qu'elle vit les longs cheveux noirs de la femme, Jane se raidit. Olena.

Les vêtements disparurent comme par magie. Les corps nus basculèrent sur le lit, frétillèrent en accéléré sur le matelas.

J'ai visité cette chambre, pensa Jane, revoyant le placard à la cloison percée d'un orifice.

Voilà comment ces images avaient été tournées – grâce à une caméra cachée dans le double fond de ce placard. Avec le recul, elle comprit qui était la blonde de la première séquence : la Jane Doe numéro deux de la vidéo montrée par l'inspecteur Wardlaw, assassinée sur son lit de camp alors qu'elle tentait de se cacher sous une couverture.

Toutes les filles filmées sur cette cassette sont mortes.

Une fois de plus, l'écran s'assombrit.

— Maintenant, dit Mila à mi-voix.

Elle appuya sur « stop », puis sur « lecture ».

Toujours le même lit, et la même chambre, sauf que les draps avaient été changés : ceux-là étaient à fleurs, avec des taies dépareillées. Un homme d'un certain âge apparut, le crâne dégarni, le nez chaussé de lunettes à monture de métal, portant une chemise blanche et une cravate rouge. Il dénoua sa cravate et la jeta sur la chaise, puis ouvrit sa chemise sur une poitrine pâle, affaissé par le poids des ans. Il faisait face à l'objectif mais n'était sûrement pas conscient de sa présence, car il se mit torse nu avec une absence totale d'inhibition, en exposant à la caméra une bedaine peu flatteuse. Soudain il se raidit, et son attention se porta vers quelque chose que le spectateur ne voyait pas encore. Une fille. Elle arriva précédée d'un concert de cris, de protestations suraiguës, dans une langue qui pouvait être du russe. Elle n'était pas d'accord pour entrer dans cette chambre. Ses sanglots furent interrompus net par le claquement sec d'une gifle, suivi d'un ordre aboyé par une voix féminine. C'est alors seulement que la fille fit irruption en titubant dans le champ, comme si elle venait d'être poussée, et s'écroula par terre aux pieds de l'homme. La porte claqua, des pas s'éloignèrent.

L'homme baissa les yeux sur la fille. Déjà, une érection tendait l'entrejambe de son pantalon gris.

« Debout », dit-il.

La fille ne bougea pas.

« Debout. »

Il l'aiguillonna du bout du pied.

La fille leva la tête. Ses cheveux blonds étaient en désordre. Lentement, comme écrasée par son propre poids, elle se redressa.

Contre son gré, Jane se pencha vers l'écran, trop fascinée pour détourner les yeux malgré la rage qui montait en elle. Cette fille n'était même pas une adolescente. Elle portait un corsage rose coupé en bas et une minijupe en jean d'où s'échappait une paire de jambes d'une maigreur affolante. Sa joue était marquée de l'empreinte rouge de la gifle qu'elle venait de recevoir. Les bleus de ses bras nus témoignaient d'autres coups, d'autres cruautés. L'homme avait beau la dominer de toute sa hauteur, cette fille frêle affrontait son regard d'un air de défi silencieux.

« Enlève le haut. »

Elle continua de l'observer, sans rien faire.

« Tu es idiote, ou quoi ? Tu ne comprends pas l'anglais ? »

La fille se raidit, haussa le menton. *Elle a très bien compris. Et elle te dit d'aller te faire foutre, connard !*

L'homme s'avança vers elle, empoigna son corsage à deux mains et l'ouvrit violemment, dans une grêle de boutons arrachés. La fille poussa un petit cri stupéfait et le gifla, ce qui fit voler ses lunettes. Elles retombèrent sur le sol avec un petit bruit métallique. L'espace de quelques secondes, l'homme se contenta de la regarder d'un air ahuri. Puis la colère lui déforma les traits au point que Jane se détourna de l'écran, sachant déjà ce qui allait advenir.

Son coup de poing percuta de plein fouet la mâchoire de la fille, avec une telle force qu'il la fit décoller du sol. Elle partit à la renverse. Il la ramassa par la taille, la traîna jusqu'au lit, la jeta sur le matelas. En quelques gestes rageurs, il la dépouilla de sa jupe, puis ouvrit son pantalon.

Malgré le coup qui l'avait à demi assommée, la fille n'était pas décidée à se laisser faire. Paraissant tout à coup renaître à la vie, elle se mit à hurler, à le marteler de ses poings. Il lui saisit les poignets et se plaqua sur elle en la clouant sur le matelas. Dans son impatience à se frayer un chemin entre ses cuisses, il laissa échapper sa main droite. Elle lui griffa le visage, lui arrachant des lambeaux de peau. L'homme rejeta le haut du corps en arrière et se toucha la joue. Contempla, incrédule, ses doigts rougis de sang.

« Sale pute. Sale petite pute ! »

Son poing s'écrasa sur la tempe de la fille avec un son qui fit sursauter Jane. Une vague de nausée lui monta dans la gorge.

« J'ai payé pour t'avoir, salope ! »

La fille le repoussa de ses mains, mais elle avait perdu des forces. Son arcade gauche enflait à vue d'œil, un filet de sang coulait de ses lèvres. Elle luttait toujours, mais ses efforts ne faisaient qu'exciter l'homme. Trop affaiblie pour lui résister, elle ne put empêcher l'inévitable. Quand il s'enfonça en elle, elle hurla.

« Tais-toi ! »

Elle cria de plus belle.

« Ta gueule ! »

Il la frappa encore. Et encore. Il finit par lui plaquer une main sur la bouche tout en augmentant la force de ses coups de boutoir. Il ne parut pas remarquer qu'elle ne criait plus, qu'elle avait cessé de résister. Les seuls sons à présent étaient les grincements rythmiques du sommier et les râles bestiaux qui montaient de sa propre gorge. Il lâcha un ultime grognement en même temps que son dos s'arquait sur un spasme libérateur. Puis, dans un soupir, il s'écroula sur la fille.

Il resta un certain temps allongé, le souffle lourd, le corps flasque. Petit à petit, il parut s'apercevoir que quelque chose n'allait pas. Il redressa la tête, baissa les yeux sur elle.

Elle ne bougeait pas.
Il la secoua.
« Hé. »
Il lui tapota la joue.
« Réveille-toi, dit-il avec une note d'inquiétude dans la voix. Bon sang, réveille-toi ! »
La fille resta inerte.
Il roula hors du lit et resta un moment debout, à la contempler. Il lui palpa la gorge du bout des doigts, cherchant le pouls. Tous les muscles de son corps étaient tendus. Il s'écarta du lit à reculons, haletant de panique.
« Oh, merde… »
Il se mit à jeter des regards tout autour de lui, comme si la solution à son problème se trouvait quelque part dans la chambre. De plus en plus frénétique, il récupéra ses vêtements et se rhabilla en hâte, butant sur chaque boucle, sur chaque bouton. Il se laissa tomber à genoux pour ramasser ses lunettes, qui avaient glissé sous le lit, les remit d'une main tremblante. Il posa sur la fille un ultime regard, qui confirma ses pires craintes.
Secouant la tête, il battit en retraite, quitta le champ de la caméra. Une porte s'ouvrit en grinçant, puis claqua, des pas s'éloignèrent. Une éternité s'écoula ainsi, la caméra demeurant braquée sur le lit et son occupante sans vie.
D'autres pas s'approchèrent ; on frappa à la porte, une voix appela en russe. Jane reconnut la femme qui pénétra dans la chambre. C'était la maquerelle, morte ligotée sur une chaise de la cuisine.
Je sais ce qui t'attend. Ce qu'ils vont faire à tes mains. Je sais que tu mourras en hurlant.
La femme s'approcha du lit et secoua la fille. Cria un ordre. La fille ne réagit pas. La femme recula, une main

devant la bouche. Puis, d'un seul coup, elle fit volte-face et regarda droit dans l'objectif.

Elle sait qu'il y a une caméra. Elle sait qu'elle est filmée.

Elle s'approcha sans hésiter. Quelque chose grinça dans le placard, puis l'écran devint noir.

Mila éteignit le magnétoscope.

Jane, incapable de parler, se laissa tomber sur le canapé et resta murée dans un silence abasourdi. Regina était tout aussi discrète, comme si elle se rendait compte que ce n'était pas le moment de faire des histoires. Que sa mère était trop secouée pour s'occuper d'elle.

Gabriel, pensa Jane. J'ai besoin de toi.

Elle chercha le téléphone du regard, s'aperçut qu'il avait laissé son portable sur la table. Elle n'avait aucun moyen de le joindre tant qu'il serait en voiture.

— C'est quelqu'un d'important, lâcha Mila.

Jane se retourna vers elle.

— Pardon ?

— D'après Joe, cet homme était sûrement un membre important de votre gouvernement, dit Mila en indiquant l'écran.

— Joe a vu cette cassette ?

Mila opina.

— C'est lui qui m'en a donné une copie, au moment de mon départ. Pour qu'on en ait chacun une au cas où… au cas où on ne se reverrait plus jamais, conclut-elle en un souffle.

— D'où vient-elle ? Où l'avez-vous trouvée ?

— Elle était cachée dans la chambre de la Mère. On ne savait rien. On voulait juste de l'argent.

Voilà donc le mobile de la tuerie, se dit Jane. C'est pour ça que les filles de cette maison ont été massacrées. Elles savaient ce qui s'était passé dans la chambre. Et ces images en sont la preuve.

— Qui est-ce ? demanda Mila.

Jane regarda le téléviseur éteint.

— Aucune idée. Mais je connais quelqu'un qui pourrait sûrement répondre à cette question.

Elle se dirigea vers le téléphone.

— Pas la police ! cria Mila en la fixant d'un œil épouvanté.

— Je n'appelle pas la police. Je vais juste demander à un ami de passer. Un journaliste. Il connaît du monde à Washington. Il a vécu là-bas. Il saura nous dire qui c'est.

Elle feuilleta l'annuaire, à la recherche de Peter Lukas. Il habitait à Milton, dans la banlieue sud de Boston. Elle composa son numéro en sentant le poids du regard de Mila, qui n'était visiblement pas encore disposée à lui faire entièrement confiance.

Au moindre faux pas, pensa Jane, cette fille prendra ses jambes à son cou. J'ai intérêt à ne pas l'effrayer.

— Allô ? dit Peter Lukas.

— Vous pourriez passer chez moi, là, tout de suite ?

— Inspecteur Rizzoli ? De quoi s'agit-il ?

— Je ne peux rien vous dire au téléphone.

— On dirait que c'est sérieux.

— Vous tenez peut-être votre Pulitzer, Lukas…

Elle n'alla pas plus loin.

L'interphone venait de sonner.

Mila lui décocha un regard de pure panique. Elle ramassa son fourre-tout et bondit vers la fenêtre.

— Attendez. Mila, ne…

— Rizzoli ? fit Lukas. Hé, qu'est-ce qui se passe ?

— Ne bougez pas. Je vous rappelle tout de suite, dit Jane en raccrochant.

Mila courait de fenêtre en fenêtre, cherchant désespérément à localiser l'escalier extérieur.

— Tout va bien ! cria Jane. Calmez-vous !

— Ils m'ont retrouvée !

— On ne sait même pas qui a sonné. Voyons voir ça…

Elle appuya sur le bouton de l'interphone.

— Oui ?

— Inspecteur Rizzoli ? Ici John Barsanti. Je peux monter ?

La réaction de Mila fut immédiate. Elle partit au sprint vers la chambre de Jane et Gabriel, toujours en quête de l'escalier de secours.

— Attendez ! cria Jane en la poursuivant dans le couloir. Je le connais, on peut lui faire confiance !

Mila était déjà en train d'ouvrir la fenêtre de la chambre.

— Vous ne pouvez pas partir comme ça !

La sonnerie de l'interphone retentit à nouveau, ce qui incita Mila à enjamber précipitamment la fenêtre pour rejoindre l'escalier de secours.

Si elle part, pensa Jane, je ne la reverrai plus. C'est grâce à son instinct que cette fille a survécu aussi longtemps. Peut-être que je devrais m'y fier aussi…

— Je viens avec vous, d'accord ? dit-elle en saisissant le poignet de Mila. On va partir ensemble. Attendez-moi une seconde !

— Faites vite, souffla Mila.

— Mon bébé, fit Jane en se retournant.

Mila revint avec elle dans le séjour et resta à surveiller la porte d'entrée d'un œil nerveux pendant que Jane éjectait la vidéocassette, puis la jetait dans un sac à langer. Elle ouvrit le tiroir où elle gardait son arme, qui atterrit à son tour dans le sac à langer.

Au cas où.

L'interphone bourdonna encore.

Jane souleva Regina dans ses bras.

— Allons-y.

Mila dévala l'escalier de secours, agile comme un singe. Dans le temps, Jane aurait sans doute été aussi rapide, aussi casse-cou. Mais avec Regina dans ses bras, elle était obligée de rester prudente.

Mon pauvre bébé, pensa-t-elle, je n'ai pas le choix. Je suis obligée de t'entraîner avec moi dans cette galère.

Elle atteignit enfin l'asphalte de l'allée de service et guida Mila jusqu'à sa Subaru garée sur le parking de l'immeuble. En déverrouillant sa portière, elle entendit à nouveau, par la fenêtre ouverte de sa chambre, une rafale de coups de sonnette rageurs.

Tandis qu'elles filaient vers l'ouest sur Tremont Street, Jane jeta plusieurs coups d'œil dans son rétroviseur, sans détecter le moindre signe de poursuite, ni même de filature.

Et maintenant, pensa-t-elle, il ne me reste plus qu'à trouver un refuge suffisamment sûr pour que Mila cesse de flipper comme une malade… Un endroit où elle ne verra pas de policiers en uniforme. Et surtout où Regina sera parfaitement à l'abri.

— Où est-ce qu'on va ? interrogea Mila.

— Je réfléchis, je réfléchis…

Jane baissa les yeux sur son téléphone portable, mais elle n'osait pas appeler sa mère. Elle n'osait appeler personne.

Tout à coup, elle bifurqua vers le sud et s'engagea sur Columbus Avenue.

— Je connais un endroit sûr, dit-elle.

35

Peter Lukas assista en silence à l'agression barbare qui se déroulait sur son téléviseur. À la fin de la cassette, il ne bougea pas. Même après que Jane eut éteint le magnétoscope, ses yeux restèrent fixés sur l'écran, comme s'ils voyaient encore le corps martyrisé de la fille, les draps pleins de sang. Il n'y avait plus un bruit dans la pièce. Regina dormait sur le canapé ; Mila, debout près d'une fenêtre, surveillait la rue.

— Mila n'a jamais su comment elle s'appelait, finit par dire Jane. Il y a de fortes chances pour que son corps ait été enseveli quelque part dans les bois, derrière la maison. L'endroit est isolé, il offre toutes sortes de possibilités pour se débarrasser d'un cadavre. Dieu seul sait combien d'autres filles pourraient être enterrées là-bas.

Lukas baissa la tête.

— J'ai envie de vomir.

— Vous n'êtes pas le seul.

— Pourquoi avoir filmé une scène pareille ?

— Notre homme ne s'est visiblement pas rendu compte qu'il était filmé. La caméra était dissimulée dans le double fond d'un placard, là où les clients n'avaient aucune chance de la voir. Peut-être qu'elle servait juste à fournir à quelqu'un une source de revenus supplémentaires. On prostitue les filles, on filme leurs passes et on revend les images sur le marché du X. Il y avait du fric à se faire à toutes les étapes. Ce bordel, après tout, n'était qu'une des nombreuses filiales de Ballentree.

Et Jane ajouta sèchement, après une courte pause :

— Ces gens-là semblent croire aux vertus de la diversification.

— Mais là, c'est carrément du snuff[1] ! Jamais Ballentree ne se risquerait à vendre une saloperie pareille !

— Effectivement, ces images-là étaient trop explosives. La mère maquerelle s'en est rendu compte : elle gardait la cassette cachée dans un sac. Mila me dit qu'elles l'ont trimballée pendant des mois sans savoir ce qu'il y avait dessus. C'est Joe qui a fini par avoir l'idée de la visionner sur le magnétoscope d'une chambre de motel. Nous savons maintenant pourquoi toutes ces femmes se sont fait massacrer à Ashburn. Pourquoi Charles Desmond a été suicidé. Parce qu'ils connaissaient ce client ; ils auraient pu l'identifier. Ils devaient mourir.

— Tous ces crimes auraient donc servi à étouffer un viol suivi de meurtre ?

Jane opina.

— D'un seul coup, Joe comprend qu'il a de la dynamite entre les mains. Mais que faire d'une pièce à conviction de ce type ? Il n'avait personne à qui se fier. Qui aurait cru un type comme lui, considéré depuis

1. Les *snuff movies* sont des films circulant sous le manteau qui montrent des meurtres réels.

longtemps comme un parano notoire ? C'est sûrement ça qu'il vous a envoyé. Une copie de cette cassette.

— Sauf que je ne l'ai jamais reçue.

— À l'époque, ils étaient déjà séparés – pour limiter les risques de capture. Mais chacun d'eux avait sa copie. Olena s'est fait prendre avant de pouvoir vous apporter la sienne au siège du *Tribune*. Celle de Joe a peut-être été confisquée lors de la prise d'assaut de l'hôpital. Il n'y a plus que celle-ci, conclut-elle en montrant du doigt l'écran noir.

Lukas se tourna vers Mila, retranchée dans un coin de la pièce comme une bête apeurée.

— Vous l'avez vu de vos yeux, Mila ? Cet homme ? À la maison ?

— Le bateau, rétorqua-t-elle avec un frisson visible. Je l'ai vu à une soirée, sur le bateau.

Lukas regarda à nouveau Jane.

— Elle parle du yacht de Charles Desmond, à votre avis ?

— Je pense que c'est de cette façon que Ballentree négociait ses marchés, dit Jane. L'univers de Desmond était un club d'hommes. Des contrats d'armement, des acteurs du Pentagone. Chaque fois que des hommes jouent avec de grosses sommes d'argent, vous pouvez être sûr que le sexe y a sa place. Comme moyen de ficeler les accords.

Elle éjecta la cassette et se retourna pour faire face à Lukas.

— Alors, vous savez qui c'est ? Le type de la vidéo ?

Le journaliste avala bruyamment sa salive.

— Excusez-moi. J'ai du mal à croire que c'est vrai.

— C'est forcément un très gros poisson. Il n'y a qu'à voir tout ce qu'il a réussi à faire, les ressources qu'il est parvenu à mobiliser, pour remettre la main sur cette cassette.

Elle vint se planter devant Lukas.

— Qui est-ce ?

— Vous ne l'avez pas reconnu ?

— J'aurais dû ?

— Seulement si vous avez suivi la cérémonie de passation de pouvoirs du mois dernier. Cet homme est Carleton Wynne. Notre nouveau directeur du renseignement national.

Abasourdie, Jane se laissa tomber dans un fauteuil sans quitter le journaliste des yeux.

— Merde… Le type qui chapeaute toutes les agences de renseignement du pays, vous voulez dire ?

Lukas hocha la tête.

— Le FBI. La CIA. Le renseignement militaire. Quinze services au total, si on inclut les branches spécialisées de la Sécurité du territoire et du département de la Justice. C'est quelqu'un qui peut tirer toutes les ficelles de l'intérieur. Et si vous n'avez pas reconnu Wynne, c'est parce qu'il n'occupe pas souvent le devant de la scène. Il a plutôt le profil type de l'éminence grise. Il a quitté la CIA il y a deux ans pour diriger la cellule de soutien stratégique, qui venait d'être créée au Pentagone. Suite à la démission forcée du précédent directeur du renseignement national, la Maison-Blanche a choisi Wynne pour le remplacer. Il vient juste de prendre ses fonctions.

— S'il vous plaît, dit Mila. Il faut que j'aille aux toilettes.

— Au fond du couloir, murmura Lukas, qui ne détacha pas ses yeux de Jane quand la jeune femme sortit du séjour. L'homme ne sera pas facile à faire tomber.

— Avec cette cassette, je ferais tomber King Kong.

— Le directeur Wynne dispose d'un puissant réseau d'amis au Pentagone et à la CIA. Il a été personnellement désigné par le Président.

— Il est à moi. Et je vous garantis que je vais le faire dégringoler.

La sonnette retentit. Surprise, Jane tourna la tête.

— Détendez-vous, fit Lukas en se levant. C'est sûrement mon voisin. Je lui avais promis de nourrir son chat ce week-end.

Malgré ces propos rassurants, Jane resta assise à l'extrême bord de son fauteuil, l'oreille tendue, pendant que Lukas disparaissait dans l'entrée pour aller ouvrir.

— Bonsoir, dit-il nonchalamment. Entrez donc.

— Tout se passe bien ? demanda une voix d'homme.

— Mouais. On était en train de se mater une cassette.

À ce moment-là, Jane aurait dû comprendre qu'il se passait quelque chose d'anormal, mais la décontraction de Lukas l'avait désarmée, induite à se sentir en lieu sûr chez lui, avec lui. Le nouveau venu fit son entrée dans la pièce. Blond, les cheveux courts, les bras fortement musclés. Même en voyant le pistolet qu'il serrait au creux de son poing, Jane eut du mal à accepter pleinement la réalité des faits. Elle se leva d'un mouvement lent, le cœur serré. Elle porta sur Lukas un regard brisé, le regard d'une femme trahie, qui ne suscita chez celui-ci qu'un haussement d'épaules. Assorti d'une moue qui voulait dire « Désolé, mais c'est comme ça ».

L'homme blond balaya la pièce du regard avant de s'arrêter sur Regina, qui dormait à poings fermés entre les coussins du canapé. Il braqua aussitôt son arme sur elle, et Jane fut saisie d'un accès de panique qui la transperça comme un coup de couteau en plein cœur.

— Pas un mot, lui dit l'homme.

Il avait su tout de suite comment la dompter, l'atteindre au plus profond de son être.

— Où est la pute ? glissa-t-il à Lukas.

— Aux toilettes. Je vais la chercher.

Il est trop tard pour alerter Mila, pensa Jane. Même si je me mettais à crier, elle n'aurait aucune chance de leur échapper.

— Alors c'est vous, dit l'homme blond. La fliquette dont j'ai entendu parler.

La fliquette. La pute. Connaissait-il seulement le nom des deux femmes qu'il allait assassiner ?

— Je m'appelle Jane Rizzoli.

— Vous auriez mieux fait d'être ailleurs en ce moment, inspecteur.

Si. Il savait qui elle était. Bien sûr. C'était un pro. Et il était suffisamment informé à son sujet pour prendre soin de maintenir entre eux une distance respectable, et rester assez loin pour pouvoir réagir au moindre mouvement. Même désarmé, cet homme n'aurait pas été facile à maîtriser. Sa posture, la façon calme et précise dont il avait pris la direction des opérations, tout cela indiquait à Jane que, sans son flingue, elle n'avait aucune chance.

Avec son flingue, en revanche…

Elle laissa brièvement tomber les yeux au sol. Où avait-elle mis son sac à langer, bordel de merde ? Était-il tombé derrière le canapé ? Elle ne le voyait plus.

— Mila ? lança la voix de Lukas, devant la porte des toilettes. Tout va bien ?

Regina se réveilla en sursaut et poussa une petite plainte nerveuse, comme si elle se rendait compte que quelque chose n'allait pas. Que sa mère était dans la panade.

— Laissez-moi la prendre, dit Jane.

— Elle est très bien là où elle est.

— Si je ne la prends pas, elle va se mettre à hurler. Et elle a du coffre.

— Mila ? insista Lukas en frappant à la porte des toilettes. Vous pouvez ouvrir ? Mila !

Regina, comme prévu, hurla. Jane regarda à nouveau l'homme blond, qui finit par hocher la tête. Elle prit sa fille dans ses bras, mais son intervention ne fut pas concluante.

Elle sent mon cœur battre la chamade. Elle sent ma peur.

Il y eut une série de coups sourds, suivie d'un énorme craquement quand Lukas enfonça la porte des toilettes. Il revint en courant dans le séjour quelques secondes plus tard, hagard.

— Elle a filé !

— Quoi ?

— Le vasistas des toilettes est ouvert. Elle a dû réussir à se faufiler au-dehors !

L'homme blond réagit d'un haussement d'épaules.

— On la retrouvera une autre fois. Le plus important, c'est la cassette.

— Ça, on l'a !

— Vous êtes sûr qu'il n'en existe plus d'autre copie ?

— C'était la dernière.

Jane fusilla le journaliste du regard.

— Vous la connaissiez.

— Vous avez une idée du nombre de saletés qu'un journaliste peut recevoir chaque semaine au courrier sans avoir rien demandé ? répliqua Lukas. Du nombre de théoriciens de la conspiration et autres cinglés qui se promènent dans la nature, rêvant de convaincre l'opinion ? J'écris un papier sur Ballentree, un seul, et me voilà tout à coup bombardé meilleur ami de tous les Joseph Roke du pays. Et ça en fait, des mabouls. Ces gens-là s'imaginent que s'ils me confient leurs petits délires je reprendrai le tout mot pour mot dans mes articles. Que je serai à moi seul leur Woodward et leur Bernstein[1]...

— Ça devrait se passer de cette façon. C'est ce que les journalistes sont censés faire.

— Et vous en connaissez beaucoup, vous, des journalistes riches ? Abstraction faite de la poignée de superstars habituelles, vous pourriez me citer combien de noms ? Pour tout vous dire, l'opinion se fout royalement de la vérité. Oh, peut-être qu'il y aurait un petit frémissement d'intérêt pendant deux ou trois semaines. Quelques articles à la une au-dessus du pli. *Le directeur du renseignement national inculpé de meurtre*. La Maison Blanche se déclarerait horrifiée, Carleton Wynne plaiderait coupable, et l'affaire finirait ensuite comme tous les scandales à Washington. En quelques mois, l'opinion aurait tout oublié. Et je recommencerais à écrire mes petites chroniques, à rembourser mes emprunts, et à rouler dans ma Toyota pourrie, dit-il en secouant la tête. Dès que j'ai vu la cassette déposée par Olena, j'ai compris que cette affaire valait tous les Pulitzer du monde. Je savais qui serait prêt à payer pour la récupérer.

— La cassette que Joe vous a envoyée... vous l'avez reçue, bien sûr !

1. Les deux journalistes du *Washington Post* qui ont révélé le scandale du Watergate.

— Et j'ai failli la jeter, d'ailleurs. Et puis je me suis dit : Eh merde, voyons ce qu'il y a dessus. J'ai immédiatement reconnu Carleton Wynne. Avant que j'aie décroché mon téléphone pour lui en parler, il ignorait totalement l'existence de ces images. Il pensait être simplement à la poursuite des deux petites putes qui avaient échappé au massacre. D'un seul coup, l'affaire est devenue beaucoup, beaucoup plus grave. Et aussi plus coûteuse.

— Il a accepté de négocier avec vous ?

— Vous auriez refusé, vous ? Sachant le mal que ces images pouvaient vous faire ? Sachant que plusieurs copies circulaient dans la nature ?

— Et vous croyez vraiment que Wynne va vous laisser vivre ? Maintenant que vous lui avez donné Joe et Olena ? Il n'a plus besoin de vous.

— Il me faudrait une pelle, intervint l'homme blond.

— Je ne suis pas idiot, fit Lukas, sans cesser de fixer Jane. Et Wynne le sait.

— La pelle ? insista l'homme blond.

— Il y en a une dans le garage, répondit Lukas.

— Allez me la chercher.

À l'instant où Lukas quittait la pièce, Jane lui lança :

— Vous êtes le dernier des crétins si vous vous imaginez qu'il vous laissera vivre assez longtemps pour profiter de votre pactole !

Regina s'était tue dans ses bras, réduite au silence par la furie maternelle.

— Vous avez vu de quelle façon ces gens fonctionnent ! lui hurla-t-elle. Vous savez comment a fini Charles Desmond ! On vous retrouvera dans votre baignoire, les poignets tailladés, ou bien ils vous gaveront de barbituriques avant de vous balancer dans la baie, comme ils l'ont fait pour Olena ! À moins que ce type ne décide de vous effacer purement et simplement d'une balle dans la tête !

Lukas revint dans la maison muni d'une pelle, qu'il tendit à l'homme blond.

— Cette forêt, derrière chez vous, dit celui-ci. Elle est étendue ?

— Un bon kilomètre et demi. Elle fait partie du parc naturel de Blue Hill.

— On va devoir l'emmener le plus loin possible.

— Écoutez, je ne veux rien avoir à faire là-dedans. C'est vous qui êtes payé pour ça.

— Alors, vous vous occuperez de sa voiture.

— Attendez…

Lukas plongea un bras derrière le canapé et en ressortit le sac à langer de Jane, qu'il tendit à l'homme blond.

— Je ne veux garder aucune trace de son passage chez moi.

Donne-le-moi, pensa Jane. Rends-moi mon putain de sac.

Mais l'homme blond le jeta en travers de son épaule et dit, en la regardant :

— Venez, inspecteur. On va faire un tour dans le bois.

Jane prit le temps de se retourner pour lancer à Lukas un dernier regard.

— Votre tour viendra, lui dit-elle. Vous êtes un homme mort.

Dehors, une demi-lune brillait dans le ciel étoilé. Obligée de porter Regina, Jane se prenait souvent les pieds dans une racine ou un buisson, son chemin n'étant que très faiblement éclairé par la lampe du tueur : il la suivait à distance, pour ne pas lui laisser la moindre chance. Elle n'aurait pas pu tenter grand-chose, de toute façon, avec son bébé dans les bras. Regina, qui n'aurait eu droit qu'à quelques courtes semaines de vie.

— Ma fille ne pourra pas vous attirer d'ennuis, dit-elle. Elle n'a même pas un mois.

L'homme blond resta muet. Le silence n'était rompu que par le bruit de leurs pas dans la brande. Les craquements de brindilles, le bruissement des feuilles. Un vrai vacarme, mais personne n'était là pour l'entendre.

Si une femme tombe dans la forêt, mais que personne ne l'entend[1]...

— Vous n'avez qu'à la prendre avec vous, insista Jane. Et la laisser quelque part où quelqu'un pourra la trouver.

— Ce n'est pas mon problème.

— Ce n'est qu'un bébé !

La voix de Jane se brisa. Elle s'arrêta là, entre les arbres, serrant sa fille contre son cœur tandis qu'un flot de larmes lui inondait la gorge. Regina produisit un gazouillis, comme pour la consoler ; Jane pressa ses lèvres contre la tête de sa fille et s'enivra de l'odeur sucrée de ses bouclettes, de la chaleur de ses joues soyeuses.

Comment ai-je pu t'entraîner là-dedans ? pensa-t-elle. C'est la pire faute qu'une mère puisse commettre. Et tu vas la payer de ta vie, avec moi.

— Allez, en avant, dit l'homme blond.

Je me suis déjà battue, se dit-elle, et j'ai réussi à survivre. Je peux le refaire. *Je dois le refaire, pour toi.*

1. Pastiche d'une phrase de George Berkeley, évêque et philosophe irlandais (1685-1753) : « Si un arbre tombe dans la forêt et si personne ne l'entend tomber, cela fait-il du bruit ? »

— À moins que vous ne préfériez qu'on en finisse ici même ?

Jane respira profondément, s'imprégnant de l'odeur des arbres, des feuilles humides. Elle repensa aux restes humains qu'elle avait examinés, l'été précédent, dans la réserve naturelle de Stony Brook. Aux innombrables plantes rampantes qui s'étaient faufilées dans les cavités orbitales, enveloppant le crâne de leurs vrilles avides. À l'absence de mains et de pieds, rongés, volés par les charognards. Sentant vibrer son pouls au bout de ses doigts, elle se rappela à quel point les os d'une main humaine étaient ténus, fragiles. Avec quelle facilité ils pouvaient se dissoudre dans l'humus d'une forêt.

Elle se remit en marche, s'enfonçant encore plus avant dans la forêt.

Garde la tête froide, s'exhorta-t-elle. Si tu paniques, tu perdras toutes tes chances de le surprendre. Toutes tes chances de sauver Regina.

Ses sens s'aiguisèrent peu à peu. Elle prit conscience du sang qui pulsait dans ses mollets, de la moindre molécule d'air qui lui frôlait le visage.

Tu viens à peine de naître, pensa-t-elle, et pourtant tu vas mourir.

— Je crois que ça ira, dit l'homme blond.

Ils venaient de déboucher dans une petite clairière. Les arbres autour d'eux formaient un cercle sombre de témoins muets. Les étoiles scintillaient froidement.

Rien de tout cela ne sera affecté par notre départ. Les étoiles s'en foutent. Les arbres s'en foutent.

L'homme jeta la pelle à ses pieds.

— Creusez.

— Et ma fille ?

— Posez-la par terre et creusez.

— Le sol est si dur…

— Qu'est-ce que ça peut faire, au point où on en est ?

Il jeta le sac à langer aux pieds de Jane.

— Vous n'avez qu'à la mettre là-dessus.

Jane s'accroupit, le cœur tellement emballé qu'elle crut qu'il allait lui défoncer les côtes.

Il me reste une chance, pensa-t-elle. Tu mets la main dans ce sac, tu attrapes ton flingue. Tu te retournes et tu envoies la sauce avant qu'il ait eu le temps de dire ouf. Pas de quartier, tu lui fais sauter le caisson et basta.

— Mon pauvre bébé, murmura-t-elle, penchée au-dessus du sac, en glissant sans bruit une main à l'intérieur. Maman va devoir te poser un moment…

Ses doigts effleurèrent son portefeuille, un biberon, des couches.

Mon flingue. *Où est mon putain de flingue ?*

— Posez ce bébé.

Pas d'arme.

Un sanglot lui échappa.

Bien sûr qu'il l'a pris. Ce type n'est pas idiot. Je suis de la police : il a dû se douter que je serais enfouraillée…

— Creusez.

Elle se pencha en avant pour offrir à Regina un baiser, une caresse, puis la déposa à même le sol, avec le sac à langer en guise d'oreiller. Elle ramassa la pelle et se redressa avec lenteur, les jambes vidées de toute énergie, de tout espoir. L'homme se tenait trop loin pour qu'elle puisse l'atteindre d'un coup de pelle. Même si elle la lui lançait à la figure, il ne serait perturbé qu'une seconde ou deux. Pas assez pour lui permettre de récupérer Regina et de s'enfuir.

Elle baissa les yeux vers le sol. La demi-lune éclairait des feuilles éparses sur un lit de mousse. Son lit pour l'éternité.

Gabriel n'a aucune chance de nous retrouver. Jamais il ne saura.

Sa pelle mordit la terre, et les premières larmes dévalèrent sur sa joue à l'instant où elle commençait à creuser.

36

La porte de son appartement était entrebâillée.

Gabriel marqua un temps d'arrêt sur le palier, saisi de chair de poule.

Des voix parlaient à l'intérieur, des pas allaient et venaient. Il poussa la porte et entra.

— Qu'est-ce que vous faites chez moi ?

John Barsanti se détourna de la fenêtre du salon pour lui faire face.

— Savez-vous où se trouve votre femme, agent Dean ?

— Quoi, elle n'est pas ici ?!

Le regard de Gabriel se déplaça vers le second intrus, qui venait d'émerger de sa chambre. Il reconnut Helen Glasser, du département de la Justice ; la queue de cheval qui tirait en arrière ses cheveux argentés soulignait violemment les rides inquiètes de son visage.

— La fenêtre de la chambre est grande ouverte, annonça-t-elle.

— Comment avez-vous fait pour entrer ici ?

— Le gardien nous a ouvert, dit Glasser. Nous ne pouvions pas attendre.

— Où est Jane ?

— C'est ce que nous aimerions savoir.

— Elle devrait être ici…

— Depuis combien de temps êtes-vous parti ? Quand avez-vous vu votre femme pour la dernière fois ?

Gabriel dévisagea Glasser, perturbé par l'urgence de son ton.

— Je suis ressorti il y a une heure. J'ai raccompagné sa mère chez elle.

— Jane vous a-t-elle contacté depuis ?

— Non, fit-il en s'approchant du téléphone.

— Elle ne répond pas sur son portable, agent Dean. Nous avons essayé de l'appeler. Nous devons absolument la joindre.

Gabriel pivota sur lui-même, les regarda l'un après l'autre.

— Mais qu'est-ce qui se passe, bon Dieu ?

— Elle est avec Mila ? demanda Glasser à mi-voix.

— Cette fille ne s'est pas présentée au… Vous étiez au courant. Vous l'attendiez dans le parc, vous aussi.

— C'est notre dernier témoin, dit Glasser. Si votre femme et elle sont actuellement ensemble, nous devons le savoir.

— Jane était seule avec la petite quand je suis ressorti.

— Alors… où sont-elles passées ?

— Aucune idée.

— Vous devez comprendre, agent Dean, que si votre femme et votre fille sont avec Mila, elles courent un grave danger.

— Ma femme sait se défendre. Jamais elle ne se hasarderait à prendre ce genre d'initiative sans être sûre à cent pour cent d'avoir tous les atouts en main.

Il retraversa la pièce en direction du tiroir où Jane rangeait son arme de service, l'ouvrit d'un geste sec, regarda fixement le holster vide.

Elle a pris son flingue.

— Agent Dean ?

Après avoir brutalement refermé le tiroir, Gabriel courut dans sa chambre. Comme l'avait dit Glasser, la guillotine de la fenêtre était soulevée. Une peur sourde l'envahit. Il revint dans le salon, sentit le regard de Glasser fouiller ses traits, lire sa peur.

— Où a-t-elle bien pu aller ? demanda-t-elle.

— Elle m'aurait appelé, elle m'aurait forcément appelé…

— Sauf si elle craignait que vos lignes ne soient sur écoute.

— Dans ce cas, elle serait allée trouver ses collègues. Elle aurait foncé tout droit à Shroeder Plaza.

— Nous avons appelé le BPD. Elle n'est pas là-bas.

— Il faut qu'on retrouve cette fille, intervint Barsanti. Il nous la faut vivante.

— Laissez-moi réessayer sur son portable. Peut-être que ce n'est rien du tout. Peut-être qu'elle a juste fait un saut à l'épicerie pour racheter du lait.

En emportant son flingue. Tu parles.

Gabriel décrocha le combiné. Il allait composer un premier chiffre mais s'arrêta net en regardant le clavier.

Il y a peu de chances, songea-t-il. Mais bon…

Il enfonça la touche de rappel automatique.

Au bout de trois sonneries, un homme lui répondit :

— Allô ?

Gabriel hésita, cherchant à resituer la voix. Sûr de l'avoir déjà entendue quelque part. La mémoire lui revint d'un seul coup.

— C'est bien… Peter Lukas ?

— Oui.

— Ici Gabriel Dean. Est-ce que Jane serait chez vous, par hasard ?

Il y eut un long, un étrange silence.

— Non. Pourquoi ?

— Votre numéro est en mémoire. Elle a dû vous appeler.

— Oh, ça, fit Lukas avec un petit rire. Elle voulait voir mes vieilles notes sur l'affaire Ballentree. J'ai dit que j'allais lui ressortir ça.

— C'était quand ?

— Voyons voir… Ça doit faire une heure.

— Et c'est tout ? Elle n'a rien dit d'autre ?

— Non. Pourquoi ?

— Je vais continuer à passer des coups de fil. Merci.

Après avoir raccroché, Gabriel resta un long moment les yeux rivés au téléphone. À repenser au silence du journaliste.

Quelque chose ne va pas du tout.

— Agent Dean ? dit Glasser.

Il se retourna.

— Que savez-vous de Peter Lukas ? lui lança-t-il en la fixant au fond des yeux.

Le trou était profond d'une cinquantaine de centimètres.

Jane en sortit une nouvelle pelletée de terre, qui alla rejoindre le monticule grandissant. Ses larmes avaient séché, remplacées par un voile de sueur. Elle creusait en silence. On n'entendait que les raclements de sa pelle et le cliquetis des cailloux. Regina se taisait, elle aussi, comme si elle avait compris qu'il ne servait plus à rien de s'énerver. Que son destin, comme celui de sa mère, était scellé.

Et puis quoi encore ! Il n'y a strictement rien de scellé, bordel de merde !

Jane enfonça encore une fois sa pelle dans le sol pierreux et malgré la douleur dans son dos, malgré ses bras qui tremblaient, elle sentit un flot de rage lui irradier les muscles comme le plus formidable des combustibles.

Tu ne feras pas de mal à mon bébé, pensa-t-elle. Je t'aurai arraché la tête avant.

Quand elle rejeta la terre au sommet du tas, ses douleurs et sa fatigue n'existaient plus, tant son esprit était concentré sur ce qu'elle allait devoir faire. Le tueur n'était qu'une ombre immobile à l'orée des arbres mais, même sans voir son visage, elle sentit qu'il l'observait. Sauf qu'elle creusait depuis près d'une heure et que son attention avait forcément baissé. Quelle résistance, après tout, risquait d'opposer une femme épuisée à un homme aussi costaud que lui, armé de surcroît ? Aucun élément ne jouait en sa faveur.

À part la surprise. Et sa rage de mère.

La première balle viendrait sans prévenir. Il la viserait au torse, pas à la tête.

Quoi qu'il arrive, s'exhorta Jane, continue d'avancer, va au bout de ta charge. Une balle met parfois du temps à tuer, et même un corps qui s'écroule garde de l'élan.

Elle se plia en deux pour creuser à nouveau, enfonçant sa pelle dans l'ombre du trou pour qu'elle échappe au faisceau de la torche. L'homme blond ne vit pas ses muscles se bander, ni son pied prendre solidement appui au bord de la fosse. Il ne l'entendit pas prendre son inspiration en même temps que ses deux mains se crispaient sur le manche de l'outil. Jane se ramassa, les membres fléchis au maximum.

Je fais ça pour toi, mon bébé adoré. Rien que pour toi.

Elle releva soudain sa pelle et balança une giclée de terre au visage de l'homme. Il recula en titubant, avec un grognement de surprise, en la voyant bondir hors du trou. Elle chargea tête baissée, droit vers son ventre. Ils s'écroulèrent ensemble, en faisant craquer des branchages. Jane voulut s'emparer de son pistolet et lui saisit le poignet… pour s'apercevoir qu'il ne l'avait plus, qu'il l'avait lâché pendant leur chute.

Le flingue. Retrouve le flingue !

Elle se dégagea d'un coup de reins, palpa le tapis de feuilles mortes à l'aveuglette, affolée, cherchant l'arme.

Le coup l'envoya rouler latéralement. Elle atterrit sur le dos, le souffle coupé. Elle n'éprouva d'abord aucune souffrance, juste la surprise de constater que la bataille était déjà finie. Puis son visage fut saisi d'un élancement, et la vraie douleur s'engouffra en hurlant sous son crâne. Elle le vit debout au-dessus d'elle, masquant les étoiles de sa silhouette. Elle entendit Regina pousser les ultimes sanglots de sa trop courte vie.

Mon pauvre bébé… Tu ne sauras jamais à quel point je t'ai aimée.

— Descends dans le trou, ordonna-t-il. Il est assez profond.

— Pas… pas mon bébé, bégaya-t-elle. Elle est si petite…

— Descends, salope !

Son coup de pied atteignit Jane entre les côtes, et elle bascula sur le flanc sans crier : respirer lui faisait déjà trop mal.

— Allez, dit-il.

Lentement, elle se remit à genoux et rampa jusqu'à Regina. Un liquide chaud lui coulait du nez. Après l'avoir prise dans ses bras, elle pressa les lèvres contre ses cheveux doux et la berça d'avant en arrière, mouillant de son sang la tête de son bébé.

Maman te tient. Maman ne t'abandonnera jamais.

— Ton heure a sonné, lâcha l'homme blond.

37

Gabriel se pencha sur l'intérieur de la Subaru de Jane et eut un haut-le-cœur en apercevant son téléphone portable sur la planche de bord, puis la coque du bébé fixée à l'arrière. Il se retourna, braqua sa torche sur le visage de Peter Lukas, qu'il avait forcé à descendre avec lui sur le parking lorsqu'il avait aperçu la voiture de Jane par la fenêtre du salon du journaliste.

— Où est-elle ?

Le regard de Lukas fila vers Barsanti et Glasser, qui se tenaient à quelques pas et observaient la confrontation en silence.

— C'est bien sa voiture, dit Gabriel. Où est-elle ?

Aveuglé, Lukas se mit les deux mains devant le visage.

— Elle a dû sonner pendant que je prenais ma douche… Je n'avais même pas remarqué que cette bagnole était là…

— D'abord elle vous appelle, ensuite elle passe chez vous. Pourquoi ?

— Je ne sais pas du tout…

— Pourquoi ?

— C'est *votre* femme. Elle ne vous dit pas ce qu'elle fait ?

Gabriel l'empoigna à la gorge, si vite que Lukas n'eut pas le temps de réagir. Il partit en arrière contre la voiture de Barsanti, sa nuque heurta le capot. Avec un hoquet étranglé, il tenta en vain de desserrer les mains de Gabriel et ne put que se tortiller avec l'énergie du désespoir, le dos plaqué contre la tôle.

— Dean, intervint Barsanti. Dean !

Gabriel lâcha Lukas et fit un pas en arrière, hors d'haleine, en s'efforçant de ne pas céder à la panique. Mais elle était déjà là, l'étranglant aussi implacablement qu'il venait d'étrangler le journaliste, lequel était maintenant à genoux, toussant et râlant. Gabriel partit vers la maison. Monta quatre à quatre les marches du perron et s'engouffra à l'intérieur. Dans une sorte de brouillard, il courut de pièce en pièce, ouvrant les portes, fouillant les placards. En revenant dans le séjour, il remarqua un détail qui lui avait échappé à son premier passage : les clés de voiture de sa femme, sur le sol, derrière le canapé. Il les regarda d'un air hébété, et sa panique se cristallisa en épouvante.

Tu es venue ici, dans cette maison, pensa-t-il. Avec Regi…

Deux détonations lointaines le firent sursauter.

Il ressortit en trombe de la maison, s'arrêta sur le perron.

— Ça vient de la forêt, dit Barsanti.

Tout le monde se glaça en entendant claquer un troisième coup de feu.

Gabriel se retrouva soudain en train de courir, insensible aux griffures des ronces et des branches qui le frôlaient à mesure qu'il s'enfonçait entre les arbres. Le rayon de sa torche dansait follement sur le tapis végétal de feuilles et d'écorces.

Où ? Où êtes-vous ?

Courait-il seulement dans la bonne direction ?

Un nœud de lierre lui emprisonna la cheville ; il bascula en avant, se retrouva à genoux. Il se releva et fut obligé de reprendre son souffle, la poitrine soulevée.

— Jane ? hurla-t-il.

Puis sa voix se brisa, réduite à un murmure.

— Jane…

Aide-moi à te retrouver. Montre-moi le chemin.

Il resta de longues secondes à tendre l'oreille au milieu des arbres denses, dressés autour de lui comme les barreaux d'une prison. En dehors du faisceau de sa torche, la nuit était tellement opaque qu'elle paraissait solide, impénétrable.

Il crut entendre au loin le craquement d'une brindille.

Il pivota sur lui-même mais ne vit rien. Il éteignit sa torche et écarquilla les yeux, le cœur battant, pour essayer de discerner quelque chose dans les ténèbres. Alors seulement, il repéra le point lumineux, tellement minuscule qu'il aurait pu s'agir d'une luciole voletant dans les buissons. De nouveau, une brindille craqua. La lumière venait dans sa direction.

Il dégaina son pistolet. Le garda pointé vers le sol tandis que la lumière, face à lui, s'intensifiait. Il ne pouvait pas savoir qui tenait cette lampe, mais les pas se rapprochaient de plus en plus. Les bruissements de feuilles n'étaient plus qu'à quelques mètres.

Gabriel leva lentement son pistolet. Et ralluma sa torche.

Prise dans le faisceau lumineux, la silhouette se recroquevilla comme un animal terrorisé, plissant les yeux pour lutter contre l'éblouissement. Gabriel considéra le visage blême, les mèches rousses.

Ce n'est qu'une fille, pensa-t-il. Une fille affolée, squelettique.

— Mila ?

À ce moment-là, il vit une autre silhouette émerger des ombres dans le sillage de la fille rousse. Avant même d'avoir discerné son visage, il reconnut sa démarche, la forme de ses boucles rebelles…

Il lâcha sa torche et se précipita vers sa femme et sa fille, les bras ouverts, avide de les enlacer. Elle se laissa aller contre lui, tremblante, serrant Regina dans ses bras en même temps que Gabriel la serrait dans les siens. Une étreinte dans l'étreinte, contenant toute la famille.

— J'ai entendu des coups de feu, souffla-t-il. J'ai cru…

— C'était Mila, murmura Jane.

— Quoi ?

— Elle avait pris mon pistolet. Elle nous a suivis dans le bois, et…

Jane se raidit soudain, chercha le regard de son mari.

— Où est Peter Lukas ?

— Barsanti le tient à l'œil. Il n'ira nulle part.

Jane lâcha un soupir et se retourna vers la forêt.

— Les charognards ne vont pas tarder à venir tourner autour du corps. Il faut prévenir les collègues.

— Le corps ? Quel corps ?

— Viens, je vais te montrer.

Gabriel attendait au bord de la clairière, pour ne pas gêner les enquêteurs et techniciens de scène de crime, le regard fixé sur la fosse béante qui avait failli devenir le tombeau de sa femme et de sa fille. Un ruban de police avait été tendu autour du site, plusieurs projecteurs étaient braqués sur le corps de l'homme. Maura Isles, qui venait de passer plusieurs minutes accroupie au-dessus du cadavre, se releva et regarda les inspecteurs Moore et Crowe.

— Je vois trois blessures d'entrée, annonça-t-elle. Deux dans le thorax, une au front.

— C'est bien ce qu'on a entendu, intervint Gabriel. Trois coups de feu.

Maura se tourna vers lui.

— En succession rapide ?

Gabriel réfléchit – et sentit soudain renaître la panique qui l'avait submergé tout à l'heure, pendant qu'il s'enfonçait dans la forêt.

— Il y en a eu deux très rapprochés, finit-il par répondre. Le troisième est intervenu entre cinq et dix secondes plus tard.

Sans un mot, Maura jeta un coup d'œil au cadavre. Elle étudia les cheveux blonds, les épaules larges. Le Sig Sauer posé près de la main droite.

— Ma foi, lâcha Crowe, je dirais que c'est un cas assez évident de légitime défense…

Personne ne fit de commentaire, ni sur les traces de poudre brûlée que portait le visage, ni sur le délai écoulé entre les deuxième et troisième coups de feu. Mais tous avaient compris.

Gabriel fit demi-tour et repartit à pied vers la maison de Lukas.

L'allée était encombrée de véhicules. Il s'arrêta un instant, aveuglé par l'éclair des gyrophares. Puis il vit Helen Glasser en train d'aider la fille à s'installer à l'avant de sa voiture.

— Où est-ce que vous l'emmenez ? demanda-t-il en s'approchant.

Glasser se retourna vers lui ; ses cheveux reflétaient le bleu des gyrophares comme une lame d'acier.

— En lieu sûr.

— C'est possible, dans son cas ?

— Faites-moi confiance.

Glasser contourna l'auto en jetant un dernier regard à la maison du journaliste.

— La cassette change tout, vous savez. Et nous avons désormais les moyens de retourner Lukas. Il n'a plus le choix, il va devoir coopérer. Bref, vous voyez, tout ne repose plus sur Mila. Même si son témoignage reste important, elle n'est plus notre seule arme.

— Vous croyez que ça suffira pour faire tomber Carleton Wynne ?

— Personne n'est au-dessus de la loi, agent Dean, répliqua Glasser en vrillant sur lui ses yeux d'acier. Personne.

Elle se glissa derrière son volant.

— Une seconde, dit Gabriel. Il faut que je parle à la fille.

— Et nous, il faut que nous partions.

— J'en ai pour une minute.

Gabriel se dirigea vers le côté passager, ouvrit la portière, se pencha vers Mila. Il la sentit se ratatiner sur son siège comme si elle le soupçonnait des pires intentions.

À peine sortie de l'enfance, pensa-t-il, et elle a déjà le cuir plus épais que le plus endurci d'entre nous… Cette fille survivrait à n'importe quoi.

— Mila… commença-t-il d'une voix douce.

Elle leva sur lui une paire d'yeux méfiants.

Peut-être ne fera-t-elle plus jamais confiance à aucun homme, et, si c'est le cas, qui pourrait le lui reprocher ? *Elle a vu ce que nous avons de pire à offrir.*

— Je veux vous dire merci. Merci de m'avoir rendu ma famille.

Gabriel eut droit à un embryon de sourire. Il n'en avait pas espéré autant.

Il referma la portière, fit un signe de tête à Glasser.

— Zigouillez-le ! lui lança-t-il.

— C'est pour ça qu'on me paie si grassement ! répondit-elle dans un rire.

Elle démarra, escortée par une voiture pie du BPD.

Gabriel remonta le perron et entra dans la maison. À l'intérieur, il trouva Barry Frost en grande discussion avec Barsanti, pendant que plusieurs membres de l'équipe scientifique du FBI emportaient l'ordinateur de Lukas et ses cartons de dossiers. L'affaire était visiblement passée à l'échelon fédéral, et le BPD allait devoir laisser le champ libre au Bureau.

Même ainsi, pensa-t-il, l'enquête pourra-t-elle vraiment aboutir ?

Barsanti se tourna vers lui, et Gabriel vit dans ses yeux la même lueur d'acier que dans ceux de Glasser. Il remarqua aussi que son collègue serrait la cassette de Mila contre son cœur. Comme une sorte de Graal.

— Où est Jane ? demanda-t-il à Frost.

— Dans la cuisine. Votre fille avait faim.

Il trouva sa femme assise dos au seuil ; elle ne le vit pas entrer dans la pièce. Il stoppa juste derrière elle, la regarda donner le sein à Regina en fredonnant. Jane n'avait jamais su chanter juste, pensa-t-il avec un sourire aux lèvres. Mais Regina ne semblait pas lui en tenir rigueur ; elle reposait paisiblement dans les bras de sa maman, qu'on sentait habitée d'une confiance toute neuve.

L'amour vient naturellement, songea Gabriel. C'est tout le reste qui prend du temps. Que nous sommes obligés d'apprendre.

Il prit Jane par les épaules et se pencha pour lui déposer un baiser dans les cheveux. Elle tourna la tête, leva sur lui ses prunelles scintillantes.

— Rentrons à la maison, dit-elle.

38

Mila

La dame est très gentille avec moi. Pendant que notre voiture cahotait sur la route en terre, elle m'a pris la main et l'a pressée. Je me sens en sécurité en sa présence, même si je sais qu'elle ne sera pas éternellement là pour me tenir la main ; elle a tant d'autres filles en tête, des filles encore égarées dans les poches d'ombre de ce pays. Mais pour le moment elle est là, avec moi. C'est ma protectrice et je me blottis contre elle, en espérant qu'elle me passera un bras autour des épaules. Elle semble distraite. Son regard est concentré sur le désert qui nous cerne. Un de ses cheveux est tombé sur ma manche, scintillant comme un fil d'argent. Je le détache et je le glisse au fond de ma poche. C'est peut-être le seul souvenir qui me restera d'elle une fois que nos chemins se seront séparés.

La voiture freine jusqu'à l'arrêt complet.

— Mila, dit-elle en me secouant légèrement. Est-ce qu'on y est ? C'est ici, à votre avis ?

Je décolle ma tête de son épaule et je regarde par la vitre. Nous avons fait halte à proximité d'un cours d'eau à sec, bordé d'arbres rachitiques et torturés. Au-delà, j'aperçois des collines brunes, rocailleuses.

— Je ne sais pas.

— Est-ce que ça y ressemble ?

— Oui, mais…

Je continue à regarder, cherchant à me rappeler ce que j'ai tenté si fort d'oublier.

Un des deux hommes assis à l'avant se retourne vers nous.

— En tout cas, dit-il, c'est ici que les traces ont été repérées. Sur la rive opposée. Ce qui a permis d'intercepter un groupe de filles qui essayaient de passer, la semaine dernière. Elle devrait descendre jeter un coup d'œil. Au cas où ça lui rappellerait quelque chose.

— Venez, Mila.

La dame ouvre la portière et sort, mais je ne bouge pas. Elle se penche vers moi.

— C'est la seule solution, me dit-elle d'une voix douce. Il faut que vous nous aidiez à retrouver l'endroit exact.

Elle me tend la main. À contrecœur, je la suis.

L'homme nous précède, à travers un fouillis de broussailles et d'arbustes, sur l'étroit sentier qui descend jusque dans le lit même de la rivière à sec. Là, il s'arrête et se tourne vers moi. La femme et lui me fixent, suspendus à ma réaction. J'observe la berge, aperçois une vieille chaussure toute craquelée de chaleur. Je me retourne vers la rive d'en face, jonchée de bouteilles en plastique, et mon attention est attirée par un lambeau de plastique bleu qui oscille sous une branche.

Encore un souvenir qui se remet en place.

C'est là qu'on m'a frappée. Là que s'est arrêtée Anja, le pied en sang dans sa sandale.

Sans un mot, je fais demi-tour et je remonte sur le talus. Mon cœur s'affole, je sens les doigts de la terreur se resserrer autour de ma gorge, mais je n'ai plus le choix. Je vois son fantôme s'enfuir sous mes yeux. Une mèche de cheveux agitée par le vent. Un dernier regard en arrière, plein de larmes.

— Mila ? me lance la dame.

Je continue d'avancer, entre les buissons, jusqu'à la piste en terre. C'est ici, me dis-je. C'est ici que les camionnettes étaient garées. C'est ici que les hommes nous attendaient. Les souvenirs s'emboîtent de plus en plus vite, maintenant, comme des visions de cauchemar. Le regard des hommes pendant que nous nous déshabillons. La fille qui hurle quand l'un d'eux la plaque contre la camionnette. Et Anja. Je vois Anja sur le dos, immobile, alors que l'homme qui vient de la violer remonte sa braguette.

Anja qui bouge enfin, qui se relève en chancelant comme un veau à la naissance. Tellement pâle, tellement frêle qu'on dirait une ombre.

Je la suis – l'ombre d'Anja. Le sol du désert est hérissé de cailloux aigus. Des ronces sortent du sable, et Anja court pieds nus, en sang. En larmes, elle court vers ce qu'elle croit être la liberté.

— Mila ?

J'entends les cris affolés d'Anja, je vois ses cheveux blonds danser librement autour de ses épaules. Le désert vide s'ouvre devant elle. Il suffirait qu'elle arrive à courir assez vite, assez loin…

Le coup de feu claque.

Je la vois basculer en avant, le souffle coupé, et son sang salit le sable chaud. Et pourtant elle se remet à genoux et la voilà qui rampe parmi les ronces, sur les pierres tranchantes comme des éclats de verre.

La deuxième détonation est un coup de tonnerre.

Anja s'écroule, un corps blanc sur le sable brun. Est-ce ici qu'elle est tombée ? Ou là-bas ? Je marche en cercles, cherchant avidement.

Où es-tu, Anja ? Où es-tu ?

— Mila, répondez-moi.

Je m'arrête brusquement, le regard rivé au sol. La dame me parle, mais je l'entends à peine. Je ne peux que fixer ce qui gît à mes pieds.

— Éloignez-vous, Mila, dit la dame. Ne regardez pas.

Mais je ne peux plus bouger. Je reste là, pétrifiée, pendant que les deux hommes s'accroupissent. L'un d'eux enfile des gants et gratte délicatement le sable jusqu'à révéler des côtes tannées, puis le dôme d'un crâne.

— Apparemment, lâche-t-il, c'est une femme.

Pendant un certain temps, personne ne parle. Une rafale de vent brûlant nous jette de la poussière au visage et je ferme les yeux. Quand je les rouvre, je constate que d'autres parties d'Anja ont émergé du sable. L'arrondi d'une hanche, le segment bruni d'une cuisse. Le désert a décidé de la rendre, et la voici qui ressort de terre.

Les fantômes reviennent parfois nous visiter.

— Venez, Mila. Partons.

Je lève les yeux sur la dame. Elle se tient très droite, inflexible. Ses cheveux d'argent étincellent comme un casque de guerrière. Elle me prend par les épaules et, ensemble, nous repartons vers la voiture.

— C'est le moment, Mila, me dit la dame à mi-voix. Le moment de tout me dire.

Nous sommes assises autour d'une table, dans une pièce aveugle. Je regarde la liasse de feuilles blanches posée devant elle. Elles attendent la pointe de son stylo. Attendent les mots que je n'ose pas prononcer.

— Je vous ai tout dit.

— Je ne crois pas.

— Toutes les questions que vous m'avez posées… j'y ai répondu.

— C'est vrai, vous nous avez énormément aidés. Vous nous avez donné ce dont nous avions besoin. Carleton Wynne ira en prison. Il va payer. Le monde entier sait maintenant ce qu'il a fait, et nous vous en savons gré.

— Je ne sais pas ce que vous voulez d'autre.

— Je veux ce qui est encore emprisonné là-dedans, dit-elle en se penchant au-dessus de la table pour me toucher le cœur. Je veux connaître tout ce dont vous avez eu peur de me parler jusqu'ici. Ça m'aidera à comprendre leur système, à combattre ces gens-là. Ça m'aidera à sauver d'autres filles, comme vous. Il le faut, Mila.

Je bats des cils pour ravaler mes larmes.

— Sinon, vous me renvoyez là-bas ?

— Non. Non, répète-t-elle en se penchant encore un peu plus en avant, le regard fixe. Vous êtes ici chez vous, maintenant, si vous voulez rester. Vous ne serez pas expulsée, je vous en donne ma parole.

— Même si…

Je m'interromps. Je n'arrive plus à la regarder en face. La honte inonde mon visage, et je suis obligée de baisser les yeux vers la table.

— Rien de ce qui vous est arrivé n'est de votre faute, Mila. Quoi que ces hommes vous aient fait, quoi qu'ils vous aient fait faire, vous y avez été forcée. C'est votre corps qui l'a subi. Ça n'a rien à voir avec votre âme. Votre âme, Mila, est restée pure.

L'idée d'affronter son regard m'est insupportable. Je reste les yeux baissés, à regarder mes larmes s'écraser sur la table, et j'ai l'impression que mon cœur saigne, que chacune de ces larmes est un morceau de moi qui s'enfuit.

— Pourquoi n'osez-vous pas me regarder ? me demande-t-elle doucement.

— J'ai honte. Toutes ces horreurs que vous voudriez que je vous raconte…

— Ça vous aiderait si je quittais la pièce ? Si je n'étais pas là devant vous ?

J'esquive toujours son regard.

Elle lâche un soupir.

— D'accord, Mila. Voilà ce qu'on va faire, dit-elle en posant un magnétophone sur la table. Je vais mettre ça en marche, et je vais m'en aller. Ensuite, vous pourrez dire tout ce que vous avez envie de dire. Tout ce qui vous revient à l'esprit. Dites-le en russe, si ça peut vous faciliter la tâche. Les pensées, les souvenirs. Tout ce qui vous est arrivé. Vous parlerez à une machine, pas à une personne. Ça sortira tout seul.

La dame se lève, appuie sur la touche d'enregistrement et sort de la pièce.

Je fixe le voyant rouge qui vient de s'allumer sur l'appareil. La bande défile lentement, attendant mes premiers mots. Attendant ma douleur. J'inspire profondément, je ferme les yeux. Et je commence à parler.

Je m'appelle Mila, et voici mon voyage.

Remerciements

Je remercie chaleureusement mon agent littéraire et mentor Meg Ruley, ainsi que Jane Berkey et Don Cleary, de l'agence Jane Rotrosen, Linda Marrow et Gina Centrello, de Ballantine Books, et Selina Walker, de Transworld.

Vous avez tous contribué à rendre ceci possible.

Composé par Nord Compo
à Villeneuve-d'Ascq (Nord)

Imprimé en France par

MAURY-IMPRIMEUR
à Malesherbes (Loiret)
en août 2011

POCKET – 12, avenue d'Italie - 75627 Paris cedex 13

N° d'impression : 166378
Dépôt légal : août 2011
S20181/01